KB068011

집착 말고, 이혼해주세요! 1

집착 말고, 1
이혼해주세요!

은서빈 장편소설

1권

[Contents]

2권

Prologue

　어두운 밤, 에델리스는 최종적으로 점검을 했다. 내일 밤, 정들었던 집에서 떠날 준비를.

　'제일 중요한 것을 놓칠 뻔했네.'

　금화를 챙기지 않은 것을 떠올렸다. 보석을 금화로 바꾸는데 시간이 걸릴지도 모르기에 금화는 필수였다.

　침대 밑에 고정시켜 놓은 금화 주머니를 꺼내기 위해 에델리스가 몸을 숙이는 순간, 갑작스럽게 창문이 열리고, 세찬 바람이 불어들었다.

　고개를 들어보니 들이닥친 바람에 무거운 커튼이 마구 흔들리고 있었다. 에델리스의 허리까지 내려오는 구불구불한 금색 머리카락도 마구 휘날려 그녀의 눈앞을 가렸다.

　한쪽 손으로 머리카락을 쓸어 넘기자 커튼 사이로 한 사내의 인영이 아른거렸다.

　에델리스가 깜짝 놀라서 소리치려고 했지만, 너무 놀란 나머지 목소리가 제대로 나오지 않았다. 급한 대로 하녀를 부르는 줄을 당기기 위해 몸을 일으켜 손을 뻗었다. 하지만 그보다 빠르게 그녀의 손목을 잡아채는 커다란 손이 있었다.

커튼 사이로 나타났던 사내였다.

에델리스는 아무것도 하지 못한 채 덜덜 떨며 고개를 들어 손 주인의 얼굴을 보았다.

사위가 어두운 데다, 달빛을 등지고 있어 제대로 보이지 않았다. 하지만 어둠에 익숙해진 눈은 곧 그의 붉은색 머리카락과 아름답게 반짝이는 황금색 눈동자를 발견했다. 그것을 본 에델리스의 눈이 크게 뜨였다.

"혹시, 르한? 르한이야?"

"기억……하고 계셨습니까?"

"잊었을 리가 없잖아!"

예전에는 저와 비슷했지만 이제는 저보다 머리 하나 높이만큼 키도 더 커졌고, 어깨도 넓은 것이, 누가 봐도 확연한 '기사'의 모습이었다. 에델리스는 그 모습이 너무나도 낯설었다. 만약 그가 붉은색 머리카락에 금색 눈동자가 아니었다면 알아보지 못했을 수도 있었다. 하지만 고작 그 정도의 단서로도 르한인 것을 알아볼 만큼, 그녀는 그를 잊지 않고 있었다.

"그동안 어떻게 지낸 거야?"

에델리스가 이제는 낯설어져버린 르한의 이름을 반갑게 부르자 그가 살포시 웃으며 그녀가 앉아 있는 침대에 걸터앉았다.

그녀는 르한과 나누고 싶은 말이 너무나도 많았다. 지금까지 무엇을 하며 지낸 건지, 잘 지내왔는지, 왜 자신에게 서신 하나

보내지 않은 것인지, 그리고…… 자신을 도와줄 수 있는지.

결국 르한이 답을 하기까지 기다리지 못한 에델리스가 빠르게 말을 이어갔다. 그녀는 내일 이곳을 떠나려고 했기 때문에 시간이 많지 않았다. 그러니 그의 대답을 기다리기보다는 자신이 할 말을 먼저 전해야 했다.

"르한, 기억해? 네가 떠나기 전에 내게 했던 약속……?"

그 어린 날, 우리는 약속했잖아. 네가 나를 구해주기로. 누구에게서라도, 무슨 수를 써서라도 나를 지켜주겠다고 했었잖아.

"단 한 번도, 단 한시도 잊은 적 없습니다."

긴장으로 굳어 있던 에델리스의 표정이 결연하기까지 한 그의 말을 듣자 밝게 펴졌다.

"그런데, 제가…… 아직도 그 약속을 지켜도 되는 겁니까?"

"물론이지!"

르한의 망설이는 태도와 반대로 에델리스는 기쁜 마음에 몸을 일으켜 자신의 옆에 앉아 있던 르한의 목을 끌어안았다.

오랜만에 맞닿아오는 여린 몸의 체온에 놀라 눈을 크게 뜬 르한이 손 하나 까딱하지 못하고 있다가 마침내 그녀를 마주 안아 그녀의 목덜미에 얼굴을 묻었다. 에델리스의 체 향과 어우러진 달콤한 향유의 냄새가 그의 비강을 가득 채웠다.

"아!"

에델리스가 안도하며 웃다가 자신의 상황을 떠올리고는 그를 밀쳐냈다.

"왜 그러십니까?"

에델리스는 그의 어깨에 손을 얹은 채 다급하게 이야기했다.

"나를 데리고 도망쳐줘!"

"네?"

"얼마 전에 사람이 왔어. 황제가 나를 황후로 삼겠대. 나는 황후가 되고 싶지 않아!"

그녀를 품에 안고 세상을 다 가진 기분이었던 그의 눈동자가 혼란으로 잘게 흔들렸다. 르한이 어두운 얼굴을 한 채, 몇 번이나 입만 벙긋거리다가 힘겹게 입술을 떼었다.

"황제와 결혼하는 것이…… 그렇게 싫으신 겁니까."

싫다. 당연히 싫다.

처음 이곳이 소설 속이며, 자신이 그 소설 속에 등장하는 '에델리스 브릴'과 동일인이라는 것을 알게 된 이후부터 줄곧 황제에게서 벗어나는 것이 목표였다.

누군가에게는 더없이 영광스러운 자리라지만, 황후가 된다면 자신은 황제의 칼에 찔려 죽을 것이다. 왜냐하면 책 속의 에델리스가 그랬으니까. 그러니 자신은 황후가 되지 않고 그저 후작가의 영애로서 오래오래 살 것이라고 다짐했다.

"나는 황제가 아니라 르한이랑 같이 있고 싶어."

이곳에 오기 전까지 르한은 에델리스가 자신을 잊어버렸으면 어떡하나 끊임없이 고민해야만 했다. 자신은 그녀를 단 한 순간도 잊은 적 없다 할지라도, 에델리스는 그와 다를지도 모르니까.

고작 평민에 불과하던 자신을 잊지 않았기를 바라는 마음

자체가 너무 큰 기대였는데 에델리스가 황제가 아닌, 그저 자신과 함께하고 싶다고 한다니…….

순간 르한은 형용할 수 없는 감정이 북받쳐 올라 말을 잇지 못했다.

"저와, 함께 있고 싶으시다고요."

르한이 말을 씹듯이 내뱉었다. 무언가를 참고 있는 듯한 그의 목소리에 에델리스는 움츠러들 수밖에 없었다.

"으, 웅! 단점만 있는 것은 아냐! 약학이랑 농업, 상업 같은 것도 공부 많이 해서 평민으로 살아도 그렇게 걸리적거리진 않을걸? ……아마도?"

에델리스 역시 자신과 르한의 생각이 다를지도 모른다고 생각했다.

'나의 목숨을 구하기 위해서 굳이 르한이 황제에게 쫓길 이유는 없으니까.'

그렇게 생각하니 점점 그녀의 목소리에 자신감이 없어졌다.

예전의 르한이었다면 생각할 시간도 갖지 않고 단번에 자신을 따르겠다고 말했겠지만…… 그와 떨어져 있은 지 벌써 7년이었다. 변한 그의 외모만큼, 생각도 예전에 알던 르한과 다를 수 있어서 걱정이 되었다.

"황제에게서 약혼 선물로 받은 패물과 금화도 많이 챙겨났으니, 욕심부리지 않고 살면 괜찮지 않을까?"

르한이 한 손을 들어 사랑스럽다는 듯이 에델리스의 뺨을 쓰다듬었다. 그가 에델리스를 떠나기 전에 줄곧 해왔던 행동인데도, 어쩐지 부끄러워진 그녀의 얼굴이 붉어졌다. 이전보다도 훨씬 커다란, 굳은살이 박인 손이 낯설었다.

르한은 그런 그녀에게 이마를 맞대었다. 마치 그가 떠나던 그날처럼.

"욕심, 부려주세요. 아주 많이. 저는 당신께 모든 걸 해주고 싶어요."

"내가 욕심부리면 우리 아버지도 감당하지 못해. 도망 다니면서 주제 파악도 못 하고 욕심부릴 생각은 없어."

"주제 파악이라……."

르한이 묘하게 웃는 기색을 띠며 계속해서 붉어진 그녀의 뺨을 쓸어내렸다. 그의 행동은 예전에 자신을 떠나기 전과 크게 다르지 않았지만, 그의 분위기는 그때와는 너무나도 달랐다.

에델리스는 고개를 돌려 슬쩍 피하며 말을 이어갔다.

"여, 여튼! 나라고 지금껏 누리던 것을 포기하는 것이 쉬울 줄 아니?"

제 손에서 떨어져 나간 그녀의 체온이 못내 아쉬웠던 르한이 자신의 손을 빤히 보다가, 여전히 제 품 안에 안겨 있는 그녀의 허리를 끌어안았다.

"포기하실 필요 없습니다. 내일 늦지 않게 모시러 올 테니 기다려주세요."

"원래는 내일 밤에 나 혼자 떠나려고 했어."

그녀의 말에 그녀를 끌어안은 르한의 팔에 힘이 들어갔다.

그녀가 자신을 잊었을까 망설이는 사이에 그녀를 놓칠 뻔했다고 생각하니 당연했다.

"만약 네가 내일 낮까지 오지 않으면…… 나 혼자라도 떠날 거야. 그리고 너를 두 번 다시 기다리지 않을 거야. 알겠지? 그러니까 꼭 데리러 와야 해?"

에델리스가 그의 팔을 꼭 붙잡고 말했다. 그녀가 그에게 건네는 말은 흡사 협박이라도 하는 것 같았다. 하지만 사실은 에델리스가 그를 필요로 하는 것이라 말투에서는 꽤나 절박한 감정이 묻어나왔다.

그녀보다 더욱 절박한 심정이었던 르한은 이른 시간에 올 것이라 다짐하며 고개를 끄덕였다.

"걱정하지 마십시오, 아가씨. 내일 무슨 일이 있어도 꼭 모시러 올 테니. 긴 여행길이 될 테니 쉬고 있으십시오."

르한이 에델리스를 침대에 눕히고는 이불을 목까지 끌어올려 덮어주었다. 그는 그녀에게 자라고 했지만, 에델리스는 불안한 마음에 잠들지 못하고 자꾸만 르한을 쳐다보았다.

르한과 함께 간다고 하니 안정을 느끼면서도 혼자서 떠날 준비를 할 때는 애써 외면했었던 미래에 대한 불안감이 고개를 들었다.

만약에 그가 오지 않는다면 애초에 혼자서 떠나리라 생각했을 때보다 더욱 힘들 것 같았다.

"내일, 꼭 와야 해."

"일찍 모시러 오겠습니다."

르한의 커다란 손이 에델리스의 초록색 눈 위를 덮었다. 어

두워진 시야 위로 전해져오는 그의 따뜻한 체온이 그녀에게 안
정감을 주었다. 에델리스는 그 후로도 몇 번이나 그에게서 돌
아오겠다는 대답을 듣고 나서야 만족한 듯 잠이 들었다.

에델리스는 르한과 함께 떠날 때 가져갈 짐을 마지막으로 확
인하고 있었다. 도망갈 때 편안한 옷을 입을지, 아니면 돈으로
바꿀 수 있게 장식이 많이 달린 옷을 입을지 고민하면서.

"아, 아가씨!"

밖에서 들려오는 다급한 하녀의 목소리에 짐을 챙겨놓은 가
방을 침대 밑에 허겁지겁 숨겼다. 자수를 놓는 시늉을 하며 들
어오라고 하자, 급한 마음에 발을 구르던 하녀가 문을 열었다.

"지금 자수 놓으실 때가 아니에요! 황제 폐하께서 아가씨를
데리러 직접 이곳에 오고 계시다고 전갈이 왔어요!"

"뭐?!"

에델리스의 얼굴이 새하얗게 질렸다.

황후로 삼겠다는 이야기를 들은 것이 고작 일주일 전이었다.
그리고 궁으로 입궁하기로 한 것은 아직 사흘이나 더 남아 있
었다.

'그런데 하필이면 르한과 함께 떠나기로 한 오늘, 황제가 데
리러 오고 있다니……!'

에델리스는 빠르게 생각을 정리했다. 황제를 원망하며 지금

상황을 탓해봐야 황제와 자신과의 거리가 시시각각으로 가까워질 뿐 상황이 나아지지는 않는다는 것을 알고 있었다.

'그럼 르한은 어떡하지? 드디어 르한을 만났는데!'

오늘까지 기다리기로 했던 르한이 마음에 걸렸지만 황궁에 들어가기 전에 도망가야 했다. 르한이 자신을 잊지 않았으니까, 다시 볼 수 있을 것이라며 애써 자신을 위로하면서.

벌써 저 멀리서 말들이 뿌연 모래 먼지를 일으키며 달려오고 있는 것이 보였다. 에델리스는 옆에 있던 하녀가 놀라든 말든 숨겨놓았던 편한 옷가지들을 담은 가방을 침대 밑에서 꺼내 들고 방을 나서려고 했다.

그러나 그녀가 방문을 밀고 나가는 것보다, 그녀의 아버지가 문을 열고 오는 것이 더 빨랐다.

"아, 아버지."

"에델, 황제 폐하께서 곧 도착하시니 지금 바로 현관으로 나가야 한다."

그녀의 아버지는 에델리스의 손목을 잡아끌려다 그녀의 손에 들린 가방을 보았다.

"황후 폐하의 손에 짐을 들리는 것이냐. 당장 가지고 내려가 마차에 실어라."

하녀는 억울해했지만 조용히 명령에 따랐고, 에델리스는 준비한 짐을 갑자기 빼앗겨버렸다. 아무것도 없이, 저 혼자 저택을 떠났다가는 어떤 꼴을 당할지 불을 보듯 뻔했다.

결국 그녀는 모든 것을 포기하고 아버지를 따라 계단을 내려가 황제를 맞이하기 위해 현관 앞에 서 있을 수밖에 없었다.

에델리스는 마음속으로 르한의 이름을 간절하게 되뇌었다.

'르한, 르한…… 제발! 어제 내게 늦지 않게 온다고 했잖아!'

그러나 그녀의 바람과는 달리 그녀가 있는 곳으로 수많은 말과 마차들이 달려오고 있었다.

그리고 다른 이들보다 화려하게 치장한 말이 그보다 훨씬 앞서 오고 있었다. 말을 타고 있던 사람이 내리는 것을 보고 그녀는 자신의 눈을 믿을 수 없었다.

조금은 급하게, 넓은 보폭으로 걸어와 그녀의 앞에 선 사람은…… 그녀가 그렇게나 애타게 찾던 사람이었으니까.

"르한!"

에델리스는 르한을 애타게 불렀지만 거의 포기했었다. 하지만 그는 약속대로 와주었다.

너무나도 반가워 그의 목에 팔을 두르고 가슴팍에 얼굴을 묻자 르한의 단단한 팔이 에델리스를 마주 안았다.

"황제 폐하를 뵙습니다."

그녀는 아버지인 브릴 후작의 딱딱한 목소리를 듣고 나서야 황제가 왔다는 것을 알았다.

자신의 약혼녀가 다른 남자를 끌어안고 있는 것을 본 황제가 어떤 행동을 할지 두려웠다. 자신이 책에서 본 그의 성정상 황실의 자존심을 짓밟았다며 분노할 것이다.

에델리스는 황제에게서 르한을 변호하기 위해 급하게 그를 밀치고 황제를 찾아 두리번거렸다. 자신이야 원래부터 황제의 칼에 찔려 죽을 운명이라지만 르한은 그렇지 않았을 테니까.

그러나 에델리스의 눈에 보이는 것은 아버지가 자신의 쪽으로 허리를 굽혀 고개 숙이고 있는 모습이었다. 뒤이어 도착한 기사들 또한 마치 주군에게 인사하듯 한쪽 무릎을 꿇고 고개를 숙이고 있었다.

"나의 아내, 에델리스. 약속을 지키러 왔습니다. 앞으로는 내가 당신을 지켜드리겠습니다."

르한은 주변의 상황은 아랑곳하지 않고 만면에 미소를 띠며 말했지만, 그녀에게는 혼란만 가득했다.

앞에 있는 사람은 분명 어젯밤에 자신을 찾아왔던 르한이 맞았다.

어린 시절의 얼굴이 남아 있는, 붉은색 머리카락에 황금색 눈동자를 가진 르한이었다.

'아니야, 아닐 거야. 눈앞에 있는 사람이 르한이라고 할지라도, 르한이 황제일 리가 없어.'

이것을 어떻게 받아들여야 할까? 아직도 그녀는 현실을 받아들일 수 없었다.

"……혹시나 해서 물어보는 건데."

"말씀하세요."

르한은 해맑게 웃으며 그녀를 품에 안았다.

"너, 혹시…… 황제야?"

"맞습니다, 나의 에델리스. 에델이라고 불러도 되겠습니까?"

"지금 그게 중요한 게 아니잖아! 너 진짜 황제야? 네가?"

르한이 수줍게 웃으며 고개를 끄덕였다. 그녀는 상큼하게 웃는 르한의 얼굴을 보면서 온몸의 피가 빠져나가는 듯한 기분이 들었다.

'이럴 수가, 말도 안 돼⋯⋯.'

르한이 7년 만에 돌아왔다.

미래에 나를 죽이는, 그 폭군이 되어서.

꽃 의 기억

　그날은 에델리스에게 있어서 다른 날과 다르지 않았다. 가정교사로부터 귀족의 소양에 대한 교육을 받고, 쉬는 시간에는 자신의 서재에서 소소하게 책을 읽는 그런 날.

　하녀에게 간단한 다과를 내오라고 시키고, 그녀는 서재를 둘러보며 어떤 책을 읽을까 고민하고 있었다. 서재에 있는 어지간한 로맨스 소설은 다 읽었다고 생각했는데, 평소에는 못 보던 책을 발견했다.

　마치 자신을 발견해달라는 듯이 반짝이는 책등을 보고 의아하게 여겨 책장에서 꺼냈다.

　"꽃의 운명……?"

　펼친 책의 내부는 새하얀 종이밖에 보이지 않았다.

　"뭐야? 표지밖에 없네?"

　책을 휘어잡고 종이를 빠르게 촤라라락 넘기다가 글자가 있는 페이지를 발견하고 내용을 읽어 내리려고 하자, 밝은 빛이 터져 나오더니 공중에 선명한 영상이 나타났다.

에델리스가 놀라서 책을 떨어뜨렸지만 영상은 흔들림 없이 나타나고 있었다.

『황후 폐하!』

『황제 폐하, 어찌 황후 폐하를……!』

나이가 지긋한 중년의 남성들이 격앙된 목소리로 황제와 황후를 부르고 있었고, 젊은 여성이 칼에 찔린 채 가슴을 부여잡고 있었다. 흐린 얼굴의 젊은 남성이 그녀의 가슴에 꽂혀 있던 칼을 잔인하게 뽑아내자 그녀의 가슴에서 엄청나게 많은 양의 피가 뿜어져 나왔다.

하지만 남자는 그런 것에 더 이상 신경 쓰고 싶지 않다는 듯이 비웃으며 말했다.

『하! 황후는 무슨. 에델리스 크로노드, 아니 에델리스 브릴이 황후라는 직위를 이용해 무슨 짓을 했는지 모르느냐.』

영상을 보던 에델리스는 깜짝 놀랐다.

남자는 고통에 몸부림치는 여자를 '에델리스 브릴', 자신과 같은 이름으로 칭하고 있었다.

심지어 바닥에 쓰러진 채 피를 토하고 있는 여자의 얼굴은, 자신과 많이 닮아 있었다.

자신과 이름도 같고, 똑 닮은 여자가 피를 흘리며 죽어가는 것을 본 에델리스의 심장이 왠지 모를 불안함에 쿵쾅거렸다.

게다가 고작 영상일 뿐인데도 '황후 에델리스 브릴'이 뿜어낸 피는 마치 서재에 깔려 있는 카펫을 모두 적실 것같이 생생해 보였다.

『나의 황후는, ＿＿＿이 될 것이다. 불만이 있는 사람이 있다면, 지금 나오도록.』

황제가 다른 사람들을 향해 검을 겨누며 말하자, 방금 전까지 어떻게 황후를 칼로 찌르냐며 반발하던 사람들이 하나같이 꿀 먹은 벙어리처럼 입을 다물었다.

그 모습을 마지막으로 책에서는 처음 영상이 나올 때처럼 밝은 빛이 터져 나왔다. 그러고는 아무 일도 없던 것처럼 평소와 같은 서재만 남았다.

발치에 떨어뜨린 책을 주워서 다시 살펴보니 이제는 책이 반짝이지 않았다.

"이게, 대체 어떻게 된 거지?"

갑자기 나타난 반짝거리는 책에, 영상이라니. 게다가 그 영상에는 자신의 이름이 나왔다.

놀란 마음을 진정시키지 못하고 있던 에델리스는 때마침 도착한 하녀에게 말했다. 그녀는 불안함에 떨리는 가슴을 안고 하녀에게 책을 펼쳐 보였지만 아무 일도 일어나지 않았다.

"어? 그럴 리가 없는데? 아까 분명히……!"

그럴 리가 없다고 책을 펼쳐 보이며 이것 보라고, 여기 적혀 있지 않느냐고 말했다. 하녀는 대체 무슨 말씀을 하시는 거냐고, 자신의 눈에는 아무런 글자도 보이지 않는다고 했다.

에델리스는 하녀의 말을 믿을 수가 없어 책을 들고 나왔다. 그러고는 지나가면서 마주친 하녀들에게 책을 보여주었다. 그러나 에델리스의 예상과는 전혀 다르게 그 누구도 책에서 어떠한 글자도 읽어내지 못했다. 에델리스는 하녀들에게 오늘 일에 대해서 함구할 것을 명령하고 자신의 방에서 생각하기로 결정했다.

방에 돌아온 에델리스가 책상에 앉아 손가락 끝으로 책의 표지를 톡톡 두드렸다. 아까와는 다르게 책이 빛나고 있지 않았다. 그것을 보며 에델리스는 작게 중얼거렸다.

"내게만 보이는 글자, 나와 같은 이름, 나와 닮은 얼굴이라니……. 얼굴이야 닮을 수 있겠지만, 이름과 가문까지 같다고?"

분명 아까 봤을 때는 백지였던 책의 첫 장에 '등장인물'이라고 적혀 있었다.

에델리스는 무엇이 바뀐 것인지 확인하기 위해 마치 책에 들어가기라도 할 것처럼 가까이에서 책을 읽어 내려갔다. 등장인물에 나타난 주요 인물은 총 네 명으로, 그중 이름이 나타나 있는 것은 에델리스 브릴, 그녀뿐이었다.

『브릴 백작가의 외동딸로 ＿＿＿의 황제 등극 후 황후가 된다. 이후 나타난 ＿＿＿을 시기하여 온갖 악행을 저지르다 ＿＿＿의 칼에 찔려 죽게 된다.』

에델리스는 자신과 같은 '브릴 백작가의 에델리스'에 대한 설명을 보고 묘한 감정에 휩싸였다. 황제에게 칼에 찔려 죽은 여자는 심지어 가족 관계까지 자신과 같았다.

'이것은 사실이 아니다, 허구다. 말도 안 된다.'

그렇게 생각하면서도 혹시나 싶은 마음에 심장이 빠르게 쿵쾅거렸다.

'만약에…… 사실이면 어떡해?'

그녀는 길게 심호흡을 하고, 정보를 모으기 위해 등장인물에 나타난 또 다른 인물로 시선을 돌렸다. 이름은 적혀 있지 않고, 그에 대한 짧은 설명만 적혀 있었다.

에델리스는 손가락 끝으로 문장을 훑으며 조그맣게 소리 내어 읽었다.

"붉은 머리카락에 황금색의 눈동자를 가진 그는, 어린 시절 납치되어 자신의 과거는 모른 채 '르한'이라고 불리며 투기장에서 검투사로 활약했다."

단 한 문장밖에 적혀 있지 않았다. 그것이 아쉬웠지만, 그녀가 아쉬워한다고 무언가 달라지는 것은 없었다.

"이것을 어떻게 하면 좋을까……. 확인해보는 수밖에 없겠지."

이 책에서 본 대로 자신이 칼에 찔려 죽을지 무작정 걱정하며 살아가기보다는, 우선 할 수 있는 일부터 하기로 했다.

에델리스는 탁, 소리 나게 책을 덮고는 자신의 베개 밑에 숨

겼다. 그러고는 설렁줄을 당겨 하녀에게 외출할 것이니 외출
준비를 도우라고 지시했다.

준비를 모두 마친 그녀는 대기하고 있던 마차에 올라 마부에
게 지시했다.

"투기장으로 가자."

책이 미래를 보여주는 것인지, 아니면 그저 허구일 뿐인지 확
인하러 가야 했다.

투기장에 도착한 에델리스는 떨리는 마음을 안고 안내인의
안내에 따라 자리에 앉았다. 경기장에서는 진행 요원이 이미
숨이 끊어진 것처럼 보이는 검투사의 발목을 붙잡고 질질 끌고
나갔다. 바닥은 먼저부터 있던 핏자국으로 가득했고, 검투사가
지나간 자리에 새로운 핏자국이 생겨났다.

대체 왜 이런 것을 보러 오는지 모르겠다며 속으로 욕하던
에델리스는 피가 낭자한 광경을 꿋꿋하게 참고 겨우겨우 앉아
있었다.

"이번 경기는 적색의 르한, 백색의 쟈크입니다!"

사회자가 '르한'을 호명하자 에델리스가 저도 모르게 자리에
서 일어났다.

에델리스의 등에 식은땀이 흘렀다.

실제로 투기장에 르한이라는 검투사가 존재하고 있었다니!

자신이 지금 앉아 있는 곳은 그래도 경기가 잘 보이는 곳이었으나, 르한이 투구를 쓰고 있었기 때문에 책의 주요 인물과 외모도 같은지는 확인할 수가 없었다.

'제발, 그 사람이 아니기를……!'

각각 적색과 백색의 망토를 두르고 싸우고 있던 검투사들은 몇 번이나 칼을 주고받으며 서로의 몸에 점점 깊은 상처를 남겼다.

그들의 상처에서 피가 솟구치고, 더욱 깊은 상처를 만들 때마다 관객들이 환호했다. 점차 많은 출혈로 바닥에는 그들이 만든 피가 웅덩이를 만들고 있었다.

'금색? 아닌가? 무슨 색이지?'

에델리스가 간절한 마음으로 르한의 눈 색깔을 확인하려 하는데, 순간적으로 그의 눈에 밝은 빛이 반사되면서 그가 눈을 질끈 감아버렸다.

르한은 그 순간을 기다리고 있던 쟈크에게 가슴팍부터 복부까지 크게 베여 피를 쏟아내며 바닥에 쓰러져갔다.

"안 돼!"

에델리스는 저도 모르게 쓰러져가는 르한에게 그렇게 외쳤다.

함성 소리에 묻힌 그녀의 목소리가 그에게 닿았을 리가 없는데, 르한은 순간적으로 몸을 일으켜 승리를 확신하며 웃고 있던 쟈크의 복부에 검을 찔러 넣었다. 그리고 마침내 르한은 정신을 잃고 바닥에 그대로 쓰러졌다.

이게 어떻게 된 상황인지 이해할 수 없었던 쟈크는 몇 번이나 자신의 복부에 꽂혀 있는 검과 르한을 번갈아가면서 보더니, 복부에 꽂힌 검을 뽑으려고 하다가 이내 바닥에 쓰러졌다.

"우와아아아아아!!!!"

"르한! 르한!"

"쟈크! 쟈크!"

관객들은 흥분에 가득 차 환호성을 내지르며 각자가 돈을 내건 검투사의 이름을 연호했다.

경기장 위로 올라온 사회자가 두 사람 모두를 살펴보았다. 르한에게서는 미약한 숨이 느껴졌지만, 쟈크의 맥박은 완전히 멎어 있었다.

"스, 승자는!"

관객들은 숨을 죽이고 사회자의 이어질 말을 기다렸다.

"……르한입니다! 르한이 살아 있습니다!"

사회자의 말이 끝나기가 무섭게 경기장 위로 올라온 진행 요원들은 쟈크의 시신에서 마구잡이로 검을 뽑아버리고는 양쪽 발목을 잡아 경기장 밖으로 질질 끌고 갔다. 이는 르한도 그다지 다르지 않았다.

진행 요원에게 양쪽 발목과 손목이 각각 붙잡힌 채로 실려 가는 모습은 대체 누가 승자이고 누가 패자인지 구분이 가지 않았다. 관객들은 참혹한 현장에 열광하며 목이 쉬도록 소리를 질렀다.

에델리스는 귀를 막고 싶은 것을 애써 참으며 혹시 몰라 준비한 주머니를 챙기고, 특등석에서 대기하고 있던 안내인에게 말했다.

"관리자에게 안내해줘."

안내인은 에델리스가 들고 있는 두둑한 주머니를 보고 밝게 웃으며 그녀를 관리인에게 인도했다. 그를 따라서 발걸음을 옮기는 동안에도 에델리스의 머릿속에는 르한이라는 검투사의 이름이 계속해서 맴돌았다.

'진짜로 검투사 르한이 존재했어. 그렇다면 나는 책에서 본 대로 칼에 찔려 죽는 거야? 아냐, 그럴 리가 없어…… 이름만 같은 사람일 수도 있잖아?'

아닐 거라고 마음속으로 몇 번이나 되뇌다 보니 어느새 관리인의 집무실 앞이었다. 안으로 들어가자 얼굴의 절반 이상을 가리는 검은 가면을 쓴 관리인이 미소 지으며 그녀를 반겼다.

"어서 오십시오, 브릴 가의 아가씨. 미천한 저를 찾으시는 이유가 무엇이십니까?"

관리인의 탐욕에 젖은 미소를 보자 괜히 소름이 돋았다.

"르한이라는 검투사가 있다던데."

에델리스가 르한의 이름을 꺼내자 관리인은 쾌재를 불렀다.

르한이 만약 오늘 팔려나간다면 시체를 치우는 금액이 들지 않는다.

"지금 그를 좀 볼 수 있나?"

"으음, 죄송합니다만 그는 중요한 '상품'이라서요."

"그 '상품'을 '구매자'에게 보이지도 않고 판매하진 않겠지?"

에델리스의 입에서 '구매'라는 이야기가 나오자 관리인의 미소가 더욱 짙어졌다.

"그럴 리가 있겠습니까."

그들은 집무실에서 나와 퀴퀴한 냄새가 풍겨오는 지하로 내려갔다.

관리인이 방문을 두 번 두드리더니 답을 기다리지도 않고 벌컥 문을 열었다.

안쪽에는 비릿한 쇠 냄새가 가득했다.

문이 열리자 안내인의 지시에 따라 운동을 하고 있던 검투사 한 명이 방 밖으로 나갔다. 두 명이 침상에 누워 있었는데, 둘 다 대체 어떤 경기를 치렀는지 정신을 못 차리고 누워 있었다.

관리인이 에델리스를 그중 안쪽 침상으로 안내했다. 그의 앞에 있는 침상에는 붉은 머리카락의 검투사가 있었다. 르한이었다. 책 속의 주요 인물.

자신의 죽음과 직접적으로 연관되어 있는 것이 분명한 사람이었다.

이로써 에델리스는 부정할 수 없게 되었다. 책에서 봤던 것이 바로 자신의 미래였다는 것을, 자신이 황제의 칼에 찔려 죽게 될 것임을.

"상품을 살펴보시겠다고요."

남자인지 여자인지 모를 중성적인 목소리가 에델리스를 불렀다.

"그래."

르한은 치료했다고 하기도 힘든 상태로, 간신히 지혈만 하고 약초 몇 장에 붕대만 감아둔 상태였다.

관리인이 르한을 깨우라고 지시했다. 그러자 밖에 서 있던 이 방의 검투사가 후다닥 뛰어가더니 양동이에 물을 받아왔다.

"아니, 지금 무얼……."

검투사는 에델리스가 말릴 새도 없이 르한에게 찬물을 냅다 뿌려버렸다. 관리인이 망토를 넓게 펼쳐서 에델리스에게 물이 튀는 것을 막아주며 싱긋 웃었다.

그러나 에델리스는 피를 많이 흘려 쓰러진 이에게 제대로 된 치료는 못 할망정 물이나 뿌려대는 관리인을 좋게 볼 수가 없었다.

"콜록! 콜록!! 컥!"

르한이 기침을 하며 힘겹게 눈을 뜨자, 금색 눈동자가 모습을 드러냈다. 진통제조차 쓰지 않고 그저 약초만 덕지덕지 붙여놓은 상태인지, 르한이 통증으로 인해 얼굴을 한껏 찌푸렸다.

"르한, 괜찮느냐."

르한은 주변을 두리번거리며 상황을 파악한 뒤에야 관리인의 질문에 짧게 답했다.

"예."

"그렇다고 하는군요. 그러면 살펴보시죠."

에델리스는 어처구니가 없었다. 조금 전까지 르한이 치른 경기를 굳이 떠올리지 않더라도 지금 르한은 빈말로라도 괜찮다고 할 상황이 아니었다. 르한을 그대로 두고 간다면 머지않아 그가 죽을 것 같았다.

만약 그렇게 되면 미래가 바뀔까? 아니면, 자신이 그를 데리고 가서 살렸을 때 미래가 바뀌는 것일까?

누구도 답을 해주지 않았다.

'만약 르한이 죽어서 미래가 바뀐다고 해도 찝찝한데…….
나 대신 죽은 것 같잖아. 그리고 르한을 데리고 가지 않아도
살아남으면 결국 안 바뀌는 거고.'

이러니저러니 해도 결국 르한을 데려가서 백작가에서 치료
를 받게 하는 것이 가장 좋은 선택지라고 결론을 내렸다. 게다
가 책의 내용이 사실이라는 것 외에 '르한'을 제외한 어떠한 단
서가 되는 것도 없었다.

"더 이상 살펴보지 않아도 괜찮아. 얼마지?"

에델리스는 떨리는 목소리를 애써 감추며 말했다.

"아무래도 부상이 있으니 가격을 좋게 받을 수는 없겠지
요. 그러나 그가 죽는 모습을 보기를 바라는 관객분들이 많
아서요. 르한 때문에 많은 돈을 잃으신 분이 적지 않다 보
니……."

한 푼이라도 더 받기 위해 당사자 앞에서 서슴지 않고 웃으
며 말하는 관리인을 보니 헛구역질이 날 것 같았다. 뿐만 아니
라 르한의 생명이 위태로워 보여 그의 시답잖은 이야기를 다
들어줄 시간이 없었다.

"그래서? 얼마든지 줄 테니까 어디 부르고 싶은 만큼 불러
봐."

관리인의 극진한 배웅을 받은 에델리스는 르한과 함께 백작 저로 향하고 있었다.

　아직도 르한을 어떻게 해야 할지 결정하지 못한 에델리스와 무슨 말을 해야 할지 고민하던 르한 중 먼저 입을 뗀 것은 르한이었다.

　"왜 수많은 검투사 중 저를 데리고 온 것입니까?"

　그의 차가운 목소리가 에델리스에게 닿았다. 얼굴에 식은땀을 흘리면서도 그는 아픈 기색을 애써 감추고 있었다.

　그런 르한에게 '책에서 네 이름이 나와서. 나는 죽을 운명이고 너는 중요 인물이래.'라고 이야기할 수는 없었다. 그래서 진실과 거짓을 섞어서 둘러댔다.

　"관객석에서 네 이름이 나왔어. 실력이 굉장하다고."

　"저는 그러면 가서 무엇을 하면 됩니까?"

　에델리스는 순간적으로 움찔했다. 아직 르한을 어떻게 해야 할지 결정하지 못한 것을 들킨 것 같았기 때문이었다.

　"……검투사는 보통 호위로 많이 데려간다던데."

　에델리스의 애매한 답변에 르한이 그녀를 빤히 보았다.

　"그렇다면 기사를 호위로 삼거나 성인인 검투사를 사는 것이 훨씬 이득이지 않습니까."

　에델리스는 맞는 말만 하는 르한에게 대꾸할 수가 없었다.

　'그렇지만 내게 필요한 건 다른 검투사가 아닌 책 속의 주요

인물인 '르한'인 걸 어떡해!'

실제로 나중에 그가 자신의 목숨을 구해줄지는 모르겠으나, 투자라고 생각하면 마음이 편했다.

소설 속 주요 인물인 르한에게 잘해준다면 나중에 자신에게 안 좋은 영향을 주진 않을 것이라 생각했다. 어쩌면 죽음을 피해 가는 데 결정적인 역할을 해줄지도 모른다는 느낌까지 들었다.

하지만 르한은 표정 없는 얼굴로 차갑게 말했다.

"호위보다 더 많이 쓰이는 곳이 있죠."

"……뭔데?"

"암살."

르한은 이제 그만 본론을 말하라는 듯이 단언하고 이야기했다. 하지만 에델리스는 기겁하며 놀라 양손을 빠르게 흔들며 부정했다.

"절대 그런 거 아니야! 그런 거 위험하잖아."

그녀의 반응에 오히려 르한은 대체 에델리스가 무슨 말을 하는지 모르겠다는 표정이었다. 그도 그럴 것이 위험한 일을 시키려고 검투사를 데려가는 거지, 검투사를 모시고 살려고 데려가지는 않았기 때문이다.

하지만 르한의 예상과는 달리 에델리스는 르한을 모시고 살 준비가 되어 있었다.

'내 목숨이 왔다 갔다 하는데, 모시고 살 수도 있지, 뭐.'

그러나 이런 이야기를 구구절절하게 할 수 없는 에델리스는 논리로 설득하는 것을 포기하기로 했다.

논리가 안 되면 뭐다? 우기기다!

"네가 마음에 들어서."

"……네?"

"다른 검투사들보다 네가 마음에 들었다고."

이러한 주장에는 그 어떤 근거도 필요치 않았다. 개인의 주관적인 감정이니까.

'내 마음에 든다는데 네가 뭘 어쩔 건데.'

아니나 다를까, 르한의 얼굴은 당황으로 얼룩져 있었다. 짧지만 언제 죽을 지 모르는 인생을 살아온 그에게 심장을 간질이는 말에 대한 면역은 없었다.

작전이 먹혔는지 르한의 얼굴에 당황스러운 기색이 역력했다. 그 모습을 본 에델리스의 입가에 미소가 번졌다.

"네 머리카락 색깔도, 눈동자 색깔도 좋아."

'이름이 가장 중요하지만 말이야.'라는 말은 삼켰다.

르한은 너무나도 낯선 상황에 입을 다물어버렸다. 그런 그에게 에델리스는 씨익 웃으며 이야기했다.

"우선 백작저의 주치의에게 치료부터 받도록 해. 몸이 다 낫고 난 뒤에는 기대해도 좋아."

르한의 부상이 너무 심해 도착하자마자 치료를 받기 위해 다른 하인들의 도움을 받아 깨끗하게 씻고 나왔다. 그가 나오기를 기다리고 있던 하녀들이 아무렇게나 자란 그의 머리카락을 정돈해주었고, 백작저의 주치의를 불러 르한이 치료받을 수 있도록 했다.

어느 정도 처치가 끝났을 즈음 르한을 찾아간 에델리스는 그의 변한 모습을 보고 깜짝 놀랐다. 상처가 난 몸이 아파 제대로 씻지도 못한 상태로 피 묻은 전투복을 그대로 입고 있던 모습과는 많이 달랐다.

게다가 자신이 읽었던 소설에서 '주요 인물들의 공통적인 특징은 모두 잘생기고 예쁘다.'더니, 르한도 예외는 아니었다.

"르한, 궁금한 게 있는데."

르한은 똑바로 누운 채 온몸에 약초가 덕지덕지 붙어 있고, 연고를 바른 상태였다. 상처에 약이 스며들기를 기다리는 동안 에델리스가 그에게 궁금한 것을 물었다.

"네."

"몇 살이야?"

르한을 투기장에서 처음 봤을 땐, 그가 왜소할 뿐 풍기는 분위기 같은 것이 자신과 나이가 비슷할 것이라고 생각했다.

그러나 제대로 된 치료를 받기 위해 웃옷을 벗은 르한은 자신의 예상보다도 훨씬 작은 체격이었다.

"열네 살입니다."

에델리스는 할 말을 잃었다. 그녀는 반 년 전에 열여덟 살이 되었다. 르한은 무려 네 살이나 어렸다. 자신이 그를 데리고 오지 않았다면 불과 열네 살의 나이에 세상을 뜰 뻔했다.

지금 그녀에게는 르한이 소설 속 주요 인물이든 아니든 중요치 않았다. 자신과 비교할 수 없을 정도로 험난한 삶을 살아온 그를 동정했다.

더는 물어볼 수조차 없었다. 이제 갓 투기장에서 나온, 어두운 기억만 갖고 있는 아이에게 무얼 더 물어본단 말인가.

그보다도 그의 머리를 쓰다듬어주고 싶었다. 어머니가 머리카락을 쓰다듬어줄 때면 언제나 안정감을 느꼈던 것을 떠올렸기 때문이다.

그녀가 그의 머리를 향해 손을 뻗자, 르한이 반사적으로 그녀의 손을 거세게 쳐냈다. '짝'하는 소리가 들릴 정도로 세게 쳐낸 르한이 에델리스보다 더 놀란 표정을 지었다.

"감히 아가씨께!"

르한이 에델리스에게 어떤 해를 끼칠지 몰라 주변에서 대기하고 있던 하인들의 분노가 깃든 목소리가 르한의 목을 죄었다.

귀족을 다치게 했다는 것에 당황한 르한의 염려와는 달리, 에델리스가 손을 들어 화난 얼굴로 르한에게 가까이 다가오려는 이들을 저지했다.

그녀의 하얀 손은 새빨갛게 부어오르고 있었다. 자신이 저지르고도 어쩔 줄 몰라 하는 르한에게 에델리스가 웃으며 말했다.

"괜찮아. 괜찮아, 르한."

무엇이 괜찮은지에 대한 말은 없었지만, 잔뜩 긴장한 그의

어깨에서 조금은 힘이 빠졌다. 다시금 그의 머리를 향해 다가
오는 하얀 손을 보며 그는 조금 움찔하긴 했지만 그녀의 손이
자신의 머리카락을 쓸어 넘기는 것을 받아내었다.

"이곳에서는, 아무도 너를 해치지 않아."

조곤조곤 말하는 에델리스의 다정한 목소리에, 르한은 눈을
감고 그녀의 손길을 받아들였다.

르한은 에델리스가 공언한 대로 완전히 나을 때까지 백작저
의 주치의에게 극진한 치료를 받았다.

사용인들이 검투사였던 르한을 경계했지만, 에델리스의 부
탁 때문에 어쩔 수 없었다. 심지어 르한의 치료 시간 전후로 식
사 시간이나 간식 시간이 있으면 에델리스가 꼭 르한과 함께했
기 때문에 르한의 죄책감은 갈수록 깊어졌다. 그는 단순한 치
료를 받았을 뿐 그녀에게 무언가 보답을 한 것이 단 하나도 없
었기 때문이다.

투기장에 있을 때도 무언가 자신에게 잘해주면 요구하는 것
이 있었다. 목숨이라던가, 무기라던가 하는 그런 것들.

'대체 왜 내게 이렇게까지 잘해주는 거지?'

하지만 에델리스는 그에게 바라는 것을 아무것도 말하지 않
았다.

그런 에델리스의 호의에 르한은 오히려 의문이 들었다. 언제

봤다고 자신을 마음에 든다고 하는 것인지부터 의문이었다.

이곳에 도착한 직후에 현장에 투입될 거라 생각했지만, 그렇지 않았다. 빈사 상태에서 수행할 수 없는 임무라 생각해서 조금 더 나으면 현장에 보내질 거라 생각했지만, 그것도 아니었다. 몸이 어느 정도 나아서 도망갈 수 있으리라 여겼는데, 이상하게도 낮에는 에델리스가 자꾸 자신을 찾아왔다.

밤중에 몰래 도망가려고 했지만, 검투사인 자신을 경계하는 경비가 꽤나 삼엄했다.

도주로를 확보하기 위해 열을 올리던 어느 날, 단 한 번도 진지하게 생각하지 않았던 가설이 떠올랐다.

'진짜로 내 외모가 마음에 들어서 그런 건가?'

르한은 거울 앞에 서서 한참이나 자신의 머리카락과 눈동자를 뚫어져라 쳐다보았다. 정리를 했다고는 하지만 거칠게 자란 티가 역력했다. 곱게 자란 귀족 아가씨의 마음에 들 만한 것은 아니었다.

도대체 자신을 왜 데리고 온 것인지 르한 본인이 이해가 가지 않아 에델리스에게 이따금씩 묻곤 했다. 하지만 에델리스는 뭘 그런 당연한 것을 묻느냐는 식으로 답했다.

"네가 마음에 들어서 그런 거라니까."

그가 정색을 한 채 충격받지 않고 받아들일 테니 사실대로 말해달라고 한 적도 있었다. 그러자 에델리스는 더욱 자세하게 설명해주었다.

"르한, 나는 너의 이름도 마음에 들고, 빨간 머리카락도 마음에 들어. 금색 눈동자와 아주 잘 어울리는 것 같아. 나는 너와 친하게 지냈으면 좋겠어. 우리 앞으로 잘 지내보자."

자신이 다른 사람을 죽인 적도 있는 검투사라고 말을 해도 소용이 없었다.

"내가 이전부터 너를 알았더라면, 투기장에서 더 일찍 너를 데리고 나왔을 텐데. 생명의 소중함도 가르쳐주고…… 지금부터라도 생명의 소중함에 대해서 가르쳐줄게!"

르한은 그 후로 한참이나 생명의 소중함에 대해서 설파하는 에델리스의 말을 들어야 했다.

"그리고 주변 사람들이 함부로 생명을 해치려고 한다면, 막을 줄도 알아야 해!"

"주변 사람들요?"

"응, 이게 제일 중요한 거야. 다른 사람이 잘못된 행동을 할 때 막을 줄 알아야 해. 알겠지?"

"……예."

그렇게 시간이 지나 르한이 다 나을 즈음, 그가 저택에 발을 딛는 순간부터 그의 모든 행실을 보고받던 백작이 그를 불러들였다.

"백작님, 르한을 데리고 왔습니다."

"들어오거라."

집사가 문밖에서 간략하게 보고하자 브릴 백작의 허가가 떨어졌다. 르한이 떨리는 마음으로 문을 열고 들어가자, 에델리스와 똑같은 금색의 머리카락을 가진 브릴 백작이 의자에 앉아 있었다.

브릴 백작은 르한이 방에 들어서자 가타부타 말도 없이 서랍에서 꺼낸 주머니를 책상 위에 올려놓았다. 집사가 그것을 챙겨 르한에게 전달했다.

집사가 열어서 보여준 주머니에는 다량의 금화가 들어 있었다. 백작에게는 큰돈이 아니었지만 르한 혼자라면 적어도 1년은 생활하는 데 문제가 없는 금액이었다.

"그것을 받고 이곳에서 나가거라. 그 돈이면 조그만 방 한 칸 구하고, 당분간 생활비 정도는 걱정하지 않아도 될 것이다."

그 말을 듣고 나서야 르한은 확신하게 되었다. 에델리스가 자신을 데리고 온 것은 정말 호의에서 비롯된 것이었다고.

'대체 어디서부터가 거짓이고, 어디까지가 진실인지 끊임없이 의심했었는데.'

그런데 임무에 투입하기는커녕 몸이 다 낫자마자 내보내려고 하다니. 그것도 자신에게 호의를 보이던 에델리스가 직접 이야기하는 것이 아닌, 얼굴 한 번 본 적 없는 백작이 이야기했다.

'그렇다는 건, 아가씨는 지금 상황을 모르고 계신 걸지도 몰라.'

그제야 르한은 자신이 검투사의 운명에서 벗어난 듯한 느낌이 들었다. 살기 위해서, 지시에 따라 다른 사람을 끊임없이 죽여야 하는 그런 운명.

가만히 서 있는 르한에게 브릴 백작이 나가라는 듯 손짓했다. 그러나 르한은 백작의 책상 위에 집사에게서 받은 주머니를 올려놓았다. 그 모습을 본 백작의 입가가 꿈틀거렸다.

"저를 투기장에서 꺼내주신 아가씨께 보답을 하고 싶습니다."

"무슨 수로 말이더냐."

백작이 실소하듯 말했다.

"어차피 아가씨가……."

그 순간 조용하던 백작의 집무실에 '쾅'하는 문 열리는 소리가 들리더니 불쾌한 기색을 감추지 않은 에델리스가 들어왔다.

"이게, 대체 어떻게 된 일인지 설명 좀 해주시겠어요? 아버지."

에델리스가 한 글자 한 글자 끊어 말하며 분노했다. 그런 그녀의 눈이 백작을 향했다.

"그, 그것이……."

백작은 조금 전 르한을 칼같이 잘라내며 내쫓으려고 할 때와는 전혀 다르게 약해진 모습으로 말했다.

"주치의가 말하기를 몸도 많이 나았다고 하고……."

"몸이 다 나았으면 저한테 말도 없이 내보내도 괜찮은 거예요?"

역시나 르한의 예상대로 에델리스는 백작이 그를 내보내려고 하는 것을 몰랐다.

"하아, 에델리스. 검투사는 본디 위험하단다. 그러니 아주 특수한 경우가 아니고서는 그들을 들여오는 경우 자체가 적어. 특히나 너 같은 귀족 여성은 더더욱."

"르한은 이미 투기장을 나왔어요. 이제 더 이상은 검투사가 아니에요!"

에델리스가 르한이 저택 밖으로 나가는 것을 막고자 단호하게 소리쳤다.

"투기장을 나왔어도 크게 다르지 않다. 검투사였던 이가 호위 대상을 죽이려 하다가 제압되어 살해된 이야기를 들어본 적도 없느냐!"

백작의 언성이 높아지자 에델리스의 눈에 눈물이 그렁그렁해졌다. 그리고 그들 사이에 불편한 침묵이 가라앉았다.

"백작님."

르한이 조용히 입을 열자 두 쌍의 눈이 르한을 향했다.

"……다른 검투사들이 어떻게 했는지는 모릅니다."

"그래서, 너는 다르다고 말하고 싶은 것이냐."

"다만, 아가씨께서 투기장에서 꺼내주지 않으셨다면, 저는 지금쯤 죽어 있을지도 모릅니다."

이미 이곳에 온 뒤에 며칠이나 시간이 흘렀다. 투기장의 일정을 생각하면 경기에 올라도 몇 번은 올랐을 시간이었다. 그리고 제대로 된 치료조차 받지 못했을 테니, 회복이 되지 않아 얼마 못 버티고 죽었을 것이다.

에델리스가 그랬듯 누군가가 기적적으로 그를 사가지 않았다면 말이다.

"어차피 사라졌을 목숨, 구해주신 아가씨를 위해서 쓰고 싶습니다."

르한의 말을 듣고 가장 놀란 것은 다름 아닌 에델리스였다. 혹시나 르한이 제 기대와는 달리 밖에 나가서 살고 싶어 하면 어떡하나 조금 걱정하던 찰나였다.

그러나 르한은 흔들림 없는 눈으로 아버지를 보면서 말하고 있었다. 아버지는 르한과 계속해서 시선을 주고받고 있었다.

"만약 제가 위험하다고 생각하신다면, 저를 제압할 수 있는 기사 분과 함께 다니도록 하겠습니다."

에델리스는 정말 솔직히, 자신의 목숨을 위해서 르한을 데리고 온 것이었다. 그런데 르한이 이렇게까지 말해줄 줄은 몰랐기에 무언가 죄책감이 들었다.

내가 해주었던 모든 것들은 바로 나 자신을 위한 것이었는데…….

그래도 르한이 자신의 편을 들어준 것이 에델리스에게는 커다란 힘이 되었다. 그리고 처음 시작은 이기적이었을지 몰라도 앞으로 르한에게 잘해주면 될 거라고 생각했다. 르한도 투기장에 있는 것보다 이곳에 있는 것이 훨씬 생활하기 편리할 테니까.

"맞아요, 아버지! 정 걱정되면 다른 기사를 붙여주시면 되잖아요! 어차피 저한테 호위 붙일 생각이셨다면서요. 르한이랑 셋이 다닐게요."

백작의 눈빛이 처음과는 달리 누그러드는 것을 본 에델리스가 더욱 열심히 설득했다.

사실 호위 기사를 여럿이나 데리고 다니는 것은 불편하기 짝이 없는 일이었다. 하지만 르한과 함께 있을 수 있다면 기사 한두 명이 아니라, 기사단을 데리고 다니라고 했어도 수락했을 것이다.

"르한은 검술 실력도 좋대요. 투기장에서 유명했어요."

"차라리 기사를 둘 붙이는 게 낫지 않겠느냐."

"싫어요. 저는 르한이 좋아요. 그러면 기사 둘이랑 르한까지 해서 넷이 다닐게요."

 그녀가 르한이 좋다고 하니 백작의 심기가 불편해진 것이 표정에서 드러났다. 그렇지만 그것에 신경 쓰는 것은 백작뿐인지, 에델리스도 르한도 표정에는 절박함만이 묻어나왔다.

"검투사는 근본적으로 살생을 목표로 하고 있지, 호위처럼 보호를 목표로 하고 있지 않다."

"그러면 기사 분들과 같이 훈련을 받게 해주십시오."

"르한은 계속 투기장에서만 자랐는데, 이 세상 물정 모르는 애가 밖에 나가면 또 범죄에 노출될지도 몰라요. 그러니 이곳에서 일을 가르치는 게 좋지 않을까요?"

 에델리스와 르한은 계속해서 백작을 설득하기 위해 노력했다. 르한도 열심히 훈련을 받을 것이며 에델리스를 해하는 무리로부터 그녀를 지키겠다고 설득했다.

"하아……."

"아버지, 제발요. 솔직히 르한이 저를 해코지할 생각이었다면 이미 기회는 많았어요. 하지만 그러지 않았잖아요."

사실 에델리스는 깨닫지 못하고 르한도 굳이 말할 필요를 못 느꼈지만, 혹시라도 에델리스에게 위해를 가할 낌새라도 보이면 당장에 달려들 수 있는 거리에 은신하고 있던 호위가 있었다. 그렇기에 백작도 에델리스의 말이 타당하다고 여겼다.

결국 에델리스의 계속된 설득에 백작이 고개를 끄덕였다. 역시 자식을 이기는 부모는 없었다. 에델리스의 말대로 르한과 에델리스가 단둘이 있는 것도 아니고, 기사 둘과 함께 있는다면 만약의 상황이 발생하더라도 에델리스를 안전하게 보호할 수 있을 것이었다.

"만약에라도 에델리스에게 무슨 일이 생긴다면……."

백작이 르한을 위협하듯 말했다.

"제 발로 나가겠습니다."

"편하게 나가지는 못할 것이다."

"예."

백작은 이렇게 남고 싶다고 했는데 괜히 르한을 쫓아냈다가는 오히려 에델리스가 더 위험할 수도 있다고 여겼다.

"알았다. 그러면 에델리스와 르한은 상시 기사 한 명과 각각 붙어 다니도록 해라. 그것을 수용한다면 허락하도록 하마."

"알겠어요! 고맙습니다! 감사해요! 아빠 최고!"

에델리스가 한 걸음 물러나 백작에게 인사했다.

"저보다는 아버지께서 기사들에 대해 더 잘 알고 계실 테니까 아버지께서 잘 골라주세요! 감사해요!"

에델리스가 백작에게 격식을 갖추어 고개를 숙인 뒤 르한

의 손목을 잡고 등을 돌렸다. 르한은 그녀를 따라가도 되는
지 백작과 에델리스를 번갈아가며 쳐다보았다. 백작이 마지
못해 턱 끝을 위아래로 흔들자 르한은 그녀를 따라 집무실을
나섰다.

"르한, 잘됐다! 이제 저택에 계속 있을 수 있겠네!"

에델리스가 기뻐하며 그를 바라본 순간, 그녀는 르한의 굳게
닫힌 입술을 보고 순간적으로 당황했다. 마냥 기뻐하기에는 그
녀의 아버지가 했던 말씀이 마음에 걸렸기 때문이다.

"아, 그…… 아버지가 악의가 있어서 하신 말씀은 아니야."

"알고 있습니다. 보통 검투사에 대해서 생각하는 것과 크게
다르지 않으니까요."

"……미안. 내가 대신 사과할게."

"아닙니다."

결국 르한은 아버지의 협박까지 들어야 했다. 자신이었다면
굉장히 기분이 상했을 것이다.

'아버지의 허락을 구해야 하는 입장이니 반발하지 못했지
만……'

"앞으로, 내가 더 잘해줄게!"

아버지의 심정은 이해하지만 지금은 제 상황이 더 위급했다.
그러니 르한에게 더욱 더 잘해주어서 안 좋은 기억을 얼른 잊

게 해야겠다고 다짐했다.

"아가씨, 이미 이 정도로도 충분합니다."

"무슨 말이야! 아직 내가 해줄 게 한참이나 남았다고!"

르한이 이곳에 남게 된 데다, 그가 이곳에 직접 남고 싶다고 말했다. 게다가 르한이 스스로 자신을 지켜준다고 했으니 모든 것이 수월했다.

"정말이지, 아가씨는……."

르한이 곤란한 듯 웃더니 무릎을 꿇고 에델리스의 손을 잡아 그녀의 손등에 이마를 대었다. 창을 통해서 내리쬐는 반짝이는 햇살이 그를 비추었다. 마치 신성 제국의 성기사 서임식을 방불케 하는 경건함이었다.

"제 모든 것을 바쳐 지켜드리겠습니다. 언제까지라도."

갑작스러운 그의 맹세에 어안이 벙벙했다. 이미 자신을 지켜주겠다는 말은 아버지 앞에서도 했었던 르한이었다. 그러나 이곳에 남기 위해 어쩔 수 없이 하는 말이 아니라, 제게 진심을 다해 맹세하고 있었다. 언제까지든, 무슨 수를 써서라도 지켜주겠노라고.

"계속?"

"아가씨께서 저를 내치지 않는다면요."

"내가 너를 버릴 리가 없잖아."

르한이 고개를 들자 햇살만큼이나 밝게 빛나는 그의 눈이 곱게 미소 짓고 있었다. 그런 그를 보면서 에델리스도 어쩐지 눈물이 날 것 같았지만 환하게 웃었다.

46

이후 르한은 기사단에 배정되어, 기사들이 대련할 때 사용했던 무구를 정리하는 업무를 맡았다. 과장을 조금 보태자면 하루 온종일 대련을 하는 그들이었기에 르한의 일이 끝나는 시각은 해가 지고도 한참 뒤였다. 기사들은 안 그래도 검투사가 이곳에 왔다는 이야기를 듣고 르한을 신경쓰고 있었다.

　'혹시라도 그가 사고를 친다면, 다소 피를 보아도 상관없다. 즉시 진압하도록 해라.'

　그들은 주군의 명령을 떠올리며 경계를 게을리하지 않았다. 그런데 그보다도 그에게 가장 신경이 쏠리는 이유는 무구를 정리하고 있는 녀석의 옆에 항상 소중한 아가씨가 함께하고 있었기 때문이었다.

　"오늘은 평소보다 정리하는 무구가 많네?"

　"……."

　"다들 대련을 열심히 하나 보다. 힘들진 않아?"

　"괜찮습니다."

　처음에는 아가씨가 재잘재잘 얘기하면 가끔가다 한 번씩 답하는 르한이었는데, 점차 그가 말하는 빈도가 잦아지는 것이 보였다.

　"조금 도와줄까?"

　"아닙니다."

　"아니면 이 일을 하는 사람을 한 명 더 구해달라고 그럴까?"

"괜찮습니다."

이것을 2주간 지켜보던 로빈이, 기사단장과 부단장이 없는 틈을 타서 르한을 불렀다.

"이봐! 너!"

르한과 에델리스의 눈이 로빈을 향했다. 뿐만 아니라 로빈과 같은 생각이었던 기사들도 로빈이 어떻게 나올지 궁금해 세 사람을 흥미진진하게 지켜봤다.

"무슨 일이십니까?"

"투기장에서 왔다며? 올라와. 대련해보자."

기사들은 로빈의 묘안에 무릎을 쳤다. 과연, 대련을 빙자해서 매타작을 할 수 있겠다고 생각했다. 아무래도 제대로 된 훈련을 받지 못한 르한과, 서임식까지 마친 기사들은 다를 것이다. 게다가 르한은 에델리스와 키 차이도 별로 나지 않았다. 에델리스도 작은 키는 아니었으나, 기사들은 그녀보다 머리 하나는 더 컸다.

분위기가 이상하게 흘러가는 것을 눈치챈 에델리스가 무어라 하려고 했으나, 르한이 그녀를 막았다.

"대신, 제가 이긴다면 일주일간 무구 정리는 기사님이 하시죠."

"풉, 그래. 그러도록 하지."

로빈이 코웃음치며 흔쾌히 수락하자, 르한이 손질을 마친 무구 중 하나를 골라 올라갔다.

기사들은 티 내지 않으려 노력했지만 은근한 눈빛으로 로빈을 응원하고 있었다. 르한이 에델리스를 독점하는 것이 마음에 들지 않았기 때문이다.

그들은 순번을 정해 돌아가면서 에델리스의 호위 명목으로 붙어 있었다. 그마저도 에델리스의 관심은 온통 르한에게 쏠려 있으니 불퉁해지는 것도 당연했다.

그런 그들의 심정은 헤아리지 못한 에델리스는 염려가 가득한 눈으로 르한을 보고 있었다. 르한은 그런 에델리스를 보고 걱정하지 말라는 듯 고개를 끄덕였다. 그것이 더 마음에 안 들었던 기사들은 더욱더 로빈을 응원했다.

"보통 대련하던 것과 같이 시간은 최대 3분. 손바닥이 바닥에 닿으면 그 즉시 종료. 이의는 없겠지?"

"예."

심판으로 나선 기사가 물어보자, 그들이 짧게 답했다. 그리고 심판이 '시작'을 선언함과 동시에 르한이 튀어나왔다. 로빈이 '어? 어?'하는 사이에 목검으로 그의 배를 찌르고, 자세가 무너진 틈을 타 양쪽 정강이를 내리쳤다.

순식간에 벌어진 일이었다. 르한은 유유히 자리로 돌아왔고, 로빈은 바닥을 보며 컥컥거리며 침을 흘리고 있었다.

"우와! 르한! 굉장하다!"

르한과 로빈을 한참이나 번갈아 보던 에델리스가 뒤늦게 박수를 치며 환호했다. 그녀의 목소리에 정신을 차린 기사들이 로빈을 부축하며 일으켰다.

"자, 잠깐, 무효야!"

"무엇이 말입니까?"

"대련을 시작하자마자 그렇게 달려오는 게 어딨어!"

"안 됩니까?"

"안 돼!"

"왜죠?"

여상스럽게 물어오는 르한에게, 로빈은 당황스러움을 느꼈다.

그도 그럴 것이, 기사는 평소에 중갑을 입고 싸우기 때문에 대련을 할 때라 할지라도 그렇게 빠르게 나오지 않았기 때문이다. 그러나 지금은 중갑을 입고 있는 것이 아니라 평소의 가벼운 옷차림으로 대련에 임하고 있었다. 그저 그의 몸에 배어 있는 습관이 안 된다고 제약을 걸었을 뿐이다.

"그거야, 중갑을 입으면 그렇게 못하잖아!"

"지금은 중갑을 입고 있지 않으니 괜찮지 않습니까. 일주일 동안 무구 정리, 잘 부탁드립니다."

로빈이 당황해서 어쩔 줄 몰라 주변에 있던 기사들에게 도움을 요청하자 로빈과 같은 방을 쓰고 있는 위버가 나섰다.

"한 번 더 할 수 있나?"

르한이 위버와 그의 뒤에서 전의를 불태우고 있는 로빈을 보았다.

"……저는 이미 무구 정리 일주일 휴식을 받았는데요."

"나도 일주일을 걸도록 하지. 만약 내가 이기면 너는 내일도 일하러 나오면 되고, 네가 이기면 로빈이 일주일 한 뒤 일주일을 내가 하지."

"2번째 경기니 2주를 걸어주시죠."

아무래도 이대로 일주일 동안 쉬기는 힘들 것 같았다. 르한이 작게 한숨을 내쉬자 에델리스가 그의 눈치를 보더니 물었다.

"르한, 힘들면 그만할래?"

"괜찮습니다."

에델리스가 다시금 말리기 전에 결정해야 했던 위버가 조금은 조급하게 르한의 제안을 받아들였다. 결국 심판이 다시 불려 나왔다.

"규칙은 전과 같이 시간은 최대 3분. 손바닥이 바닥에 닿으면 그 즉시 종료. 괜찮나?"

"예."

"그럼, 준비. 시작!"

이전과는 달리 르한이 돌진하지 않았다. 몸에 잔뜩 힘을 주고 있던 위버가 힘을 풀었다.

"왜 이번에는 달려들지 않지?"

"수가 빤히 보이는데 사용하면 지지 않겠습니까."

"오오."

위버를 비롯한 몇몇 기사들이 르한의 대답을 만족스러워하며 웃었다.

로빈을 챙겨주는 입장이라 어쩔 수 없이 나온 위버였으나, 르한이 검투사였다는 과거를 떠올리자 흥미가 동했다. 위버가 발을 내딛자 르한은 그의 예상과 달리 피하지 않았다.

위버가 씨익 미소 지으며 발을 내디뎠다. 르한이 그에 맞춰 움직였으나, 그가 무언가 이상하다는 것을 알았을 때는 이미 경기장 가장자리에 아슬아슬하게 서 있었다.

"아무래도 내가 이곳에서 대련한 게 수천 번이다 보니."

르한은 경기장에서 이탈해서 패배할 위기에 처한 것을 깨닫고 회피하려고 했으나, 그 역시 예상했던 위버의 목검이 그를 향해 왔다.

르한은 몇 번이나 정면으로 위버의 검을 받아냈지만 기술과 체격에서 오는 차이는 그도 어찌할 수는 없었다. 결국 힘이 빠진 르한이 지쳐서 순간적으로 무게 중심을 잃자, 위버가 빠르게 치고 들어왔다.

모두가 위버의 승리를 짐작했으나, 흙먼지가 생겨났다 가라앉은 이후에 정작 유효한 공격을 하고 있는 것은 르한이었다.

"종료! 3분 경과되었습니다."

심판이 종료를 외쳤지만, 위버는 따가운 눈을 부비며 이의를 제기했다.

"야, 치사하게!"

에델리스는 목격하지 못했으나, 위기를 직감한 르한이 재빠르게 파고들어 공격을 하려던 위버의 눈에 목검을 이용해 흙을 뿌린 것이다. 이를 목격한 기사들이 위버에게 동조해 르한을 비난했다.

"기사도 몰라? 불공정함과 비열함, 기만을 경멸하라?"

"저는 기사가 아니라서 그런 것은 모릅니다. 그리고 지면 목숨을 잃는데 치사하고 말고 할 게 무엇이 있습니까?"

"목숨을 걸고 대련하고 있는 것은 아니잖아!"

전쟁에 참전하지 않는 이상 그들은 목숨을 걸고 전투에 임하지 않았다. 심지어 훈련일 뿐인 대련에서 목숨을 걸고 하는 경우는 없었다.

기사들은 심판에게 반칙을 쓴 르한의 패배라고 얘기했지만, 르한은 아무 말을 하지 않았다. 심판은 기사도에 어긋난 르한의 패배를 선언하고 싶었지만, 르한의 말대로 그는 기사가 아니었다.

이러지도 저러지도 못하고 있는 심판을 사이에 두고 목청을 높이고 있는 기사들 사이로 낭랑한 목소리가 끼어들었다. 에델리스였다.

"지금 누가 누구한테 치사하다고 하는 거야?"

"아가씨……."

사실 치사하기로 치자면 기사들이 더했다. 패배에 대한 설욕을 한다며 르한을 상대로 연달아 경기를 하고 있는 것이니까.

"저 어린애를 상대로 연속으로 대련하고 있는 사람들이 할 말이야?"

보자보자 하니까 아주 가관이었다. 심지어 다들 르한도 아닌 에델리스보다도 나이가 많은 기사들이었다.

"그리고 르한은 내 호위를 맡고 있는데, 저렇게라도 안 해서 르한에게 무슨 일이 생기면 어떻게 되겠어? 당연히 그 다음은 나 아니야? 사람들이 나를 노리고 오겠어, 르한을 노리고 오겠어?"

에델리스는 기사단에서 호위를 뽑지 않고 투기장에서 데리고 오길 백번 잘했다고 생각했다.

황제로부터 저를 지켜주는 것엔 기사도 따위 필요하지 않기 때문이다.

"당신들의 검술이 나쁘다는 게 아니야. 그래도 르한의 행동은 비난하지 말아줬으면 좋겠어. 나를 위해서."

"에델리스의 말이 옳다."

집무실에서 휴식을 취하던 브릴 백작이, 경기장에 르한이 올라와 있는 것을 보고 내려왔다. 르한이 이곳에서 적응을 잘 한다면 에델리스의 호위를 맡게 될 텐데, 맡길만 한지 제 눈으로 확인 차 온 것이다.

그가 시기적절하게 기사들과 에델리스의 대화에 끼어들었다. 백작을 발견한 기사들이 부복하며 인사를 올렸다.

"오셨습니까!"

백작이 보았을 때도, 확실히 르한이 대련 중 보인 모습은 기사도 선서를 한 기사들이 기가 찰 만했다. 그러나 브릴 백작은 호위가 무슨 수를 써서라도 에델리스만 지켜낸다면 상관없었다. 그렇기에 르한이 더욱 흡족했다.

물론 기술적인 면만 보았을 때 그런 것이고, 기본적인 체력이나 실력은 부족하여 아직 훈련 받아야 할 것이 한참이긴 했다.

"아카브."

"예. 주군."

"체력 훈련은 르한을 포함하여 다 같이 받게 하고, 르한에게 는 그 외에 가장 기본적인 것만 가르쳐주도록 하여라."

기사단은 기사단장 아카브에게 직접 사사하는 르한을 곱지 않은 시선으로 바라보았다.

"그리고 다른 기사들도 하루에 한 번씩은 르한과 대련하도 록 해라. 전쟁터에서 기사도를 따른다고 목숨을 살려주는 것 은 아니니."

기사단원들이 술렁였다. 기사도를 따르는 것을 목숨보다도 소중하게 생각하는 기사들이었다. 그런 그들에게 투기장 출신 의 검투사나 쓰는, 좋게 봐야 용병들이나 쓰는 방법을 배우라 니. 당연히 당황할 수밖에 없었다.

"내 소중한 기사들이 전쟁터에서 개죽음 당하는 것은 면해 야 하지 않겠느냐."

불만을 갖고 있던 기사들의 표정이 변했다. 자신이 기사가 될 수 있도록 서임식에서 칼을 하사해주신 백작님께서 자신을 '소중한 기사'라고 칭해주지 않으셨나!

물론 그 자리에 있던 모든 기사들을 '소중한 기사'라고 칭한 것이었으나, 그들은 그런 것까지 세세하게 신경 쓰지 않았다. '소중한 기사'라는 단어가 주는 파문이 엄청났는지, 르한과 대 련하라고 했을 때보다 기사들이 더욱 술렁였다.

"그럼 모두들 힘내도록. 나는 다시 돌아가보겠다."

연무장을 유유히 빠져나가는 백작의 뒷모습을 바라보며 기 사들은 전의를 불태웠다.

"르한! 다음 대련은 나랑 하자!"

"그럼 그 다음은 나와 하자!"

에델리스는 한 번에 기사들을 휘어잡은 아버지를 존경하게 되었다. 하지만 존경심을 담아 이곳을 떠나는 아버지의 뒷모습을 보고 있을 수만은 없었다. 그와 별개로 기사들에게 한마디 하지 않을 수 없었으니까.

기사들은 순식간에 르한을 둘러싸고 대련을 신청하고 있었다. 안 그래도 덩치가 산만 한 어른들이 저보다도 어린 르한을 둘러싸고 있으니 르한은 머리카락 한 올 보이지 않게 되었다. 에델리스는 자신이 저 사이에 있었다면 폐소공포증에 걸렸을 것이라고 생각하며 그들을 말렸다.

"이미 많이 했잖아! 내일 마저 해!"

에델리스는 기사들의 틈새를 비집고 들어가 르한의 손을 붙잡고 나왔다. 기사들은 아직도 르한을 쫓아오며 그럼 내일은 누구와 대련을 할 것인지 물어왔다.

어쩔 수 없이 아카브가 나서서 한 번에 두 명씩, 충분한 쉬는 시간을 갖고 오전에 한 번, 오후에 한 번씩 해서 하루에 총 4명과 대련하기로 결정했다. 여기에 에델리스가 르한의 컨디션이 안 좋은 경우는 무조건 대련을 취소하거나, 다음으로 미뤄야 한다고 확답을 받아냈다. 불만을 가진 목소리가 나왔지만, "최상의 컨디션인 사람과 해야 더 좋은 대련이 되지 않겠어?!"라고 하자 모두들 수긍했다.

결국 순번은 공평하게 제비뽑기로 뽑고, 전원이 대련을 하게 되면 그때 다시 제비뽑기로 정하기로 했다. 그들은 곧바로 즉석에서 만든 제비를 이용해 제비뽑기를 시작했다.

기사단원들이 이에 집중한 틈을 타서 에델리스가 르한을 데리고 빠르게 연무장을 빠져나왔다. 아직까지도 상황을 파악하지 못하고 어리둥절한 표정을 짓고 있던 르한이 갑자기 웃음을 터뜨렸다. 에델리스가 웃고 있는 르한을 본 것은 처음이었다. 해맑게 웃고 있는 르한은 그제야 그의 나이로 보였다.

한참이나 웃던 르한이 눈가에 맺힌 눈물을 닦으며 말했다.

"이렇게 많은 사람들에게 관심을 받아본 것은 처음입니다."

이전에도 관심을 받아본 적이 없는 것은 아니었다. 하지만 이런 긍정적인 시선은 처음이었다. 투기장에 있을 당시, 르한에게 쏟아진 관심은 '어떻게 죽일까' 또는 '어떻게 죽을까'였다. 그리고 이곳에 오고 나서도 언제나 적의가 쏟아졌다.

그런데 오늘 에델리스와 브릴 백작이 나서자 기사들은 그를 반짝이는 눈으로 바라보며 앞다투어 대련을 신청했다. 열의를 불태우는 기사들의 눈은 조금 무섭기까지 했지만 아주 즐거웠다.

"이곳에서 제 이름을 불러주는 사람은 아가씨밖에 없을 줄 알았는데……."

르한이 자신의 손을 잡고 있던 에델리스의 손을 굳게 맞잡았다. 그의 손을 잡고 있었던 것을 잊고 있었던 에델리스의 시선이 그와 잡은 손에 닿았다.

"고맙습니다, 에델리스 아가씨."

르한은 백작저에 온 후로 에델리스와 꽤 긴 시간을 보냈다. 그럼에도 에델리스에게 '아가씨'라고 부르며 거리를 두었을 뿐, 단 한 번도 그녀의 이름을 입에 올린 적이 없었다.

그의 목소리로 자신의 이름이 불리자, 에델리스는 손에서 눈을 떼고 그에게로 고개를 돌렸다. 그러자 눈이 부실 만큼 밝은 얼굴로 웃고 있는 르한의 얼굴이 보였다. 해맑게 웃고 있는 르한의 얼굴을 보자, 에델리스의 가슴이 두근거렸다. 르한이 그녀의 손을 잡고 방에 데려다줄 때까지.

그 후 르한이 에델리스에게 하는 행동들이 묘하게 바뀌었다. 그전에는 그저 에델리스의 지시에만 따르는 느낌이었다면, 이제는 르한의 표정도 약간 밝아졌고 더 잘 따르는 느낌이었다.

게다가 기사들과도 잘 어울리고, 다른 사용인들과도 더 이상 서먹서먹하게 지내지 않았다. 그에게 적대감을 보이던 사용인들도 르한이 아무런 사고도 없이 성실히 훈련을 받는 모습을 보면서 점차 그를 좋게 보았다.

"……어쩔 수 없지. 약속대로 르한을 너의 호위로 인정하마."

결국 백작은 르한을 에델리스의 호위로 인정했다.

"고맙습니다, 아버지!"

에델리스가 밝게 웃으며 인사하자 백작도 마지못해 마주 웃었다.

그녀는 르한에게 이 기쁜 소식을 전하기 위해 곧바로 연무장으로 향했다. 요즘 점점 표정이 다양해지는 그를 볼 때마다 에델리스는 괜히 뿌듯했다.

'이번에도 내 호위가 되었다는 이야기를 들으면 얼마나 좋아할지!'

호위는 무구 정리보다 훨씬 편하고 급여도 높으니 좋아할 것이 분명했다. 에델리스는 르한이 좋아할 것을 상상하며 키득거렸다.

"아가씨!"

에델리스는 르한이 다른 사용인들과 이야기를 하다가도, 수시로 주인을 찾는 강아지처럼 자신을 쫓는 것 또한 기꺼웠다. 지금만 하더라도 기사들과 이야기를 나누던 르한이 연무장에 들어오는 에델리스를 발견하자 얼굴에 만연한 화색을 띠고 그녀에게 달려오고 있었다.

그녀의 앞에서 숨을 고른 르한이 다시금 밝게 웃으며 에델리스를 불렀다. 환한 미소에 에델리스의 마음도 정화되는 기분이었다.

'책의 내용이 아직 신경 쓰이긴 하지만, 르한이 내게 이렇게 호의를 갖고 있는데 미래가 조금은 바뀌지 않았을까?'

"응, 르한. 훈련은 잘 받았니?"

"네!"

"아버지께서 네가 나의 호위가 되는 것을 허락해주셨어. 이 제부터는 우리 둘이 다녀도 돼. 잘 부탁해!"

에델리스가 웃으며 하는 말에 르한도 따라 웃으며 고개를 숙였다.

"저야말로 잘 부탁드립니다."

"그러면 기념으로 번화가에 갈까 하는데, 어때? 가서 선물 사줄게."

"앗!"

에델리스의 말이 끝나자마자 한편에서 연습용 목검을 들고 있던 기사, 나르다에게서 탄식이 쏟아졌다. 눈치를 보아하니 평소와는 다르게 르한의 대련이 아직 안 끝난 모양이었다.

"준비할 때까지 시간이 걸리니까, 대련 마치고 와도 좋을 것 같아."

"감사합니다, 아가씨!"

아니나 다를까, 나르다가 안도의 한숨을 내쉬고는 에델리스에게 크게 답했다. 오히려 르한이 아쉬워하는 표정이었지만, 에델리스는 등을 돌려 연무장에서 나갔다.

"지금 바로 대련을 시작해도 되겠습니까?"

어쩐지 서늘한 분위기의 르한이었다. 나르다는 어쩐지 미안한 마음이 들었다. 선물은 모두의 마음을 설레게 하는 것인데, 자신 때문에 르한의 번화가 외출이 조금 미뤄졌다고 생각했기 때문이었다.

'하지만 선물은 조금 미뤄지는 거지만, 난 오늘 대련을 못하면 두 달 뒤에나 할 수 있다고!'

나르다는 미안한 마음을 넣어두고 빠르게 몸을 풀고 경기장에 올라갔다. 시작하라는 심판의 호령이 떨어지기가 무섭게 르한이 검을 휘두르며 앞으로 나갔다. 그는 빠르게 검을 휘두르면서도 명백하게 사혈점을 노려서 찌르고 있었다.

'이 정신 나간 녀석이!'

아무리 진검이 아닌 연습용 목검이라고는 하지만 저 세기로 찌르면 절대로 가벼운 부상으로 끝날 것 같지 않았다.

주변의 기사들이 말려주지 않을까 힐끗 살펴보았지만 그들은 르한이 이렇게도 검을 휘두를 줄 안다며 다음에 자신과 대련을 할 때를 대비해서 열심히 관찰 중이었다.

결국 나르다는 살기 위해서 르한의 목검을 계속 받아쳐내야 했다. 곧 있으면 연말 검투 대회 예선인데, 본선에 진출하기라도 해야 영애들에게 눈도장을 찍을 수 있을 것이다.

'대체 얘가 갑자기 왜 이러는 거야? 번화가에 그렇게 가고 싶었나? 나도 대련하고 싶었다고!'

"야, 야! 번화가에는, 나랑, 같이 가도, 되잖아!"

나르다가 몇 번이나 르한의 검을 받아치면서 힘겹게 문장을 완성했다. 그러자 르한의 표정이 일그러지면서 더욱 힘을 실어 검을 휘두르고 있었다.

'이게 아니야? 그럼 뭔데?'

"호, 혹시…… 아가씨?"

르한의 금색 눈동자가 나르다를 향했다. 그때 나르다는 깨달았다. 르한이 아가씨와 함께 나가고 싶어서 그러는 거라는 걸.

'이런, 미친! 아직 기사도 못된 평민 나부랭이가 우리 아가씨를?'

나르다는 즐겁게 대련하려는 마음을 접었다. 르한보다 몇 살 많은 형으로서 아직 현실을 모르고 있는 어린아이에게 가혹한 신분의 벽을 알려줄 필요가 있었다.

르한의 공격을 겨우 받아치던 나르다가 점차 르한에게 공격을 넣기 시작하자 기사들이 더욱 흥미진진하게 지켜봤다. 시간이 점차 지나면서 체력적으로 우위에 있는 나르다가 점점 르한을 몰아가기 시작했다.

"르한, 넘지 못할 벽은 쳐다보지도 마라."

르한은 그가 하는 이야기를 전혀 이해하지 못하고 그를 바라봤다.

"아가씨 말이다."

"그런 거 아닙니다."

'그런 게 아니기는 개뿔, 지금 생각해보면 행동 하나, 표정 하나에 아가씨에 대한 호의가 드러났는데 왜 그걸 아무도 몰랐을까?'

아직은 알에서 막 나온 병아리가 처음 본 사람을 주인이라 여기는 것 같은 그런 감정이라고 생각할 수 있었지만 연애 감정으로 번지는 것은 삽시간이었다. 만약 그렇게 된다면 여간 골치 아픈 것이 아니었다.

'이대로 두어서는 안 돼!'

"그만!"

결국 대련 시간이 다 되었는지 그만하라는 심판의 지시가 떨어졌다.

나르다는 르한과 서로 인사를 한 뒤에 숨을 거칠게 몰아쉬면서도 르한에게 충고하려고 했다. 그러나 르한은 인사를 마치자마자 연무장 밖으로 쌩하니 빠져나갔다. 기껏 생각해서 조언해주려고 했는데 허탈해서 '하!'하고 헛웃음을 뱉어냈다.

아직 훈련이 남아 있는 르한을 뒤로하고 에델리스는 연무장에서 빠져나와 책이라도 보면서 그를 기다릴 겸 서재에 갔다. 여기까지는 평소와 크게 다르지 않은 행동이었는데, 평소와 다른 것이 그녀의 눈에 들어왔다. 또다시 책의 책등이 빛나고 있었던 것이다.

"대체 왜, 또…… 내가 미래를 알면 끝나는 게 아니었어?"

그 후 한동안 아무 일도 없었기 때문에 애써 잊으려고 했었다.

책의 내용이 사실이라는 것은 눈앞의 르한을 볼 때마다 떠올랐지만 그래도 지금이 너무나도 평화로우니까, 어두운 미래를 외면하고 싶었다. 그런 그녀의 노력이 무색하게도, 르한이 오기 전에 보았을 때처럼 책등이 다시 빛나고 있었다.

에델리스는 손을 벌벌 떨며 책을 꺼냈다. 아무리 어두운 미래라고 할지라도 자신의 눈으로 확인해야만 했다.

'그전에도 르한을 데려와서 대책을 세웠던 것처럼, 그에 대한 준비를 하면 될 거야.'

그것이 아무리 부족한, 그저 미봉책에 불과할지라도.

'그래. 이 책에는 나쁜 점만 있는 것은 아니야. 덕분에 르한을 만날 수 있었으니까.'

그렇게 생각하니, 어쩐지 괜찮을 것 같았다. 르한을 투기장에서 구해온 뒤로 잘 지내고 있었고, 그도 이곳 생활에 완전히 적응했으니까 괜찮겠지.

"그래, 이제 괜찮아. 괜찮아. 괜찮을 거야."

에델리스는 마음의 준비를 마치고 용감하게 책을 펼쳤다. 차근차근 살펴보았지만, 앞에서 추가된 내용은 없었다. 그녀는 한 장 한 장 책장을 넘겨, 자신이 사망하는 부분까지 보았다. 일순간 멈칫했지만, 읽지 않고 빠르게 넘겼다.

그리고 몇 장 넘기지 않아 새롭게 추가된 글이 보였다. 위치로 추측해보았을 때, 자신이 죽은 뒤의 이야기일 것이다.

'그렇다면 별다른 내용은 없겠지? 어차피 난 이 시점에 이미 죽었으니까.'

이전처럼 페이지에서 밝은 빛이 퍼져 나왔다. 그리고 또다시 책에 있는 내용이 영상으로 보이기 시작했다. 이윽고 책이 보여준 것은 에델리스의 기대와는 달리 그녀가 감당하기 힘든, 이전보다도 더 절망적인 내용이었다.

『반역자들을 소탕하라!』

굵은 저음이 소리쳤다. 열을 맞춰 성을 둘러싸고 있던 수많은 기사들이 그의 말을 따라 함성을 지르며 성으로 달려들었다. 성채에서 성곽을 둘러싼 기사들에게 활을 쏘아댔지만, 사방을 둘러싼 기사들의 수가 너무 많아 역부족이었다.

투석기가 커다란 바위를 날려 성벽을 부수었다. 마치 성 한 채를 상대로 전쟁을 일으키는 것 같은 모양새였다. 마침내 기사들에 의해 성문이 부서지며 열리자, 다시금 전열을 가다듬은 기사들이 안으로 들이닥쳤다.

그들에게 긴장한 낯빛으로 대항하는 기사들이 있었다. 에델리스가 아는 얼굴들이었다. 당장 방금 전에 연무장에서 봤던 이들이었다. 그때 그녀는 깨달았다. 반역자라는 것이 바로 자신의 가문이었다는 것을.

'반역이라니, 말도 안 돼! 대체 왜 반역을 저지른 거야?'

자신과 조금 전까지도 웃으며 인사했던 이들이 화살에, 칼에 맞아 쓰러져갔다.

"안 돼, 안 돼!"

그녀가 아무리 고개를 내저으며 안 된다고 소리쳐봐도 아무런 소용이 없었다. 백작가의 문장이 새겨진 망토를 걸치고 있는 사람을 끌어당겨 도와주고 싶어도 그녀의 손은 그들에게 닿지 못하고 허공을 헤맬 뿐이었다. 백작가의 식솔들이 허망하게 생명을 잃어갔다. 그것은 일방적인 학살에 가까웠다.

가장 선두에서 침략하듯 들이닥치는 황실 기사단의 압도적인 수와 실력 차이에 백작가는 더 이상 손을 쓸 수 없었다. 제국군이 빠르게 성 안에 침투하여 모든 것을 헤집어났다. 성 안은 그야말로 아비규환이었다. 그들은 에델리스가 단란한 시간을 보내던 다이닝룸, 춤을 연습하던 댄스홀, 그리고 지금 그녀가 있는 서재까지 모두 휩쓸고 지나갔다.

영상 속에서는 서재가 비어 있어 기사가 들어왔다가 한 번 둘러보고 곧바로 나갔지만, 자신이 있는 자리 앞을 지나갈 때는 에델리스는 저도 모르게 주저앉아 숨을 삼키고 벌벌 떨어야 했다.

『꺄아아악! 사, 살려주…….』

사람들의 비명이 끊임없이 들려왔다. 그들이 살려달라고 말을 다 하기도 전에 기사들은 들어볼 것도 없다는 듯이 칼로 베고 지나갔다.

"안느! 노엘! ……리사!"

모두가 자신을 아껴주는 이들이었다. 더 이상 지켜볼 수가 없던 에델리스는 눈을 감고 귀를 막았지만 귀를 막은 손이 무색하게도 귓가에 대고 외치는 것처럼 사람들의 비명이 고막을 때렸다.

저들 중에는 안느처럼 자신의 어린 시절부터 함께한 이도, 앞으로의 시간을 함께할 이도 있을 것이다. 그렇게 생각하니 차마 눈을 뜨고 볼 수가 없었다.

처음 책을 펼칠 때만 하더라도 앞으로 자신이 살아나가는 데 단서를 얻을 수 있을지도 몰라 작은 실마리도 놓치지 않겠다고 생각했었다. 그런 다짐이 무색하게도 지금은 모두 내팽개치고 당장에라도 서재에서 뛰쳐나가고 싶었다.

하지만 다리에 힘이 들어가지 않아 주저앉아 눈을 질끈 감고 있을 수밖에 없었다. 시간이 흘러 비명이 잦아들고 나서야 에델리스는 자신의 귀를 막고 있던 손을 뗴었다.

그리고 그녀가 힘겹게 눈을 떴을 때, 활짝 열려 있는 문으로 황제가 여유롭게 한 걸음씩 내디더 들어오고 있었다. 얼굴은 흐릿하여 잘 보이지 않았으나, 그의 옷에 붙어 있는 휘황찬란한 휘장으로 그가 황제라는 것을 알았다. 그가 발걸음을 뗄 때마다 비명이 사그라졌다. 이제는 소리칠 이도 남아 있지 않은 것이리라.

이윽고 더 이상의 절규가 이어지지 않고, 완전히 사라져 잠잠해졌을 때 황제의 앞에 피투성이가 된 이가 끌려 나왔다. 끌려 나온 이는 기사들에게 어깨를 짓밟힌 채 바닥에 강제로 고개를 조아리고 있었다. 그는 이를 악물며 고개를 들었다.

"아, 아버지……."

에델리스는 피투성이가 된 이를 단번에 알아볼 수 있었다. 그가 바로 그녀의 아버지, 브릴 백작이라는 것을.

『가만히 있었다면 목숨은 부지할 수 있었을 텐데.』

황제의 말에 그녀의 아버지가 코웃음을 쳤다.

『하나밖에 없는 딸을 잃은 아비가, 단 하나뿐이던 가족을 잃은 내가 목숨을 부지한들 무슨 의미가 있겠나.』

그의 눈에서는 피와 뒤섞인 눈물이 흐르고 있었다. 에델리스의 눈에 맺혀 있던 눈물 역시, 뺨을 타고 흘러내렸다. 이제야 아버지께서 대체 왜 이렇게 무모한 반역을 저질렀는지 이해할 수 있게 되었다.

'나 때문에……'

어려서부터 자신을 예뻐했지만, 어딘가 어려웠던 아버지였다. 그래도 어머니가 돌아가시고 나서부터는 서로가 서로에게 단 하나뿐인 가족이었다. 그런 제가 황제의 칼에 찔려 죽자 아버지께서는 딸의 복수를 위해서 칼을 빼어 든 것이었다.

'아버지, 죄송해요……'

에델리스는 아직 일어나지 않은 일이었지만 가슴에 바위라도 얹은 것 같았다. 만약 이 책을 보지 못했다면, 아버지께서 저를 얼마나 아끼는지 아마 죽을 때까지 몰랐을 것이다. 아버지의 마음을 알고 나자 에델리스는 더욱 목이 메어왔다.

『실패한 반역을 저지른들 무슨 의미가 있겠나.』

그러나 황제는 같잖다는 듯 백작의 말을 그대로 따라하며 조롱했다. 백작이 분노에 차 소리쳤다.

『역사가 너를 기억할 것이다. 자신의 아내를 죽인, 피에 미쳐 버린 폭군이라고!』

그러나 아버지의 분노도, 이어지는 황제의 말에 더 이상 이어지지 못했다.

『아그네스 브릴의 무덤을 파헤쳐라.』

『아, 안 돼…….』

『브릴가의 식솔은 모두 죽이고, 조에른 브릴은 지금 이 순간 백작위를 폐하고 황성 지하 감옥에 유폐한다. 일주일 뒤 귀족들을 모아놓고 교수형에 처할 것이다. 이에 관련된 자들 또한 모두 함께할 것이니, 잡아들여라. 그리고 조에른 브릴의 시신과 함께 전 백작 부인 아그네스 브릴의 시신 또한 들판에 버려지게 될 것이다.』

아버지의 울분에 찬 괴성이 그녀의 귀를 먹먹하게 했다.

책에서는 또 한 번 빛이 터져 나왔고, 서재에서는 아무 일도 없었던 것처럼 보였다. 그러나 에델리스에게는 아무 일도 없었던 것이 아니었다.

이미 자신이 죽은 후의 이야기였으니 별 이야기가 아닐 거라고 생각했었다. 그러나 제 죽음만큼이나 충격적인 내용이었다.

에델리스의 마음은 무언가 응어리진 것처럼 답답했다.

'이것이 나의…… 우리 가족의 미래라니 믿을 수 없어…….'

답답한 마음에 주먹 쥔 손으로 가슴을 쿵쿵 쳐봤지만 응어리진 마음은 풀릴 기미가 없었다. 이미 책에서 본 이야기들이 가슴 한편에 자리 잡아 자신의 심장을 옥죄는 느낌이었다.

'아버지, 아버지…….'

제대로 소리 내어 울지도 못하고 하염없이 눈물만 흘리고 있던 에델리스의 얼굴에 따뜻한 체온이 느껴졌다. 언제 들어왔는지 모를 르한이 제 손수건으로 그녀의 눈물을 닦아주고 있었다. 르한은 걱정스러운 얼굴로 에델리스를 바라보았다.

"무슨 일 있으신 겁니까?"

있었다. 그리고 있을 것이다. 그러나 누가 믿어줄까? 내가 칼에 찔려 죽는 미래를 보았다고. 그리고 그 미래에서는 아버지가 나를 위해 반란을 일으켰다고. 그 어떤 증거도 없었다. 누구라도 헛된 망상이라고 여길 것이 뻔했다. 그래서 에델리스는 고개를 저었다.

걱정하는 기색이 역력한 얼굴로 눈물을 닦아주는 르한을 보자, 감정이 북받쳐 올랐다.

"아무 일도 없는데 이렇게 우시는 겁니까?"

답답해하며 말하는 르한에게 무어라 말해야 할지 고민이 되었다.

그러다 책에 눈이 닿았고 어쩌면 그는 주요 인물이니까, 다른 이들과는 다르게 책이 보일지도 모른다는 생각이 들었다.

'르한에게 상담하면 괜찮지 않을까?'

이 책을 보고 네가 투기장에 있는 걸 알고 데리고 왔다고. 네가 증거라고. 그러니 내가 칼에 찔려 죽지 않도록 도와줄 수 있느냐고.

"르한, 혹시…… 저 책, 보……여?"

"책이요?"

에델리스의 시선 끝에 놓인 책에 르한의 손이 닿았다. 그러

70

나 르한에게서 나온 말은 그녀의 기대를 한참이나 벗어났다.

"아무런 내용도 없는 책 아닙니까."

그의 말이 기폭제라도 된 듯 에델리스는 소리 내어 울기 시작했다.

왜 자신에게 그런 미래가 있는 것인가 서러워서. 아버지의 마음을 모르고 있던 자신이 한심해서. 황제가 너무나도 미웠으나 손쓸 수 없는 자신이 무력해서. 그 누구도 믿어주지 않을 것 같아 답답해서.

"아가씨, 괜찮을 겁니다."

갑작스럽게 눈물을 쏟아내는 에델리스를 본 르한이 당황했다. 어떻게 위로할까 고민하던 그는 자신이 투기장에서 계속 이렇게 살아야 하나, 차라리 죽을까 고민하면서 힘들어할 때 누군가의 체온을 필요로 했다는 것을 떠올렸다.

그래서 르한은 그녀의 어깨에 조심스레 손을 얹고, 그녀를 자신의 품으로 당겨 안았다. 그리고 등을 토닥이며 위로해주자, 에델리스의 가는 팔이 르한의 등을 끌어안았다.

"흑, 흐윽! 르한, 르한……."

"네, 아가씨."

르한은 이따금씩 자신의 이름을 부르며 눈물 흘리는 에델리스의 등을 토닥이며 끈기 있게 위로해주었다. 그녀의 울음소리가 잦아들 때까지.

그렇게 한참의 시간이 지나서야 에델리스가 고개를 들었다.

"……미안. 그리고 고마워."

"아닙니다. 이제는 괜찮으십니까?"

"응."

아직 울음기가 섞여 있는 목소리로 답하기는 했어도, 울고만 있을 수는 없다는 것을 알고 있었다. 그녀는 몇 번이나 심호흡한 뒤에 가까스로 감정을 추슬렀다. 그리고 르한이 건넨 차를 마시며 생각했다.

'지금 이 상태로는 안 돼.'

에델리스는 이전까지 은근하게 르한을 챙겨주었다. 대놓고 챙겨주자니 다른 사용인들 사이에서 반발이 일어날까 봐 걱정된 것도 사실이었다.

하지만 자신뿐만 아니라 아버지를 비롯한 가솔들이 모두 사망하게 된다면 말이 달라진다. 그들을 위해서라도 르한을 이전보다 더욱, 제대로 챙겨주는 것이 맞았다.

그런 생각이 들자 이 정도로는 턱없이 부족하다고 판단했다. 에델리스는 어떻게 할까 고민이 되었다.

'일단 나를 죽일 황제는…… 지금의 황태자겠지? 책을 통해서 들은 황제의 목소리는 그렇게 나이가 많진 않아. 지금 황제는 아빠보다도 나이가 많은걸.'

어떻게 결혼을 했든지 간에, 우선 가능한 한 황태자와의 접점을 만드는 것을 피하면 될 것이다. 그러다 그녀는 고개를 돌려 자신의 옆에 앉아 있는 르한과 눈이 마주쳤다.

'그러면 르한은 황태자와 어떻게 알게 되는 거지? 내가 나중에 황후가 될 때 르한이 같이 궁에 들어가는 건가? 그게 아니

라면 상식적으로 평민이 황태자랑 알고 지낼 일이 뭐가 있겠
어.'

고민하던 에델리스는 두 가지의 선택지를 떠올리며 제 무릎
을 한 번 톡 두드렸다.

〈1안 : 르한에게 굉장히 잘해줘서 나중에 내 목숨이 위험할
때 황제를 말리게 한다.〉

'내가 엄청 잘해주면 옛정을 봐서 나를 살려주는 게 어떻겠
냐고 황제에게 호소라도 한번 해주겠지?'

그런데 평민이 하는 말을 황제가 귀 기울여 들을까? 그 부분
에는 자신이 없었다. 그래도 주요 인물인데 영향력이 없지는
않을 것이다.

그리고 이번에는 제 무릎을 두 번 두드렸다.

〈2안 : 르한이 황제를 말릴 수 있을지 없을지 모르니, 황후가
된다는 이야기가 들려오면 도망가버린다.〉

르한이 말린다고, 자신이 죽는 운명을 피해갈 수 있을지 확신
할 수 없었다. 그러니 황후가 되어 가문이 몰살당하느니, 차라
리 도망가서 평민으로서 가늘고 길게 사는 것도 좋을 것이다.

'그런데 여자 혼자 밖에서 살아갈 수 있을까? 이렇게 귀족
티 나는 여자는 살기 힘들 게 뻔해.'

에델리스는 자신의 구불거리는 금발 머리카락의 끝을 슬쩍
들어보고는 작게 한숨을 내쉬었다. 누가 봐도 관리가 잘된, 윤
이 나는 금빛 머리카락이었다.

'또 다른 선택지는 없나……? 뭐가 됐든 일단 르한한테 잘해

주고 보자. 그전보다 훨씬 더.'

이럴 시간이 없었다. 이러는 동안에도 데뷔탕트는 시시각각 가까워 오고 있었다. 보통 데뷔탕트 이후로 결혼 이야기가 나오기 시작하니, 올여름에 데뷔탕트를 치르는 자신이 결혼할 날도 그리 먼일은 아니었다.

"혹시 뭐 먹고 싶은 거 없어? 아니면 갖고 싶은 거 없어?"

"이전에도 그러셔서 유명한 디저트 가게에서 간식을 먹은 후 옷을 사주셨지 않습니까."

"그걸로 돼? 더 필요한 건 없어?"

"없습니다."

에델리스는 초조했다. 고작 맛있는 음식 몇 번 먹이고 옷 사준다고 목숨을 구할 수 있는 것이었으면 저도 그렇게 큰 걱정을 하진 않았을 것이다. 일단 자신이 할 수 있는 한 최선을 다해서 르한에게 잘해줘야 조금의 가능성이라도 열릴 것이다.

"혹시 하고 싶은 건 없어?"

"……없습니다."

평소 같았으면 즉시 답했을 르한의 답이 조금 늦었다. 에델리스의 눈이 밝게 빛나며 물었다.

"있구나! 뭔데? 뭐 하고 싶은데?"

"괜찮습니다."

"괜찮으니까 얼른 말해봐!"

르한이 머뭇머뭇하다가 입을 뗐다.

"이전에……."

에델리스가 귀를 쫑긋 세우고 엄청나게 눈을 빛내며 르한의 말에 집중했다.

"이전에 번화가에 다녀올 때 지나갔던 호수…… 있지 않습니까."

호수? 갑자기 웬 호수지? 뭔가 엄청난 게 나와도 어떻게든 해 주려고 했는데 고작 호수라니?

"그게, 제가 태어나서 호수를 본 게 그때가 처음이라서……"

에델리스의 입이 벌어졌다. 그러고 보니 르한은 어려서부터 투기장에 들어갔으니 일상적인 것을 겪지 못했을 것이다.

르한은 그녀의 반응을 어떻게 해석했는지 조금 얼굴을 붉히며 고개를 돌렸다. 에델리스가 르한의 손목을 덥석 잡았다. 갑작스럽게 잡혀 놀란 르한이 눈을 동그랗게 뜨고 에델리스를 바라보았다.

"가자, 호수!"

"……지금요?"

"응! 지금!"

에델리스의 엄청난 행동력에 당황한 르한이 정신을 차렸을 때는, 이미 주방에 들러 간식을 담은 바구니까지 챙겨서 마차에 오른 뒤였다.

르한

"……데뷔탕트 가기 싫다."

평화로웠던 시간은 하루하루 흘러갔다. 쌀쌀했던 초봄의 날씨가, 어느새 에델리스가 데뷔탕트를 치러야 하는 여름이 되었다.

'황실이랑 담쌓고 지내야 하는 내가 황실 무도회라니. 안 될 말이지.'

그런데 문제가 생겼다. 아버지께서 다른 것은 몰라도 데뷔탕트는 꼭 치러야 한다고 강하게 말씀하신 것이다.

―집 밖으로 나가지도 않는 딸이 데뷔탕트조차 치르지 않는 다면 편하게 눈을 감을 수 없을 것 같구나.

당신이 죽을 때를 언급하는 아버지의 말에 에델리스는 과거에 보았던 기억을 떠올렸다. 자신이 죽은 후에 아버지가 반역 죄로 처벌받던 그 장면. 딸의 억울함을 갚아주겠노라 일으킨 반역이지만 결국엔 실패했던. 피투성이가 된 채 절규하던 아버지의 모습이 떠올라 더 이상 안 가겠노라 주장할 수 없었다.

결국 에델리스는 어쩔 수 없이 데뷔탕트에 갈 채비를 마치고 황궁에 가기 위한 마차를 타기 위해 현관을 나섰다. 그곳에서는 평소보다도 훨씬 멋있게 차려입은 르한이 그녀를 기다리고 있었다.

사그락, 사그락―.

에델리스가 걸으면서 내는 소리에 르한이 고개를 돌려 그녀가 오는 것을 발견하였다.

"……."

그들은 눈이 마주치자 평소와는 다른 서로의 모습에 잠시 넋을 놓고 마주 보았다. 심장이 콩닥거리는 소리가 상대방의 귀에 들릴까 걱정이 될 정도로 세차게 뛰었다.

르한이 에델리스가 내려오는 계단의 앞에 선 채 그녀가 내려오기를 기다렸다. 그리고 마침내 자신의 앞에 온 에델리스를 향해 몸을 숙이며 팔을 내밀었다. 르한은 숨을 한 번 깊게 쉬고 떨리는 목소리로 물었다.

"제가 아가씨를 에스코트해도 되겠습니까?"

에델리스가 밝게 웃으며 르한의 팔 위에 손을 올리고 수락의 뜻을 전했다.

"당연하지."

그렇게 가기 싫었던 데뷔탕트였는데 르한이 에스코트해준다고 하니 용기가 생겼다.

'만에 하나 무슨 일이 생기더라도 르한이 막아줄 수 있을 거야!'

하지만 저 멀리서 황궁이 보이기 시작할 때부터 에델리스는 용기가 사라지고 다시금 저도 모르게 한숨을 내뱉었다. 계속 한숨을 내쉬는 에델리스가, 르한은 신경이 쓰였다.

"돌아가고 싶으십니까."

르한이 마치 에델리스가 돌아가고 싶다고 말하기만 하면 바로 마차를 돌릴 것처럼 말했다. 그녀는 그라면 실천에 옮기고도 남을 것이라 짐작했기 때문에 그저 한숨만 내쉬었다.

"돌아가고 싶기는 한데, 하아…… 안 될 것 같아."

에델리스는 돌아갈 수 없다는 것을 알고 있었기에 도살장에 끌려가는 기분으로 앉아 있었다. 상념에 잠겨 있던 그녀는 갑자기 떠오른 생각에 르한을 불렀다.

"르한."

"예."

"있잖아, 이건 내 얘기가 아니라 내 친구 얘기인데."

르한은 한참이나 한숨을 내쉬던 에델리스가 꺼낸 '친구'의 이야기가 그녀 본인의 이야기라는 것을 눈치챘다. 그가 백작저에 있는 동안에 에델리스가 외부의 누군가와 교류하는 것을 본 적이 없었기 때문이었다.

"여자 혼자서 살아갈 수 있……."

"아니요."

르한은 예의에 어긋난다는 것을 잘 알고 있으면서도 에델리스의 말을 끊었다.

"……절대 불가능할까?"

"네. 그건 얼마 전까지 투기장에서 살고 있던 저도 알고 있습니다."

"으, 말도 안 돼."

'꼼짝없이 황실에 들어가야 하는 건가? 하지만 그때 르한이 막아주지 않으면 어떡하지?'

침울해하는 에델리스에게 르한이 단언하듯 말했다.

"아가씨의 친구 분이면 귀족 아닙니까. 귀족을 대상으로 하는 범죄는 처벌이 무겁습니다만, 잃을 것이 없는 경우에는 그런 것도 따지지 않고 범죄를 저지릅니다. 실제로 귀족들이 강도를 안 만나는 것은 아니지 않습니까?"

"그렇지……."

"그리고 혼자서 어떤 것으로 먹고살지 생각은 해보셨습니까?"

"농사?"

에델리스는 아버지께 부탁해 농업에 대한 수업을 들어왔었다. 혹시나 황후가 될 가능성이 있다면 집에서 도망가서 살기 위한 준비였다. 작물에 대해 뭐라도 알아야 농사라도 짓고 살 수 있지 않을까 싶어서.

다행히도 백작은 그녀가 농업에 관심을 보이자, 벌써부터 영지 일을 도울 필요는 없다고 하면서도 뿌듯해하며 곧바로 선생님을 구해주었다.

이에 고무된 에델리스는 아버지께 약초학과 회계학, 항해학, 의학, 인근 국가인 세르니에어와 칸비어 수업을 요청했다. 아쉽게도 항해학은 백작이 강경하게 반대했기에 배우지 못했지만, 그 외의 것은 착실하게 배워왔다.

르한도 이를 알고 있었기에, 그녀가 농사를 짓는다고 말했을 때 그다지 놀라지 않았다.

"작물이 나오기 전까지는 어떻게 하실 겁니까?"

"집을 나가기 전에 보석을 들고 가면 되지 않을까? 살 때만큼의 가치를 받지는 못하더라도 수확 전까지 먹고살 수는 있을 것 같은데."

사실 에델리스는 이전부터 보석을 모아왔다. 값비싸고 가볍고 현금화하기 좋은 것들로.

그러나 가장 고민인 것은 역시 안전이었다.

"하지만 내 친구는 보석을 가져가도 강도에게 빼앗길까 봐 걱정하더라."

"……그렇다면 호위를 데리고 나가십시오."

"기사들은 다 가문에 충성을 맹세한 사람들이잖아. 어떻게 데리고 가. 안 될걸?"

호위를 데리고 나가는 것도 생각해보지 않은 것은 아니었다. 그러나 기사들은 엄밀히 말해 백작가의 소속이었다. 그들이 뭐가 아쉬워서 백작가에서 도망치는 전 귀족 영애를 따라올까.

"기사가 아닌 다른 자를 호위로 데리고 가면 되지 않겠습니까?"

믿을 만한 용병을 구하기가 쉽지 않을 것 같았다. 그 사람이 보석이며 금화며 다 들고 가면 어떡하나.

"······저처럼요."

깊이 생각하던 에델리스가 홱 소리가 나도록 고개를 돌려 르한을 바라보았다.

"너?"

"네. 가문의 소속도 아니고, 호위를 할 만큼의 무력도 갖추고 있는."

에델리스의 입에서 탄성이 절로 나왔다.

'왜 이 생각을 못 했지?'

르한은 검투사 출신이고 백작가에서 훈련을 받고 있으니 무력을 지니고 있는 게 맞았다. 그렇다고 기사인 것도 아니었다. 자신이 데리고 온 것이다. 그리고 지금은 제 호위이기도 했다.

'혹시라도 도망간 뒤에 황제와 마주치면 르한이 한 번쯤은 막아주지 않을까?'

그러나 한 가지 문제가 남아 있었다.

"혹시, 진짜 혹시 말이야."

"네."

"내가 내 친구처럼 집 밖으로 나가려고 할 때, 너한테 같이 가자고 하면 따라갈 거야?"

르한은 이미 이곳에서 안정적으로 생활하고 있었다. 자신과 함께 이곳을 떠나게 되면 고생할 것이 뻔한데 굳이 그런 선택을 하려고 할까?

"네."

"진짜?"

"네. 저는 애초에 아가씨를 지켜드리겠다 맹세하지 않았습니까."

"그렇긴 하지만……."

"그러니, 떠나기 전에 꼭 말씀해주세요."

"……."

얘가 뭐가 아쉬워서 나를 따라온다는 거지?

"꼭입니다."

에델리스는 대체 얘가 왜 이러는지 이해가 가지 않았다. 그러나 확인받듯 단호하게 말하는 르한을 보고 에델리스는 약조를 했다.

"너야말로 나중에 말 바꾸면 안 돼. 내가 나중에 만약에라도 이곳에서 나가게 되면 나랑 같이 가는 거야. 알았지?"

"알겠습니다."

에델리스는 만족하여 미소 지었다. 이제 혹시라도 혼담이 들어온다면 르한과 함께 백작저를 뜨면 된다.

"고마워, 르한."

"아닙니다. 언제든, 어디서든, 당신이 위험할 때면 구해드릴 겁니다. 아가씨가 백작 영애가 아니라 할지라도."

르한의 말을 들은 에델리스의 심장이 두근거렸다.

"누구에게서라도."

"……상대가 누가 될 줄 알고."

"정 힘들면, 아가씨를 모시고 도망쳐도 되겠습니까."

르한이 장난스럽게 웃으며 이야기했다. 말은 그렇게 해도 도망칠 생각은 그다지 없어 보였다.

"바라던 바야."

언제라도 도망칠 준비는 내가 할 테니까.

르한과 함께 도망친다고 생각을 하니 에델리스의 마음이 한 결 가벼워졌다. 만약 자신이 황제의 칼에 찔려 눈을 감게 된다 면 그 순간에도, 지금의 기억이 떠오를 것 같았다.

두 사람이 대화하고 있는 사이에 마차가 멈추었다. 연회장 앞에 도착한 것이다. 마차의 문이 열리고 브릴 백작이 그녀를 에스코트하러 왔다.

"르한. 나 딱 한 곡만 추고 얼른 나올게. 알았지?"

르한은 귀족도 아닌데다가 나이도 어려 연회장에 같이 들어 갈 수 없었기에 한 선택이었다. 그래도 그녀의 목소리는 이전보 다 훨씬 긴장이 풀려 있었다.

"알겠습니다. 다녀오십시오."

르한이 에델리스의 말에 고개를 끄덕이자 브릴 백작이 에델 리스의 손을 잡고 걸어갔다. 그녀는 아버지의 손에 이끌려 가 면서도 자꾸만 뒤를 돌아보았다. 브릴 백작이 대놓고 서운하다 는 말을 할 때까지.

에델리스와 브릴 백작이 홀 안으로 들어서자, 백작은 그녀를 이끌고 여기저기 인사하러 다녔다. 에델리스는 있는 듯 없는 듯 자리를 채우다가, 데뷔탕트를 알리는 첫 춤을 추자마자 바로 사라지려고 했다. 그런 자신을 자꾸 데리고 다니는 아버지에게 조금 원망스러운 마음이 드는 것은 어쩔 수가 없었다.

"에델리스, 내게 무슨 일이 생기거든, 이들을 찾아가거라."

백작이 그녀에게 작게 속삭였다. 그제야 아버지께서 굳이 데뷔탕트를 치르라고 한 이유를 알 수 있었다. 나중에 그녀가 정말로 결혼을 하지 않아 혼자 남게 되었을 때를 우려한 안배였다. 그 사실을 알고 나자 아버지를 원망하던 마음이 얼음처럼 사르르 녹았다.

"벤투스 데 크로나드 황제 폐하 드십니다!"

하필이면 에델리스의 위치가 중앙에 가까울 때 황제가 등장했다. 그가 발걸음을 옮겨 사람들 사이를 지나갈 때마다 바다를 가르듯 사람들이 갈라섰다.

에델리스는 황제가 자신의 앞을 지나갈 때 숨조차 제대로 쉬지 못했다. 이윽고 황제는 그녀를 지나쳐 모든 사람들이 우러러볼 수 있는 단상에 올라섰다.

"고개를 들어라."

황제가 간략하게 십팔 세의 성년을 맞은 이들에게 축하의 말을 했다. 그렇게 주변을 둘러보며 인사를 하던 황제는 에델리스와 눈이 마주쳤다. 그녀는 또다시 황급하게 고개를 숙였다. 그래서 그녀는 황제가 어떤 눈으로 바라보고 있었는지 눈치채지 못했다.

다른 사람들과 똑같이 있었는데 왜 하필이면 눈이 마주쳤는지 생각하느라 바빴으니까.

잔에 든 샴페인을 한 모금 맛을 본 황제가 다시 시종장에게 잔을 건네고, 짧게 한 번 박수를 치자 선율이 흘러나왔다. 그리고 연회장의 많은 사람들이 하나둘씩 자신의 파트너를 찾아 이동했다.

"에델리스."

그녀의 아버지가 만면에 미소를 띤 채 에델리스에게 손을 건넸다. 그녀가 아버지의 손 위로 손을 막 얹었을 때, 누군가 백작을 불렀다.

"브릴 백작."

딸과 보내는 소중한 시간을 방해받은 백작은 미간을 잔뜩 찌푸린 채 목소리가 들리는 쪽으로 고개를 돌렸다.

"무슨 일이시오, 밀레 백작."

"다리우스 공작이 찾으십니다."

브릴 백작의 얼굴이 저도 모르게 사정없이 구겨졌다.

"오늘은 딸의 데뷔탕트이니 조금 이따가……."

"황제 폐하에 관련된 일이니 빨리 오라는 전언이 있으셨소."

황제 폐하를 들먹이니 백작이 가지 않을 수 없었다.

"다녀오세요, 아빠."

에델리스가 등을 떠밀자, 결국 백작은 나라 잃은 듯한 표정으로 밀레 백작을 따라갈 수밖에 없었다. 아버지가 떠나고 나자 에델리스는 어떻게 할까 고민이 되었다.

'한 곡은 반드시 춰야 하는데…… 그래도 파트너가 없다는 핑계를 댈 수 있으니 이대로 벽의 꽃으로 있다가 곡조가 끝나자마자 밖으로 나가는 것도 나쁘지 않겠네. 굳이 눈에 띌 필요는 없지.'

그런데, 그때 과거에 스치듯 지나갔던 한 영식이 얼굴에 홍조를 띤 채 에델리스에게 다가와 춤을 권했다.

"에델리스 브릴 영애, 기억하실지 모르겠지만, 저는 바이스 자작가의 장남 루터입니다. 혹시 파트너가 없으시다면……."

정확히는, 권하려고 했다.

"파트너가 없느냐."

뒤에서부터 들려오는 낮은 목소리에 삐거덕대며 고개가 돌아갔다. 그녀의 뒤에는 화려하게 치장한 황제가 있었다. 그 순간 에델리스의 머릿속에 수천 마디의 욕설이 스쳐 지나갔다.

"지금 막 파트너가 생겼습니다. 염려해주셔서 감사합니다."

"누구지?"

"여기에 있는 바이스 자작의……."

그리고 다시 한 번 그녀의 머릿속에는 수만 마디의 욕설이 스쳐 지나갔다. 자신의 앞에 있던 바이스의 놈팡이가 이미 사라지고 없었기 때문이었다. 황제가 그녀에게 말을 걸자 빛보다 빠른 속도로 줄행랑친 것이다.

"파트너가 없다면, 내가 상대해줄까."

"제가 불민한 탓에 황제 폐하께 누를 끼칠까 염려됩니다. 걱정해주신 것은 감사하지만……."

"괜찮다."

황제가 에델리스에게 손을 내밀었다. 황제가 이렇게까지 말하는데 거절하는 것은 굳이 황후가 되지 않고도 죽을 수 있는지 실험하는 꼴이었다.

'……망할. 그냥 발이 아파서 춤 못 추겠다고 할걸. 바이스 자식, 잊지 않겠다!'

에델리스는 어쩔 수 없이 황제의 손에 자신의 손을 얹었다. 손을 잡아 오는 느낌에 소름이 돋았다. 그녀는 황제의 손을 잡고 연회장의 정중앙으로 걸어나갔다.

수많은 사람들의 이목이 집중되었다.

에델리스가 고개를 숙여 인사를 하자, 황제가 마주 인사한 후 허리에 팔을 감아왔다.

'뭐지? 원래 이게 이렇게 끈적한 춤인가?'

황실 악단의 연주가 시작되고 분명 그녀가 배운 대로 춤을 추고 있는 것 같기는 한데 황제의 반응이 심상치 않았다. 괜히 허리를 쓰다듬지를 않나, 필요 이상으로 몸을 붙여 문지르는 것 같았다.

차마 황제를 밀어낼 수도 없어서 어쩔 수 없이 자신이 배운 대로 착실하게 스텝을 옮겨갔다. 춤을 추던 황제가 '훗' 하고 웃더니 귓가에 숨을 불어넣었다. 온몸의 털이 쭈뼛 섰다. 살갗에 오스스 소름이 돋았다.

"조만간 좋은 소식을 전하도록 하지."

마침내 곡조가 끝나자 굳이 몸을 기울여 에델리스의 귓가에 속삭인 황제는 그녀의 귓바퀴를 혀로 할짝였다. 축축한 혀가 귀에 닿는 느낌에 몸이 굳는 것이 느껴졌지만, 필사적으로 몸을 숙여 인사를 하고 황제에게서 멀어졌다. 슬쩍 곁눈질로 쳐다본 황제는 귀엽다는 듯이 웃고 있었는데, 그게 더 소름이 돋았다.

'미친 거 아냐? 당신 딸이 나보다 나이 많은 건 알고 있어? 우리 아버지가 당신보다 나이가 훨씬 어리다고!!! 이상하게 접촉이 많더라니, 그때부터 알아봤어야 했는데!'

그녀는 빠른 걸음으로 자신을 기다리고 있던 백작에게로 돌아갔다. 그의 얼굴에는 그녀를 걱정하는 기색이 역력했다.

"에델리스, 괜찮니? 아빠가 미안하다. 하필이면 오늘 공작이 찾을 줄이야……."

백작은 공작의 부름을 거절할 수가 없었다. 그것이 신분이었다. 이를 이해하고 있는 에델리스는 창백해진 안색으로 고개를 저었다. 아마 아버지께서 옆에 있었더라도 황제와 춤을 추는 것을 피할 수는 없었을 것이다.

"먼저 가서 쉬어도 될까요……?"

"그래, 그래, 같이 가자."

"아니에요, 아빠. 괜찮아요."

브릴 백작은 만류하는 그녀를 확실하게 에스코트해 최대한 빠르게 마차로 갔다.

"르한!"

에델리스가 마차 앞에 서 있던 르한을 발견하고는 밝게 소리쳤다.

그녀는 혹시나 누가 쫓아올까 봐 빠르게 마차에 올랐다.

"아가씨, 무슨 일 있으셨습니까? 왜 이렇게 안색이……."

문을 닫자마자 르한이 하는 첫 인사말이었다. 에델리스가 일부러 밝게 인사했지만, 가까이서 보니 마치 살아 있지 않은 사람처럼 핏기 하나 없는 새하얀 얼굴이었다.

"내 첫 춤의 상대가 황제였어. 죽을 것 같아."

"황제요……?"

르한은 굳은 채 되물었지만, 에델리스는 가볍게 고개를 끄덕이며 답했다.

"응. 내 사교계 데뷔를 황제로 시작하다니. 대체 왜! 하필이면……."

에델리스는 황궁에서 멀어졌지만, 계속해서 토기가 올라오는 것을 느꼈다.

"아버지께서 뭐라 하시더라도 오는 게 아니었는데."

에델리스가 여전히 창백한 얼굴로 말했다.

"춤추는 것이 많이 힘드셨습니까?"

"내가 너랑 수백 번 추면서 연습했는데 힘들 리가 있겠어?"

"그렇다면 왜……."

"그 상대가 문제인 거지! 황제가 어떻게 했는지 알아? 진짜 미친 줄 알았다니까?"

에델리스는 황제만 아니었더라도 치안대 감이라며, 엉덩이와 허리의 경계에 있던 애매한 손의 위치와 필요 이상으로 비비적대던 몸, 고의적으로 불어넣던 숨결, 귓바퀴에 닿던 혀까지 모두 말하며 욕했다.

황궁에 있을 때는 긴장하고, 불안해서 미칠 것 같았다. 그러나 황궁을 나오고 안전하다고 생각이 되니, 뒤늦게 분노가 밀려와 가라앉지 않았다. 그것은 마차에서 내린 후 방에 도착하고 나서도 마찬가지였다.

"내가 고작 그런 짓이나 당하려고 이렇게 예쁘게 꾸민 줄 알아?!"

에델리스는 분노를 발산하기 위해서 머리에 붙어 있는 장식도 다 집어 던지고 싶었지만, 이렇게 예쁘게 꾸며본 것은 책의 내용을 본 후 처음인지라 꾹 참고 씩씩거리고 있었다.

복잡한 표정으로 그녀를 에스코트하던 르한이 에델리스의 앞에 한쪽 무릎을 꿇었다. 갑작스러운 그의 행동에 에델리스가 의아해하며 그를 내려다보았다.

"……르한?"

"아가씨, 저와 한 곡 추시겠습니까?"

르한은 떨리는 손을 에델리스에게 내밀었다. 이미 그의 귀 끝이 붉어져 있어, 얼굴을 푹 숙이고 있어도 그의 얼굴이 새빨갛게 달아올랐다는 것을 쉽게 눈치챌 수 있었다.

평소와는 다르게 엄청 멋있게 차려입은 르한을 보고 에델리스가 피식 웃었다. 안 그래도 이대로 옷을 갈아입기에는 아쉬웠는데 잘됐다 싶어 그의 손 위로 자신의 손을 얹었다. 그러자 르한이 깜짝 놀라 그녀를 보았다.

"네가 청해놓고 뭘 그렇게 놀라는 거야?"

"거절당할 수도 있다고 생각해서……."

"이렇게 멋있는 남자가 무릎 꿇고 춤을 청하는데 거절할 수는 없지. 보통 무릎까지 꿇고 춤을 청하지는 않아."

"……."

르한이 부끄러워하며 에델리스의 손을 잡고 일어섰다. 그리고 그녀의 데뷔탕트 연습을 도와 춤을 추었을 때처럼 착실하게 자세를 잡았다.

에델리스가 가볍게 웃으며 뭐로 할까 고민하다가 이내 평소에 연습하던 익숙한 곡을 콧노래로 흥얼거렸다. 화려한 황궁이 아니더라도, 편안한 마음으로 춤을 추니 기분이 많이 나아졌다.

황제의 그 끈적이는 손이 아주 잊힌 것은 아니지만, 그래도 좋았다. 황제나 황태자, 황자 그 무엇도 신경쓰지 않고 편안하게 춤을 추니 더욱 그러했다.

게다가 상대도 항상 연습하며 스텝을 맞춰왔던 르한이었기에 물 흐르듯 흘러가며 춤을 췄으니 더할 나위 없었다.

"한 곡 더 출까?"

"기꺼이."

르한이 에델리스의 손을 맞잡았다. 긴장했는지 그의 손이 조금 떨려왔다.

에델리스는 처음 춤 연습 상대가 되어달라고 했을 때 어정쩡하게 자세를 잡고는 얼굴이 벌게졌던 르한이 생각나 웃음이 나왔다. 그런데 이제는 그간 매일 연습해왔던 보람이 있는지 이렇게 자세도 잘 잡고 르한이 리드를 하는데도 어색하지 않았다.

에델리스는 가볍게 웃으며 또 다른 곡을 콧노래로 흥얼거렸다. 테라스로 향하는 문을 활짝 열어 시원한 밤바람이 한껏 들어왔고, 반짝이는 달빛이 고요하게 비추고 있었다.

"이제는 춤 정말 잘 추네?!"

"감사합니다."

"그럼, 이번에는 어떤 춤으로 할까?"

에델리스가 아무렇게나 허밍을 하며 몸을 조금씩 움직였다. 르한이 그녀의 움직임에 따라가면서 조금은 조심스럽게 제안했다.

"레, 슈토는 어떠십니까."

"레슈토? 그래, 그래. 좋지!"

춤이 정해지자 에델리스는 춤에 맞는 노래 중 자신이 가장 좋아하는 노래를 흥얼거렸다. 그리고 르한과 마주 보고 서로에게 미소 지으며 춤을 추었다.

두 사람만의 시간은 에델리스의 하녀가 몇 번이나 찾아와 주무셔야 한다고 할 때까지 이어졌다.

"아가씨, 자꾸 그러시면 백작님께 말씀드릴 거예요!"

"아아, 그러는 게 어딨어!"

"저도 이러고 싶지 않았지만 더 이상은 안 돼요!"

에델리스는 입을 비쭉 내밀고는 어쩔 수 없이 르한에게서 한 발짝 떨어져 드레스를 양옆으로 넓게 펼치고 몸을 숙이며 인사를 했다.

르한도 한쪽 손을 자신의 가슴 위에 얹고 고개를 숙여 인사를 받아주었다. 마주 보며 키득키득 웃다가 하녀의 눈총에 르한이 쫓겨나듯 가야 했다. 그래도 르한 덕분에 에델리스는 안좋은 기억을 떨쳐내고 기분 좋게 잠에 들 수 있었다.

다음 날 에델리스는 자신의 서재에서 책을 읽으며 르한을 기다리고 있었다. 누군가 문을 두 번 두드리자 그녀는 르한의 훈련이 오늘따라 빨리 끝났다고 생각했다.

"들어와."

하지만 문을 열고 들어온 사람은 아주 어두운 표정의 아버지였다.

"아버지?"

"……우선, 응접실로 가자꾸나."

"무슨 일 있으세요?"

아버지의 안색을 보았을 때 심상치 않은 일이 생긴 것 같았다. 무슨 일이 있는 것이 틀림없었다. 아무런 말씀도 못 하시는 아버지를 따라 응접실로 가자 그곳에는 황실의 시종장이 자리해 있었다.

"늦군."

"……죄송합니다."

대체 무슨 일인가 파악이 되지 않았다. 시종장이 품 안에서 황실의 인장이 찍혀 있는 서신을 꺼냈다.

"크흠."

시종장이 눈치를 주어 아버지와 함께 그 앞에 무릎을 꿇었다. 그러자 시종장이 서신을 펼치고는 그 안에 적혀 있는 내용을 읽어 내려갔다.

"크로나드 제국의 황제의 이름으로 명한다. 브릴 백작가의 장녀 에델리스를 황비 후보로 지정하였으니, 7일 내로 입궁하도록 하라."

하늘이 무너지는 기분이 이런 걸까.

'이게 어떻게 된 거지……? 미래가 바뀌기라도 한 것인가?'

에델리스는 자신의 발밑이 무너지는 듯한 기분이었다. 미래가 바뀌기를 바랐으나, 이런 형태로 바뀌는 것을 바란 적은 없었다.

백작인 아버지가 시종장에게 어렵사리 '알겠습니다.'라고 답했지만 에델리스는 아무런 말도 하지 못했다. 보다 못한 브릴 백작이 에델리스의 등을 토닥이자, 그제야 에델리스의 정신이 돌아왔다.

"아, 알겠……알겠습니다."

에델리스의 눈동자는 사정없이 떨리고 있었다.

시종장은 일주일 뒤에 데리러 오겠다는 말을 남기고 떠났지만, 에델리스는 여전히 무릎을 꿇은 채로 자리에서 일어나지 못하고 있었다.

'이럴 리가, 이럴 리가 없어. 황비? 내가 보았던 책에서의 나는 언제나 황후였어. 나는 내가 황후가 되는 줄로만 알았는데…… 혹시 황비가 된 이후에 황후가 되는 건가?'

아니다, 기억 속 황제의 목소리는 자신이 데뷔탕트 때 들었던 황제의 목소리보다도 훨씬 젊었다. 그러니 자신은 비가 되더라도 황제의 비가 아닌, 황태자의 비가 되는 것이 옳았다.

머리가 어지러워졌다. 자신이 알고 있는 미래와는 달리, 알지 못하는 현재가 생겨버렸다.

'우선 책부터 확인을 해봐야 해.'

언제까지고 주저앉아 있을 수는 없었다. 주어진 시간은 일주일뿐이었으니까.

에델리스는 대책을 찾을 테니 너무 걱정말라는 아버지를 뒤로하고 곧바로 자리에서 일어나 서재로 달려가서 책을 뽑았다. 그러고는 자신이 등장했던 페이지를 찾아 빠르게 살펴보았다. 아무리 봐도 책에서는 자신을 '황후'라고 칭하고 있었다.

'그렇다면 이 책이 사실이 아닌 것일까? 그럼 실제로 투기장에 존재하던 르한은 뭔데?'

어떻게도 설명할 수 없는 현실에 에델리스는 머리가 지끈지끈 아파왔다.

"아가씨."

르한이 서재의 문을 열고 들어왔다. 르한은 전처럼 바닥에 주저앉은 에델리스를 일으켜 근처에 있는 카우치에 그녀를 앉혔다.

"르한."

"저도 정확한 얘기는, 조금 전에 백작님께 전해 들었습니다."

"내, 내가 황비가 된대······. 나는, 나는 내가 황비가 되는 이야기는 몰라. 그런 이야기는 몰라······."

에델리스는 혼란스러워 혼자서 중얼거렸다. 르한은 에델리스의 현재 상태가 심상치 않다고 생각했기에, 우선 그녀를 안정시키려고 했다.

"괜찮을 겁니다."

"어떡하지, 내가 황비가 되면. 나중에 황후가 되면 또 어떡하지?"

"아가씨, 괜찮습니다."

"어떻게 그걸 확신할 수 있어!"

에델리스는 자신이 무어라 말하는지도 정확하게 모른 채 머릿속에 맴도는 말을 횡설수설하다가, 결국 자신을 위로하는 그에게 화를 내고야 말았다.

최악이었다. 정말, 최악이다.

"미안······."

"아닙니다."

쓰게 웃는 그의 얼굴을 보고 에델리스는 그나마 현실을 자각하기 시작했다.

그래, 아직 황비 '후보'일 뿐이지 황비가 된 것은 아니다. 그러니 황비가 되는 것을 피해야 했다.

"르한, 우리 도망가자. 그전에 집에서 나오게 되면 같이 가자고 했잖아. 준비 다 해놨어. 지금 가면 될 거야. 밤에 몰래 말을 타고 가서……."

에델리스는 '도망친다'는 선택지를 떠올린 이후로 언제나 준비를 해왔다. 그러니 이번에 집에서 도망치게 되더라도 당분간 돈이 부족할 걱정은 없을 것이다.

"아가씨, 제가 싫다고 말씀을 드리는 것이 아닙니다. 단지, 아가씨는 백작님과 함께 있고 싶어 하셨잖아요."

하지만 르한은 그녀와 생각이 달랐는지 안타까워하며 말했다. 르한은 에델리스가 계속 집에서 살고 싶어 하는 것을 알고 있었다. 그녀는 집에서 있을 때 제일 편안해 보였고 에델리스도 종종 그렇게 얘기했기 때문이었다.

"그러고 싶지! 그러고 싶은데, 내가 하고 싶다고 모든 걸 다 할 수 있는 건 아니잖아……."

결국 에델리스는 감정이 격해진 나머지, 눈물을 터뜨리고야 말았다.

한참이나 울먹이던 에델리스가 불현듯 고개를 들어 르한의 어깨를 붙잡았다. 집에 남아 있으면서도, 황제의 명령에 따르지 않을 수 있는 방법이 떠오른 것이다.

"방법이 있어."

"뭡니까?"

"황제가 결혼을 거부하게 만들면 돼."

"방법이 있으십니까?"

에델리스의 시선이 르한의 허리춤에 매달려 있는 검으로 향했다.

"얼굴에 흉터를 내면 돼."

"예?"

분명 그 방법이라면 저택에서 떠나지 않고도 황제와 혼인하지 않을 수 있을 것이다. 에델리스가 마음을 다잡으며 아직도 자신의 귀를 믿지 못하는 르한에게 확인 사살하듯 말했다.

"내가 하면 아파서 제대로 못 할 것 같으니까 네가 도와줄래?"

"절대 안 됩니다!"

"아냐, 단번에 샤삭 하면 괜찮을 것 같아."

사색이 된 르한이 놀라서 그녀를 만류했다.

"같이 있을 수 있도록, 제가 도와드리겠습니다."

"너무 얇으면 흉터가 안 생기니까 조금 깊어야 해."

"⋯⋯다른 방법으로 도와드리겠습니다."

"다른 방법이 있어?"

에델리스는 사실 아플까 봐 무서웠었다. 그런데 르한이 다른 방법이 있다고 하니 너무나도 반가웠다. 한편으로는 확실하지 못한 방법일까 봐 염려가 되기도 했다. 시기를 맞추지 못하면 황궁으로 가야 했기에.

"불명예스러운 방법이어도 괜찮으시겠습니까?"

에델리스가 고개를 끄덕였다.

그녀는 아무리 불명예스럽다 할지라도, 목이 달아나고 반역으로 몰리는 것보단 낫다고 생각했다. '그' 황제의 황비가 되는

98

것은 죽기보다 싫었다. 그렇다고 진짜로 죽는 것도 싫었다. 그러니 불명예를 택하는 것이 나을 것이다.

"가능하면 안 아픈 방법으로."

결연한 표정을 짓고 있는 에델리스의 이마에 르한이 그의 이마를 맞댔다. 그가 에델리스의 뺨을 부드럽게 쓰다듬으며 작게 속삭였다. 그와 이렇게 가까운 거리에서 마주 보고 있었던 적이 없어 당황스러웠다.

"오늘 밤, 찾아갈 테니 하녀가 찾아오지 않도록 물려주세요."

"도망가는 거야? 가방 챙겨놓을까?"

순간 눈을 크게 떴던 르한이 눈꼬리를 곱게 접으며 피식 웃었다.

"아닙니다. 준비하고 올 테니, 기다려주세요."

에델리스는 깊은 밤인데도 잠들지 못하고 방 안을 서성였다.

하녀에게는 미리 너무 피곤하여 일찍 잘 것이라고 말을 해놓았다. 그리고 바깥이 소란스럽지 않기를 바란다고 했으니, 오늘 밤은 정기적으로 순찰을 다닐 때 외에는 발걸음을 하지 않을 것이다.

얼마 뒤 작게 노크 소리가 들리자, 에델리스는 참지 못하고 뛰어가 방문을 조용히 열었다.

"르한!"

차마 크게 부르지 못했지만, 반가운 기색을 숨기지 않은 목소리였다.

르한이 조심스럽게 방 안에 들어오자마자 곧바로 문을 닫았다. 문이 닫히기가 무섭게 르한이 진중한 표정으로 입을 열었다.

"아가씨, 정말 괜찮으시겠습니까."

"아픈 건 아니지?"

"아프지는 않을 겁니다."

그렇게 말하면서도 르한은 굳은 표정으로 품 안에서 녹청색 손잡이의 단도를 꺼냈다.

에델리스는 책에서 보았던 것처럼 칼에 찔리고 싶지 않았다. 이미 책에서 '에델리스 크로나드'가 칼에 찔리는 것을 목격한 것만으로도 충분했다.

'그런데 왜 칼을 꺼내는 거야?'

만약 책에서 본 대로 운명이 흘러간다면 어차피 황제에게 칼을 맞아 죽게 될 것을, 굳이 황후가 되기 이전에 칼을 맞고 싶지는 않았다.

누가 칼에 맞고 싶겠느냐마는.

"아가씨, 정말 불명예스러워도 괜찮은 겁니까?"

에델리스는 르한의 손에 들려 있는 단도가 신경 쓰였다. 르한이 황제처럼 자신을 찌르지는 않을 거라 믿어 의심치 않지만, 자꾸만 단도를 쥔 그의 손으로 힐끔힐끔 눈이 갔다.

"결국엔 그 방법을 쓰는 거야?"

에델리스가 가만히 눈을 감고 얼굴을 내밀었다. 앞으로 닥쳐올 고통을 감내하기 위해 얼굴을 잔뜩 찡그린 채로.

"아가씨가 아픈 것은 아니니 눈을 뜨셔도 괜찮습니다."

말이 조금 이상했다. '내가 아프지 않다.'는 것은 '나 아닌 다른 누군가'가 아플 것이라는 얘기였다.

여전히 찡그린 채로 한쪽 눈만 가까스로 떠보니 르한은 에델리스가 무어라 말할 틈도 주지 않고 성큼성큼 걸어가 침대에 다가섰다. 그러고는 한쪽 무릎을 올려 침대에 올라가 이불을 걷더니 단도로 자신의 손바닥을 그었다.

"꺄악!"

차마 크게 비명을 지르지도 못하고, 그마저도 누군가 자신의 비명을 들을세라 황급히 손으로 입을 막았다.

"르한! 뭐 하는 거야! 괜찮아?"

급하게 달려와 르한의 손을 봤지만 이미 그의 손바닥에서 흐른 피가 하얀 시트 위에 방울방울 떨어져 있었다.

"어떡해!!"

꽤나 깊이 베였는지 피가 멈추지 않았다. 에델리스는 급한 대로 자신의 손수건을 들고 와 르한의 손을 동여매 지혈해주었다.

당황한 에델리스와 달리 르한은 별일 없었다는 듯이 평안해 보였다.

"아가씨, 내일 아침에는 다른 이들이 올 때까지 가만히 침대에 누워 계세요."

에델리스는 그제야 그가 의도한 것이 무엇인지 알 수 있었다. 그녀는 입고 있던 얇은 슬립을 벗어 침대 밑에 아무렇게나 던져놨다.

"아가씨, 지금 뭐 하시는 겁니까!"

르한이 새빨개진 얼굴로 황급히 고개를 돌렸다.

"네가 무슨 생각하는지 모를 것 같아? 처녀혈로 위장하자는 거잖아."

"분명 그렇습니다만……."

"너는 내가 귀족 영애라 아무것도 모르고 순진한 줄 알았구나?"

나는 나의 죽음까지 미리 본 사람이라고!

그렇게 생각하면서 침대에 올라가 이불을 덮었다. 그러면서 침대를 손바닥으로 톡톡 두드리고 르한을 바라보았다. 그러나 르한은 그저 굳은 채로 가만히 서 있을 뿐이었다.

에델리스는 처녀혈로 위장하자던 애가 왜 저러고 있나 싶어서 그를 재촉했다.

"얼른 와."

"아가씨, 제발…… 아가씨는 아무것도 모르는 게 맞아요."

르한이 새빨갛게 달아오른 얼굴을 손바닥으로 가렸다. 손바닥으로 얼굴을 가리지 않으면 그녀에게로 눈이 자꾸만 갈 것 같았다.

한창 자라나는 청소년기의 르한에게 에델리스의 행동은 너무 자극이 강했다. 그러나 그의 마음을 알 길이 없는 에델리스는 그를 독촉할 뿐이었다.

"네가 아무리 민망해봤자 나보다 더 민망하겠니? 나야 성년이니까 그렇다 치고 너는 아직 성년도 되지 않았잖아!"

"세상 사람들이 뭐라 생각할까 걱정되십니까? 지금이라도 시트를 갈까요?"

에델리스는 이미 불명예도 감수하겠다고 했다. 주변에서 뭐라고 말을 할지 벌써부터 예상이 갔다.

집 밖으로 안 나온다 싶더니, 아직 성년도 안 된 열네 살짜리 애를 홀라당 잡아먹기 위해서 그런 것이었다는 둥, 평민과 눈이 맞아 성년이 되자마자 건드린 것이라는 둥 난리가 날 것이다.

그 변태 같은 황제 놈의 비가 되어 살다가 황후가 된 후 칼에 찔려 죽느니 차라리 사교계에서 온갖 구설수에 시달리다가 매장되는 것이 훨씬 나았다.

'어쩌면 가엾은 평민을 억지로 침대에 끌어들인 사악한 백작 영애라고 할지도⋯⋯.'

얼굴에 흉터를 만드는 편이 그나마 조용하게 넘어갈 수 있었을까?

"아니? 이 정도라면 괜찮아."

그래도 지금 생각해보면 그 변태 때문에 자신의 얼굴에 흉터를 내어 아버지를 슬프게 만드는 것보다는 나을 것 같았다. 게다가 그 정도로 소문이 나면 자신에게 혼담을 넣는 가문 또한 없을 테니 계속 집에서 편안하게 살 수 있을 것이다. 아버지께는 좀 죄송하지만.

"그런데…… 이렇게 되면 너와 결혼하게 되는 걸까?"

사실 르한과의 결혼을 생각해보지 않은 것은 아니었다. 만약 황제를 피해 저택에서 도망치고, 르한이 자신의 호위로 같이 간다면, 그리고 이런 사건이 터지고 나면 혼삿길이 막힐 테니 어쩌면 아버지께서 르한과 결혼시킬 수도 있다고 생각했다.

이렇게 된 이상 르한과 결혼하면 황제와 결혼하지 않을 테니 나쁘지 않다고 생각했다.

그러나 그녀의 말에 르한의 표정이 딱딱하게 굳었다.

"지금 아가씨께서, 평민 따위와 결혼하시겠다고요?"

"아버지께 네게 기사 작위라도 달라고 그럴까?"

"……그것도 고작 검투사였던 저와?"

"언제 적 얘기를 하고 있는 거야."

사실 에델리스가 보통의 아가씨였다면 이런 일을 벌이지도 않았겠지만, 다른 남자와 사고를 쳤다고 할지라도 그것이 '평민'은 아니었을 것이다.

가문과 혈통, 작위를 중시하는 그들은 평민에게 기사 작위를 주기보다는 애초에 가문이 좋은 사람을 만났을 테니까. 그러나 르한의 반응에 오히려 에델리스의 표정이 샐쭉해졌다.

"너 혹시, 백작 영애의 첫날밤을 가져가놓고 내뺄 생각이었어?"

"아뇨! 그럴 리가 있겠습니까!"

르한이 빠르게 부정했다. 너무나도 큰 목소리로 부정해서 자기 자신조차 깜짝 놀라 황급하게 입을 막았다.

잠시 후, 마음을 가라앉힌 르한이 작게 한숨을 내뱉었다. 그런 그에게 에델리스가 자신의 생각을 꺼내었다.

"나는 너와 도망치고 난 뒤에, 우리가 위장 결혼할 줄 알았는데."

"위장…… 결혼이요?"

"아까 전에 도망칠까 물어봤었잖아. 그래서 너를 기다리는 동안 황비가 되기 전에 도망치면 어떨까 생각했었어."

에델리스는 가볍게 이야기했지만, 르한은 그저 멍하니 입을 벌린 채 그녀를 바라보았다.

"생각해봐, 너와 같이 백작저를 나오고 나서 다 큰 남녀가 한 집에서 살면 당연히 의심하지 않겠어?"

흔들리는 눈으로 에델리스를 바라보던 르한은 고개를 떨구고 한숨을 크게 내쉬더니 다시 고개를 들어 에델리스의 맑은 녹색 눈동자를 바라보며 손을 뻗어 그녀의 뺨을 쓰다듬었다.

"아가씨, 이전부터 저도 생각을 해왔던 게 있습니다."

"응, 말해봐."

에델리스는 어색한 분위기에서 빠져나왔다고 생각하며 조금은 안심했지만 그의 한숨 섞인 목소리는 이전보다도 강하게 그녀의 마음을 들쑤셔놓았다.

"이곳을 떠날까 합니다."

"……뭐?"

"오늘의 일로 확실하게 마음을 굳혔습니다."

에델리스가 자신의 뺨에 있던 그의 손을 붙잡았다. 너무 당황한 나머지 그녀의 손이 떨려왔다.

그가 소설 속의 주요 인물이었는지 따위는 그녀에게 더 이상 중요하지 않았다. 르한은 르한이었다. 자신과 오랜 시간을 함께해온 소중한 사람.

"왜, 왜? 나랑 위장 결혼하기가 싫어서? 하기 싫으면 하지 않아도 돼. 그, 그래! 남매도 있잖아, 나도 참. 위장 결혼이라니, 내가 별말 다 했다, 그치?"

당황한 에델리스는 말이 점점 길어졌다. 그러나 르한은 그녀의 필사적인 변명에도 고개를 저었다. 그가 두 손으로 에델리스의 손을 감쌌다.

"그런 게 아닙니다, 아가씨. 다시 돌아오겠습니다."

"나는 그냥, 나중에 나이 먹어서도 남매가 둘이 살면 구설수에 시달릴까 봐……."

에델리스는 아무런 답을 하지 않고 그저 그녀를 바라보기만 하는 르한이 야속했다. 결국 물기를 가득 머금고 있던 녹색 눈동자가 눈물을 떨어뜨렸다.

"나와 같이 있기로 했잖아! 나와 함께한다고 했잖아! 너는, 너는…… 너는 내 거잖아!"

"죄송합니다, 반드시 다시 돌아오겠습니다."

"이런 게 어딨어…… 내가 지금까지 뭐 잘못한 거 있어? 사과할게, 미안해……."

"아닙니다. 그렇지 않습니다."

에델리스는 그를 너무나도 붙잡고 싶었지만, 붙잡을 말이 없었다. 르한은 이전부터 작위를 준다던 아버지의 제안도 거절해왔다.

이전에 투기장에서 꺼내준 걸로 생색을 내기엔, 그는 이미 그 이상의 값어치를 해주었다. 때로는 자신의 동생으로, 어떨 때는 친구처럼, 그리고 많은 순간 호위로서.

"내일 누군가 핏자국을 발견하면, 당신이 아무 말씀 안 하셔도 사라진 제가 지목될 겁니다. 그때 부정하지 마세요."

에델리스와 가장 가까이 지내고 있었던 건 르한이었다. 그리고 그 르한이 사라진다면, 많은 사람들은 르한이 감당하지 못할 일을 저지르고 도망간 것이라고 여길 것이다.

"그러면 황비 후보 자격도 박탈될 것이고, 집에서 계속 머무실 수 있습니다."

"지금이라도, 안 하겠다고 하면…… 안 갈 거야?"

"……아니요."

르한은 이미 마음을 굳힌 듯 단호하게 말했다.

'언제부터 너는 이런 생각을 해온 걸까?'

이미 르한의 마음을 돌리기엔 늦은 것 같았다. 앞으로도 계속 자신을 지켜준다고 약속했던 르한이었는데. 그는 내가 집에서 계속 머물면서, 이전과 같은 삶을 살아갈 것이라 얘기했다.

'하지만 네가 없는데 어떻게 이전과 같을 수 있을까?'

르한에게 내가 너를 사 오지 않았냐고, 그러니까 너는 나와 함께 있어야 한다고 말을 할 수도 없었다.

무슨 말을 해서라도 붙잡고 싶었지만, 그러면 그는 상처받은 채로 떠날 게 뻔하니까.

그렇다면, 나는 너에게 네가 돌아올 구실을 하나라도 만들어야겠다.

"나중에, 내가 위험에 처하면…… 그때는 잊지 말고 나를 구하러 와야 해."

"……."

"약속대로 나를 데리러 와야 해. 나를 구해주러 와야 해. 알겠지?"

잠시 말을 잇지 못하던 르한이 울음기 섞인 목소리를 간신히 꺼내었다.

"제가 다시 돌아왔을 때…… 받아주시겠습니까?"

"다시 돌아와. 꼭 돌아와. 그렇지 않으면 보내지 않을 거야."

르한이 간신히 꽉 잠긴 목소리로 단호하게 말했다.

"그때는 누구에게서든, 무슨 수를 써서라도 지켜드리겠습니다."

"꼭이야?"

"반드시 돌아오겠습니다. 약속합니다."

에델리스는 그의 '약속'이라는 말을 듣고 조금은 마음을 놓았다.

르한이 에델리스에게 했던 약속들이 몇 있었다. 그는 단 한 번도 약속을 어기지 않았다. 아주 사소한 것 하나까지도. 그러니 이번에도 약속을 지킬 것이다.

"그래, 르한. 알겠어, 넌 이제 자유야. 놓아줄게. 전 검투사 따위가 아니라, 그냥 르한으로."

에델리스의 목소리에 점점 울음이 섞였다. 처음에는 그저 자신에게 도움이 되지 않을까 싶어서, 그저 르한이 불쌍해서 시작되었던 관계였다. 하지만 그는 그녀에게 있어서 너무 많은 부분을 차지해버렸다.

"아니요, 거절하겠습니다. 저의 주인은 언제나 당신입니다. 무슨 일이 있어도 당신을 찾으러 오겠습니다."

"그게 뭐야……."

"에델리스."

르한은 딱 한 번 그녀의 이름을 부른 적이 있었다. 그렇다고는 해도 '에델리스 아가씨'라고 딱 한 번 불러줬을 뿐이다. 그 후로 다시 그렇게 불러달라고 해도 단 한 번을 불러주지 않았던 르한이었다.

그런 그가 자신의 이름을 부르자 에델리스는 깜짝 놀라 눈을 크게 뜬 채 그를 바라보았다.

"에델리스, 에델리스. 꼭 다시 돌아오겠습니다. 에델리스."

몇 번이나 절절하게 그녀의 이름을 부르던 르한은 그녀의 이마에 입을 맞추었다. 그리고 그의 황금색 눈동자에 그녀의 모습을 담았다.

놀라 다물어지지 않는 입, 자신의 모습을 담고 있는 초록색 눈동자, 달빛에 반짝이는 금색 머리카락까지.

르한이 에델리스를 향해 힘겹게 웃어 보이고는, 그대로 창문을 열고 훌쩍 뛰어 내려갔다.

"르한!"

에델리스가 창문으로 달려가 그의 이름을 불러보았지만, 그에게 닿지 않았다. 어느새 그는 사라져 그림자조차 보이지 않았다.

서글픈 달이 뜬 밤이었다.

다음 날, 저택은 당연히 난리가 났고 에델리스는 순조롭게 황비 후보에서 박탈되었다. 사교계에 두문불출하던 에델리스가 하루아침에 황비 후보에서 떨어진 것에 대해 말이 많았고, 이런저런 구설수에 시다리던 에델리스에게 혼담도 뚝 끊기게 되었다.

에델리스가 상처 받을 것을 염려한 백작은 그녀와 함께 영지로 내려가기로 했다.

크로나드 황제

에델리스는 마음 편하게 영지에서 생활하며 혹시 미래가 바뀐 것은 아닐까 기대하는 마음으로 매일같이 책을 들여다보았다.

'……오늘도 바뀐 건 없네.'

하지만 무려 7년이라는 시간 동안 책의 내용은 변하지도 않았고, 그렇다고 이전처럼 반짝이며 새로운 내용이 나타난 것도 아니었다.

'르한은 잘 지내고 있을까?'

혹시 몰라 도망칠 준비는 계속 하고 있었지만, 그래도 르한 덕분에 황궁에 들어가지 않고 편안하게 살고 있었다.

'슬슬 아버지도 화가 풀린 것 같으니 돌아오면 좋겠는데.'

서재에 엎드려 어린 시절을 추억하던 에델리스는 아버지께서 자신을 찾는다는 말을 듣고 아버지의 집무실로 향했다. 그런데 아버지께서는 별안간 자신이 후작이 되었음을 알렸다.

"뭐라고요? 제가 지금 뭘 잘못 들은 것 같은데요……?"

"이제는 브릴 후작이라고 했다."

믿을 수 없는 얼굴로 주변을 둘러보자, 집사장이 흐뭇한 얼굴로 고개를 끄덕였다.

'후작이라니? 누가? 내가 봐왔던 소설에서는 브릴 백작이었는데? 분명 황제도 브릴 백작과 백작 부인이라고, 그렇게 말했잖아.'

에델리스가 봤던 책의 내용과 실제가 달라졌다. 책에서는 백작과 백작 부인이었지만, 지금은 아버지께서 후작이 된 것이다. 어디서부터인지 모르겠지만, 미래가 바뀌기 시작했다는 것을 깨달았다.

'혹시…… 미래가 바뀐 걸까? 내가 죽지 않을 수도 있는 거야?'

이제 불안정한 평화 속에서 살아가는 날이 끝나는 것인가 기대했다. 하지만 브릴 후작이 에델리스에게 굳은 얼굴로 말했다.

"그리고 너에게 정식으로 구혼서가 도착했다."

"누구에게서요……?"

이제 에델리스의 나이가 벌써 25살이었다. 누군가에게서 혼인 신청이 들어오기엔 적지 않은 나이였다.

게다가 에델리스는 황비 후보였으나, 불명예스러운 이유로 인해 취소되기까지 했다.

그렇다고는 하나, 에델리스는 이제는 후작가가 된 브릴가의 외동딸이었다. 그녀와 결혼할 경우 브릴 후작이 될 수 있음을 의미했다. 그러니 신분 상승을 목적으로 구혼서가 올 수도 있겠다는 생각이 들었다.

"황제께서 너를 황후로 결정하셨다."

"그렇죠, 황제 정도면 신분 상승을…… 하실 게 없잖아요?!"

고개를 주억거리던 것이 일순간에 멈췄다.

'에이, 설마? 아무리 생각해도 말도 안 돼! 여기서 황제가 왜 나와?'

1년도 더 전에 지금의 황제가 반정을 일으켰었다. 그 소식을 듣고 긴장을 하긴 했지만, 이미 영지로 내려왔고 결혼 시장에서 멀어진 저와는 상관없다고 생각했는데! 이제 와서 황후라니…….

"그분께서 저를 어떻게 아시고 황후로……."

"군사를 일으키실 때 도움을 드렸다. 그래서 아비가 후작이 된 것이고."

지금 우리 아버지, 브릴 백작, 아니지 이제 브릴 후작이지. 브릴 후작님께서 뭐라고 말씀하신 거지?

'내가 책에서 반역 가문이 되어 돌아가신 아버지께 얼마나 죄송스러운 마음을 갖고 있었는데! 그런데 아버지께서 스스로 반역을 일으키시는 데 일조하셨다고?!'

에델리스는 아버지에게 배신당한 느낌을 지울 수 없었다.

'그동안 아직 하지도 않은 반역에 대해 죄책감을 갖고 있었는데, 아버지는 내가 두 눈 뜨고 멀쩡히 살아 있어도 반역을 저지르시는 분이었다니!'

그러나 현실을 아주 외면할 수는 없었기 때문에 곧 정신을 차렸다. 에델리스는 희망을 버리지 못하고 가능한 침착하게 후작에게 여쭈어보았다.

"황후…… 후보죠?"

그러나 아버지는 그녀의 바람을 가뿐하게 무시해주었다.

"후보는 없다. 너뿐이다."

"말도 안 돼……. 저는, 저는 황후 못 해요!"

후작이 미묘한 표정을 지었다.

'이번에야말로 나는 진짜 죽는다고! 황비가 되었더라도 마찬가지였겠지만 이번엔 진짜 칼에 찔려 죽는다고! 젊은 황제, 황후는 나! 이거 책에서 본 내용이랑 똑같잖아!'

책의 내용이 바뀌기는커녕 아주 착실하게 따라가고 있었다. 에델리스에게는 아버지가 브릴 후작인지 백작인지는 중요치 않았다. 그건 이미 자신이 죽은 후였으니까.

"에델, 나는 너를 시집보내고 싶지 않아. 가능하다면 평생을 함께하고 싶다."

"……."

"하지만 에델, 나중에 내가 죽은 다음에는 어떡하느냐? 너혼자 이 험한 세상을 어떻게 헤쳐나갈 수 있겠어."

그녀는 아버지가 무슨 걱정을 하시는지 알 것 같았다. 결혼을 하지 않은 여성은 흰 눈을 뜨고 바라보는 것이 일반적이었기 때문이다.

"그래서 나는…… 네가 사랑받으면서 살기를 원해. 내가 죽은 뒤에도."

아버지께서 너무나도 감동적인 연설을 하셨지만, 그녀에게는 와닿지 않았다. 자신이 결혼을 하게 되면 사랑받으면서 살기는 커녕 아버지보다도 일찍 죽게 될 테니까.

그래서 에델리스는, 도망치기로 결심했다.

'어차피 아버지는 반역을 도우셨고, 이전과 달리 백작이 아니라 후작이 되셨잖아?'

아버지가 공신이니 자신이 도망쳤다고 해도 함부로 하지 못할 것이다. 황제는 다른 집안의 사람과 결혼하면 되고, 아버지는 후작이 되고, 자신은 가늘고 길게 살고.

'최대한 빨리 도망치는 것이 좋겠다. 미룰수록 좋지 않을 테니까.'

다음 날 밤, 에델리스는 도망치기 직전 마지막 준비를 하고 있을 때 정말로 오랜만에 자신을 찾아온 르한을 만날 수 있었다.

"나는 황제가 아니라 르한이랑 같이 있고 싶어."

"저와, 함께 있고 싶으시다고요."

"응."

믿을 수 없다는 듯 되묻는 르한에게 확신을 담아 답했다. 자신이 함께 있고 싶은 것은 너라고. 황제라는 높은 신분을 가진 사람이 아닌, 그저 평범한 르한이라고.

"내일 무슨 일이 있어도 꼭 모시러 올 테니."

에델리스는 먼 길을 떠나야 하니 쉬라는 르한의 말에 수긍하여 곧 잠들었고, 르한은 에델리스가 잠드는 것을 확인하고 나서야 마음을 놓을 수 있었다. 르한은 잠든 에델리스를 보며 차마 발걸음을 떼지 못하고 그녀의 뺨을 쓰다듬었다.

"에델, 나의 사랑스러운 에델리스. 좋은 꿈 꿔요. 이따 데리러 오겠습니다."

르한이 그녀의 이마에 입을 맞추었다. 그가 떠나기 전, 그녀에게 입을 맞추었던 것처럼.

그리고 동이 터 오를 무렵, 에델리스를 맞이하러 갔다. 르한은 에델리스를 한 번 놓칠 뻔했다는 것을 떠올리고 더욱 서둘렀다.

성에 가까워지자 다행히도 에델리스가 보였다. 드디어 이 순간이 온 것이다. 자신의 마음속에 들어온 유일한 상대인 에델리스를 제 품에 안는 그 순간이.

"르한!"

에델리스는 주위의 시선은 아랑곳하지 않고, 르한의 목에 팔을 감아왔다.

"나의 아내, 에델리스. 약속을 지키러 왔습니다. 앞으로는 내가 당신을 지켜드리겠습니다."

에델리스는 믿을 수 없는 소리를 듣고 저도 모르게 르한을 밀쳤다. 그러나 르한은 그녀를 놔줄 생각이 없는지 둘 사이에 작은 틈만 벌어졌을 뿐, 여전히 에델리스는 그의 품에 안겨 있었다.

"아내라고?"

황제와 결혼할 예정인 에델리스를 아내로 칭할 수 있는 사람은 목숨이 아깝지 않은 게 아니고서야 단 한 명밖에 없었다. 그리고 황실 기사단의 제복을 입은 이들이 얌전하게 부복하고 있다는 것이 의미하는 바는 명확했다.

자신에게 닥친 현실을 믿을 수 없던 에델리스가 르한에게 물었다.

"……혹시나 해서 물어보는 건데."

"말씀하세요."

르한은 해맑게 웃으며 그녀를 품에 안았다. 지금 자신의 머릿속이 얼마나 복잡한지 모르는 르한을 보며 한숨이 나올 것 같았지만, 확실하게 물어봐야 했다.

"너, 혹시…… 황제야?"

기사들 중 몇이 깜짝 놀란 듯했지만 에델리스는 그런 것까지 신경 쓸 여유가 없었다.

'아니지, 아니겠지, 그럴 리가 없지. 르한이 황제일 리가 없잖아?'

하지만 르한의 입에서 나온 말은 에델리스의 희망과는 정반대였다.

"맞습니다, 나의 에델리스. 에델이라고 불러도 되겠습니까?"

"지금 그게 중요한 게 아니잖아! 너 진짜 황제야? 네가?"

르한이 뭐가 그렇게 뿌듯한지 수줍게 웃으며 고개를 끄덕였다. 그녀는 상큼하게 웃는 르한의 얼굴을 보면서 온몸의 피가 빠져나가는 듯한 기분이 들었다.

'말도 안 돼. 르한이 황제라고? 나를 칼로 찔러 죽이고 아버지를 사형시키는 게 저 르한이라고?'

믿을 수 없었다. 가장 의지하고, 믿어왔던 르한이 황제라니!

"너…… 평민이잖아."

"지금은 아닙니다. 겨우 당신에게 맞는 신분이 되어서 왔습니다."

"……너무 높은 거 아니야?"

"하지만, 당신에게 닿을 수 있었던 것은 황제뿐이었습니다."

에델리스는 자신에게 혼담이 들어왔던 것은 황비가 되는 것뿐이었다는 것을 떠올렸다.

'아니, 그렇다고 '황제가 되어야지!'라고 생각하는 게 일반적이야? 그냥 계속 평민으로 있었더라도 충분했는데, 대체 왜 황제가 된 거야!'

게다가 언제나 귀엽고 착한 동생 같은 아이가, 7년이나 지난 뒤에 돌아와서는 남편이 된다니. 심지어 그동안 무슨 일이 있었는지 키도 훌쩍 커버리고 귀여운 얼굴이 잘생긴 얼굴이 되어 돌아오니 낯설었다.

에델리스가 머뭇거리는 것을 본 르한의 표정이 어두워졌다.

"저와 결혼하는 것이 싫은 겁니까?"

정확히는 '황제'와 결혼하는 것이 싫었다. 언제 죽을지도 모르는 황후 자리 따위 탐나지 않았다. 오래오래 안전하게 미혼

118

의 영애로 살고 싶었다.

그녀는 마음이 복잡했다. 대체 왜 자신이 그렇게나 예뻐하던 르한이 황제가 된 건지. 왜 자신을 죽이게 되는 건지.

"……거절해도 될까?"

에델리스의 말이 끝나기가 무섭게 주변 사람들이 숨을 삼키는 소리가 들렸다.

"혹시 황제의 첫날밤을 가져가놓고 내뺄 생각이었습니까?"

르한은 에델리스가 그 언젠가, 그가 떠나던 밤에 했던 말을 그대로 따라했다.

─너 혹시, 백작 영애의 첫날밤을 가져가놓고 내뺄 생각이었어?

그것을 깨달은 그녀가 매우 당황했다.

"뭐?! 첫날밤이라니!? 그때 아무 일도 없었잖아!"

"아무 일도, 없었다……고요?"

"그래!"

에델리스는 혹시 이전 황제에게 거짓을 말한 것도 황실 기만죄라며 자신을 죽일까 걱정이 되었다. 당시의 황실에는 황비 후보에서 제외될 만한 중대한 사유가 있다고 보고했으니까. 그래도 설마 자신이 죽인 황제에 대한 기만죄를 묻겠나 싶었고, 이미 르한도 아는 사실이었으니 괜찮겠다 생각했다.

"저는 그때 흘린 피를 기억합니다."

"거참, 누가 들으면 오해하겠네!!!"

분명 그날 르한의 손이 다친 것도 일이라면 일이고, 르한이 떠난 것은 분명 그녀의 인생에 있어서 중차대한 사건이니 완전히 아무 일 없는 것은 아니긴 했다.

'그렇다고 그렇게 남들이 오해하도록 생략해서 말하다니!'

르한의 말만 들으면 영락없이 아무것도 모르는 르한을 데리고 하룻밤 놀다가 버린 걸로 오해하기 딱 좋았다.

"저의 처음을 모두 다 가져가놓고서는……."

"으아아아아아아!!! 아니야!!!!"

르한은 아주 당당하게 말했다. 설레는 감정도, 누군가를 소중하다고 느끼는 감정도, 좋아하는 감정도 모두 그녀가 처음이었으니까.

그가 당당하게 말하자 에델리스를 향한 의심의 눈초리가 더욱 짙어졌다.

"그날 밤에, 아무 일도 없었잖아!"

"에델리스, 사실 그날 첫날밤이 실제로 이루어졌는지, 안 이루어졌는지는 중요하지 않습니다."

에델리스가 의아해하며 그를 바라봤다.

"만약 실제로 이루어졌다면, 우리는 혼인을 하면 되는 거겠죠? 본인이 한 행동에는 책임이 따르니까요."

"그렇……겠지?"

에델리스는 동의했다. 과거 그녀는 르한이 저택을 떠나지 않았다면 자신과 결혼할 수도 있었겠다고 생각하기도 했다. 그런 의미에서 르한에게 결혼하게 될 수도 있을지 물어봤었다. 물론 지금이 아니라 르한이 황제가 되는 것보다 훨씬 예전이었지만.

"그게 아니더라도 당신은 공신인 브릴 후작가의 외동딸이며, 저는 당신과 혼인을 하고 싶습니다. 또한 어젯밤에 저와 함께 있고 싶으시다며 데리고 떠나달라고 하지 않았습니까."

자신이 분명 그렇게 말하긴 했다.

'근데 그건 황제가 아니라 르한이라고! 르한이 황제인 줄은 몰랐지!!!'

데리고 떠나달라는 게 황성이 아니라 다른 곳에 데려가달라는 거지, 황성으로 데리고 가달라는 것은 아니었다. 만약 르한이 황제인 줄 알았다면 오랜만에 만나서 반가웠고, 앞으로 다시는 보지 말자고 했을 것이다.

에델리스의 말문이 막혔다. 그렇다고 자신이 알고 있는 사실대로 '황제에게 다른 여자가 생겨서 저를 죽일 거라서요!'라고 말할 수도 없었다. 정신 이상자 취급을 받으면 황후에서 제외될 것은 확실했다. 그러나 정신 이상자가 되어 정신병동에 들어가느니 차라리 황제에게 단칼에 죽는 것이 나았다. 그렇지만 또다시 아버지가 반역을 일으킬까 걱정되었다.

'한 번이 힘들지 두 번은 못 하겠어?'

아버지를 프로 반역 꿈나무로 만든 에델리스였지만, 반역을 일으키는 원인이 자신이 되는 것은 원하지 않았다.

결국 그녀는 앞으로 어떻게 해야 할지 몇 가지 방법을 떠올렸다.

〈1. 도망〉

이미 망했다. 지금 상황을 회피할 수도 없고, 분위기로 보면 이대로 황궁에 들어갈 것 같다.

〈2. 결혼 거부〉

논리적으로 이길 수가 없었다.

'대체 왜 아버지는 반역을 도와서는!'

논리적으로 이길 수 없다면 우기는 것도 방법이겠지만, 딱히 문제가 없어 보이는 결혼을 계속 거부하는 것 또한 황실에 대한 기만이었다. 이 또한 목이 날아갈 수 있었다.

그렇다면 남은 방법은 한 가지뿐이었다. 에델리스는 겉으로는 르한에게 웃어 보였지만 속으로는 굳게 결심했다.

〈3. 결혼 후 이혼〉

여자 주인공이 나타나기 전까지 황후로서 누릴 거 다 누리고 살다가, 여자 주인공이 짠 하고 등장하면 '저는 여러분의 사랑을 방해할 생각이 없답니다. 호호호호.' 하면서 사라지는 것이다.

그렇다면 황제의 칼에 찔려 죽을 일도 없고, 아버지가 반역을 일으키실 일도 없었다. 일이 잘 풀리기만 한다면, 귀책 사유는 황제에게 있으니 위자료나 두둑하게 받아서 새로운 삶을 찾아서 떠나면 된다.

"……알겠어."

이렇게 된 이상, 황궁에서 나갈 때는 훨씬 많은 준비를 해서 떠나기로 결심했다.

"정말입니까?"

르한이 화색을 띠며 에델리스에게 물었다. 그녀가 고개를 끄덕이며 긍정하자, 그는 세상 행복한 표정으로 소리 내어 웃었다.

그리고 성큼성큼 걸어와 그녀를 안아 올리고는 기쁨에 제자리에서 빙글빙글 돌았다. 에델리스는 깜짝 놀라 소리를 지르며 혹시라도 떨어질까 봐 그의 머리를 끌어안았다. 그러자 가슴팍에 그의 숨결이 느껴져 얼굴이 붉게 달아올랐다. 그 모습을 본 신하들의 표정이 당혹으로 물들었지만, 르한은 신경이 쓰이지도 않는지 기쁘게 웃었다.

"르, 르한! 내려줘!"

그가 웃으며 에델리스에게 어지럽냐고 묻자, 그녀는 그저 주변 사람들의 시선이 부담스러운 것이었지만 그냥 그렇다고 하기로 했다. 그러자 르한이 못내 아쉽다는 듯이 그녀를 내려주었다.

"……뭐야, 왜 자꾸 웃어?"

"귀여워서 그만."

그래봤자 아직 스물한 살밖에 안 됐으면서!

"나보다 나이도 어린 게……."

"에델리스, 저 황제입니다."

르한의 어린 시절을 생각하며 과거를 그리워하던 에델리스의 표정이 삽시간에 어두워졌다.

"에델리스?"

그러고 보니 르한이 황제라는 것을 알게 된 이후에도 지금까지 말을 편하게 해왔다. 굳이 여기서 더 악행을 저지르지 않아도 불경죄로 참수형 감이었다는 것을 깨닫자 안색이 파리하게 질렸다.

"죄송합니다, 폐하."

"말씀 편하게 하세요, 나의 주인님."

르한의 입술이 호선을 그리며 그녀를 더욱 강하게 안아왔다.

"내가 왜 네 주인이야?! 너, 아니 당신 황제잖아요!"

"당신으로부터 자유로웠던 적은 없었기에."

르한이 낮게 웃으며 답하자 하녀 몇이 얼굴을 붉혔다. 그가 황제라는 것을 알고 있고 폭군이라는 것도 알고 있었지만, 잘생긴 얼굴이 해사하게 웃으니 무장 해제될 수밖에 없었다.

하지만 에델리스는 속지 않았다. 그녀는 하녀들과 다르게 자신의 목숨을 걸고 있었기 때문에.

"……저는 그때 분명 자유라고 말씀드렸어요."

지금이라도 존댓말을 하여 목숨을 조금이라도 연장하기로 했다. 말투가 곱게 나가지 않았지만 황제에 대한 불경죄를 머릿속에 되새기며 공손하게 말하려고 노력했다.

"저의 주인은 언제나 당신이니 무슨 일이 있어도 당신을 찾으러 오겠다고 거절했던 것은 기억 안 납니까?"

"……나를 주인으로 취급하든, 본인이 황제라고 주장하든 하나만 해요, 하나만!"

에델리스는 대체 어느 장단에 맞추어야 할지 모르겠다고 생각했다. 그런 그녀를 보고 르한은 즐거운 기색을 숨기지 않으며 입꼬리를 올려 웃었다.

"저는 저에게 유리한 것은 뭐든 다 이용할 생각이라서요."

에델리스는 최대한 마차의 끝에 달라붙어 앉아 창밖을 바라보았다. 문 쪽에 르한이 앉아 있었기 때문에, 그렇게라도 거리를 두고 싶었다.

"무슨 생각을 그렇게 합니까?"

마차가 움직이기 시작하자 르한이 연신 미소 지으며 에델리스에게 부드럽게 물었다. 네가 황제라는 걸 알았으면 네가 오기 전에 도망쳤을 거라고 말할 수는 없었기에 에델리스는 말을 돌렸다.

"그냥, 그냥요."

"편하게 말씀하세요."

에델리스의 고민은 길지 않았다. 황제의 마음은 언제든 바뀔 수도 있었고, 도박을 하기에 자신의 목숨은 하나였으니까.

"……그래도 황제잖아요."

"말 놓으시죠."

아, 명령이었구나.

"명령이면 명령이라고 미리 말을 해주지."

르한이 큭큭대며 웃고 나서야 자신이 생각한 것을 입 밖으로 낸 것을 깨달았다. 에델리스는 속으로 절규했지만, 다행히도 르한은 즐거워했다.

"예전, 백작저를 떠나기 전으로 돌아간 것 같습니다."

르한이 잠시 추억에 잠기는 동안 그녀는 안도의 한숨을 내쉬었다.

다행히도 르한은 아직까지는 자신에게 호의적인 것 같았다.

'……생각해보면, 내가 그렇게 잘해줬는데 당연하지.'

그래도 르한이 황제가 될 줄 알았더라면 더욱더 잘해줄걸.

"그때는 내가 정말 잘해줬잖아."

"예. 제가 이해할 수 없을 만큼."

"이해하지 않아도 괜찮아, 르한. 내가 잘해줬었던 것만 기억해."

그러니까 나를 죽이지 말아줘!

간절한 염원을 담아 르한을 바라보았다. 그가 마주 웃어 보였다.

"그럼요. 하나하나 기억하고 있습니다."

그렇게 말하면서 르한이 그녀의 옆으로 옮겨 앉자 에델리스가 화들짝 놀랐다.

'어떡하지, 갑자기 목을 조르는 거 아냐? 아니면 품에서 단검을 확 꺼낸다거나? 기억 속에서는 사람들 다 있는 곳에서 죽이긴 했지만, 아버지도 후작이 된 마당에 어떻게 죽는지도 바뀌었을지도 몰라.'

그녀가 초조해하며 손가락으로 무릎을 계속해서 두드리자, 르한이 그녀의 손을 다시금 잡아왔다. 예전과는 달리 커다래진 손이 에델리스의 손을 감쌌다. 안 그래도 퇴로를 차단당해서 혹시 무슨 일이 생기면 창문으로 뛰쳐나가야 하나 고민했는데, 이제는 도망갈 수조차 없을 것 같았다.

게다가 르한이 굳이 '하나하나'라고 말한 게 마음에 걸렸다. 자신이 잘못한 것 하나까지도 모두 기억을 한다는 것 같아서.

"그…… 예전의 일은 너무 신경 쓰지 않아도 괜찮아. 오래 전의 일이잖아."

"바로 어제 있었던 일처럼 생생하게 기억하고 있습니다."

에델리스는 자신이 잘못했던 일에 대해서 열심히 떠올리려고 했다.

'호수에 빠뜨렸던 일? 순수하지 않은 의도로 투기장에서 데리고 온 일? 뭐지?'

속으로 눈물을 흘리던 에델리스가 힘겹게 말을 돌렸다. 괜히 저택에 머무를 때 있었던 안 좋은 일을 떠올리게 하고 싶지 않았다.

"그보다, 그동안 어떻게 지냈어?"

에델리스의 물음에 르한은 과거에 있었던 일을 머릿속으로 떠올렸다.

에델리스의 데뷔탕트 날, 라크시드 대공가의 집사라고 신분을 밝힌 이가 은밀하게 접촉했었다.

"라크시드 대공가의 집사, 포그랑 힐스베인입니다."

"······브릴 백작가의 에델리스 브릴의 호위인 르한입니다."

대체 무슨 일로 대공저의 집사가 제게 말을 거는지 알 수 없었다. 다만, 그 '집사'는 저와 달리 귀족일 가능성이 매우 높았다.

포그랑의 권유로 다른 이들의 이목이 닿지 않는, 어떠한 문장도 새겨져 있지 않은 마차에서 대화를 하게 되었다. 그리고 그가 꺼낸 말은, 르한을 뒤흔들기에 충분했다.

"대공께서 뵙기를 희망하고 계십니다, 케이르한 도련님."

르한은 누구에게도, 에델리스에게조차도 밝힌 적 없는, 제 기억 속 저편에 있던 이름을 듣고 놀랄 수밖에 없었다.

"어떻게 그 이름을······."

게다가 도련님이라니. 대공저의 집사가 도련님이라고 부르는 이는 굉장히 한정되어 있었다.

'대공가의 집사가 도련님······이라고 한다는 건, 내가 바로 그······ 설마, 말도 안 돼.'

당황한 르한에게 힐스베인이 질문을 쏟아냈다.

"9년 전, 7월 24일 새벽 2시경 헤럴드에게 납치된 것, 기억하십니까?"

르한이 고개를 젓자 힐스베인이 그럴 줄 알았다는 듯 말을 이어갔다.

"1개월 후 제논에게 맡겨져서 그의 창고에 감금되어 생활하셨지요?"

무슨 이유에선지 투기장에 들어가기 이전의 기억은 전혀 나지 않았다. 힐스베인에게 이야기 들은 대로의 생활을 했다면,

기억이 없는 것도 이해는 갔다.

"3개월 후 헤럴드의 사망 소식을 안 제논이 투기장에 팔아 투기장에서 생활하게 되었고, 투기장 내에서는 '르한'이라고 불렸다······고 밝혀졌는데, 맞으십니까?"

자신이 알지 못하는 이야기를 하면서 맞냐고 물어보니 대답할 수가 없었다.

"······투기장에서 르한이라고 불린 것은 맞습니다."

"그렇군요."

힐스베인이 싱긋 웃더니 아직도 혼란스러워하는 르한에게 확신을 주기라도 하려는 듯 품에서 종이를 한 장 꺼냈다. 라크시드 대공가의 인장이 박혀 있었다. 그것에 '케이르한 라크시드'라고 적혀 있었다.

"제가······ 케이르한 라크시드라고 어떻게 믿으시는 겁니까."

저조차 알지 못하는 일들까지 들어가면서 말이다.

"이 정보를 가져온 라크시드의 정보부를 믿습니다."

르한은 지금 힐스베인이 하는 이야기를 믿고 싶었다. 제게 높은 신분이 있다면, 아가씨에게 닿을 수 있을 것이다.

"대공저로 함께 가시겠습니까?"

힐스베인의 물음은 권유가 아니었다. 당연히 같이 갈 것이라는 믿음이 기저에 깔려 있었다.

그러나 르한은 에델리스에게 아무런 말도 하지 않고 사라질 수는 없었다. 그래서 생각할 시간을 갖겠다고 말하자, 힐스베인의 얼굴은 놀라움으로 물들었다.

르한은 힐스베인과 헤어진 뒤 에델리스와 함께 저택으로 돌아왔다. 그리고 그녀가 황비 후보로 올랐다는 소식을 듣고 대공저로 가기로 결심했다.

'그날 밤 대공가로 가지 않았더라면, 그저 호위, 잘 되어봐야 에델리스가 말한 대로 가짜 남편 정도에서 만족해야 했겠지.'

하지만 그 정도로는 만족할 수가 없었다. 더 가까이에, 진심으로 닿고 싶었다. 그래서 에델리스의 곁을 떠나야 했다.

—다시 돌아와. 꼭 돌아와. 그렇지 않으면 보내지 않을 거야.

나에게 잊지 않고 다시 돌아오라며 여지를 주는 당신을, 내가 어떻게 잊을 수 있을까. 나는 당신을 그리워하고 경애하는 방법은 알지만, 잊는 방법은 몰라.

'꼭 다시 돌아올게, 에델리스. 당신을 지키기 위해서.'

내게 처음으로 다정함을 알려준 사람. 체온의 따뜻함을 알려준 사람.

애정의 두근거림을 알게 해준 사람. 그 모든 것은 당신이니까.

르한이 대공저를 찾아갔을 때 새롭게 알게 된 사실은, 작위를 물려받기 위해서는 대공의 염원을 이루어야 한다는 것이었다. 그것은 바로 황제에 대한 복수, 즉 반역이었다.

'대공의 아들이라는 신분을 쉽게 손에 넣을 수 있다고 생각하지는 않았지만.'

정당성 있는 혈통을 얻게 된 대공은 르한을 놔줄 생각이 전혀 없었다. 결국 르한은 선택의 여지 없이 강도 높은 훈련을 받게 되었다. 죽을 것같이 힘들어도, 이를 악물고 버텼다. 다시 그녀에게 돌아갈 그날을 기다리며.

그러던 어느 날, 르한의 존재를 알아챈 황제파가 보낸 암살자에 의해 사경을 헤매게 되었다. 그때가 되어서야 르한은 에델리스에게 자신의 마음을 한 조각도 전하지 못한 것이 못내 아쉬웠다.

'다시 그녀를 만나지 못할지도 모르는데.'

만약 다시 에델리스를 만나게 된다면 자신의 마음을 꼭 전하겠다고 다짐했다.

그러다 르한이 성년이 되기를 기다리기라도 한 것처럼 투병 중이던 대공이 세상을 떠났다. 르한은 장례를 치른 뒤, 비공식적으로나마 대공의 작위를 승계받았다. 그리고 목숨을 걸기를 여러 차례, 드디어 케이르한 라크시드는 황위에 올라 이 나라의 이름인 크로나드를 손에 넣었다.

이후 에델리스를 곧바로 만나러 가고 싶었지만, 황좌를 노리는 이들이 너무 많았다. 그런 위험한 상태에서 에델리스를 궁으로 데리고 올 수는 없었다. 그래서 르한은 황위를 위협하는 이들을 모두 본보기로 제거했다.

"파시스 후작가의 식솔들은 모두 죽여라. 루튼 파시스는 지금 이 순간 후작위를 폐하고 황성 지하 감옥에 유폐한다. 도망친 후작 부인을 찾는 즉시 귀족들을 모아놓고 교수형에 처할 것이다. 이에 관련된 자들 또한 모두 함께할 것이다."

그녀가 왔을 때 안전하기 위한 거라면 수천이 아닌, 수만의 피를 보아도 괜찮았다. 하지만 에델리스에게 그러한 이야기까지 모두 할 수는 없었다. 에델리스는 제가 얼마나 그녀를 아끼는지, 얼마나 그리워했는지만 알면 되었다.

"이런저런 일이 많이 있었습니다. 아가씨는요?"

"나는 평범하게 잘 지냈지."

다시 돌아가고 싶을 만큼. 아무런 걱정 없이 살아가던 옛날이 그리웠다.

"에델리스, 당신과 하고 싶은 것이 많습니다."

에델리스는 그저 숨만 쉬듯 조용히 황궁에서 살다가 여자 주인공이 나타나면 사라지고 싶었다. 그런데 하고 싶은 것이 많다니…… 그녀의 머릿속에 떠오르는 것은 칼에 찔려 죽는다거나, 르한에게 냉대당한다거나 하는 것들뿐이었다.

"어떤 거?"

르한이 에델리스의 손에 깍지를 끼고 잡으며 느른한 미소를 지었다.

"일단, 결혼식도 올려야 하고."

에델리스의 손을 잡고 있던 르한의 엄지손가락이 그녀의 손등을 슬슬 쓸었다. 그걸로도 모자라 그녀의 귓가에 보란 듯이 속삭였다.

"그리고, 무얼 해야 할 것 같습니까?"

르한의 의미심장한 말에 저도 모르게 고개를 들었다가 그와 눈이 마주쳤다. 르한은 여전히 부드럽게 입꼬리를 휘어 미소 짓고 있을 뿐 아무런 말도 하지 않았다. 숨 막히는 분위기에 에델리스는 '이혼!!! 이혼이요!!!!'라고 외치고 싶어졌다.

"뭘 하다니! 뭐, 뭘!"

"해보면, 알게 될 겁니다. 결혼."

제가 알고 있던 르한은 외모에서만 그 흔적이 남아 있을 뿐, 알맹이는 전혀 다른 사람 같았다.

"……르한 맞아?"

"그럼요. 당신이 지옥 같은 투기장에서 꺼내주었던, 그."

그건 네가 책의 주요 인물이어서…….

"사람 대접 한 번 받지 못했을 때, 당신이 따뜻하게 대해주었던."

그건 내 목숨이 소중해서, 혹시라도 나를 황제로부터 지켜줄까 봐.

담담히 말하던 르한이 갑자기 개구지게 미소 지었다.

"그리고, 당신이랑 첫날밤을 보냈던."

"그건 아니지! 전혀 아니지! 오해 살 말 하지 말라니까! 첫날밤은 아직 안 보냈어!"

"아직, 이란 말이죠."

"아니, 그러니까! 아직이라는 게 언젠가는 있을 수 있다는 거지 당장은 아니야!"

"언젠가는."

"당장은 아니라니까!"

에델리스가 얼굴이 벌게져서 부정의 말을 하면 할수록 점점 수렁에 빠지는 느낌이었다.

"쉿, 잠시만."

아직 후작령을 벗어나지 못했을 것이 뻔한데, 갑자기 아무런 보고도 없이 마차가 멈추었다. 르한이 갑자기 에델리스의 입을 막더니 주변을 경계했다. 그러고는 잡고 있던 그녀의 손을 갑자기 잡아당기더니 머리를 눌러 몸을 숙이게 했다.

"꺄악!"

마차의 옆에서 칼이 꽂혀 들어왔다. 하필이면 에델리스가 앉아 있던 쪽이라서 만약 르한이 그녀를 당기지 않았더라면 단칼에 목이 떨어져 나갔을 것이다.

"잠시만. 기다릴 수 있겠습니까."

에델리스는 갑작스러운 습격에 제대로 대답도 하지 않고 벌벌 떨면서 그저 고개만 끄덕였다.

르한이 검을 빼어 들고 마차의 문을 열자 가면으로 얼굴을 가린 집단이 그들을 둘러싸고 있었다. 이미 마차 주변을 급습한 이들은 황실 기사단의 손에 명을 달리한 뒤였다.

"아무도 접근하지 못하게 하라!"

"예!"

황제인 르한의 한 마디에 기사단의 기세가 올랐다.

마차의 입구 쪽은 르한이 막고 있으니 정체를 알 수 없는 살수 집단이 방향을 틀어 르한의 반대편으로 달려가 다시금 마차를 습격했다.

'내가 아니라 마차를 습격해?'

이들은 르한을 뒤로하고 에델리스가 타고 있는 마차를 습격한 것이다. 이번 습격의 대상은 황제가 아닌 바로 에델리스라는 뜻이었다.

르한의 입에서 빠드득 이가 갈리는 소리가 났다.

'감히 누가.'

당연히 자신이 표적이 될 줄 알고 일부러 에델리스에게서 떨어져 모습을 드러낸 것인데.

르한이 습격으로 인해 흔들리는 마차의 문을 열어 겁에 질려 웅크리고 있는 에델리스를 꺼내 안았다. 그러고는 자신의 품에 얼굴을 묻게 하여 아무것도 보지 못하게 했다.

"괜찮으니, 아무것도 듣지 말고 귀 막고 계십시오."

에델리스가 떨리는 손을 들어 자신의 귀를 막았다. 르한은 떨고 있는 에델리스를 품에 안고 가능한 적게 움직이면서 막아냈다.

"배후가 누구인지 알아내야 하니, 살려두어라."

르한의 명에 따라 습격자들이 황실 기사단과 르한의 손에 하나둘씩 쓰러져갔다. 결국 극소수의 인원만 남은 습격자들을 생포했으나 입 안에 숨겨놓았던 극약을 삼켜 자살하려고 했다. 몇은 성공했으나 두 명은 곧바로 재갈을 물려 그조차 실패하고 약을 뱉어낸 채로 결박당했다.

기사단의 일부는 혹시나 남은 잔당이 없는지 주변을 살펴보러 갔다.

"에델리스."

르한은 자신의 품에 안겨 떨고 있는 에델리스의 귓가에 나지막이 속삭였다.

"이제 괜찮습니다. 모두 끝났으니 걱정할 필요 없습니다."

그리고 부드럽게 그녀의 귀를 막고 있던 손을 떼어내었다. 에델리스가 무심코 주변을 둘러보려 하자 르한이 그녀의 눈을 가렸다.

"당신이 볼 게 못 됩니다."

"아⋯⋯."

기사단이 시체를 처리하며 수습을 하는 모습을 보지 않게 하기 위해 르한은 그녀의 눈을 가린 채 마차로 이끌었다.

르한의 도움으로 마차에 오른 에델리스는 마차에 오르기 전 그의 모습을 보게 되었다.

피에 젖은 망토, 피가 뚝뚝 떨어지는 검, 그리고 르한. 그 뒤로 아직 치워지지 못한 시신들. 그것들은 반역이 일어난 뒤 토벌된 백작의 성의 모습과 겹쳐보였다.

에델리스가 책을 통해 보았던 그 장면들.

에델리스는 올라오는 토기를 참지 못하고 속을 게워냈다. 르한이 재빨리 자신의 망토에 받아냈지만, 그 역시 피에 절어 있던 것이었다.

"에델리스, 괜찮습니다."

르한이 그녀를 다독이기 위해 손을 뻗어봤지만, 그 손 또한 피가 묻어 있었다. 르한이 재빨리 손을 거두었다. 그러고는 조금 슬픈 눈을 했다.

"정돈하고 올 테니, 잠시만 기다려주십시오."

그리고 마차의 문을 닫고 밖에서 대기하고 있던 측근을 불렀다. 에델리스는 구석에서 바들바들 떨다가, 문이 닫히고 제 눈앞에서, 자신의 가족을 죽이라고 명령한 황제가 사라지고 나서야 안도했다. 극심한 스트레스에 뒤덮였다가 안정을 찾은 에델리스는 긴장이 풀리며 몸에서 힘이 빠졌다. 마침내 시야가 까맣게 물들어갔다.

"에델리스!"

안색이 안 좋은 에델리스를 걱정해 빠르게 돌아온 르한이 마차의 문을 열다 그녀를 발견했다. 에델리스는 누군가 자신을 급하게 부르는 목소리를 들었지만, 아무런 대답도 할 수 없었다. 눈앞이 완전한 암흑으로 뒤덮이기 직전에는 황제의 신발만이 눈에 보였다. 언젠가 책에서 보았던 그것처럼. 그것은 마치 에델리스에게, 너의 운명이 이렇게 될 것임을 잊지 말라고 말하는 것처럼 느껴졌다.

에델리스가 눈을 떴을 때는 이미 늦은 밤이었고, 푹신한 침대 위였다.

"에델리스! 정신이 듭니까?"

에델리스의 정신이 완전히 깨어나기 전, 그녀를 부르는 목소리가 들려왔다. 르한이 그녀가 누워 있던 침대의 옆에 의자를 두고 앉아 있었다.

에델리스는 정신을 잃기 전의 기억을 떠올렸다. 피 묻은 검을 들고 있던 황제. 그의 발치에 널브러진 시신들, 그리고 그 앞에 쓰러지던 자신의 모습까지.

르한의 얼굴을 보자 그녀의 안색이 파리하게 질렸다. 제 눈앞의 르한이 책에서 보았던, 자신을 죽이고도 무감하게 내려다보던 황제처럼 보였다. 저뿐 아니라 제 아버지와, 제 식솔들을 무참하게 도륙하면서도 냉담하던 황제.

"꺄악!"

에델리스는 튀어 오르듯 일어나 황제가 앉아 있던 곳의 반대편으로 달려갔다. 하필이면 그가 문을 등지고 앉아 있던 터라 밖으로 나갈 수는 없었다. 방의 구석으로 달려가, 더 이상 갈 곳이 없어 몸을 웅크리고 앉아 오들오들 떨었다.

'어떡하지? 황제가 나를 죽일 거야. 또다시. 내가 책에서 봤던 것처럼.'

공포로 이가 딱딱 부딪혔다. 만에 하나라도 눈이 마주칠까 봐 눈도 내리깔고 귀도 막아버렸다. 자신의 존재조차 알아차리지 못하기를 바랐다. 그러나 그녀의 바람과는 달리 황제는 느릿하게 에델리스에게 걸어왔다. 그가 한 걸음 한 걸음 다가오면 다가올수록 사신이 제 곁에 오는 것 같았다.

"에델리스, 진정해요. 괜찮습니다."

그는 에델리스가 놀라지 않도록 천천히 다가가는 것이었지만, 에델리스는 제 숨통이 조여 오는 것 같았다.

'어떡하지, 어떡하면 좋지? 황제가 나를 죽이려고 하면?'

공포에 질려 눈에서 눈물이 주룩주룩 흘렀다. 부드러운 카펫이 깔려 있어 그의 발걸음 소리가 들릴 듯 말 듯했을 텐데도, 에델리스에게는 지축을 흔드는 것처럼 크게 느껴졌다.

"걱정하지 마세요, 에델리스. 아까 전에는 많이 놀랐나 봅니다. 당신이 보지 못하게 더욱 주의했어야 했는데."

황제가 자신을 죽일지 모른다고 생각한 에델리스는 자신이 살기 위해서는 무엇을 해야 할지 고민했다. 그러나 그녀가 행동할 방법을 떠올리기도 전에 이미 황제가 지척까지 다가왔다.

머리가 새하얗게 변해갔다. 그것은 황제가 제게 손을 뻗었을 때 극에 달했다. 그가 느리게 뻗는 손을 바라만 볼 뿐 피할 수도 없었다. 하지만 에델리스의 예상과는 달리 르한은 에델리스를 자신의 품에 안았다.

"기억하고 있습니까, 당신이 이따금씩 서재에서 혼자 울고 있을 때면 내가 이렇게 안아주고 달래줬는데."

그런 적도 있었다. 과거, 에델리스는 서재에서 책을 본 뒤에 눈물을 흘리곤 했다. 자신이 황제에게 죽어서, 아버지가 반역을 저질러서, 식솔이 도륙을 당해서. 이제는 초상화에 그려진 모습밖에 기억이 나지 않는 어머니의 무덤이 파헤쳐지고 유골의 목이 다시 한 번 베어진 채 들판에 버려져서.

자신과 제 가족은 풍비박산이 났는데 그것은 신경도 쓰이지 않는다는 듯이 여자 주인공과 행복하게 히히덕거리고 있는 황제가 미워서.

그렇게 서재에서 울고 있을 때, 르한이 어떻게 알았는지 어느새 나타나 그녀를 안아주고 등을 토닥이면서 달래주곤 했었다. 바로 지금처럼.

"내가 이렇게 안고 있으면, 당신은 곧 괜찮아졌죠."

르한이 그녀를 더욱 세게 끌어안았다.

그의 품에 안겨 있으니 생각이 났다. 서재에서 어두운 미래에 대한 내용을 본 에델리스를 위로해주는 것은 항상 그의 몫이었다.

르한의 입장에서는 갑자기 울음을 터뜨리는, 손이 많이 가는 아가씨였을 텐데도 언제나 다정하게 위로해주었었다.

"그래서 당신이 괜찮아졌다고 나를 밀어낼 때마다 얼마나 아쉬워했는지 에델리스는 모를 겁니다."

예전과 똑같이 자신을 위로해주는 손길에, 에델리스는 르한이 떠나기 전 그때로 돌아간 것 같았다. 벌써 수년이나 흘렀지만 몇 차례나 반복적으로 있었던 일이라 그런지 빠르게 마음의 안정을 찾아갔다. 르한의 손은 여전히 따뜻했다. 이제야 자신의 피부 아래에 피가 흐르는 기분이 들었다.

"……르한."

"이제 괜찮습니까?"

에델리스는 작게 고개를 끄덕였다. 그가 자신을 지켜줄 거라 철석같이 믿어왔던 르한인 것도 사실이었고, 미래에 자신을 죽이는 장면을 본 것도 사실이었다.

책이 거짓이라고 믿고 싶었지만, 그렇다면 르한이 제 눈앞에 있는 것부터 설명할 수가 없었다. 아직도 그녀의 머리 속에서 르한과 황제는 다른 인물이었다. 동일시할 수가 없었다. 그런 그녀의 속을 알 리 없는 르한이 걱정스레 말했다.

"많이 놀랐습니다. 갑자기 당신이 기절해서."

"아…… 그건."

"안 좋은 모습 보여줘서 미안합니다, 앞으로는 더욱 주의하겠습니다."

책에서 보았던 것처럼 당장이라도 아버지께서 끌려나올 것 같아 심장이 좋지 않았다. 에델리스가 말없이 그의 눈을 피하니, 르한이 곤란한 듯 미소 지었다.

그래도 에델리스는 오늘 낮에 있었던 일이 르한이 저를 죽이려는 것이 아니라 지켜주려고 했던 것임을 알고 있었다.

도움을 받은 것은 명백했고, 감사 인사조차 제대로 하지 않을 정도로 염치를 모르지는 않았다.

"고마워, 르한. 덕분에 살았어. 구해줘서 고마워."

"예전부터 구해드린다고 약속하지 않았습니까. 이런 일이 다시 일어나서는 안 되지만, 무슨 상황에서든 꼭 구해드리겠습니다."

예전이었다면 아주 고맙게 고개를 끄덕였겠지만, 지금은 그저 자신을 죽이지 않기만을 바랄 뿐이었다. 오늘은 르한이 자신을 구해줬을지라도, 나중에는 자신을 죽일 테니.

"그래, 꼭이야."

에델리스가 설핏 웃으며 말했다. 그리고 잠시 내려앉은 침묵에 에델리스는 지금의 상황이 몹시 불편해졌다.

"……이제 괜찮아졌으니까 놔줄래?"

르한과는 어느 정도 거리를 두고 싶었다. 여자 주인공이 나타났을 때 아무런 미련 없이 떠날 수 있도록.

에델리스의 요청에 르한이 그녀를 토닥이던 손을 멈추더니 제 품에 안겨 있던 에델리스를 불렀다.

"에델리스."

"응."

"저는 예전에도, 지금도 당신이 괜찮아졌다고 해서 놓고 싶은 마음이 들지는 않습니다."

그러고 보니 바로 조금 전에도 말했었다. 괜찮아졌다고 밀어낼 때마다 아쉬워했다고. 지금도 아쉬워하면서 놓아주었으면 좋겠는데.

"이전에는 제가 신분이 낮으니 어쩔 수 없이 놓아드린 것이고, 지금은 그렇지 않으니 놓아드리고 싶지 않습니다."

그러면서 오히려 에델리스를 더욱 세게 끌어안았다.

"오히려 이전에 못다 한 것까지 다 하고 싶습니다."

"……왜."

르한은 답 없이 입꼬리를 끌어올려 씨익 웃었다. 애정이 담긴 눈동자, 저를 바라보는 곧은 시선에 답을 듣지 않아도 들은 기분이었지만, 답을 요구하고 싶지는 않았다. 듣는다면, 나중에 분명히 후회할 것 같았다.

르한은 그런 에델리스를 재촉하지 않았다. 그저 떨어져 있던 시간 동안 벌어진 간격을 메꾸려는 듯했다.

"이제는 전보다 더 믿음직해지지 않았습니까?"

"그러게, 이제는 네 어깨까지도 안 닿을 것 같은데."

헤어지기 직전 르한과 키가 비슷했었던 게 거짓말이었던 것처럼 벌써 오래전 일이 되어버렸다.

"언제나 괜찮을 겁니다. 내가 항상 당신을 지켜줄 거니까. 그러니까 겁먹지 마십시오."

에델리스는 그저 황궁에 들어가 방 안에서 얌전히 돈을 모으다가 여자 주인공이 나타나면 사라질 생각이었다. 그런데 항상이라니…… 그와 가까이 있으면 부딪힐 일이 더욱 늘어날 것 같아 걱정되었다. 그러다가 언제 그에게 칼에 찔려 죽어도 이상하지 않을 것 같았다.

"바쁠 텐데, 굳이 그러지 않아도……."

"에델리스."

르한은 빙그레 미소지으며, 그를 설득하려드는 에델리스의 말허리를 부드럽게 잘랐다.

"응?"

"내가, 왜 당신에게서 7년이나 떨어져 있었을 것 같습니까?"

황제가 되어서 자신을 죽이려는 것 외에 다른 이유가 있을 것이라고는 추호도 생각지 못했다.

"당신의 곁에서 당신을 지키려고, 7년이나 당신을 못 만나고 떨어져 있었던 겁니다. 못 만난 시간만큼 함께할 겁니다."

"안 그래도 괜찮아."

"내가 안 괜찮습니다. 당신과 헤어지기 전처럼, 항상 같이 있을 겁니다."

맑게 웃으며 선언하듯 말하는 르한을 보고 마주 웃어줄 수 없어 에델리스는 복잡한 낯을 했다. 그녀가 바라는 것은 지금 그가 말하는 것과 정반대되는 것이었기 때문이다.

"일단 배고플 테니 식사부터 하시겠습니까? 언제든 당신이 깨어나면 식사할 수 있도록 준비하라고 지시했습니다."

"아, 그래. 고마워."

아침을 먹자마자 황제가 왔고, 곧바로 백작저에서 떠났었다. 지금은 어느새 날이 저물어가고 있으니, 식사 때를 놓친 것이었다. 창을 향했던 에델리스의 눈이 방 안을 훑었다. 고작 며칠 전까지 백작 영애였던 제 방과는 비할 수 없을 정도로 호화로운 가구와 장식들로 채워진 방이었다.

"여기는……."

에델리스는 자신의 생각을 결론 내는 것이 두려웠다. 설마, 설마, 아닐 거라고, 정확히는 아니길 바라며 운을 떼자 르한이 싱그럽게 웃으며 그녀의 희망을 박살냈다.

"당신이 쓸 방입니다, 에델리스."

르한이 황제에 등극한 직후부터 그녀가 쓸 방을, 나라에서 가장 유명한 장인들을 불러 꾸몄다고 말했다.

"그럼 이곳이……."

"황성입니다."

'······기절한 사이에 죽을지도 모르는 곳에 오다니.'

에델리스는 생각을 털어내려 애썼다. 죽을지도 모르는 곳이지, 죽을 곳은 아니었다. 원래 예정했던 대로 시기를 봐서 위험해지기 전에 이곳을 떠나면 그만이었다.

"점차 익숙해질 겁니다."

에델리스가 낯선 장소에 와서 긴장한 것처럼 보였는지 르한이 그녀를 도닥였다.

"······그래, 고마워."

에델리스가 입꼬리를 억지로 끌어올리며 웃어 보이자 르한은 조금은 안심한 눈치였다. 곧 시종과 시녀들을 불러 에델리스에게 인사하게 했다. 이후 시종장은 다이닝룸에 황제 부부가 곧바로 식사를 할 수 있도록 조치를 취하러 가고, 시녀들은 에델리스를 단장하게 했다.

환하게 웃고 있는 얼굴의 르한이 준비를 마친 그녀에게 정중하게 손을 내밀었다.

"에델리스, 에스코트해도 되겠습니까?"

그녀는 그 손을 보며, 이 손이 자신을 찔렀을 것이라고 생각하니 자연히 손이 떨려왔다. 자신이 공포에 질려 있을 때 안심을 시켜준 손이기도 하지만, 자신을 칼로 찌르는 손이기도 했다. 하지만 황제의 권유를 거절할 수도 없었기 때문에 에델리스는 자신의 떨리는 손을 그의 손 위에 얹을 수밖에 없었다.

"몸 상태가 다시 안 좋아지신 겁니까?"

"아니. 괜찮아. 아마도."

손이 떨리는 것은 단순히 황제와의 접촉에 긴장했기 때문이었으니까. 게다가 가장 최악의 상황은 황제와 방 안에 단둘이 남는 것이었다. 그것만은 피하고 싶었다.

에넬리스는 르한의 손을 잡고 힘들게 발걸음을 떼었다가 곧 빠르게 걸어갔다. 오히려 빨리 도착하는 편이 각자 자리에 앉아 조금이라도 거리를 벌릴 수 있을 것 같다고 판단했기 때문이었다.

르한이 갑자기 빨라진 에넬리스의 걸음에 덩달아 서두르며 조용히 웃었다. 정말 아무런 말도 하지 않고 식당으로 향하고 싶었지만 뜬금없는 르한의 웃음소리가 영 신경이 쓰였다.

"……왜 웃는 거야?"

"예전 생각이 나서 그렇습니다. 당신은 참 그대로다 싶어서."

'예전?'

에넬리스는 도무지 떠오르는 것이 없었다. 르한은 의아해하는 에넬리스에게 개구지게 웃으며 답을 주었다.

"번화가에 맛있는 디저트를 파는 곳이 있다고 제 손을 끌어당기며 걸어가던 당신이 생각나서."

"그, 그건!!"

갑작스럽게 나온 그녀의 과거에 얼굴에 열이 오르는 것이 느껴졌다. 분명 예전에 '먹어둘 수 있을 때 먹어두자.'고 생각해 르한과 정말 열심히 먹으러 다녔다.

"아, 걸어가던 게 아니라 뛰어가지 않았습니까?"

르한이 장난스럽게 하는 말에 에델리스의 얼굴이 더욱 달아올랐다.

"그때나, 지금이나 귀여우시니 신경 쓰지 않으셔도 됩니다."

"……예전에는 그런 말한 적 없잖아."

"어떻게 말할 수 있었겠습니까, 고작해야 호위 기사가."

신분의 벽은 그 무엇보다도 견고했고, 높았다. 그러니 르한이 말을 하지 않았던 것은 이해가 되지만, 그렇게 생각했을 줄은 추호도 몰랐다.

"예전에는 르한이 나보다 훨씬 더 귀여웠는데."

당시의 르한은 에델리스, 자신보다 훨씬 더 귀여웠다. 르한이 자신더러 귀엽다고 했다면, '네가 더 귀여워!'하고 볼을 부비부비했을 정도로.

"예전에 그랬다면, 지금은요?"

르한이 한쪽 입꼬리를 멋들어지게 휘어 올리며 여유롭게 물었다.

"지금이야……."

지금은 빈말로라도 귀엽다고 못한다. 에델리스가 르한의 어깨까지밖에 안 오는데다가, 분위기 자체가 예전과 달랐다. 타인을 압도하는 분위기가 기저에 깔려 있었다. 그리고 어젯밤에 르한을 처음 봤을 때 느낀 것은, 그는 귀엽다기보다…….

"지금이야?"

"멋있……."

르한이 화사하게 웃었다. 웃으니까 더 멋있어졌다. 저도 모르게 나온 말에 눈을 끔뻑이던 에델리스가 애써 태연하게 말을 이었다.

"……다고 생각하지 않았어."

"알겠습니다."

그가 쿡쿡 웃었다.

"……진짜 아니야. 아직 뭐라고 판단할 만큼 오래 본 것도 아니잖아."

"이제 좀 괜찮습니까?"

"뭐가?"

저를 놀리는 르한 때문에 에델리스의 목소리에는 불만이 섞여 있었다. 하필이면 자신이 열심히 먹어대던 때의 기억을 떠올리게 하다니.

"기분은 좀 괜찮습니까."

"아니? 하나도 안 괜찮은데?"

그나마 둘이 있기에 망정이지, 다른 사람들까지 있었으면 부끄러워서 고개를 못 들 뻔했다.

"긴장이 많이 풀린 것 같아서 다행입니다."

"아……."

그러고 보니 에델리스는 이제 떨리지 않았다. 조금 전까지만 해도 긴장해서 정말 삐거덕대면서 걸어갔었는데.

"아까는 당신의 손을 잡았을 때, 너무 차가워서 놀랐습니다."

"지금은…… 괜찮아."

"그런 것 같아서 다행입니다. 조금 돌아서 걸어 온 보람이 있었습니다."

에델리스는 역시 황성이라 굉장히 크다고 생각했다. 그런데 그게 아니라 르한이 저를 배려해주었던 것이었다. 만약 조금 전의 상태로 다이닝룸에 갔더라면 긴장이 되어 맛도 제대로 모르고 그저 꾸역꾸역 음식을 삼켰을 것이다.

"……고마워."

"고마우면, 이따가 제 부탁 하나만 들어주십시오."

"대체 뭘 부탁하려고……."

"명령하긴 싫은데……."

할 수 없어도 해야 하는 거였구나. 자기한테 유리한 것은 다이용할 생각이라더니…….

"……뭐든지 말해봐."

르한이 입꼬리를 올려 씨익 웃었다. 어렸을 때 웃던 얼굴 그대로라 에델리스도 그를 보고 피식 웃었다.

때맞춰 다이닝룸 앞에 도착하자, 문을 지키고 있던 하인들이 커다란 문을 열었다. 식탁을 가득 메운 갖가지 음식들이 찬란하게 자리하고 있었다.

'황성에 있는 동안 열심히 즐겨줘야지!'

맛있는 음식을 먹으며, 많은 위자료를 받는 날을 꿈꾸며 힘을 내기로 했다. 그렇게 달콤한 디저트까지 모두 먹으니, 자리에서 일어난 르한이 손을 내밀어 에델리스가 일어나는 것을 도와줬다.

다이닝룸에서 나선 그들은 이번에는 돌아서 오지 않았기 때문에 곧 방에 도착했다. 르한이 자연스럽게 에델리스를 따라 방 안으로 들어왔고, 뒤이어 그녀의 치장을 도와줬던 시녀들이 들어와 잘 준비를 돕겠다고 했다.

'……르한이 내가 자는 방에 있는데, 내가 잘 준비를 한다고?'

그들을 따라 욕실에 가서 씻으면서 생각이 났다.

'그러고 보니 내 남편이 르한이었구나! 남편이면 같이 잘 수도 있는 거네? 그런데 르한이랑 같이 잔다고? 그 어리디어린 애랑?'

물론 지금의 외모는 예전의 르한과 많이 달라 낯설긴 했다. 완연한 성인의 모습이었으니까. 하지만 어린 시절의 이야기를 나누니 그가 조금 어리게 느껴져서, 그 괴리감에 에델리스는 혼란스러웠다.

'내가 데뷔탕트 치를 때 걔는 고작 열넷이었다고!'

듣는 이도 없는데 머릿속으로 자꾸만 소리쳤다. 에델리스가 정신 차리지 못하고 있는 사이 시녀들은 착실하게 에델리스의 몸을 씻겼다. 그녀는 시녀들의 손에 몸을 맡긴 채 몸에 향유를 바르고 옷을 갈아입고, 다시 방문 앞에 서게 되었다.

시녀장이 노크를 하자, 방 안쪽에서 르한이 들라고 하는 목소리가 들렸다. 돌아왔을 때 르한은 그에게 배정된 방으로 돌아가고 없기를 바랐는데. 언제나 예상은 현실과 달랐다.

"아직…… 안 돌아갔네?"

"돌아갔을 리가 있겠습니까."

르한이 낮은 목소리로 웃더니 그녀의 엉덩이와 등을 받쳐 안아 들었다. 에델리스는 드디어 올 게 오는구나 싶어 놀랐지만, 애써 태연한 척 표정을 숨겼다. 하지만 터질 것 같은 심장 소리는 숨기지 못했다.

르한은 에델리스가 무겁지도 않은지, 평소의 걸음걸이 그대로 성큼성큼 걸어가 침대 위에 그녀를 내려주었다.

"긴장한 겁니까?"

느른하게 웃는 르한의 얼굴을 보자 에델리스의 얼굴이 새빨갛게 달아올랐다.

'지금 상황에서 긴장이 안 될 리가 있겠어?!'

조만간 결혼식을 올리게 될 예비 남편과 '단둘이', '야밤에', '침실에서' 있는데 긴장이 안 될 리가 없었다. 그녀가 눈동자를 데굴데굴 굴리며 어쩔 줄 몰라 하는 것 또한 르한은 즐겁게 바라보았다.

"그래도 다행입니다."

"뭐, 뭐가?"

"제가 남자로 보이는 것 같아서."

"……."

"예전과 똑같이 대해주시면 어쩌나 걱정했는데."

에델리스는 자신이 그를 엄청나게 의식하고 있다는 것을 알고 있었기에, 더욱 얼굴이 화르륵 불타올랐다. 하지만 르한은 그런 그녀의 변화까지 기꺼워하며 지켜보았다.

"······예전과 다른 걸."

"그렇습니까."

르한은 예전의 모습을 간직한 채로 누구라도 감탄할 만한 큰 키에 수려한 외모를 지니고 있었다. 저를 죽이는 황제만 아니었더라면 아주 완벽할 정도였다.

"나는 예전과 똑같은데."

"맞습니다."

르한은 제 미래를 떠올리는 에델리스의 복잡한 심정을 알 길이 없어 자신의 팔에 얹혀 있는 그녀의 손을 만지작거렸다.

'······숨 막혀.'

에델리스는 긴장감으로 인해 숨 막히는 이 상황에서 빠져나오고 싶었다. 한밤중에 이런 대화를 나누는 예비 부부라니.

게다가 일반적인 부부라면 모를까, 어차피 이혼을 할 예정이니 깊은 관계로 빠지고 싶지 않았다. 그렇게 저 혼자 르한을 좋아하다가, 성녀라는 여자 주인공에게 빼앗기고, 내쫓길 테니 말이다.

'아쉽다. 언젠가 르한이 돌아올 날만을 기다렸는데.'

그가 돌아온 줄 알았을 때는 정말 마음이 놓였다. 드디어 죽음으로부터 멀어진다고. 르한이 자신에게 호의를 가지고 있는 것이 명확하게 보였다. 하지만 지금은 자신이 살아남는 것이 중요하니 그의 마음을 받아줄 수가 없었다.

"이전에도, 지금도."

르한이 무슨 말을 하고 싶은 건지 뒤에 이어질 말을 듣지 않아도 알 것 같았다.

"고마워."

그녀의 짧은 답에 르한이 키득키득 웃으며 고개를 숙여 에델리스와 조금 더 가까워졌다. 에델리스는 혹시라도 숨결이 닿을까 봐 숨도 편하게 쉬지 못하고 있었다.

르한은 애정이 가득 담긴 눈으로 그녀를 바라보며, 굳은살 박인 손으로 굳게 닫힌 그녀의 입술을 쓸었다. 제 입술에 닿는 낯선 감각에 에델리스의 몸이 위축되었다. 그녀에게서 눈을 떼지 않은 르한이 점점 고개를 내려 그녀에게 가까워졌다.

그를 피하려던 에델리스는 점점 뒤로 가다가 그만 중심을 잃고 침대에 털썩 눕고 말았다.

그녀는 당황스러워 눈을 깜빡이지도 못하고 그를 바라보았다.

"자, 잠깐만……!"

에델리스가 힘겹게 입을 떼었을 때는 이미 그는 코가 닿을 만큼 가까이 있었다. 르한은 조금밖에 남지 않은 거리를, 금방이라도 다가갈 것처럼 반쯤 눈을 감고 그녀를 보고 있었다.

"제가."

그가 단지 한마디 한 것뿐인데도 이미 그들의 숨결은 섞여 들어가고 있었다.

"마음이 조금 급했습니다."

르한이 그렇게 말하며 몸을 일으켰다.

"……조금이 아닌 것 같은데."

"이래 봬도 많이 참고 있는 겁니다."

에델리스의 얼굴이 점차 붉어지는 것을 보고 르한이 만족스레 웃으며 그녀의 뺨을 쓰다듬었다. 손끝에서 묻어나오는 진한 아쉬움에, 에델리스는 저도 모르게 그의 손을 응시했다.

'착각하면 안 돼…… 르한이 좋아하는 건 내가 아니야.'

"당신이 내 아내라고 생각하니, 참기가 힘듭니다."

"아직…… 아직 결혼식을 올린 것도 아니잖아."

에델리스는 결혼식을 올린 것이 아니니 '아내라고 생각한다.'라는 부분을 부정하고 싶었다. 황후가 되면 정말로 책에 나와 있던 운명을 따르게 될 것 같아서 두려웠다.

"결혼식 올리면 어떻게 되는 겁니까?"

"뭐?"

"결혼식을 올리고 나면, 참지 않아도 되는 겁니까?"

그러나 르한은 에델리스의 예상과는 달리 '참는다'는 말을 부정하고 있었다.

"알겠습니다."

"아니, 내 말은 그게 아니라."

"잠시 실례하겠습니다. 시종장에게 지시해둘 게 많아서."

르한은 다급하게 자리에서 일어나버렸다. 에델리스의 시선이 그를 좇았다.

"르한!"

"그럼, 쉬십시오."

르한은 밝게 웃으며 그녀를 눕히고 이불을 끌어올려 목까지 덮어주었다.

"아직, 결혼식을 올리기 전이니까요."

그의 낮은 목소리에 웃음기가 섞였다.

그리고 탁, 하고 문이 닫히는 소리가 났다. 문밖에 나던 발소리는 곧 멀어졌다.

"아, 아니…… 내 말은 그게 아닌데."

에델리스는 그의 재빠른 실행력에 무어라 항변하지도 못했다. 그녀가 가까스로 정신 차리고 말을 꺼냈을 때는 이미 르한이 방에서 나간 뒤였다.

'이러면서 남자로 안 느껴질까 봐 걱정했다고……?'

에델리스는 애써 가슴을 가라앉히며 잠을 청했다. 하지만 조금 전에 보았던 르한의 모습이 자꾸만 떠올라 계속해서 뒤척이다 아침 해가 떠오를 무렵에야 잠을 잘 수 있었다.

에델리스 크로나드

에델리스가 느지막이 일어나 간단하게 식사를 마치자마자 기다렸다는 듯이 르한이 그녀를 찾아왔다.

"에델리스."

"……폐하?"

에델리스가 어안이 벙벙한 상태로 무슨 일인가 궁금해했지만 르한은 뭐가 그리 기분이 좋은지 환하게 웃고 있었다.

"에델리스, 폐하라고 하지 말고 이름으로 불러주십시오."

"다른 사람들의 눈이 있는데, 안 돼요."

"시종들뿐이니 괜찮습니다."

"그래도……."

르한이 처연한 표정을 지으며 말하니 마음이 약해졌다. 에델리스는 망설이다 르한이 아직까지는 제게 호의적이었기에 그의 말에 따르겠다고 했다.

"알겠어요, 케이르한."

에델리스가 알게 된 르한의 실체는 '케이르한 라크시드 크로나드' 황제였다. 그러니 그의 이름을 부른다면 투기장에서의 기억이 남아 있는 '르한'이 아니라 '케이르한'이라고 부르는 것이 옳다고 생각했다. 하지만 르한은 에델리스의 의도와는 달리 굉장히 불편한 표정으로 말했다.

"르한. 르한이라고 불러주십시오."

"왜요?"

"그게 예전부터 당신이 나를 불러왔던 이름이니까."

"……그래도 돼요?"

이름을 부르는 것은 일반적인 부부 사이에도 보기 힘든 경우는 아니었다.

'그런데 책에서는 폐하라고 부르지 않았나?'

책에서 본 내용과 달라진 점이 하나둘씩 생겼지만 고작 그 정도로 마음을 놓을 수 있을 리가 없었다.

"다른 모든 사람들이 나를 폐하라고 불러도, 당신은 나를 르한이라고 불러주십시오. 예전에 당신이 나를 불러주었던 그때처럼."

르한이 조금 붉어진 얼굴로 그의 눈동자 가득히 에델리스의 얼굴을 담았다. 에델리스가 고개를 끄덕이자 르한이 만족스럽게 미소 지었다.

"그리고 지금처럼 단둘이 있을 때는 말을 편하게 하십시오."

"……"

"이것까지 양보할 수 없습니다, 에델리스."

르한이 기세를 몰아 단호하게 말하자 에델리스는 수긍할 수밖에 없었다.

"그래, 르한."

"좋습니다."

르한이 씨익 미소 지으며 즐거워했다.

"그런데 아침부터……라고 하기엔 이미 시간이 지났지만 무슨 일이야?"

"당신에게 보여줄 것이 있습니다."

"보여줄 것?"

르한이 뭐가 그리 기대되는지 웃는 낯으로 에델리스의 손을 잡아 끌었다. 그의 얼굴을 마주 보니 그녀의 입에서도 웃음이 터져나왔다.

"어디로 가는 거야?"

"안내하겠습니다."

르한은 황후의 방이 있는 루비 궁을 나와 자신이 머무는 에메랄드 궁으로 데려갔다.

"이곳이 에메랄드 궁입니다. 나는 주로 3층의 집무실에 있습니다."

궁에 들어서자마자 그녀의 발걸음이 잠시 멈추었다.

'여기는……'

에델리스가 단 한 번도 온 적이 없지만, 눈에 익을 수밖에 없는 곳이었다. 꿈에서 몇 번이나 보고 소리를 지르며 깼었으니까.

에델리스는 저도 모르게 르한의 팔에 기대어 한 걸음씩 발을 떼었다. 그렇지 않으면 금방이라도 주저앉을 것 같았다. 에델리스는 몇 걸음 더 걸어가다가 멈추고는 자신이 딛고 있던 자리의 바로 앞을 내려다보았다. 금방이라도 눈물이 떨어질 것처럼 슬픈 얼굴로.

'……바로 여기. 내가 누워 있던, 아니, 정확히 말하면 쓰러져 있던 곳.'

틀림없이 이곳이 맞았다. 저 멀리 보이는 계단과 햇살이 내리쬐는 창문. 부드럽게 깔려 있는 카펫. 다른 점이 있다면, 그 카펫은 자신의 피로 적셔져 있지 않다는 점뿐이었다. 괜스레 책에서 보았던, 자신이 칼에 찔렸던 부위가 아파오는 것 같았다.

'언제…… 이곳에 쓰러지게 되는 걸까.'

그녀가 앞으로 다가올 미래를 부정하며 자신의 옆에 서 있는 르한을 올려다보자, 그는 부드럽게 미소 지으며 그녀를 바라보고 있었다.

그리고 그런 르한의 모습 위로, 바로 어제 보았던 그의 모습이 겹쳐 보였다. 단정한 제복과 어울리지 않는 피에 절은 망토와, 피가 뚝뚝 떨어지는 검을 들고 있던 무심한 얼굴. 그 모습이 떠오르자 머리가 어지러워지고 구역질이 날 것 같았다. 에델리스는 얼른 이곳에서 멀어지고 싶었다.

"……얼른 올라가자."

곧장 르한과 함께 두 층을 지나 3층으로 올라가 어떤 방 앞에 멈추었다.

어쩐지 르한은 조금 기대하는 듯한 얼굴이었다.

"아마도, 당신이 다른 곳보다도 더욱 자주 올 것 같습니다."

르한이 자신만만하게 문을 열자, 그곳에는 깔끔하게 꾸며진 서재가 있었다. 문을 열자마자 책의 냄새가 진하게 느껴졌다.

그리고 에델리스가 브릴 후작의 성에서 가져온 가방이 테이블 위에 올려져 있었다. 에델리스의 눈이 자신의 가방에 고정되었다. 가방 틈새로 익숙한 빛이 새어 나오고 있었기 때문이다.

'저건…… 책에서 나오는 그 빛이잖아!'

정말로 오랜만에 책에서 빛이 새어 나오고 있었기 때문에 당황스럽기 그지없었다. 지금 당장에라도 가방을 열어 책에서 어떤 내용이 나오는지 확인해보고 싶었지만 참을 수밖에 없었다. 혹시라도 예전처럼 땅바닥에 주저앉아 울거나 한다면 모두 의아하게 생각할 테니 말이다.

르한은 에델리스에게서 눈을 떼지 못하고 있었기 때문에 가방에서 새어 나오는 미약한 빛을 아직 발견하지 못하고 있었다.

"책들이 정말 많네, 꼭 저택에 있던 내 서재 같아."

에델리스는 태연을 가장해서 발걸음을 옮겨 제 몸으로 가방을 가렸다. 그리고 팔을 뒤로 뻗어 표지에서 새어 나오는 빛을 가리기 위해 가방을 뒤집어버렸다.

"예, 당신이 항상 서재에 있던 것을 생각하여 이곳에도 그와 비슷한 공간을 만들었습니다."

"고마워."

에델리스의 눈은 서재의 이곳저곳을 향했지만, 그녀의 온 신경은 가방에 쏠려 있었다. 에델리스가 조금 긴장한 낯빛을 보이자 그것을 눈치챈 르한이 에델리스를 서재에 놓인 카우치로 데리고 갔다.

"앉으십시오. 아까 전부터 안색이 좋지 않습니다."

"……많이 티가 났나 보네."

"예."

르한이 모르는 척하기 힘들 정도로 티가 많이 난 것 같았다.

"에델리스, 많이 힘들면 말씀하십시오."

"그러면 집으로 보내주는 거야?"

실낱같은 희망을 품고 말했으나 르한은 어림도 없다는 듯이 말했다.

"이곳이 이제 당신의 집이 아닙니까."

"……그냥 한번 말해본 거야."

이 정도로 될 거였으면 애초에 혼인을 거부했던 에델리스를 데리고 오지도 않았을 것이다.

다른 이들이 눈치껏 황제 부부만 남을 수 있도록 자리를 비켜주었다. 에델리스는 그때 자신도 함께 나가면 좋겠다고 생각했으나 가능할 리가 없었다. 방 안에는 적막만이 감돌았다.

"……너는 안 가니?"

르한의 어깨가 눈에 확 띌 정도로 축 처졌다. 그리고 조금 슬픈 눈으로 에델리스를 바라보았다.

"이전에는…… 저와 함께 있고 싶다고 하셨으면서."

에델리스는 뜨끔했다. 확실히 르한이 황제라는 것을 모를 때 그와 함께 있고 싶다고 말했었다.

"그, 그랬지."

"그래서 아침 일찍부터 데리러 간 건데……."

그랬다. 그런데 에델리스의 태도가 바뀌었고, 게다가 그 태도 변화가 시일을 갖고 생긴 게 아니라 하룻밤 사이에 생긴 것이나 다름없으니 르한의 입장에서 생각해보면 어처구니없을 것 같긴 했다.

르한의 목소리에서 대놓고 서운함이 묻어나자 그녀에게 죄책감이 모락모락 피어났다.

"바, 반갑기는 한데! 이렇게 멀리 나오는 건 너무 오랜만이라!"

여전히 르한의 표정에는 그다지 변화가 있지 않았다. 침울함, 우울함, 슬픔, 실망감…… 온갖 부정적인 감정이 드러났다.

"네가 없는 동안에도 네가 잘 지내는지 계속 생각했어!"

"정말, 입니까?"

"그럼!"

이건 사실.

"네가 떠나기 전까지만 하더라도 나와 가장 친했던 건 너였잖아."

이것도 사실.

"단지, 갑자기 황후라니. 게다가 네가 황제일 줄은 생각도 못 했단 말이야. 왜 우리 아버지는 너에 대해서 아무 말도 안 해준 거지?"

네가 황제라는 것을 알았더라면……이라는 생각을 하며 에델리스의 주먹이 불끈 쥐어졌다. 그랬더라면 이렇게 즉흥적으로 결정해서 움직이는 것이 아니라 여러 가지 안을 다 따져본 뒤에 가장 안전한 방향으로 결정했을 것이다.

"제가 직접 말씀드리겠다고 했습니다."

"……너도 말 안 했잖아."

"놀라게 해드리고 싶어서, 직접 찾아가지 않았습니까."

에델리스가 알기를 원한 시점은 찾아오기 전에, 충분한 여유를 두고, 자신이 도망칠 시간이 있을 때 알게 되는 것이었지만 말이다.

"그래서."

"응?"

갑자기 르한의 축 처진 어깨가 원래대로 돌아가고, 그의 입꼬리가 조금 올라가기까지 했다.

"제가 없는 동안에, 어떤 제 생각을 하신 겁니까?"

"그, 그냥 잘 지내나……."

"그것뿐입니까?"

무언가 기대를 갖고 있는 것 같았다. 그러나 에델리스에게서 별다른 대답이 없자 르한이 그녀에게 성큼 다가섰다.

"저는, 계속 생각했습니다. 당신이 한 말에 대해서."

"뭐, 뭘?"

"당신과, 결혼하게 되면 어떨까…… 하고."

에델리스의 커다란 눈이 깜빡이면서 르한을 올려다보았다. 그러자 꿀이 흐르는 것 같은 금색 눈동자에 그녀의 얼굴이 비처 보였다.

"에델리스."

"으, 웅!"

"당신에게, 직접 물어보고 싶었습니다."

에델리스는 숨을 쉬는 방법조차 잊고 그를 바라보았다. 하지만 르한은 빙그레 미소 짓더니 그녀의 손등에 입을 맞추었다.

똑똑―.

르한이 무어라 말하려고 했으나, 노크 소리에 방해를 받아 말하지 못했다.

"누구냐."

에델리스와의 시간을 방해받은 르한이 짜증 섞인 목소리로 말했다.

"황실 기사단장 하우트가 보고할 것이 있다고 합니다."

"……."

르한이 어쩔 수 없이 자리에서 일어나면서도 에델리스의 손등을 들어 그곳에 입을 맞추며 인사했다.

"잠시 기다려주실 수 있겠습니까."

"……웅."

에델리스는 이런 르한을 알지 못했다. 저렇게 요염하게 미소 지으며 손등에 키스하는 르한이라니!

"그럼 이따 뵙겠습니다."

에델리스는 르한이 나가기 전까지 애써 평정심을 유지하고 있다가 문이 '탁' 하고 닫히는 소리가 들리자마자 쿠션에 얼굴을 묻고 소리 질렀다. 그리고 곧바로 정신을 차리고 자신의 가방이 있는 테이블로 달려갔다. 가방을 여니 빛은 숨길 수 없을 정도로 밝아졌다.

"후우, 심호흡하자, 심호흡. 책이 빛나는 건 정말 오랜만이네."

에델리스는 몇 번이나 깊이 숨을 들이쉬고 내쉬는 것을 반복한 뒤에 천천히 책을 펼쳤다. 이제는 백작저가 아닌 황성에서 영상이 나타났다.

바로 이 방에서 황제인 르한과 황후인 에델리스가 대치 중이었다.

이전까지는 영상을 볼 때, 황제의 얼굴이 뿌옇게 나타나 제대로 보이지 않아 누군지 알아보기 힘들었다. 그러나 이제는 명확하게 나타났다. 그래서 단번에 황제가 르한이라는 것을 알아볼 수 있었다.

책 속에 나타난 르한의 얼굴은 지금과 크게 다르지 않은 얼굴이었다. 그렇다는 것은 사건이 벌어질 때까지 시간이 얼마 남지 않았다는 뜻이었다.

『황실의 일원으로서 체면이 있으니 지금이라도 인정하시오.』

황제는 지금의 르한과는 다르게 냉랭하기 짝이 없는 목소리로 말했다. 혐오감을 감추지 않는 날것 그대로의 목소리에 황후의 눈에는 눈물이 맺혔다.

『무슨 말씀이신지 모르겠습니다.』

『지금이라도 인정하면 극형만은 면하게 해주겠소.』

황후가 정말로 모른다는 듯이 답하자, 점차 황제의 미간에 주름이 졌다.

『무엇을 말입니까?』

『그걸 몰라서 묻는 것이오!』

황제가 소리치자 기어코 황후의 한쪽 눈에 맺혀 있던 눈물이 흘러내리면서 울분을 토했다.

『대체 제가 무슨 죄를 저질렀기에 이러시는 겁니까!』

그녀의 말을 들은 황제는 한숨을 내쉬더니 제 품에 있던 서류를 꺼내 한 장씩 읽으며 황후의 앞에 던졌다.

『4월 16일 02시 40분경, 정보 길드를 통해 암살자 길드에 의뢰. 같은 날 23시 19분, 암살자 길드에서 의뢰를 수락하여 계약금을 전달.』

황제의 말을 듣는 황후의 얼굴이 파리하게 질려갔다.

『이래도 모른다고 할 텐가?』

황후는 믿을 수 없다는 듯 입을 벌리고 주먹 쥔 손을 바들바들 떨었다.

『저는! ……인정할 수 없습니다. 저는 그런 적이 없습니다.』

『신기하군. 그자는 목숨을 구해달라며 당신의 서명이 남아 있는 서류를 가지고 왔는데 말이지.』

황제가 손에 남아 있던 서류를 황후에게 던지듯이 날리자 황후가 허겁지겁 서류를 훑어내리다가 이내 말도 안 된다며 갈가리 찢어버렸다.

『소용없소. 그것은 사본일 뿐, 원본은 이미 다른 곳에 보관되어 있으니.』

『고작…… 신분도 알 수 없는 그따위 것을 위해 저를 이렇게 내치실 셈이십니까? 설사 그것이 사실이라 한들 황후인 제가 벌하는 것이 무엇이 그리 큰 문제가 되는 것입니까?』

황후가 따지듯이 하는 말에 황제는 피곤한 듯 손으로 머리를 짚었다.

『그래, 상대가 신탁을 받은 성녀이든, 나라를 전염병으로부터 구했든, 어쨌든 죽인 것은 문제가 되지 않는다고 칩시다.』

『…….』

『그렇다고 해서 세르니에 왕국에 무기를 지원하는 것은 아니지.』

『어, 어떻게 그런…….』

에델리스의 얼굴이 새하얗게 질려버렸다. 미래의 자신은 나라를 전염병으로부터 구한 성녀를 죽이려고 한 것도 모자라 적국과 내통한 것처럼 보였다.

'이러니 처형을 당했겠지. 대체 황후씩이나 되어서 뭐가 아쉬워서 그런 거야?'

지금의 자신은 이해할 수 없는 이야기들이었다. 대체 1, 2년 사이에 무슨 일이 있었길래 이렇게까지 극단적인 행동을 보인 것이었을까?

『폐하!』

갑자기 방 안으로 새하얀 옷을 입은 예쁜 외모의 여자가 노크도 없이 문을 벌컥 열고 들어왔다. 그녀의 뒤를 따라오던 기사들은 그녀를 만류하는 듯하다가 황제에게 머리를 꾸벅 숙인 뒤 문을 닫고 나갔다.

『삐이―. 이곳엔 왜 온 것입니까.』

그녀의 이름을 부르는 소리는 강한 이명 때문에 제대로 들리지 않았다. 하지만 황제의 말투는 르한이 평소에 에델리스에게 말하는 것처럼 다정다감했다. 영상에서 황후에게 말하는 것과는 전혀 다른 목소리였다.

『황후께서 저를 죽이려고 한 것은 괜찮아요, 그러니 황후 폐하를 용서해주시고 벌을 가벼이 해주세요.』

『하지만 내통은 큰 죄입니다. 그렇게 쉽게 용서할 수 있는 것이 아닙니다.』

에델리스는 저 여자가 성녀라는 것을 깨달았다. 책 속의 황후가 죽이려고 한 것은 성녀였고, 자신을 죽이려고 했다고 하니 쉽게 알아챌 수 있었다.

여자는 성녀라는 이름이 아깝지 않을 만큼 저를 죽이려고 한 황후를 용서해달라고 청하고 있었다. 그런 점에 에델리스도 놀라워했지만 영상 속 황후는 오히려 기막혀하며 분노로 가득 차 눈의 핏발이 선 채로 외쳤다.

『폐하께서, 폐하께서 저것의 절반만큼이라도 제게 애정을 주셨더라면 이렇게까지 하지는 않았을 겁니다!』

그녀는 자존심도 무엇도 모두 내려놓았다. 황제의 애정을 갈구하지만 성녀라는 여자에게 모두 빼앗긴 황후의 외침이었다.

『황실에 시집오면서 이 정도도 각오하지 못했단 말인가.』

황제가 심드렁히 하는 말에 상처를 받은 것은 에델리스였다. 그것은 영상 속의 황후가 아닌 자기 자신에게 하는 말인 것 같았다. 지금은 르한이 자신을 잘 따르고, 호의를 가지고 있다고는 하지만 그것이 언제까지 계속될지는 몰랐다. 그의 호의를 받는 것에 익숙했던 자신이, 르한이 변하자 저렇게까지 악행을 저질렀을 수도 있다.

『황후를 별궁에 유폐하라. 처분에 대한 논의는 이후에 하도록 하지.』

황제는 기사들에게 명령하고는 황후의 절규를 뒤로하고 성녀와 함께 황후의 방에서 유유히 빠져나왔다. 그리고 그들이 방에서 나서기 직전, 에델리스는 보고야 말았다. 성녀가 황후를 경멸하는 눈으로 보며 입꼬리를 올려 웃는 모습을.

'말도 안 돼……. 당연히 여자 주인공이면 착한 거 아니었어? 아니면 저 사람이 여자 주인공이 아닌 건가?'

하지만 황제의 연인은 저 여자가 맞았다. 황제인 르한이 남자 주인공이니, 그 연인이 당연 여자 주인공일 것이다.

책을 확인해보려고 하는 찰나에 아직 영상이 끝난 것이 아니었던지 황실 기사단이 들어와 황후를 끌고 가려고 했다.

『이것 놓아라! 내가 누군지 아느냐! 이 나라의 황후다!』

하지만 황실 기사단은 황후의 말에 아무런 대답도 하지 않고 황후를 양옆에서 붙잡아 방에서 끌어내리려고 했다.

『놓아라.』

그런데 문밖에서 그들을 저지하는 중저음의 목소리가 들려왔다. 처음 보는 남자가 방 안으로 뚜벅뚜벅 걸어왔다. 기사단이 서로 눈치를 보고 있을 때, 남자는 조용히 황후에게 다가와 그녀의 귓가에 속삭였다.

『곧 꺼내어드릴 테니 조금만 기다려주십시오. 폐하.』

『내가 하지 않았어, 나는 그런 일 하지 않았어! 내통이라니, 말도 안 돼!』

『알고 있습니다, 폐하. 당신은 그럴 분이 아니시지요. 그러니 조금만 기다려주십시오.』

남자의 말에 황후가 고개를 끄덕이고는 양팔에 힘을 줘 황실 기사단이 잡은 손을 뿌리쳤다.

『내 발로 갈 것이다.』

『……안내해드리겠습니다.』

황후는 허리를 곧게 펴고 기사단의 안내에 따라 스스로 걸어갔다. 황후를 꺼내주겠다던 남자는 그녀가 사라지는 모습을 보고 한숨을 내쉬었다.

에델리스는 자신이 죽는 모습을 보았을 때만큼 충격받았다.

'그래서 내가 적국과 내통을 한다는 거야, 하지 않았다는 거야?'

황후가 과거에 어떤 행동을 했는지는 영상에 나타나지 않았기 때문에 알 수가 없었다.

'게다가 그 성녀는 뭔데?'

성녀는 분명 신의 사자였다. 하지만 그녀를 본 감상은 글자 그대로 성스러운 사람은 아닌 것 같았다. 에델리스는 자신이 혹시나 놓친 것이 있지는 않을까, 새로운 정보를 얻기 위해서 책을 펼쳐 추가된 내용을 살펴보았다.

『등장인물 : 케이르한 라크시드 크로나드』

"이미 알고 있어! 너무 늦잖아?!"

르한이 남자 주인공이라는 것은 그가 황제가 되어 자신을 찾아왔을 때 이미 알고 있었다. 그게 벌써 며칠 전인데 이제야 책에 나타나다니. 하지만 이름이 나타난 것 이외에도 '투기장에서 르한이라는 이름으로 활약했다.'라는 단 한 줄밖에 없던 그의 특징이 더욱 늘어났다. 우선 '남자 주인공'임을 나타내는 글자가 추가되었다.

"에델리스 브릴과 정략적으로 결혼하지만, 이후 그의 얼어붙은 마음을 녹여준…… 응? 누구의 마음이 얼어붙어 있다고?"

여기서 말하는 '그'라는 인물은 케이르한 라크시드 크로나드였다.

'르한의 마음이 얼어붙어 있다고?'

에델리스의 머릿속에 르한이 했던 말들이 스쳐 지나갔다.

─못 만난 시간만큼 함께할 거예요.

─저는 당신께 모든 걸 해주고 싶어요.

─나를 밀어낼 때마다 얼마나 아쉬웠는지 당신은 모를 거예요.

─에델리스, 에델리스. 에델리스.

그가 다정한 목소리로 제 이름을 부르는 것을 떠올릴 때마다 르한의 홍조 띤 얼굴, 요염하게 미소 짓던 얼굴, 침대 위에서 자신을 내려다보던 얼굴이 스쳐 지나갔다.

에델리스가 붉어진 얼굴을 좌우로 붕붕 휘저으며 머릿속에 떠올랐던 르한을 떨쳐냈다.

'말도 안 돼. 그게 얼어붙은 거면 내 마음은 이미 만년설이야.'

어쩌면 르한이 앞으로 어떤 사건을 계기로 마음이 얼어붙을지도 모른다.

그러니 르한의 마음이 얼어붙지 않게 잘해줘야겠다고 생각했다.

"여하튼, 그의 얼어붙은 마음을 녹여준 ……와 사랑에 빠진다. 여기 빈칸에 들어갈 사람은 여자 주인공이겠지?"

에델리스는 많은 생각이 들었다.

첫째, 감히 결혼을 한 상태에서 바람을 펴? 아니다, 책에서 황제도 말하지 않았는가. 황제는 그러한 것이라고. 아무리 그래도 그렇지, 용서가 안 됐다.

둘째, 사랑 없이 하는 정략결혼이 일반적이라고는 하지만, 자신은 분명 르한의 청혼을 거절했었다.

'그런데 자기가 그렇게 결혼하자고 했으면서!'

마음 같아서는 르한의 집무실로 쳐들어가 꿀밤이라도 때려주고 싶었지만 참아야 했다.

"……그건 그렇고, 그 남자는 누구지?"

그 갈색 머리카락의 여자는 여자 주인공일 것이다. 하지만 그 남자는 대체 누구일까?

주요 인물에는 여자 주인공을 제외하고도 아직 한 칸이 더 비어 있었다. 그 사람이 주요 인물인 것일까? 여자 주인공이 아닌 자신에게 호의적인 인물이었기 때문에 주요 인물이 아닐 가능성도 높았다.

누가 되었든 제게 호의적인 인물이니 나중에 자신이 도망갈 때 도움이 될 가능성이 높다는 결론을 내렸다.

"그 남자를 찾아야겠어."

그 남자는 푸른빛이 도는 은색 머리카락에 까만 눈동자였다. 흔치 않은, 아주 특징적인 외모였으니 알아보긴 쉬울 것이다. 그러나 책 속의 황후가 그를 황궁 안에서 만났던 것인지, 밖에서 알게 되었던 것인지 전혀 단서가 없는 것이 문제였다.

에델리스는 크게 숨을 내쉬고 복잡한 머리를 정리하기로 했다. 더 이상 새로운 내용이 없는 것을 확인한 뒤 책을 서랍 안에 숨겨두고 서랍에 꽂혀 있던 열쇠로 잠갔다.

그리고 드레스가 구겨지지 않게 조심스럽게 카우치에 앉아 눕듯이 기대었다.

"얼른 찾았으면 좋겠다…… 그 남자."

어떻게 하면 그 남자를 찾을 수 있을까 고민하는 동안 시간이 얼마 지나지 않은 것 같은데, 벌써 해가 뉘엿뉘엿 지고 있었다.

르한이 식사를 하자며 데리러 왔을 때는 벌써 시간이 그렇게 흘렀는지 몰라 깜짝 놀랐다.

"역시 당신의 서재를 제 집무실 옆에 두기를 잘한 것 같습니다."

만족스럽게 말하는 르한의 태도를 보면서 에델리스가 입꼬리를 끌어올려 미소를 지었다.

푸짐한 식사와 함께 입 안이 녹을 것 같은 디저트까지 먹고 난 후 에델리스는 르한과 함께 루비 궁 주변의 정원을 산책했다. 그곳은 루비 궁이라는 이름에 걸맞게 다양한 종류의 붉은 꽃이 수놓고 있었다.

"에델리스."

"응?"

달빛 아래에서 정원을 걷는 것은 아주 아름다웠다. 조그마한 연못에는 달이 가득 찼고, 별이 쏟아질 것처럼 가까이에 있는 것 같았다.

르한이 에델리스를 불러 세운 후 줄곧 그녀에게 들키지 않게 조심하면서 만지작대고 있던 상자를 꺼냈다.

정확히는 에델리스가 그에게 별로 관심이 없기에 들키지 않은 것이었지만.

르한이 떨리는 손으로 자그마한 상자를 열자 아름다운 반지가 자태를 드러냈다. ……그래, 조금 전 낮에 영상에서 봤던 황후가 하고 있던 반지였다. 분명 아름답기 그지없는 정원에서, 아주 낭만적인 모습이었을 것이다. 에델리스가 아무것도 몰랐다면 말이다.

"저와 결혼하겠다고 말해줘서 고맙습니다."

르한은 조심스럽게 그녀의 눈치를 살피며 이야기를 꺼냈다.

"……아니야."

그녀가 어떤 생각을 하는지도 모르고 르한은 얼굴을 붉히며 상자 안에서 반지를 꺼냈다. 그러고는 에델리스의 손을 잡고 그녀의 왼손 약지 손가락에 반지를 끼워주었다.

"……앞으로도 항상 지켜주겠다고 맹세하겠습니다."

'거짓말. 그 손으로 나를 죽일 거면서.'

하지만 아무것도 모르는 르한을 상대로 미래의 황제가 자신에게 어떻게 하는지에 대해서 따질 수는 없었다.

지금 상황에서 에델리스가 답할 수 있는 것은 한 가지밖에 없었다.

"그래. 고마워."

"제가 가진 모든 것을 이용하는 한이 있더라도."

'권력과 군사를 동원해서 브릴가의 식솔들을 몰살할 거면서.'

르한이 진심을 담아 에델리스에게 맹세했지만, 에델리스는 거짓으로 고맙다고 말하며 고개를 끄덕였다.

"르한."

"예."

르한이 해맑게 웃으며 그녀를 바라보았다.

"그럼 이제 슬슬 들어갈까?"

책을 본 날이면 항상 스트레스로 인해 극심한 피로감을 느꼈다. 그래서 이만 쉬고 싶은데, 르한은 무어라 할 말이 있는 것 같은 눈치였다.

"에델리스."

"응?"

르한은 에델리스의 예상대로 그녀의 눈을 빤히 바라보며 입을 열었다.

"이야기할 것이 있지 않습니까."

"무, 무슨?"

"낮에 하던 것."

그녀는 낮에 둘 사이에 어떤 대화가 오갔는지 떠올려보았다. 책의 내용을 기억해야 한다는 강박에 이전의 대화가 거의 기억나지 않았다.

한참을 끙끙거리다가 드디어 떠오른 것이 있었다.

"······후궁 들이게?"

르한의 표정이 한없이 차가워졌다. 영상에서 보았던 황제의 표정과 비슷해지자 에델리스가 몸을 굳혔다. 식은땀이 흐를 것 같았다.

'이, 이게 아닌가……?'

그녀의 상태가 심상치 않은 것을 알아챈 르한이 그녀의 손을 잡아 왔다.

"탓하려는 것이 아닙니다. 다만 서운해서 그렇습니다."

"……."

"에델리스. 낮에 결혼 얘기하지 않았습니까. 저와, 결혼하면 어떨지 물어보고 싶었습니다."

그러고 보니 낮에 르한이 이와 같은 질문을 던진 뒤에 이따가 다시 이야기하자고 했었다.

에델리스는 단 한 번도 자신의 결혼 생활이 평범할 거라고 생각해본 적이 없었다.

"생각, 해보았습니까."

에델리스가 조용히 그의 품에 기대어 말을 꺼내었다.

"글쎄……."

그의 심장이 콩닥콩닥 빠르게 뛰는 것이 들렸다.

에델리스가 말을 잇지 않자 르한이 초조해져서 슬쩍슬쩍 그녀를 내려다보았다. 자신이 무슨 말을 할지 긴장이 되어 안절부절못하는 르한에게 무어라 답해야 할지 고민했다. 그리고 예전에, 황비가 되는 것을 피하기 위해 르한과 첫날밤을 보낸 척했을 때를 떠올렸다.

'그때 어떻게 생각했더라.'

르한과 결혼을 하게 될 테니 황제와 결혼을 하지 않을 줄 알았다. 또한 그가 평민이었기 때문에 아버지께서 기사 작위를 주시거나, 데릴사위로 들여 작위를 잇게 할 줄 알았다. 그리고……

"글쎄, 예전에는 너와 결혼하면 내가 휘어잡고 살 줄 알았는데."

르한은 당시에 워낙 귀엽고 착하고 자신의 말을 잘 들었기 때문에 어지간하면 자신의 의견에 따라줄 것 같았다. 지금의 르한과의 결혼 생활에서는 있을 수 없는 일이겠지만.

"생각대로 되었군요."

"뭐?"

에델리스는 놀라 입이 벌어졌다.

"제가 어떻게 하면 당신께 더 잘 보일 수 있나 눈치만 보고 있지 않습니까."

"에이."

르한이 자신에게 잘 보일 필요는 없다고 생각해서 손을 저었다. 만에 하나 그것이 사실이라고 해도, 조만간 그렇지 않게 될 것이다. 조금 전 본 책에서도 당장 황후를 유폐하라던 그였다. 아내인 자신을 두고 다른 여자를 마음에 두게 될 것 또한 알고 있었다.

그러나 지금의 르한은 나중에 일어날 일을 모르고 있기에 말을 돌렸다.

"르한은?"

"예?"

"결혼하면 어떨까 생각했다면서. 르한은 어떻게 생각했는데?"

"……."

대체 무슨 생각을 하는 건지 르한의 얼굴이 점점 붉어졌다.

'대체 무슨 생각을 하는 거야?!'

그를 바라보고 있는 자신이 더욱 쑥스러워질 것 같았다.

그러다 르한이 조용히 말을 하기 시작했다.

"……당신의 눈길이 닿는 것 하나하나 좋은 것만 두고 싶습니다. 당신이 원하는 거라면 무엇이든지 들어드리고 싶어요. 그러면 당신은 고맙다며 제게……."

말을 하던 르한이 에델리스를 힐끔 보더니 더욱 얼굴을 붉혔다.

"그리고 아이는 아들딸을 골고루 갖고 싶습니다."

"아이?!"

에델리스의 얼굴 역시 새빨갛게 물들었다.

'아이라니! 아이라니?! 아이가 그냥 생기는 것도 아니고…….'

에델리스의 머릿속에는 아이가 생기는 방법에 관련된 많은 지식과 정보들이 스쳐 지나갔다. 에델리스가 바짝 군자 르한이 뒤늦게라도 무마하려 했다.

"보통 결혼을 하면 자식 생각을 하지 않습니까."

"그, 그렇지."

하지만 한밤중에, 그것도 결혼을 앞두고 있는 사이에 아이 이야기를 하니 다른 의미로 긴장이 되었다. 그녀의 말을 끝으로 가라앉은 침묵에 에델리스는 조마조마했다.

'제발 뭐라고 말이라도 좀 해줘!'

두 사람은 말없이 정원을 산책했다. 에델리스는 걸을수록 마음이 편안해지기는커녕 오히려 복잡해졌다.

'내게 이렇게 호의가 가득한 르한이 정말로 나를 해치는 걸까?'

이혼해주세요!

다음 날, 아침 일찍부터 르한이 에델리스를 찾았다. 아직 식사도 하기 전이었는데, 급한 용무라는 시종장의 말에 서둘러 준비를 해야 했다. 준비가 끝난 직후에 들어온 르한이 밝게 웃으며 그녀의 이름을 불렀다.

"에델리스."

"응?"

에델리스는 오늘 결혼 준비를 위해 드레스의 디자인을 고르기만 하면 되는 줄 알았다. 그런데 이 이른 시각부터 자신을 찾아온 이유가 무엇일지 가늠되지 않았다.

"······호위 후보를 데리고 왔습니다."

르한이 마지못해 하는 말에, 에델리스가 놀란 눈치였다.

"호위라니?"

"후작령에서 궁으로 오는 길에 습격당하지 않았습니까."

"아······."

에델리스의 표정이 급격하게 어두워지자 르한이 조심스럽게 말을 골랐다.

"내가 직접 호위하고 싶었지만."

"아니야! 바쁘잖아! 알고 있어!"

에델리스의 강한 부정에 르한의 표정이 미묘해졌다.

"궁 내 안전에 많은 주의를 기울이고 있지만, 혹시 몰라 호위를 붙이는 것이니 너무 염려하지 마십시오."

"응, 고마워."

습격한 이의 배후를 알아내기 위하여 생포한 이들을 조사하고 있었다. 그런데 지난밤 기사단장인 하우트가 르한에게 보고하기를, 생포된 이들의 어금니에 숨겨져 있던 극약을 수거한 후에 지하 감옥에 유폐시켰는데도 그들이 살해당했다는 것이다. 황궁의 지하 감옥에서 엄중히 조사를 받아야 할 이들에게, 조사도 받기 전에 미리 손을 쓸 수 있는 상대였으니 위험했다.

그런 자들이 목표물로 삼은 것은 에델리스가 아니었는가. 에델리스가 아무런 걱정 없이 지내게 하려면 호위를 둘 수밖에 없었다.

"항상 호위가 붙어 있을 것이고, 3명이 교대로 호위하게 될 것입니다. 만약 불편하거나, 불편하게 하거나, 마음에 들지 않는다면 말해주십시오."

"알겠어."

르한이 못내 아쉬워 머뭇거리다가 결국 밖에서 대기하고 있던 호위 후보들을 들어오게 하였다. 들어온 이들은 총 다섯 명으로, 모두 검술 실력으로는 난다 긴다 하는 이들이었다.

"안녕하십니까!"

르한이 턱짓하자 기사들은 한 명씩 돌아가면서 자신이 현재 몸담고 있는 부대와 자신의 간략한 특징과 이름을 대었다. 그러나 에델리스의 눈에 들어오는 사람은 단 한 명이었다.

'책 속의 남자.'

우연히도 어제 책에서 봤던 그 남자를 르한이 데리고 온 것이다. 책 속에서도 만났으니 이곳에서도 만날 수 있을지 모른다고 생각했는데, 이렇게 빨리 만나게 될 줄이야.

"황실 기사단 소속 제2부대 단장 베르만 파시스입니다. 특기는……."

책 속의 남자가 자신을 소개하자 에델리스가 그의 이름을 잊지 않기 위해 몇 번이나 되뇌었다.

'베르만 파시스, 베르만 파시스.'

에델리스의 눈이 그에게서 떨어질 줄을 몰랐다. 자연스럽게 다른 이들의 소개도 듣는 둥 마는 둥 하게 되었다.

"……그러면, 지금 시점부터 당신을 호위할 사람은."

"파시스 경. 베르만 파시스 경으로 부탁할게요."

"……."

르한의 말이 끝나기도 전에 에델리스가 빠르게 파시스 경을 지목하자, 파시스 경도 르한도 당황한 표정이었다. 하지만 에델리스는 그를 포기할 수 없었다. 그만큼 믿을 만한 사람이 또 있을 것 같지 않았기 때문이었다.

"베르만도 황실 기사단에 오래 몸담고 있기는 했지만, 페린은 어떻습니까."

"3교대라고 했으니까 페린 경도요."

에델리스는 르한의 제안을 흔쾌히 수락했지만, 르한이 페린 경이 아닌 다른 이를 추천했어도 승낙했을 것이다. 지금 그녀에게는 파시스 경이냐, 아니냐가 중요할 뿐이라는 것을 그 자리에 있는 모든 이들이 알고 있었다.

"신경 써줘서 고마워요, 르한."

에델리스가 미소 지으면서 고맙다고 인사하자 르한은 고개를 끄덕일 수밖에 없었다.

"알겠습니다."

"고마워요, 르한! 잘 부탁해, 파시스 경! 페린 경도."

"예."

기사들은 놀라움으로 물든 얼굴로 그들을 보다가 이내 표정을 갈무리했다. 르한이 에델리스의 호위를 맡을 나머지 한 명으로 에이든 경을 뽑고 이후의 교대 순서와 시각을 정하기 위해 베르만을 제외한 이들과 대화했다.

에델리스는 은근슬쩍 방에서 빠져나가려고 했다. 그녀의 호위를 맡는 것으로 확정이 된 베르만도 조용히 그녀를 따랐다.

"에델리스."

하지만 르한은 그 모습을 그저 지켜보고 있을 생각이 없었다.

"네, 네? 바쁜 거 아니었어요?"

"안 바쁩니다."

호위에게만 에델리스의 곁을 지키는 일이 중요한 것이 아니었다. 르한에게도 그 어떤 일보다 중요했다. 그런 르한이 서늘한 목소리로 베르만을 불렀다.

"베르만 파시스."

제2기사단장도 아니고, 파시스 경도 아니고, 부정적인 감정이 그대로 묻어나오는 목소리로 그의 풀네임을 부르니 베르만이 당황하였다.

"예."

"지금은 나와 함께 있으니 호위할 필요 없다."

"알겠습니다."

그렇게 르한은 호위라고 붙여놓은 파시스 경을 비롯해 다른 기사들까지 모두 쫓아냈다. 그러고는 이럴 거면 왜 호위로 붙인 건가 의아해하는 에델리스의 손목을 붙잡고 어딘가로 향했다.

"어디 가는 거야?"

"당신이 좋아할 곳입니다."

"어딘데?"

"비밀입니다."

에델리스에 대해서 잘 알고 있는 르한이, 그녀가 좋아할 것이라고 확신하면서 데려갔다. 그들은 복잡한 통로를 지나갔다. 하나같이 이런 곳에도 길이 있나 싶었던 곳들이었다. 대체 어딜 향하는 것인지 길목마다 기사들이 배치되어 있었다. 삼엄한 경계를 뚫고 기사들의 인사를 받으며 커다란 문 앞에 서자, 르한이 자신이 갖고 있던 열쇠를 문에 꽂았다.

"열어보십시오."

르한이 기대에 찬 얼굴로 에델리스를 바라보았다. 그녀는 기대에 부응하기 위해서 열쇠를 돌려 잠금쇠를 제거한 뒤에, 온 힘을 다해 문을 밀었다. 문이 완전히 열렸을 때, 에델리스는 눈 앞에 펼쳐지는 광경을 믿을 수가 없어 그저 입을 벌리고 바라보았다.

"마음에 드십니까? 그럴 줄 알았습니다."

"아, 아니…… 이게……."

말도 제대로 잇지 못하는 에델리스의 눈앞에 보이는 것은 유구한 역사를 가진 제국에서, 오랫동안 보관해왔던 값진 보물들이었다. 책에서나 볼 수 있던 것들을 보고 에델리스는 르한이 자신을 황실 보물고에 데려왔다는 것을 깨달았다. 에델리스가 넋을 잃고 바라보자 르한이 뿌듯해하며 말했다.

"다 에델리스 거예요."

"다?!"

"가지고 싶은 건 다 가지면 됩니다."

르한의 마음이 바뀌기 전에 목걸이와 팔찌, 반지, 티아라 등 장신구를 열심히 착용했다. 그러다가 푸흐흐 웃는 소리가 들려서 바라보니 르한이 큭큭대며 웃고 있었다.

"왜, 왜?"

"좋아하실 줄은 알았지만, 이렇게 행복해하실 줄은 몰랐습니다."

"……내가 좋아할 거라는 거 어떻게 알았어?"

물론 보석 싫어하는 사람들은 없다지만, 에델리스는 그렇게라도 말을 돌리고 싶었다. 하지만 이내 후회했다.

"예전부터 값비싼 보석들을 많이 모으시지 않았습니까."

예전에 도망갈 자금을 준비하기 위해 보석을 모으던 것을 기억하고 있었을 줄이야. 조금 민망했지만, 그래도 이렇게 보석을 선물 받을 수 있으니 괜찮았다. 이것들이 그녀의 미래에 고용인들이 되고, 생활비가 되고, 저택이 될 것이니.

"다 가지세요. 팔찌도, 목걸이도, 브로치도, 저도, 티아라도."

"중간에 조금 다른 게 하나 섞여 있는 것 같은데."

"그럴 리가 있겠습니까."

르한이 무슨 문제라도 있느냐는 듯 미소 지었다.

"열쇠 드릴 테니, 언제든 오시고 싶을 때 오십시오."

"르, 르한!"

에델리스는 양손으로 입을 막고 감격스러워했다.

"그게 끝입니까?"

"응?"

"이 나라에서 제일가는 보물들을 보관하고 있는 보물고의 열쇠를 드렸는데…… 그게 끝입니까?"

"아, 고마워! 인사를 빠뜨렸네! 늦었지만 고마워!"

에델리스가 세상에서 가장 행복한 표정으로 인사를 하자 르한이 양손에 치렁치렁 보석들을 감고 있는 그녀의 앞에 한 발짝 다가갔다. 에델리스는 제 바로 앞에 서 있는 르한을 올려다보았다.

"……르한?"

"제게 이 정도는 해줄 줄 알았습니다."

르한은 망설임 없이 에델리스의 뒷머리를 감싸며 그녀의 이마에 입을 맞추었다.

"지금, 뭘……."

"잘 모르겠습니까?"

무슨 상황이 일어나고 있는 것인가 흔들리는 눈으로 상황을 파악하고 있는 에델리스의 이마에 르한이 다시금 입을 맞추었다.

"아직도 모르겠습니까? 그럼……."

"아니! 아니! 잘 알겠어! 아주 잘 알겠어!"

"흐음."

르한이 에델리스에게서 다시금 한 발짝 멀어졌다. 아직도 가까운 거리였으나, 그래도 갑작스럽게 입을 맞출 정도의 거리는 아니었다. 에델리스는 얼굴에 열이 올라 손부채질을 하고 싶었으나, 손에 주렁주렁 매달린 장신구 때문에 이마저 여의치 않았다.

"에델리스."

"응?!"

"알겠다고 하지 않았습니까."

"응."

르한이 계속 입을 맞춰대니 모른다고 할 수가 없었다. 몰라도 아는 것이었다. 그런데 르한은 기대로 가득 찬, 반짝이는 눈으로 에델리스를 바라보고 있었다. 르한의 뜨거운 눈빛에 에델리스가 슬그머니 눈을 피했다.

"역시, 아직 잘 모르는 것 같습니다."

"어? 아니야! 엄청 잘 알고 있어!"

또다시 가까워진 르한에게서 에델리스가 멀어지거나 한 발짝 뒤로 물러나려고 했으나, 르한이 그녀의 허리를 단단히 잡아 실패로 돌아갔다.

"그러면, 왜 하지 않는 겁니까?"

"뭘……?"

에델리스는 어쩌다가 이렇게 됐는지 곰곰이 생각해보았다.

그러다 떠올리고 말았다. 르한이 입을 맞추기 전에 한 말을.

―제게 이 정도는 해줄 줄 알았습니다.

아무것도 생각나지 않은 척 시치미를 뚝 떼려고 해도 이미 그것을 떠올린 순간부터 새빨갛게 달아오른 얼굴을 숨길 수는 없었다. 르한의 미소는 더더욱 짙어지며, 설상가상으로 눈까지 지그시 감아버렸다.

'눈은 왜 감는데!'

에델리스는 단언컨대 이러한 상황이 올 것이라 생각한 적은 추호도 없었다. 어떤 이유로 결혼했는지는 모르지만, 결혼 후 데면데면한 부부. 그러다가 여자 주인공과 마주친 황제. 그리고 그녀에게 빠져 자신을 본 척 만 척하는 남편. 이런 결혼 생활을 생각했었다.

정말이지 단 한 번도, 꿀 떨어지는 눈으로 자신을 바라보는 황제나, 입을 맞춰달라고 눈을 감고 자신을 기다리는 황제는 생각해본 적이 없었다.

"……아직 결혼도 안 했는데."

그녀의 소심한 반항에 르한이 눈을 가늘게 뜨면서도, 시선은 그녀의 입술에 고정되어 있었다. 괜히 입술이 마르는 느낌이 들어 지그시 깨물자 르한이 조그맣게 웃었다.

에델리스가 눈동자를 데굴데굴 굴리며 곤란해하자 르한이 한 발짝 물러섰다.

"결혼 후가 기대됩니다. 결혼 이후로 미룬 것이 한두 가지가 아닌데, 결혼하면 어떡하려고 그러는지."

르한이 의미심장하게 웃자 에델리스의 심장이 조여오는 기분이었다.

"그전까지 마음의 준비를 해주세요. 미루려고 해도, 미뤄지지 않을 테니까."

"……"

에델리스가 고개를 끄덕였다. 그래도 황제의 결혼식이니 준비할 것이 이만저만이 아닐 것이다. 아직 한참 남았을 것이고, 그동안 어떻게 이 위기를 극복할지 고민해야겠다고 생각했다.

"안 그래도 결혼식 준비를 서두르라 해놨으니 다행입니다."

"어?"

"당신의 집무실에 시녀들이 대기하고 있을 겁니다."

아무리 서두른다고 해봤자 제가 이곳에 온 것이 바로 어제였다. 그러니 최소 서너 달은 필요할 것이다. 하지만 에델리스의 낙관적인 전망과는 달리, 르한의 마음은 그녀의 예상보다 조급했다.

"당장 다음 주부터 사절단들이 옵니다. 그리 신경 쓰실 일은 없을 것 같습니다."

"왜 오는 거야? 무슨 일 있어?"

사절단이 아니라 사절단'들'이라고 했다. 각국에서 많은 사신들이 올 일이 그렇게 많지는 않았다. 설마, 아니겠지, 아닐 거야 생각하면서 에델리스가 현실을 부정했다. 하지만 르한은 언제나 그렇듯, 에델리스의 현실 부정을 산산조각 냈다.

"우리의 결혼식에 참석해야 하지 않겠습니까."

"……벌써부터 와?"

"보통 사절단은 결혼식 일주일 전에 오는 것이 일반적입니다."

사절단은 결혼식의 일주일 전에 온다. 하지만 사절단은 다음 주에 온다. 그렇다면 결혼식은 언제일까.

"……다다음주?!"

"예, 다다음주 물의 날이 결혼식입니다."

"말도 안 돼!"

결혼식까지 준비해야 할 게 산더미였다. 그런데 고작 2주밖에 남지 않았다니 믿을 수가 없었다. 당황스러워 무어라 말을 잇지 못하고 있는 에델리스에게 르한이 쑥스러워하며 말했다.

"황제에 즉위하면서부터 곧바로 준비하기 시작했습니다."

"뭐?"

"그래도 예전에 저와 갔던 드레스 숍의 마담에게서 아직도 옷을 맞춰 입어서 다행입니다. 당신의 취향과 사이즈를 손쉽게 알 수 있었으니."

"……"

"그리고 황후에게 맞는 도성에서 가장 유명한 부띠끄의 디자이너를 미리 섭외해놨으니, 걱정하지 마십시오. 혹시 몰라 기존의 마담에게도 디자인을 부탁해놓았습니다."

에델리스는 쓸데없는 부분에서 세심한 르한에 경악했다.

'……나도 모르는 사이에 내 결혼식 준비가 진행되고 있었다니.'

사절단이 오기로 한 이상 결혼식을 더 미룰 수는 없었다. 결국 그녀가 일정에 맞춰야 한다는 이야기였다.

"가자."

"어디로 가고 싶습니까?"

"집무실로 가야지. 시녀들이 기다리고 있다면서."

"알겠습니다."

에델리스는 서둘러 르한과 함께 보물고에서 나섰다. 그녀는 정신없는 와중에도 온몸에 장신구를 휘어 감는 것을 잊지 않았다.

에델리스는 결혼식 준비를 하기 위해 드레스를 가봉하고, 그렇지 않은 시간에는 피부 관리를 받았다. 그녀는 침대에 누운 채 얼굴 위에 꿀을 섞은 요거트를 바른 상태였다.

그러고도 곧 방문하게 될 사절단의 특징들을 암기하느라 그들의 특징이 적혀 있는 문서를 읽고 있었다. 그들에 대해서 파악하고 있어야 친분을 다질 수 있었고, 혹시라도 일이 잘못되어 국경을 넘게 된다고 하더라도 그들의 도움을 받을 수 있을 것이다. 그들의 이름과 외모, 특징들을 열심히 외우고 있는데 그녀의 호위를 맡고 있는 파시스가 말을 꺼냈다.

"폐하. 조금 전 재상이 메모를 보내왔습니다."

"메모?"

파시스 경이 건네준 메모에는 서류의 내용에 오류가 생겨 정정해야 한다는 내용이 담겨 있었다.

"루달튼 백작이 재혼 예정이었으나, 파혼했다고? 그러면 이것에 대해서 언급하면 안 되겠네."

하마터면 결혼을 축하한다고 말할 뻔했다. 실수하지 않아 다행이었다.

'……그런데 파혼이라고?'

에델리스가 순간적으로 서류 더미로 제 이마를 쳤다.

"괜찮으십니까?!"

"응, 괜찮아. 신경 쓰지 않아도 돼."

"의사라도……."

"아니야, 정말 괜찮아."

에델리스는 지금껏 파혼을 떠올리지 못한 것을 후회했다.

'그래, 나도 이혼하기 전에 파혼할 수 있는 거잖아! 왜 나는

이혼할 생각만 한 거지?'

머릿속에는 '파혼'이라는 글자만 남아 둥둥 떠다녔다.

'아냐, 지금이라도 파혼을 떠올려서 다행이지. 아직 결혼식까지 2주나 남아 있잖아!'

혹시나 파혼하지 않더라도, 그것이 빌미가 되어 추후 이혼할 수도 있었다.

'좋아! 힘내자!'

에델리스는 우선 황후이기에 할 수 있는 방법을 떠올린 뒤 얼굴을 닦아내고 곧바로 르한을 찾아갔다.

황제의 집무실이 있는 복도로 가자, 하인이 막대한 양의 서류를 나르고 있었다.

'저거다!'

〈제1차 시도, 무능한 황후 대작전〉

똑똑.

"누구냐."

"저예요, 르한."

그녀가 답하기가 무섭게 곧바로 문이 열렸다.

"에델리스! 여기까지 어쩐 일입니까?"

"잠시 대화할 수 있을까?"

"당연합니다."

르한의 책상에는 엄청난 양의 서류가 쌓여 있었다.

"무슨 일이 있는 겁니까?"

"음, 사실 나는 황후가 될 줄 몰랐잖아."

"……예."

"그래서 황후가 해야 할 업무를 할 자신이 없어."

황후가 해야 하는 일은 아주 다양하고 중차대했다. 그렇다해도 시작도 하기 전에 못 한다고 하면, 분명 정이 뚝 떨어질 것이다.

'심지어 어려서부터 아무런 교육을 받지 못했던 르한도 황제의 업무를 잘 처리하고 있는데.'

르한이 조금의 고민도 하지 않고 답했다.

"하지 마십시오."

"응?"

"하지 않으면 되지 않습니까."

너무 당연하게 답하여 오히려 에델리스가 당황스러웠다.

"하, 하지만 황후의 일인데 어떻게……."

"당신이 오기 전에도 관리들과 제가 해오던 일입니다. 앞으로도 그러면 됩니다."

"아니지, 그건 황후의 일이잖아!"

"하지만 당신이 힘들면 하지 않아도 됩니다."

"……다른 사람들이 비난하지 않을까? 황후가 되어 제대로 업무도 안 한다고."

르한의 몽글몽글한 분위기가 급변했다. 집무실 내의 온도가 확 내려간 것 같았다.

"당신을 감히 누가 비난한다는 말입니까."

차갑게 말하던 르한이 다시 빙그레 웃으며 에델리스의 이마에 자신의 이마를 콩 찧었다.

"당신이 이전에 말하지 않았습니까, 황후가 아니라 제 옆에 있고 싶다고."

"가, 갑자기 그 얘기는 왜!"

절박해서 앞뒤 따지지 않고 말할 때의 이야기를 다시금 꺼내다니.

제 이마에 입술을 맞추던 모습이 떠올라 가슴이 두근거렸다.

"제 아내는 그런 거 하지 않아도 됩니다. 옆에만 있어주세요."

에델리스는 바로 알 수 있었다. 자신의 파혼 대작전 제1차 시도가 무참히 실패했다고.

'하지만 이대로 끝낼 수는 없어! 내 소중한 목숨을 위해서라도!'

곧바로 제2차 시도에 돌입했다. 예로부터 안 좋은 결말을 맞이한 황족에겐 공통점이 있었다.

〈제2차 시도, 사치와 향락!〉

'자신의 의무는 포기하면서도 황후의 권리를 내세워서 사치하겠다고 하면, 정이 떨어지지 않을 수 없겠지!'

게다가 지금은 황후로서의 업무를 안 하겠다고 선언한 직후였다.

"르한!"

"예."

르한은 제 품에 안겨 있는 에델리스를 바라보며 곱게 눈꼬리를 접었다. 마음이 조금 약해졌지만, 에델리스는 이내 마음을 굳게 먹고 이야기를 꺼냈다.

"나, 갖고 싶은 게 있어."

"뭡니까?"

르한은 어디 말해보라는 듯, 자신이 무엇이든 구해줄 것처럼
말했다.

"이, 이번에 경매장에 인어의 눈물이라는 목걸이가 올라왔다
는데, 그게 그렇게 예쁘대!"

"그게 갖고 싶었습니까?"

"역대 최고가로 팔렸다는데……."

자신이 듣기로는 '인어의 눈물'로 수도 내에 대저택을 몇 채
나 살 수 있다고 한다.

"으음……."

르한이 골똘히 생각했다.

'내가 너무 비싼 것의 이름을 댄 건가? 사치하는 황후가 얼
마나 큰 금액을 쓰는지 몰라 일단 내가 알고 있는 물건 중 가
장 비싼 것의 이름을 댄 건데…….'

"제가 보기에는 평범한 보석 같던데. 제가 보석을 잘 못 보
는 건지."

"본 적이 있어?"

"예, 당신의 서랍에 있지 않습니까."

"뭐?!"

르한은 종을 울려 시종을 불러 황후의 보석을 모아둔 곳에
가서 '인어의 눈물'을 가져오라고 지시했다. 잠시 후 시종이 가

저온 휘황찬란한 보석을 보고 에델리스는 할 말을 잃었다.

"이, 이게 인어의 눈물이라고?"

분명 오늘도 보석함에 있는 것을 보았었다. 하지만 목걸이들이 하나같이 너무 화려한 것 같아 착용하지 않았었다.

"한 번 착용해보겠습니까? 도와드리겠습니다."

"그, 그래."

자신이 갖고 싶다고 말을 꺼내놓고 착용을 안 하는 것은 이상할 것 같았다. 그래서 에델리스는 자신의 기나긴 머리카락을 양손으로 그러모은 뒤 목걸이를 착용하는 데 방해가 되지 않도록 잘 잡고 있었다. 르한이 목걸이를 목에 둘러주고, 잠금쇠를 채우기 위해 에델리스의 뒤에 섰다.

"에델리스……"

"응?"

"아닙니다."

르한이 커다란 손으로 하기 까다로웠는지 몇 번의 실패가 있었다. 차가운 보석과는 달리 뜨거운 그의 손가락이 살결에 닿을 때마다, 그의 손에 있던 열이 제 목으로 번져나가는 것 같았다. 게다가 집중한 르한의 숨결이 자신의 목에 닿아 흩어지는 느낌에 미칠 것 같았다.

마침내 찰칵! 하고 잠금쇠가 채워지는 소리가 들리자 에델리스는 그제야 안도했다. 에델리스는 목걸이를 제 손으로 들어보았다. 엄청나게 화려하고, 아름다웠다.

"예쁘다……"

"다행입니다. 다른 사람이 사간 것을 웃돈을 얹어주고 사온 보람이 있습니다."

"그 금액에 웃돈을 얹었다고?!"

"당신과 잘 어울릴 것 같았는데, 이미 팔렸다기에."

르한이 싱그럽게 미소 지었지만 에델리스는 황제의 소비 수준이 당황스러웠다. 지금도 목에서 느껴지는 엄청난 무게가 부담스러웠다. 나고 자라기를 백작 영애였던 에델리스에게 황족의 사치는 규모가 너무나도 달랐다. 에델리스는 '사치'로 파혼하는 것은 조금 더 공부가 필요하다는 것을 인정했다.

에델리스는 혹시나 목걸이에 생채기라도 생길까 봐 얼른 목걸이를 풀려고 했다. 하지만 어떻게 된 일인지 잘 풀리지 않았다.

"……목걸이를 풀게 시녀를 불러줄래?"

"제가 도와드리겠습니다."

"괜찮아!"

"괜찮습니다."

르한이 제 뒤에 서자 방금 전의 기억이 떠올라 에델리스의 가슴이 콩닥거렸다. 그녀는 머리카락을 모아 모두 제 한쪽 어깨 위에 오게 한 뒤 두근거리며 목걸이가 풀리기를 기다렸다. 또다시 찰캉! 하는 소리가 들리고, 안도하려는 찰나였다.

"힉!"

저도 모르게 히익! 하는 작은 비명 소리가 나서 입을 막았다. 무방비하게 드러난 제 목에 입을 맞춘 르한 때문에. 머리카락을 걷어낸 한쪽 뺨에 느껴진 입술의 촉감 때문에.

"가, 갑자기 뭐야?"

"죄송합니다. 저도 모르게 그만."

르한은 전혀 미안하지 않은 목소리로 말했다. 에델리스는 얼른 머리카락을 놓아 정리했다.

"저도 모르게라니!"

"앞으로 2주간은 조심하도록 하겠습니다."

"왜 2주…… 아."

2주 뒤에는 그들의 결혼식이 있었다.

"누누이 말해왔지만, 그 뒤로는 참지도, 조심하지도 않을 테니."

르한이 싱긋 웃으며 에델리스의 손을 들어 그녀의 손등에 입을 맞추었다.

'성녀가 오기 전까지 내 심장이 남아날 수 있을까……?'

"이대로라면 내가 르한에게 반하고 말 거야."

자신의 방으로 돌아온 뒤에 제일 먼저 든 생각이었다. 책으로 볼 때는 왜 자신을 죽이는 황제에게 그렇게 빠졌는지 이해가 가지 않았다. 하지만 직접 겪어보니 단숨에 이해할 수 있었다.

지금껏 보았던 르한의 외모와 행동, 제게 건네는 말까지 무엇 하나 나무랄 데가 없었다. 자신이 아무것도 몰랐더라면 르한에게 이미 반해 있었을 것이다. 르한에게 반하기라도 한다면, 성녀가 왔을 때 책에서 나온 대로 악행을 저지른다고 해도 이상하지 않았다.

'그러니, 그전에 선수를 쳐야겠어!'

〈제3차 시도, 숨겨둔 애인〉

에델리스는 방법을 바꿔 감정에 호소하는 방법을 택했다.

"르한, 나 할 말이 있어."

"말해보십시오."

식사 후에 황궁의 정원을 거닐며 인적이 드문 곳에 가서 말을 꺼냈다.

"나, 황후가 될 수 없어."

"황후로서 해야 할 업무에 관한 문제라면 이미 이야기가 끝나지 않았습니까. 신경 쓰지 않아도 됩니다. 이미 그에 관한 업무 분장까지 마쳤으니."

"아니, 아니! 나 사실 좋아하는 사람이 있어."

"……."

"그러니 결혼할 수 없어."

"누구입니까."

르한이 얼음장같이 시린 눈으로 말했다. 마치 책을 처음 봤을 때, 황후를 죽였던 황제의 모습과 같았다.

"……."

"당신을 다시 만나러 가기 전에, 그런 사람이 있을지도 모른다고 생각하긴 했습니다. 누구입니까."

"그, 그게⋯⋯."

에델리스의 머릿속에는 떠오르는 사람이 한 명도 없었다. 7년 간의 영지 생활, 그리고 책을 보고 난 뒤 은둔하다시피 했던 수도 생활. 보통의 귀족들은 어머니들끼리 교류하여 친구가 생기기도 했는데, 에델리스의 어머니는 어린 시절에 돌아가서 그런 친구도 없었다.

'누가 있지? 누가! 생각해내야만⋯⋯.'

있었다, 단 한 사람. 자신이 그나마 가장 최근에 교류한 귀족 남성. 비록 그 최근이 7년 전 데뷔탕트 날이라는 게 문제지만.

"바이스 자작가의 장남, 루터 바이스 씨야."

"당신의 데뷔탕트 날 춤을 신청했던 자가 아닙니까."

"기억하고 있었네?!"

에델리스는 진심으로 놀랐다.

"하지만 결국 그자와 춤을 춘 것은 아니지 않습니까."

"그렇다고 내가 그날 춤을 췄던 황제를 마음에 두지는 않겠지."

"⋯⋯."

"부탁이야, 르한. 나는 황후가 될 수 없어. 부디 나와 파혼해줘."

"안 됩니다. 그것만은 안 됩니다. 절대로 안 됩니다."

르한이 단호한 목소리로 거절했다. 이전과는 다른 반응에 에델리스는 조금 더 밀어붙여 설득하려고 했다.

"르한."

"그만."

하지만 르한은 손을 들어 그녀의 말을 막았다.

"파혼은 없습니다. 불가합니다."

"르한, 하지만 나는!"

"듣고 싶지 않습니다. 이미 시간이 늦었으니 얼른 방으로 돌아가 쉬십시오."

르한은 멀리 대기하고 있던 파시스 경을 불렀다.

"곧바로 방으로 돌아가 쉬실 수 있도록 해라."

"르한!"

르한은 곧바로 자신의 궁으로 갔다.

'르한이 엄청 슬픈 눈을 하고 있었는데……'

에델리스는 엄청난 죄책감에 시달렸다. 거짓말을 한 것으로 모자라 그 거짓말로 상대방을 상처 입혔으니.

'아냐, 마음 약해지면 안 돼! 성녀가 오면 르한도 내게 고마워할 거야.'

이튿날 르한은 아침 일찍 에델리스를 불렀다. 집무실 문을 열고 들어가 보니 하인과 함께 있었다.

"무슨 일이세요, 르한?"

"……."

"르한?"

"아닙니다. 잠시 서재에서 기다려주실 수 있겠습니까?"

"알겠어요."

하인더러 에델리스를 서재로 에스코트하라고 지시했다. 평소였으면 르한이 직접 에스코트를 해주었을 텐데 거리를 두는 것 같았다.

'파혼할 수 있겠는데?'

하지만 하인이 물러가고 르한이 서재로 찾아왔을 때, 에델리스는 그것이 자신의 착각이었음을 깨달았다.

"에델리스."

"응?"

"방금 전, 하인을 보았습니까?"

"아, 새로 온 것 같던데."

"곧 궁 밖으로 나갈 예정이긴 합니다."

하인이 새로 오자마자 궁 밖으로 나간다니 특이했다. 그렇다고는 해도 하인의 전출입까지 모두 제게 말할 필요는 없지 않나 생각했다. 어차피 곧 있으면 자신은 이 궁을 떠날 텐데.

"에델리스. 왜 내게 거짓말을 한 겁니까?"

"……무슨?"

"무언가 이상하다고 생각하기는 했습니다. 좋아하는 사람이 있다면서 왜 내게 도망가자고 했는지, 왜 나와 함께 있고 싶다고 했는지."

"……"

"게다가 데뷔탕트 날 루터 바이스를 굉장히 비난하지 않았습니까."

"그 당시에는 비난했더라도 나중에 마음이 바뀌었어."

"그리고 루터 바이스는 바이스 자작가의 장남이 아니라, 자작위를 승계받은 지 4년이 지난 자작입니다."

에델리스는 직감했다. 망했다고.

"그리고 조금 전의 하인, 그가 루터 바이스였습니다."

르한은 지난밤 루터 바이스의 이야기를 듣자마자 사람을 보내 그를 기사단의 호위까지 붙여주어 아주 안전하게 끌고 오……는 것이 아니라 데리고 왔다. 곧바로 없애버릴까 하다가, 여러 가지 석연치 않은 점이 있어 확인을 해본 것이다.

"그가 말하기를, 데뷔탕트 이후로 당신과 어떠한 접점도 없다고 하더군요."

변명을 하고자 했지만, 변명할 거리를 찾지도 못했다.

"황후의 직책이 버겁다고 했었습니까."

"……응."

"그래서 그랬던 겁니까."

에델리스가 고개를 끄덕였다. 자신이 댈 수 있는 별다른 이유를 찾지 못했기 때문이다.

"당신은 아무것도 안 하고, 그대로 있어도 됩니다. 다만, 내 옆에 있어야 해요."

'옆에 있지 않기 위해 거짓을 말한 건데…….'

"당신을 다시 만나기 전까지는 분명 당신이 다른 사람을 좋아해도 괜찮을지도 모른다고 생각했습니다. 하지만 아니었습니다."

르한은 떨리는 손을 내밀어 에델리스를 제 가슴팍에 끌어안
았다. 귓가에 곧바로 들리는 강하게 뛰는 심장 소리와 긴장한
듯한 그의 손길이 그의 말이 거짓이 아님을 알려주고 있었다.

"시간이 걸려도 좋으니, 나를, 나를 좋아해주세요. 다른 사람
이 아니라."

"르한……."

"자꾸, 자꾸 욕심이 생깁니다. 그전에는 닿을 수 있기만 해도
좋을 거라 생각했는데."

"나는 그렇게 대단한 사람이 아니야. 나보다 좋은 사람도
많아."

예를 들어 여자 주인공이 있었다. 하지만 르한은 그럴 리가
없다는 듯 아주 단호하게 잘라 말했다.

"없습니다. 적어도 제게는 없습니다."

르한이 에델리스를 더욱 세게 끌어안았다. 놓치면 사라지기
라도 할 것처럼.

에델리스는 방으로 돌아와 자신의 파혼 대작전 3안을 곧바
로 폐기했다.

'마지막에는 나도 마음이 아파 르한의 등을 도닥이며 달래
주었으니 완전히 망했어.'

에델리스는 자신의 이마를 짚으며 고개를 숙였다. 들킨 것도 들킨 것이었지만, 르한에게 상처를 준 것이 계속 마음에 걸렸다.

그렇다고 파혼을 포기할 수도 없었다. 날짜는 하루하루 지나가 결혼식이 정말로 얼마 남지 않았다.

"아마도 이번이 정말 마지막 시도가 되겠지."

에델리스는 제 손에 쥐어진 신문을 바라보았다.

마지막 작전. 눈에는 눈, 이에는 이, 집착에는 집착!

조그맣게 한 칸이 할애된 기사를 보고 에델리스는 충격을 받았다. 제게 집착하는 연인에게 똑같이 집착을 했더니, 이별을 통보받았다는 이야기였다.

"이 정도라면 황실을 기만한 것도, 악행을 저지른 것도 아니니 칼에 찔릴 위험도 없어!"

심지어 거짓을 말하는 것도 아니니 양심의 가책도 없을 것이다.

'게다가 책 속에서의 황후도 황제에게 집착해서 성녀를 괴롭히다가 죽었잖아?'

꽤나 시일이 걸린다는 점이 마음에 걸리긴 했지만, 이것보다 좋은 방법이 없을 것 같았다. 파혼에 실패하더라도, 이혼할 수도 있는 거였으니까! 에델리스는 곧바로 르한을 찾아갔다.

"르한."

"예."

지난번 3차 시도 이후로 조금 풀이 죽은 모습을 보니 또다시 죄책감이 피어올랐다.

하지만 지금 르한이 풀이 죽은 모습을 보고 마음이 약해진 다면, 자신의 죽은 모습을 르한이 보게 될 것이기에 마음을 다 잡았다.

"뭐 해?"

"일하고 있었습니다."

"옆에 있어도 돼?"

"예! 편히 쉴 수 있는 소파가 준비되어 있습니다."

르한은 혹시 몰라 준비해놓기를 잘했다며 싱글벙글 웃었다. '집착하기'의 경우 초반에는 상대방이 일시적으로 좋아한다고 적혀 있더니, 사실인 것 같아 기사에 대한 신뢰도가 높아졌다.

이대로라면 정말 파혼할 수 있을 것 같았다고 생각한 에델리 스가 서재에서 책을 가져와 소파에 앉아 책을 읽었다. 르한이 막 서류를 집어 들자마자 에델리스가 말을 붙였다.

"르한, 뭐 보는 거야?"

"교역품에 관한 관세를 정리한 것을 보려고 합니다."

"나도 볼래!"

"예."

에델리스는 순순히 자신에게 서류를 내어주는 르한을 보고 조금 당황했다. 하지만 집착하기의 기본은 상대방에게 과도하 게 관심을 갖는 것이었으니, 그대로 수행했다.

"르한, 무슨 음식 좋아해?"

"소고기를 좋아합니다."

"날씨는?"

"당신과 산책하기 좋은 서늘한 날씨를 좋아합니다."

여기서 갑자기 자신이 왜 나오는 건지 당황스러웠다. 하지만 이건 시작에 불과하다는 것을 에델리스는 알지 못했다.

"……좋아하는 색깔은 있어?"

"금색을 제일 좋아하고, 그다음은 초록색입니다."

"왜?"

"당신의 머리카락과 제 눈동자 색이 금색이라서 제일 좋고, 그다음은 당신의 눈동자 색과 같아 초록색이 좋습니다."

"……또 뭐 좋아해?"

"에델리스."

"응?"

"당신을 좋아합니다."

"……."

분명 집착 작전에서 가장 중요한 것은, 상대방이 과도한 관심을 받는 것을 알게 하라는 것이었다. 그런데 어찌 된 것이 질문을 하면 할수록 르한이 저를 유혹하는 느낌이 들었다. 느른하게 웃으며 제 손을 덮고 있는 르한의 손을 보자 그 느낌은 확신이 되었다.

똑똑.

하녀가 카트를 밀며 에델리스가 좋아하는 간식들을 가지고 왔다.

'민망함은 순간이야! 내 수명을 더 길게 늘릴 수 있다면 야……!'

에델리스는 지금보다도 더 집착하는 모습을 보여주기로 결단을 내렸다. 그 방법은 바로 모든 여자와의 관계를 의심하는 것이었다.

"저 여자는 누구예요? 무슨 사이예요?"

"……그게 무슨 말씀이십니까? 그냥 하녀 아닙니까."

르한과 마찬가지로 하녀도 당황한 것 같았다. 괜히 다과를 가지고 왔다가 봉변을 당한 하녀에게 마음속으로 사과의 말을 전했다.

"황제의 집무실까지 들어올 수 있는 여자잖아요!"

괜한 트집을 잡으려니 민망함이 머리끝까지 차올랐다. 정상적인 사고가 가능했기 때문에 지금 자신이 얼마나 억지를 부리고 있는지 아주 잘 알고 있었다.

"하녀이니 들어올 수도 있지요."

"하지만 저는 저 말고 다른 여자랑 있는 건 싫어요."

"그렇습니까?"

"제가 지금 여기 없었더라면 여자와 단둘이 있는 거잖아요."

에델리스가 여기 없었더라면 하녀가 다과를 가지고 오지도 않았을 것이다.

"나가보아라."

"예."

하녀는 황제의 허가가 떨어지자마자 다시금 카트를 밀고 나 갔다.

"제가, 다른 여자와 있는 것이 싫습니까."

"응, 하녀여도 싫어."

"기사라도?"

"응, 다 싫어. 르한 주변에서 여자는 나만 있어야 해."

그들은 그저 자신의 일을 하고 있을 뿐이었다. 기사도 관리 도 하녀도 마찬가지였다. 하지만 에델리스는 자신의 파혼을 위 해 계속해서 억지를 부렸다.

"오늘부로 에메랄드 궁에 하녀는 한 사람도 남지 않을 겁니 다."

"뭐?! 그러면 기존의 하녀들은 어쩌고? 그들이 하는 일은 또 어떻게 하게?!"

이런 생떼까지 받아줄 줄은 몰랐기에 앞으로 에메랄드 궁의 상태가 심히 걱정되었다.

"그러면, 당신이 해주시겠습니까?"

"……무엇을?"

"제가 옷을 갈아입는 것을 도와주고, 제 침대를 정리해주고."

"무, 무슨!"

"제가 목욕하는 것도 도와주십시오. 그 외의 업무는 모두 하인에게 맡기겠습니다."

에델리스는 저도 모르게 르한을 위아래로 훑어보았다. 넓게 벌어진 어깨에, 단단하게 근육 잡힌 몸, 수려한 얼굴까지. 상상만으로도 아찔한데, 욕실에서 그런 르한의 모습을 본다면 코피를 쏟고 말 것이다.

"무슨 생각을 한 겁니까."

"아무 생각도 안 했어!"

"흐음."

르한은 슬쩍 자신이 가볍게 입고 있는 셔츠의 단추를 하나 풀었다. 셔츠 사이로 아주 살짝 보이는 가슴팍 때문에, 에델리스는 침을 꿀꺽 삼켰다. 르한이 제 셔츠를 조금 들어 그 안을 바라보자, 에델리스는 저도 모르게 고개를 내밀어 같이 볼 뻔했다.

"유혹을 한두 번 해본 솜씨가 아닌데."

"그럴 리가 있겠습니까."

"하마터면 나도 넘어갈 뻔했어!"

"넘어가도 좋았을 텐데요."

르한이 두 번째 단추를 톡 밀어 그것을 풀었다.

"밝은 대낮에! 이게! 뭐 하는 짓이야!"

에델리스는 황급히 그의 단추를 채우려고 했지만 번번이 손이 엇나가 한참이나 걸렸다.

"하, 하녀들에게 해달라고 해. 아무 말도 하지 않을게."

"다른 여자가 해도 괜찮은 겁니까."

"응, 내가 잘못 생각했었나 봐."

에델리스는 후회가 되었다. 기사에는 이런 말은 전혀 있지 않았다.

'원래 이런 반응을 하는 게 맞는 건가요?'

신문에 기고한 사람을 찾아 묻고 싶었다.

'아무리 하루아침에 정이 떨어지진 않는다고는 해도, 그럴 기미조차 보이지 않는데…….'

하지만 에델리스의 마지막 희망이었으니, 쉽사리 놓을 수 없었다.

"에메랄드 궁에 있던 하녀들은 루비 궁의 하인과 자리를 바꾸면 될 것 같습니다. 당신 주변에 남자라고는 저밖에 없었으면 좋겠습니다."

"나는 괜찮아! 나는 다른 남자에게 신경 쓰지 않거든."

"저도 다른 여자에게 신경 쓰지 않습니다. 그저 당신의 주변에 남자가 보이는 것이 싫을 뿐입니다."

"……그, 그래 그러면."

무어라 반박할 말이 생각나지 않았다.

"그러면 파시스 경도 보직 해임하도록 하겠습니다."

"그건 안 돼!"

"왜 안 되는 겁니까?"

"안 돼. 아무튼 안 돼. 내 호위잖아. 안 돼."

르한이 작게 혀를 찼다. 이 기회에 제가 마음에 들어 했던 파시스 경을 치워버리려고 했던 것 같았다.

'위험했어!'

결국 에델리스는 본전도 찾지 못했다. 얻은 것은 민망함과 하녀들 사이에서 돌게 될 소문뿐이었다. 머리가 아파왔지만 르한은 연신 미소 띤 얼굴로 에델리스의 옆에 와 앉았다.

"에델리스."

"……응."

"제가 좋아진 겁니까?"

"뭐?"

"제게 관심 갖고, 저에 대해서 궁금해하고, 제 주변에 있는 이성이 마음에 들지 않고. 저와 같은 반응이라서요."

르한이 나열한 모습은 자신이 집착 작전을 수행하던 모습이었다.

"……잘 모르겠어."

"그걸로 충분합니다."

"내가 이렇게 집착하는 게 싫지 않아?"

"집착이라. 저는 아주 좋습니다. 더 집착해주세요, 더욱 더."

에델리스는 애써 입꼬리를 올려 미소 지었다. 그리고 마음속으로는 눈물 지으며 연신 망했다고 외쳤다.

"여성 관리가 보고하러 왔는데 내가 막 짜증내도?"

"한 번 해주시겠습니까? 보고서를 가지고 오라고 하겠습니다."

"아냐! 그냥 예시야!"

"그렇습니까……."

축 처진 어깨에 쓸쓸해 보이는 눈동자가 진심으로 실망한 것 같았다. 왜 그렇게까지 아쉬워하는 건데!

"내가 막 귀찮게 굴어도 괜찮아?"

"당신이 귀찮을 수가 있는 겁니까. 한 번 시도해보십시오. 기대하고 있겠습니다."

기대하다니……. 기대하면 안 되는 건데.

"그, 그러면 귀찮게 할 방법을 생각해볼게."

에델리스가 자리에서 일어나려고 하자, 르한이 그녀의 손목을 잡아 다시 자리에 앉혔다.

"어디를 가는 겁니까, 저를 귀찮게 해야죠."

"귀찮게 할 방법을 생각해보러 가야지?"

"여기서 생각하면 되지 않습니까. 저를 귀찮게 하면서."

르한의 말을 듣고 보니 일리가 있는 것 같아 에델리스는 알겠다며 자리에 앉았다.

'서류 작업을 방해하는 것은 오히려 역효과였어. 애꿎은 여자와의 관계를 의심하는 것도 실패하고. 그럼 어떻게 해야 할까…….'

에델리스가 깊은 고민에 잠기려는데 자꾸만 무언가가 제 손에서 꼼지락대는 느낌이 들었다. 르한이 자꾸만 그녀의 손을 쓰다듬고 있었다.

"르한, 뭐 하는 거야?"

"만지고 싶어서요."

"……가서 일해야지."

"조금 뒤에 해도 괜찮습니다."

에델리스는 르한을 귀찮게 할 방법을 생각하는 데 집중하고

싶었다. 그런데 자꾸만 그가 건드리는 바람에 생각에 집중할
수가 없었다.

'아, 정말! 귀찮……게. 그래, 이러면 되겠구나!'

에델리스는 자리에서 벌떡 일어나 르한의 책상에 있던 서류
를 하나 가지고 와서 그에게 주었다. 분명 르한도 저처럼 집중
하고 있을 때 옆에서 지분대면 귀찮아 할 것이다.

"뭡니까?"

"일하고 있어."

일단 그가 집중할 수 있는 것을 제공했다. 그러니 이제 자신
이 자꾸 건드리면, 귀찮아 할 것이다. 에델리스는 르한의 어깨
에 살짝 기댔다.

"에, 에델리스?"

"일에 집중해야지!"

"아니……."

르한이 어쩔 수 없이 서류로 눈을 돌리자 에델리스는 그의
손을 쓰다듬기도 하고, 팔을 톡톡 두드리기도 했다. 르한이 같
은 페이지를 보고 또 보고 다시 한 번 더 살펴보다가 결국 서
류를 놓았다.

'귀찮지? 그렇지? 귀찮은 거지?'

이제는 정말 자신을 귀찮아 하는 건가, 저를 내쫓는 건가 싶
었다.

하지만 그는 제 어깨에 기대어 있던 에델리스를 소파에 눕혔
다. 그런 그녀의 위에 그늘이 졌다. 르한이었다.

"꺅!"

"에델리스. 더 이상 저를 시험하지 마십시오."

"시험이라니!"

"기다리겠다고 말씀드리지 않았습니까."

"그, 그런데?"

르한이 에델리스의 한쪽 뺨을 감싼 채로 엄지손가락을 움직여 그녀의 입술을 훑었다.

"더 이상 제 인내심을 시험하지 마세요."

"내가 언제!"

"지금도, 조금 전도, 항상."

"……귀찮은 게 아니라?"

"2, 30년 뒤에도 귀찮지 않을 것 같습니다."

나는 2년 뒤에도 살아 있지 않을 것 같은데?!

"이제 열흘 정도밖에 남지 않았습니다. 에델리스."

에델리스는 그가 무슨 이야기를 하는지 너무나도 잘 알고 있었다. 그가 제게 애정을 표현하려 할 때마다 결혼식도 올리기 전이라며 미뤄왔으니.

"부디 그 열흘이 무사히 지나가기를."

르한이 에델리스의 위에서 비켜주며 그녀를 일으켜주었다. 에델리스는 두근대는 심장을 움켜쥐고 황제의 집무실에서 빠르게 도망쳤다.

'왜, 왜 귀찮아 하지 않는 거지? 파혼해야 하는데! 방법이 잘못된 건가?'

이후로도 그가 새벽에 검술 훈련을 할 때 구경 가서 꼬치꼬치 캐묻기도 하고, 그의 집무실 안에 있는 물건에 관심을 갖고 물어보기도 했다. 하지만 그럴수록 파혼은커녕 이전보다도 르한이 행복해하며 연신 미소 지었다. 에델리스의 마지막 시도 역시 무참하게 실패한 것이다.

이야기의 시작

'……망했어. 벌써 결혼식이 일주일 앞으로 다가왔는데!'

아직 파시스 경과 이렇다 할 친분을 쌓은 것도 아니었기 때문에 더 큰 걱정이 되었다. 일정상 오늘부터 사절단이 올 것이다.

'파혼은 실패했어도, 아직 여자 주인공이 오지 않았으니 이혼할 때까지 시간은 있어!'

에델리스는 파시스 경과 친분을 쌓는 것도 노력하기로 했다. 에델리스는 파시스 경과 산책을 나가며 자연스럽게 대화를 나누는 것을 시도했다.

"파시스 경!"

"예."

"음, 나에 대해서 어떻게 생각해?"

"예?! 제가 어떻게 폐하를 평가하겠습니까."

"그래도."

당황한 파시스 경이 우물쭈물하며 주변에서 에델리스의 시중을 들고 있는 시녀들의 눈치를 보다가 힘겹게 입을 열었다.

"모시기 좋은 분이라고 생각……합니다."

"그리고?"

한참을 망설이던 파시스 경이 한숨을 내쉬더니 어렵사리 말을 꺼냈다.

"하아, 폐하. 저를 죽이고 싶으신 겁니까."

"대체 왜 그런 결론이 나오는 거야?!"

"만약 황후 폐하께서 제게 이런 질문을 한 것을 황제 폐하께서 아신다면 제 목이 달아날 겁니다."

"에이, 설마."

고작 자신에 대해서 어떻게 생각하느냐고 묻는 정도로 그럴까 싶었다. 하지만 파시스 경은 침묵으로 대답을 대신했다. 입이 떡 벌어진 에델리스가 믿을 수 없다는 듯이 그에게 되물었다.

"정말로?"

"예."

에델리스는 그저 자신에 대해서 어떻게 생각하는지 궁금했을 뿐이다. 긍정적인 감정인지, 부정적인 감정인지, 나중에 더 친하게 지낼 수 있는지. 예전에 황제로부터 르한이 자신을 지켜주기를 바랐듯, 르한으로부터 자신을 지켜줄 수 있는지. 책에서 자신이 보았던 것처럼.

"그러니 그런 질문은 자제해주십시오."

"……알겠어."

이야기를 안 꺼내는 것만 못했다고, 그러면 이제 무슨 이야기를 꺼내야 하는 거냐고 내적 갈등을 하고 있을 때, 멀리서 시녀가 다급하게 왔다.

"폐하."

"무슨 일이냐."

"신성 제국에서 사절단이 왔다고 합니다."

첫 번째 사절단이었고, 황후의 첫 공식 업무였다. 르한은 참석하지 않아도 된다고 했었지만, 에델리스는 자신이 나중에 다른 나라로 망명 갈 것을 대비해 타국의 대신들과 친분을 쌓아 두고 싶었다.

'다른 나라의 사절단은 모두 만나면서 신성 제국만 만나지 않을 수는 없지.'

"알겠다. 곧 가도록 하지."

아직까지 에델리스는 가볍게 생각하고 있었다. 단순히 친분을 쌓기 위함이라고.

에델리스가 황제가 있는 에메랄드 궁의 응접실에 도착하니 르한이 먼저 와 있었다.

"에델리스!"

"응."

"황후로서의 업무는 하지 않아도 괜찮다고 하지 않았습니까."

"내가 만나고 싶어서 왔어."

성녀의 수족이 될 수도 있는 사람이니 어떤 사람들인지 최대한 알아두고 싶었다.

"저도 만나고 싶었습니다."

"……혹시 이전에 본 적이 있는 거야?"

르한도 성녀에 대해서 알고 있는 게 있는 건가. 그럼 아주 곤란한데.

"무슨 말씀을……. 아, 제가 보고 싶어서 왔다는 것이 아니었습니까?"

"아니, 나는 사절단이 궁금해서."

에델리스는 당연히 '사절단'을 보고 싶다고 말한 것이었는데, 르한은 자신을 보고 싶어서 왔다고 착각한 것이다.

"그러면 다음에는 제가 보고 싶어서 오십시오."

"으음."

"언제든 상관없으니."

"아무 때나?"

"잊었습니까, 시종장에게 말씀만 한다면 제가 그날 머무르는 방으로 안내할 겁니다."

"그, 그랬지."

"모두가 잠든, 야심한 밤에도."

르한이 느른하게 웃으며 그녀의 귓가에 속삭였다. 귓바퀴에 닿는 따뜻한 숨결에, 에델리스가 저도 모르게 손으로 귀를 가렸다.

"제 침실로."

파혼 작전을 계속하더라도 무조건 해가 쨍하니 떠 있을 때

갈 것이라고 마음먹었다. 그리고 그때, 문을 두드리는 소리가 이 달아오른 분위기를 단숨에 식혀버렸다.

"폐하. 신성 제국의 사절단이 뵙기를 청합니다."

신성 제국의 사절단. 그 단어를 듣자마자 에델리스는 저도 모르게 긴장했다. 르한이 그녀를 토닥여주며 괜찮다는 듯이 미소 지었다.

"들라 하라."

르한의 허가가 떨어지자 문이 열리고 신성 제국의 사절단 세 사람이 들어왔다. 하급 신관 두 명을 뒤로한 여자 신관이 에델리스의 눈에 들어왔다. 그리고 황제와 황후에게 인사를 올린 신관들이 고개를 들어 얼굴을 보이자 에델리스는 곧바로 알게 되었다.

'……왔구나.'

몇 번 보지 못했지만, 절대로 잊을 수 없는, 성녀인 여자 주인공이었다. 에델리스는 심장이 내려앉을 것 같았다. 단순히 여자 주인공의 주변 인물이 올 거라 생각했지, 아직 등장이 알려지지도 않은 성녀 본인이 나타날 줄은 몰랐다.

'왜 벌써 온 거야……!'

에델리스는 오래 살고 싶었다. 그런데 여자 주인공은 제국 안에 들어와 있고, 시간은 착실하게 흘러갔다. 그렇다면 머지 않아 자신이 책에서 봤던 장면이 실제로 나타나게 될 것이라고 생각했다.

'한가롭게 있을 수 없어, 계획을 수정해야겠어.'

우선 지금은 처음 사절단을 맞는 자리였다. 심지어 여자 주인공까지 제 눈앞에 있었다. 그들에게 약한 모습을 보이기 싫어 호흡을 가다듬으며 여유로운 척을 했다. 당장 손톱이 손바닥을 강하게 짓눌러 핏방울이 배어 나오고 있었지만, 그것은 다른 이들에게 보이지 않으니 괜찮았다.

"안녕하세요. 신성 제국을 대표해서 왔습니다."

"만나게 되어 반갑네. 신관들의 축복이 있으니 더욱 값진 결혼식이 될 것 같군."

에넬리스는 주인공들의 운명적인 첫 만남을 바라보았다. 에델리스는 애써 부정적인 생각을 떨쳐내려 했지만 황제를 바라보는 성녀의 눈에는 벌써부터 호감이 가득했다.

'어떡하지. 책대로 여자 주인공과 르한을 이어주어야 하나.'

벌써부터 고민거리가 한가득이었다.

"잘 왔어요. 부디 잘 지내다 갔으면 좋겠네요."

"……네, 감사합니다."

성녀는 황제에게 눈이 고정되어 있다가 뒤늦게 정신을 차리고 답했다. 하지만 르한은 성녀와는 달리 아직까지 그녀에게 관심이 없는 것 같았다.

"모든 사절단이 도착한 뒤 연회가 열릴 예정이니 그때 참석하면 좋을 것 같군."

"예, 알겠습니다."

성녀가 황제의 말에는 아주 활짝 웃으며 곧바로 답했다.

그러나 황제는 더 이상 할 말이 없다는 듯, 축객령을 내렸다.

"그럼 이곳까지 오느라 피곤할 테니 물러가서 쉬시오."

"······예."

성녀는 무언가 말을 하고 싶어 했지만, 황제가 물러나라고 하니 물러날 수밖에 없었다. 그들이 떠나고 난 뒤 문이 닫히고 에델리스는 참아왔던 한숨을 내쉬었다. 머리가 지끈거려 이마를 손으로 짚었다.

"에델리스, 괜찮습니까?"

르한이 걱정스러운 얼굴로 에델리스를 바라보고 있었다.

"괜찮아."

"황후로서 맡는 첫 업무다 보니 긴장했던 것 같습니다."

"······그럴지도."

긴장을 한 것은 맞았다. 여자 주인공을 볼지도 모른다는 것에 긴장했었다. 그리고 그것은 사실이 되었다.

"힘들면 이후 사절단 맞이는 하지 않아도 됩니다."

"아니야, 괜찮아."

가장 중요한 신성 제국의 사절단을 이미 보았다.

앞으로는 다른 사절단과 친분을 다지는 일밖에 남지 않은 것이다. 여자 주인공까지 왔으니 무슨 일이 있어도 해야 하는 일이었다.

"그런데 이제는 괜찮은 겁니까?"

"응, 괜찮아."

"흐음, 사실 저는 당신이 물어봐주기를 바랐는데."

"뭘?"

"제가 다른 여자와 있는 것이 싫다고 하지 않았습니까?"

"그건!"

"아까 전의 신관도 여자였는데, 괜찮습니까?"

여자 주인공에게 그렇게 말했다가는 책에서 보았던 것처럼 황제에게 밉보여 살해당할지도 몰랐다.

'이전에 파혼 대작전을 수행했던 여파가 이렇게 돌아올 줄이야!'

"괜찮아! 아주 괜찮아! 전혀! 아무렇지도 않아!"

"그렇습니까."

르한이 아주 아쉬워했다. 에델리스는 르한을 성녀와 이어줄 생각을 하고 있었는데, 이런 이야기가 나오니 당황스러웠다.

"더 친하게 지내도 돼."

"아닙니다, 제 아내가 걱정하는 일을 만들고 싶지 않습니다."

"아니야, 진짜 괜찮아!"

"저도 괜찮습니다. 정확히는 제가 친하게 지내고 싶지 않습니다."

"왜?!"

르한에게 호의가 있는 것이 명확하게 보였는데, 어째서!

"제게는 당신이 있지 않습니까."

이러다가는 정말로 여자 주인공에게 자신이 밉보일 것 같았다. 하루빨리 둘이 이어지게 등 떠밀어주고, 그 공로를 인정받아 많은 위자료를 받아야겠다고 생각했다. 더 이상 궁은 안전하지 않으니, 얼른 빠져나가는 것이 관건이었다.

'작전을 세워야겠어, 이제는 〈이혼 대작전〉이야!'

"르한, 그러면 나는 이제 서재로 갈게."

"예, 그러면 바래다드리도록 하겠습니다."

서재가 바로 앞인데도 르한은 기어코 그녀를 데려다주었다. 에델리스가 안으로 들어가려고 할 때, 르한이 그녀를 잡은 손을 놓지 않았다.

"르한?"

"이전처럼 제 집무실에 서적을 가지고 오는 건……."

에델리스가 당황하여 아무런 말도 하지 못하자, 르한이 한 걸음 물러섰다.

"다음에 한 번 고려해보십시오."

"……응."

에델리스는 미련이 뚝뚝 묻어나는 르한을 뒤로하고 서재로 들어왔다.

"이런데 어떻게 책을 가지고 갈 수 있겠어."

서재의 책장 한편에 있는 책은, 또다시 책등이 밝게 빛나고 있었다.

'여자 주인공을 봤을 때부터 어쩌면 그럴지도 모른다고 생각했지만.'

르한이 황제가 되어 돌아온 뒤에 책에서 그에 대한 내용이 새롭게 나타났던 것처럼, 이번에도 책이 반짝일지도 모른다고 예상했다. 하지만 자신의 눈으로 직접 보니 생각보다 더욱 착잡했다.

'그도 그럴 것이 지금껏 책은 내게 유리한 내용을 보여준 적이 단 한 번도 없었는걸.'

에델리스가 불안해하며 조심스럽게 책을 펼쳤다.

꽃이 휘날리는 아름다운 봄바람이 불고 있었다. 아주 덥지도 춥지도 않은, 서늘한 날씨에 황궁의 정원에는 많은 사람들로 가득했다. 그리고 곳곳에 아름답게 장식되어 있는 꽃과 황궁의 요리사들이 솜씨를 부린 음식들이 에델리스의 눈을 사로잡았다.

'버진로드……'

버진로드 위를 황후가 황제의 에스코트를 받으며 걸어가고 있었다. 황제와 황후가 연회장에 들어서자 많은 이들이 격식을 차린 박수를 쳤다.

그들이 버진로드의 끝에 도착하자, 신관이 결혼식을 진행했다. 황후는 뭐가 그리도 행복한지 흘긋흘긋 황제를 몰래 바라보며 미소 지었다. 황제는 그런 황후의 행동을 눈치챘을 것이 분명한데도 그녀에게 눈길 하나 주지 않았다. 그저 이 지루한 결혼식이 언제쯤 끝나는 것인지 모르겠다는 표정이었다. 하지만 황후는 저 혼자 설레며 혹여나 그와 눈이 마주치지는 않을까 기대하고 있었다.

'단서나 찾아보자.'

황후를 계속 보고 있기가 힘들어 혹여나 실마리가 될 것이 있을까 싶어 주변을 둘러보았다.

"성녀는…… 신관들과 함께 있구나."

이번에 성녀와 함께 온 하급 신관들이었다. 그들은 현재의 모습과 다르지 않았다. 나무랄 데 없는 모습이라 곧 다른 쪽으로 시선을 돌렸다.

"파시스 경이다."

파시스 경이 어두운 표정으로 에델리스와 르한을 바라보고 있었다.

'응? 파시스 경이 저런 표정을 해? 왜지?'

파시스 경이 내 결혼식에서 어두운 표정을 할 이유가 없었다. 어쩌면 자신이 알지 못하는 이유가 있을지도 모른다는 느낌이 들었다.

'무슨 일인지 좀 알아봐야겠는데?'

지금까지는 파시스 경과 인사만 하는 정도였기 때문에 짐작이 가지 않았다. 그때 신관의 목소리가 들려와 주의를 빼앗겼다.

『그러면 이제 맹세의 입맞춤을 해주십시오.』

신관의 말에 황후는 얼굴을 붉게 물들이며 기대에 찬 눈으로 황제를 바라보았다. 황제는 그런 황후를 메마른 감정으로 보았다.

'……고역이네. 지금이야 알고 있어서 다행이지만, 알지 못했더라면 나도 얼굴을 붉히며 같은 모습을 보였을지도 몰라.'

황제는 수줍게 눈을 감고 있는 황후에게 의무적인 입맞춤을 했다. 황제의 표정은 식사 후 냅킨으로 자신의 입을 닦았을 때와 크게 다르지 않았다. 그럼에도 황후는 얼굴을 붉히며 어쩔 줄 몰라 하고 있었다.

『이것으로 크로나드 제국의 황제 폐하와 황후 폐하의 혼인이 성사되었음을 알립니다.』

황제의 태도만큼이나 단조로운 목소리로 신관이 말했다. 황후가 환하게 웃으며 황제를 바라보았다.

"그런 대우를 받으면서도 그렇게 웃고 싶어?!"

그러나 에델리스의 목소리가 황후에게 닿을 리가 없었다. 황후는 행복하기 그지없는 표정을 하고 있어 에델리스의 말문을 막히게 했다.

에델리스는 우선 착실하게 책에 추가된 내용이 있는지 확인해보았다. 예상했던 대로 성녀에 대한 내용이 나타나 있었다.

"이름은 일레인 라이네드. 크로나드 제국 태생으로 어려서 굉장히 힘든 시절을 보냈지만 꿋꿋하게 이겨내고 성녀로 각성한 뒤에는 신성 제국으로 들어가 기도와 치료에 힘썼다."

정말이지, 결점이라고는 하나도 찾아볼 수 없는 설명이었다. 온갖 악행을 저지르다 황제의 칼에 찔려 사망했다는 자신의 설명과는 천지 차이였다.

"이후 황제를 만나 황후가 되어 사랑과 권력을 모두 손에 쥐게 된다······. 부럽네."

누구는 모든 것을 잃고 가문도 몰살당하는데, 누구는 모든 것을 얻고 행복하게 살게 된다니. 운명이 그렇다고는 해도, 반드시 그 운명을 피해가리라고 다짐했다.

'아직 끝나지 않았어. 끝은커녕 이제 시작이야.'

자신은 악행을 저지르지도 않았고, 여자 주인공은 시간의 흐름에 따라 등장했을 뿐이었다.

"그럼 이제 어떻게 할까?"

그중에서도 가장 먼저 떠오르는 것은 파시스 경이었다. 자칫 잘못하면 르한이 파시스 경의 보직을 변경할 수 있었기 때문에 조심스러웠다. 하지만 여자 주인공까지 나타난 시점에, 더 이상 미룰 수는 없었다. 에델리스는 곧바로 파시스 경을 찾아가기로 했다.

"페린 경, 황실 기사단을 구경할 수 있을까요?"

오늘 에델리스의 호위를 맡은 사람은 페린 경이었다.

"당연합니다. 언제든 편하실 때 방문하시면 됩니다."

"먼저 연락하고 가지 않아도 괜찮을까요?"

"예, 어차피 지금 저는 이미 이곳에 있기 때문에······."

'와, 페린 경 성격 나빴네.'

에델리스의 갑작스러운 방문으로 훈련하던 기사들이 놀라는 것은 제 일이 아니라는 것이다. 페린 경은 즐거운 마음으로 에델리스를 황실 기사단으로 안내했다.

"흐압!"

멀리서 황실 기사단이 훈련을 하는 소리가 들려왔다. 기합을 실어 칼을 휘두르는 소리였다. 에델리스는 페린 경의 뒤에 숨어 조용히 연무장에 들어가 자리에 앉았다. 다들 어찌나 집중하는지 그들이 온 줄도 모르고 있었다.

"앗, 저기 파시스 경!"

타깃인 파시스 경을 발견해서 기쁜 마음에 그를 부르자, 모두의 이목이 집중되었다.

"폐, 폐하?!"

"미안해요, 다들 계속 훈련하세요."

그들은 훈련을 계속하지도, 그렇다고 훈련을 하라고 한 황후에게 인사하러 가지도 못했다. 어찌할 바를 모르는 그들을 자리를 비운 기사단장을 대신해 부기사단장이 나와 정리했다.

"폐하, 여기까지 오셨는데 기사들이 대련하는 것도 보지 않으시겠습니까."

"훈련 중이지 않나요?"

"대련도 훈련의 일부입니다."

"기사들이 대련하는 것은 어린 시절 이후로 본 적이 없는데, 기대되네요."

"전원 정렬!"

부기사단장의 말에 따라 기사단이 오와 열을 맞춰 황후의 앞에 섰다.

"지금부터 대련을 하도록 한다. 제일 먼저 참가할 지원자 있나."

황후의 눈에 들어 승진할 수 있는 찬스라고 여겼는지 저마다 손을 들었다. 에델리스의 호위들은 강제 참가였다.

"자, 그럼 첫 번째 경기, 페린 대 카츠넬!"

기사들의 대련이 시작되었다. 페린 경은 설렁설렁하는 것 같았는데 어느 순간 갑자기 상대의 급소를 공격해 끝내버렸다.

'페린 경도 할 때는 하는구나……'

"두 번째 경기, 베르만 대 카낙!"

"와아, 파시스 경이다!"

페린이 경기를 치를 때는 단순히 '힘내요!'정도의 인사를 하던 에델리스가, 베르만 파시스가 경기에 나선다니 온도 차가 확연했다. 게다가 파시스 경이 손쉽게 승리를 따내자 에델리스가 연신 박수를 치며 환호했다. 파시스 경이 에델리스의 응원에 머리를 숙여 감사의 인사를 표했다.

"다들 정말 대단하다!"

대련이 진행되면 진행될수록 열기가 고조되었다. 수준 높은 기사들의 대련을 보니 흥미진진했다. 그들의 대련을 보다보니 예전에 르한이 백작저에 있던 시절 기사들과 대련하던 것과, 그가 경기장에 올라가 있던 모습이 떠올랐다.

'……그때 상처 심했는데, 르한. 흉터 남았으려나.'

"무슨 생각을 그리 골똘히 하십니까?"

"아니, 기사들이 대련하는 거 보다 보니까 르한이 생각나서…… 어?!"

누군가 제 옆에서 말을 걸기에 저도 모르게 답했는데 르한이었다. 그는 자연스럽게 에델리스의 곁에서 호위하고 있던 페린 경을 물리고 그녀의 옆자리를 차지했다.

"르한!"

분명 일하고 있을 텐데, 어떻게 여기에?!

"폐하!"

기사들이 들고 있던 검을 내려놓고 순식간에 르한을 향해 부복했다. 르한은 그런 그들에게 손짓해 일으켜 세웠다.

"제 생각을 하고 있었다니 다행입니다. 자칫 잘못했으면 이들의 훈련이 오늘 내에 안 끝날 뻔했습니다."

"구, 굳이 내가 했던 말을 다시 짚어줄 필요는 없어요! 그런데 여기까지는 왜 온 거예요?"

"제 소중한 아내가 사내들만 득실득실한 기사단에 있다기에 걱정이 되어 와봤습니다."

"황실 기사단이 궁금해서 페린 경에게 안내를 부탁했어요."

많은 남자들이 있는 곳에 에델리스를 데리고 온 것에 대해 조용히 분노하는 르한의 싸늘한 눈초리를 받은 페린 경이 깨갱했다.

"제게는 다른 여자들과 있는 것이 싫다고 하셔놓고."

"괜찮다니까! 괜찮다고 했잖아!"

대체 저 이야기는 언제까지 나올 건지! 르한은 에델리스가

234

곤란해하는 것마저 귀여워했다.

"에델리스, 다른 사람들 앞에서는 경어 쓰는 거 아니었습니까."

"……괜찮아요, 폐하께서 다른 여성분들과 있어도."

"저는 안 괜찮습니다. 한 명도 아니고 이렇게 많은 남자들이라니, 싫습니다. 물론 한 명이면 더 싫습니다."

'한 명'을 말하는 르한의 눈이 순간적으로 파시스 경을 향했다가 되돌아왔다.

"단순 견학이에요!"

열심히 상황을 무마하려는 에델리스에게 르한이 싱긋 미소 지으며 그녀의 뺨을 쓰다듬었다. 평소와 같은 스킨십이라 아무렇지도 않게 받아들였는데, 그것을 보고 있는 기사들은 놀란 눈치였다. 에델리스는 놀라움으로 가득한 얼굴들을 보고 나서야 아차 싶었다.

"그래서, 견학하신 소감은 어떠십니까?"

"다들 엄청 강하고, 멋있네요."

에델리스가 눈을 반짝이며 그들을 칭찬하자 기사들의 얼굴이 헤벌쭉해졌다. 하지만 기사들과는 반대로 르한은 냉기를 풀풀 뿜어내고 있었다.

"……검."

"가, 갑자기 검은 왜요!"

싸늘한 얼굴로 검을 찾다니, 아직 저지른 악행도 없고 조금 전 르한의 반응으로 보아 제게 호감이 있는 게 확실한데도 겁이 났다.

"제 휘하의 기사들이 그렇게 멋있고 강하다 하니, 저도 한번 보고 싶어서 그렇습니다."

"그러면 저와 같이 관전하면 되지, 왜 검을……."

"제가 직접 겪어봐야 하지 않겠습니까. 얼마나 멋있고 강하길래, 황후가 그리 말씀하시는지 궁금합니다."

황제의 갑작스러운 발언에 기사단의 얼굴이 새파랗게 질렸다. 아무리 봐도 질투심에 휩싸인 남자의 모습이었다. 게다가 황후에 대한 애정을 숨기지 않는 황제였으니, 과연 이 대련에서 무슨 일이 일어날지 짐작할 수 있었다.

황제의 손에는 이미 그의 명령에 따라 건네 받은 대련용 목검이 쥐어져 있었다. 르한은 검을 들고 대련장 위로 올라섰다.

"지원자."

"르한, 그러다가 다치면 어쩌려고 그러세요!"

"제가 다칠 것 같습니까?"

"네."

"하아, 지원자. 없나? 없으면."

에델리스가 걱정스러운 눈으로 단호하게 르한의 부상을 예상하자, 르한은 단전 깊은 곳에서부터 한숨을 쉬었다. 기사들이 서로 눈치를 보며 지원하기를 꺼려하고 있을 때, 누군가 손을 들었다.

"제가 하겠습니다."

베르만 파시스 경이었다. 안 그래도 지원자로 파시스 경을 지목하려고 했던 르한이 그에게 턱짓했다.

"올라와."

페린 경이 신나게 심판으로 나섰다.

"대련장 밖으로 나가거나, 쓰러지거나, 불능 상태에 빠지면 대련이 종료됩니다."

"알고 있다."

"예."

에델리스는 혹시나 르한이 대련에서 진 후 파시스 경에게 보복할까 봐 걱정됐다.

'파시스 경이 르한과 친하게 지내야 나중에 르한이 나를 죽일 때 막아줄 텐데. 그래도 파시스 경이 스스로 대련하겠다고 하는데 막을 수도 없고…….'

다행히도 르한이 먼저 에델리스가 우려하는 부분에 대해 이야기했다.

"대련 중에 생긴 일로 문제 삼지 않을 테니 편하게 해보아라."

"그러면 진검으로 해보시겠습니까?"

파시스 경은 기다렸다는 듯이 말을 꺼냈다. 이곳에 있던 모든 이들이 놀라움을 감추지 못했다. 진검이라니, 어느 한쪽이 멍이 들거나 부러지는 것으로 끝나지 않을 것이다. 르한이 헛웃음을 지었다.

"그건 불가능하다. 나의 황후가 진검을 무서워하거든."

'내가 진검을 무서워한다고?'

에델리스는 생전 처음 듣는 이야기였다. 하지만 에델리스는 제 주변에서 들려오는 기사들의 목소리에 곧 수긍할 수밖에 없었다.

"맞아, 이전에 황후 폐하께서 황궁으로 오실 때 진검을 보시고 기절하셨었지."

정확히는 피 묻은 진검을 들고 있는 황제를 보고 기절한 것이었다. 습격을 당해 제 머리 바로 위에 칼이 들어와도 정신을 똑바로 차리고 있던 에델리스였다.

'진검으로 경기하면 르한이 검을 드는데다가, 대련하는 동안 피가 묻을 거 아냐.'

그렇게 되면 이전처럼 수많은 기사들 앞에서 꼴사납게 기절할 수도 있었다. 에델리스가 고개를 끄덕이며 르한의 의견에 동조하자 두 사람은 목검으로 대련을 하기로 했다.

두 사람은 자세를 다잡았다. 단지 그뿐이었는데도 연무장 전체의 공기가 얼어붙은 것같이 긴장되었다. 곧이어 페린 경이 대련의 시작을 알렸다.

"준비, 시작!"

'시작'이라는 말이 떨어졌는데, 의외로 그들은 가만히 서로를 관찰하고 있었다. 평소에는 무표정한 얼굴의 파시스 경이 마치 원수라도 만난 듯한 얼굴로 르한을 노려보았다. 르한 역시 에델리스의 관심을 한몸에 받고 있는 파시스 경이 마음에 들지 않아 마찬가지로 그를 노려보고 있었다.

"진검이 아니어서 아쉬우신 눈치십니다."

"경이야말로."

"그러면 다음번에 황후 폐하께서 안 계실 때 진검으로 다시 해보는 것은 어떠십니까."

"고민해보도록 하지. 이번엔 단순히 황후에게 잘 보이고 싶어서 올라온 거라서."

대련장 위, 수많은 관객들, 그리고 자신을 죽일 듯이 노려보는 사람 한 명. 이것들이 르한에게 예전의 기억을 불러일으켰다.

"오랜만에 예전 기억이 나는군."

"……."

"나를 죽일 기세로 노려보는 자와의 결투는 오랜만이야. 내 휘하의 기사의 눈이라는 것이 믿기지가 않는군."

"……그럴 기세로 해야 하지 않겠습니까."

"틀린 말은 아니지. 그건 나도 마찬가지이니."

에델리스는 르한이 공격하면 파시스 경이 적당히 맞아주다가 끝날 줄 알았다. 아무리 르한이 괜찮다고는 했어도 상대는 황제였으니까. 그런데 지금 파시스 경은 오히려 르한을 죽이기라도 할 것처럼 살기를 흩뿌려대고 있었다. 게다가 르한까지 그를 매섭게 노려보면서 만약 그들이 들고 있는 것이 진검이었다면 누구 하나는 멀쩡히 내려오지 못할 것 같은 분위기를 만들었다.

날카로운 분위기에 괜스레 몸이 떨려왔다. 그때, 파시스 경이 먼저 달려들었다. 전장에서 적을 해치려고 하는 것처럼 검을 휘둘렀고, 르한의 검은 그를 막기에는 늦은 것처럼 보였다.

"르한!"

에델리스는 그의 집중력이 흐트러질까 다급히 입을 막았다. 다행히도 르한은 파시스 경의 검을 피했고, 연이어 날카롭게 들어오는 공격도 막아냈다. 혹시 르한이 다칠까 봐 조마조마했는데 계속해서 그의 공격을 막았다. 의외였다. 뒤에서 목소리가 들려와 보니 부기사단장이었다.

"아직까지도 파시스가 폐하께는 역부족인가 봅니다."

"파시스 경이요? 파시스 경은 기사단에서 손꼽히는 실력자라고 들었어요."

"하지만 폐하께서는 반정을 일으킬 때 항상 군의 선두에 서 계시던 분 아닙니까."

에델리스는 르한이 그렇게 위험한 길을 걸어왔는지 전혀 들은 바가 없었다.

"그래도 파시스 경의 공격을 저렇게까지 잘 막아내다니⋯⋯."

"파시스도 매일 훈련에 매진하고 있으니 그래도 머지않아 폐하를 지킬 만큼은 되지 않겠습니까."

에델리스는 자신이 잊고 있었던 사실을 떠올렸다. 르한이 투기장에서도 유명한 검투사였던 것을.

'르한⋯⋯.'

갑자기 자신의 심장이 세차게 박동하는 것이 느껴졌다. 제 것이 아닌 것처럼 격렬하게 뛰었다. 이러다 터져버리는 것은 아닌가 싶을 정도로. 에델리스는 르한의 움직임 하나하나를 저도 모르게 눈으로 좇고 있었다.

'이러면 안 되는데.'

현실을 부정했지만, 이미 눈은 그를 향하고 있었다. 그러다가 르한과 아주 잠깐 동안 눈이 마주쳐버렸다. 단지 그것만으로 얼굴에 열이 오르는 것 같았다. 그래서 에델리스의 마음이 더욱 복잡해졌다.

'어쩌면 이미 늦었는지도 몰라.'

지금 멋지게 대련을 하고 있는 르한의 모습과 저에게 애정을 표현하던 르한의 모습이 겹쳐 보였다.

'반하지 않는 게, 무리 아니야?'

하지만 마음속에서는 또 다른 자신이 나타나 에델리스를 망설이게 만들었다.

'황제를 좋아하면 안 돼! 책대로 가는 거잖아!'

'하지만 르한이 나에게 이렇게 호감을 갖고 있는데, 설마 나를 해치겠어?'

'그거야 아직 성녀가 자신의 정체를 밝히지 않았으니까 그렇겠지!'

'그래도 설마 르한이……. 다른 사람도 아닌 르한이 나를 해친다고?'

르한과 만난 뒤 책 내용을 떠올리며 겁에 질려 있었지만 르한은 언제나 한결같은 태도로 자신을 아껴줬었다. 그런 그를 믿고 싶었다.

'책 내용을 떠올려봐! 자칫 잘못했다가는 너뿐만 아니라 브릴저 모두가 몰살당한다고!'

이게 문제였다. 내 감정과 내 행동에 대한 책임이 나로 끝나는 것이 아니라 나와 관련된 모든 사람에게 지워지는 것. 머리가 아파왔다. 르한의 곧은 마음을 계속 외면하고 싶지가 않았다. 하지만 자신이 책에서 봐왔던 충격적인 장면들이 떠올라 에델리스를 자꾸 괴롭혔다.

'그, 그럼 성녀가 자신의 정체를 밝히기 전까지만⋯⋯.'

성녀가 정체를 밝히고도 르한이 여전히 자신을 좋아한다면. 그 모습을 본다면 안심할 수 있을 것 같았다. 아직도 심장이 두근거리는 여운이 남아 있었지만, 그전까지는 어떻게든 외면할 수 있을 것 같았다.

공격을 하고 있던 파시스 경은 어느새 상황이 역전되어 르한의 공격을 막기에도 급급해 보였다. 막는다고 막았지만 채 막지 못한 검에 맞아 얼굴이 일그러졌다.

"크억!"

잘 버티던 파시스 경이 결국 체력이 고갈되어 르한의 공격을 막지 못하고 당해버렸다. 파시스 경이 결국 검을 놓쳤고, 페린 경이 경기의 종료를 알렸다.

"에델리스, 보셨습니까."

베르만이 기사들에게 업혀 실려가는 동안, 르한은 묘하게 후련한 표정으로 에델리스에게 다가왔다. 그녀는 기사들이 준비해둔 수건을 르한에게 건넸다.

"네, 아주 멋있었어요."

정말로. 곤란하다는 생각이 들 만큼.

르한은 오랜만에 굉장히 후련해졌다.

'베르만 파시스. 꽤나 장래가 촉망받는 유능한 기사라지.'

그런 유능한 기사가 에델리스를 위험으로부터 지키길 바라서 그녀의 호위로 데려간 것이다. 그런데 방에 들어온 베르만 파시스에게 에델리스의 시선이 집중되었다. 마치 저는 눈에 들어오지도 않는 것처럼.

―……그러면, 지금 시점부터 당신을 호위할 사람은…….

―파시스 경, 베르만 파시스 경으로 부탁할게요.

그때부터였을까, 베르만 파시스의 일거수일투족이 마음에 안 들기 시작한 것. 자신은 업무에 치여 에델리스와 오랜 시간을 보내지도 못하는데 호위라는 이유로 몇 시간씩 같이 있을 수 있는 것이 미치도록 부러웠다. 에델리스가 그렇게 마음에 들어 하는 자가 하루에도 몇 시간씩이나 같이 있는 것이 한없이 걱정되기도 했다.

'그런데 이렇게 대련에 자원해줄 줄이야.'

르한은 애써 올라가는 입꼬리를 숨기며 담담한 표정을 짓기 위해 노력했다. 하지만 그 은발 머리를 걱정하는 에델리스의 모습이나, 자신이 질 거라고 확신하는 듯한 그녀의 태도를 떠올리자 금방 마음이 가라앉았다. 조금 전에도 진검으로 하자는 은발의 권유에 하마터면 냉큼 수락할 뻔했었다.

'하지만 실력이 있는 것은 사실이니 아무리 마음에 안 들어

도 에델리스의 호위를 맡겨야지.'

그것이 아니었다면 오늘 악감정을 듬뿍 담아 그 은색 머리가 몇 주간은 일어나지도 못하게 만들었을 것이다.

'게다가 나를 노려보는 같잖은 태도라니. 죽이고 싶은 것을 간신히 참고 있는데.'

에델리스의 앞에서 시체를 만들 수는 없었다. 아직도 이전에 에델리스가 피 칠갑이 된 채 서 있던 자신의 모습을 보고 기절한 것을 잊지 못했다.

"에델리스, 보셨습니까?"

"네, 아주 멋있었어요."

그녀의 말을 듣자 그동안 베르만 파시스 경에게 품었던 적대감이 눈 녹듯 녹아버렸다. 일부러 대련하는 모습을 보여준 보람이 있었다. 그리고 그자를 손쉽게 이기는 모습을 보여주는 것까지 모두 계획대로였다.

"조금은 제가 다시 보입니까?"

단순한 질문에 화들짝 놀란 에델리스의 어깨가 튀어 올랐다.

"네, 네?"

얼핏 무심하기까지 했던 보통 때의 태도가 아니었다. 붉게 달아오른 얼굴, 제대로 마주치지 못하는 눈, 그리고 조금 떨고 있는 그녀의 손까지. 그런 그녀의 태도를 보자 언제나 그녀의 앞에 서면 두근거리는 자신의 심장이 더욱 세차게 뛰었다.

"키스해도 됩니까?"

'해야 할 것 같은데.'

에델리스의 얼굴이 더욱더 불타올랐다. 에델리스는 자신을 똑바로 보려고 하다가도 눈이 마주치면 다시 다른 쪽으로 눈길을 돌렸다. 그것이 귀엽고도 사랑스러워 참을 수가 없어 저도 모르게 그녀의 입술로 다가갔다.

"폐하, 지금 밖인 거 아시죠?"

하지만 그녀에게 닿기도 전에 에델리스가 양손을 모아 자신을 막더니 고개를 돌려버렸다.

"알고 있습니다."

"기사들도 주변에 엄청 많고요."

그녀의 얼굴이 향하는 쪽으로 집요하게 쫓아갔지만 계속 도망쳤다. 하는 수 없이 주변을 둘러보자 이미 몇은 연무장 밖으로 빠져나갔고, 몇은 땅바닥에 누워 죽은 척했다. 제 휘하의 기사들의 판단력이 나쁘지 않은 것 같아 다행이었다.

"엄청 많습니까?"

에델리스가 주변을 둘러볼 수 있게 한 발짝 물러나며 묻자, 그녀가 매우 놀랐다.

"아, 아니, 그 많던 기사들이 다 어디 가……."

주변을 둘러보던 에델리스가 무언가에 콩 박았다. 고개를 들어보니 르한의 가슴팍이었다. 어느새 르한의 손이 그녀의 머리카락을 파고 들어와 조그마한 머리를 감싸고 있었다.

"자, 잠깐만!"

"에델리스."

"왜, 왜요?!"

"그래서, 키스해도 됩니까?"

그렇게 물으면서도 참을 수 없이 에델리스의 이마나 뺨에는 계속해서 입을 맞췄다. 한 번씩 입술이 닿았다 떨어질 때마다 어쩔 줄 모르는 에델리스의 반응을 보는 것이 좋았다. 그녀의 얼굴을 붉게 만드는 것이 자신이라는 것에 형용할 수 없는 만족감을 느꼈다. 그러다 에델리스가 키스하지 말라는 의미로 차마 말도 못 하고 도리도리 고개를 저었다.

"그러다, 입술이 부딪혀도 제 탓 아닙니다."

서로의 숨결이 섞이는 거리에서 르한이 웃음기 가득한 목소리로 말했다. 그러자 우뚝 멈춘 에델리스가 힘겹게 입을 떼었다.

"아…… 안 돼요."

"에델리스, 눈 감아요."

제 입술이 닿는 곳이 점점 그녀의 입술에 가까워지는 것은 기분 탓이 아닐 것이다.

"르한, 제발……"

"……그렇게 싫습니까."

갑자기 기분이 가라앉았다. 에델리스의 얼굴에 입을 맞추는 것도 멈추었다.

"심장이 터질 것 같아서……"

에델리스는 고개를 푹 숙인 채로 아주 조그만 목소리로 말했다. 숨소리조차 내지 않고 은신하던 기사들은 에델리스에게 들키지 않을 정도로 조금씩 기어서 떠난 지 오래였다. 결국 전원이 연무장을 탈출했으니, 이 조용한 연무장에서 르한이 그녀의 목소리를 놓칠 리가 없었다.

"에델리스……."

르한은 에델리스가 사랑스러워 미칠 것 같았다. 자신이 지금 꿈을 꾸고 있는 것은 아닐까 싶었다. 눈을 뜨면 또다시 선황이 보낸 자객이 제 목에 칼을 들이밀어도 괜찮을 것 같았다. 그 힘겹던 훈련과, 지옥 같은 전투를 다시금 반복하라고 해도 괜찮았다. 지금의 에델리스를 볼 수만 있다면, 그리고 그 에델리스를 제 품에 안을 수만 있다면. 그런 마음으로 그녀를 제 품에 끌어안기는 했는데 부서질까 두려워 세게 끌어안지도 못했다.

"그렇지, 심장이 터지면 큰일 나지."

"……부끄러우니까 반복해서 말하지 않아도 괜찮아요."

"에델리스, 정말 좋아합니다. 사랑스러워."

에델리스에게서 아무런 대답이 돌아오지 않았지만 괜찮았다. 에델리스가 아무런 말을 하지 않아도, 그녀의 반응이 모두 말해 주고 있었다. 내게 호의를 갖고 있다고, 호감을 갖고 있다고.

"결혼식 날은, 심장이 터지면 안 됩니다."

이미 몇 번이나 에델리스가 결혼식 날로 미루지 않았는가.

"마음의 준비를 해둬요. 절대로 그냥 넘어갈 생각이 없으니까."

"……마음의 준비가 안 되면 어떡해요?"

"그러면 미리 연습하겠습니까? 결혼식 날 괜찮도록."

"아, 아니에요, 혼자서 준비해볼게요."

"도움이 필요하면 언제든 말해요, 낮이든. 밤이든."

에델리스가 자신을 찾는다면 낮도 좋지만 밤이 더욱 좋을 것 같았다. 하지만 에델리스는 역시나 얼굴이 붉어진 채로 아무런 말을 하지 못했다. 그것이 못내 귀여워 몇 번이나 얼굴에도, 손등에도, 입을 맞춘 뒤에야 그녀를 방에 데려다주었다.

에델리스는 방에 돌아와 침대에 누워 몇 번이나 베개를 때려댔다.

"꺄아아아아아아! 민망해! 부끄러워!"

그러면서도 눈을 감을 때면 반쯤 눈을 감은 채, 언제라도 자신의 허락이 떨어지기만 하면 키스해올 것 같은 르한의 얼굴이 떠올랐다. 게다가 제 심장을 두근거리게 하던 모든 유혹의 말들이 머릿속에 계속 재생되듯 떠올랐다.

'이러니 황후가 반하지! 안 반할 수가 없잖아!'

에델리스는 책 속의 황후를 비난했던 것을 마음속으로 사과했다. 그때는 르한이 그렇게 매력을 흘리고 다니는 줄 몰랐다. 에델리스가 민망한 마음에 하도 베개를 때려, 그 속에 들어 있던 깃털이 흩날렸다. 그러다 어느 순간 에델리스의 행동이 뚝 끊긴 것처럼 멈췄다.

"……르한이 정말 책에서 본 대로 성녀를 좋아하면 어떡하지?"

생각만으로도 마음속에 돌덩어리가 앉은 기분이었다. 목이 콱 메어왔다. 지금 자신이 느끼는 감정이 어떤 것인지 에델리스는 모르지 않았다.

"하아."

만약 책에서 본 대로 흘러간다면, 이제 르한은 성녀에게 마음을 빼앗길 차례였다. 게다가 그의 마음이 옮겨가는 것을 자신은 눈앞에서 지켜보아야 한다. 혹시나 자신이 질투에 눈이 멀어 성녀를 괴롭히게 되진 않을지 걱정이 되었다.

'지금이라도 늦지 않았나? 마음이 더 깊어지기 전에 거리를 두어야 하나?'

그렇게 생각하니 또다시 마음이 울적해졌다.

똑똑.

"폐하, 베르만 파시스입니다."

"파시스 경?! 들어오세요!"

갑작스러운 파시스 경의 방문에 에델리스는 당황스러웠다.

'오늘은 분명 대련 후에 쉬라며 르한이 휴가를 준 걸로 알고 있었는데?'

그래서 오늘은 파시스 경이 호위할 시간에 레이든 경이 올 거라는 이야기를 들었다. 그런데 파시스 경이 올 줄이야.

"파시스 경이 올 줄 몰랐어요."

"레이든에게 제가 오겠다고 했습니다."

"쉬지 않아도 괜찮아요?"

"예."

르한이 파시스 경 입에서 '억'소리가 나올 정도로 때렸는데 괜찮을 리가 없었다.

"그러면 황궁의에게 좀 더 좋은 약을 달라고 할게요."

"아닙니다, 폐하."

"하지만……. 대체 왜 대련을 신청한 거예요?"

"……황제 폐하를 검으로 이길 수 있는지 확인해보고 싶었습니다."

"그래도 그렇지, 진검으로 하자고……. 그러다가 크게 다치면 어쩌려고 그래요. 마음 아프게."

잘못해서 크게 다쳐서 다시 검을 못 잡기라도 한다면 큰일이었다.

"제가 다치면…… 폐하의 마음이 아프신 겁니까?"

파시스 경이 흔들리는 눈동자로 에델리스를 바라보았다.

"경은 내 호위니까 당연히 걱정되죠!"

"아, 호위니까."

에델리스는 적절한 답을 했다고 생각했는데 파시스 경의 반응이 심상치 않았다.

"경?"

"아닙니다. 죄송합니다."

파시스 경은 대체 무슨 생각을 했는지 눈시울이 약간 붉어져 있었다. 그리고 마음 한구석이 아려올 듯한 표정으로 에델리스를 바라보고 있었다.

"왜, 왜 그래요? 무슨 일 있어요?"

"아닙니다. 아무 일도 없습니다."

"아무런 일도 없는 게 아닌 것 같은데……."

그렇지 않고서야 그런 눈으로 자신을 보고 있을 이유가 없었다. 혹시 저도 모르는 사이에 파시스 경의 눈물샘을 자극한 건지, 아니면 무언가 잘못한 게 있지는 않은지 신경 쓰였다.

"혹시 말하기 곤란한 거예요?"

"아닙니다. 그런 말을 듣는 것이 아주 오랜만인 것 같은 기분이 들어서 그렇습니다."

파시스 경이 여전히 눈시울이 붉어진 채로 입꼬리를 아주 조금 올려 미소 지었다. 가까스로 미소를 짓는 느낌이 들어 오히려 그를 더욱 슬퍼 보이게 만들었다.

'에이, 설마. 아니겠지?'

파시스 경이 갑자기 그런 반응을 보인 것은 에델리스가 당황하며 '호위라서 걱정했다.'는 말을 한 직후부터였다. 아닐 거라고 믿고 싶었지만 '그 이유'가 아니라면 파시스 경이 그러한 얼굴을 보일 이유가 무엇인지 예상이 가지 않았다.

"폐하, 한 가지만 여쭤봐도 됩니까."

"그래요! 말해봐요."

파시스 경이 인사 이외의 말을 건넨 것은 처음이라 반가웠다.

"……많은 이들이 알고 있는 사실은 아닙니다만."

그는 조용하게, 혹시나 누군가 들을까 봐 걱정하면서 말을 시작했다.

"황제 폐하께서 황후 폐하의 호위……였다고 들었는데, 맞습니까."

"네, 맞아요. 하지만 외부에서는 이런 말을 안 꺼냈으면 좋겠
어요."

"알겠습니다."

에델리스가 그의 말에 긍정의 답을 했는데도, 오히려 파시스
경은 더욱 긴장한 것 같았다. 그 모습이 아직 그가 질문하려는
'본질'에는 다가가지 않았음을 알게 했다.

"폐하, 저, 그게……."

"네."

에델리스는 그의 말을 끈기 있게 기다려주었다. 대화의 상대
가 무려 파시스 경이 아닌가. 얼마든지 기다릴 수 있었다.

"호위 기사에게……."

"호위 기사에게?"

파시스 경은 한참이나 입을 달싹였다. 물을까 말까 고민하는
것처럼. 대체 무엇을 물어보기에 저렇게까지 망설이는 걸까?

"호위 기사에게, 애정이 생기기도 합니까."

"네?"

"호위 기사에게 결혼하고 싶을 만큼 애정이 생기기도 합니
까?"

호위 기사인 파시스 경이 내게 호위 기사에게 애정이 생기기
도 하냐고 묻다니. 에델리스는 당황스러웠다. 근래 그녀가 들
은 어떠한 말 중에서도 가장 당황스러웠다.

"좋아하는 감정이 생기기도 하죠."

실제로 에델리스도 르한과의 결혼을 생각한 적이 있었다. 하지만 에델리스가 르한을 좋아한다는 감정을 자각한 것은 바로 오늘! 그러니 호위로서 그를 좋아하게 된 것은 아니었기에 일반화한 답을 말했다. 다른 사람들에게 있어서도 금기의 대상일 뿐, 그 감정까지 막을 수 있는 것은 아니었다.

"그러면, 제게도 가능성이 있는 겁니까?"

곧 에델리스는 책에서 보았던 슬픈 표정의 파시스 경의 얼굴을 떠올렸다.

'혹시 그때, 정말 황후를…… 나를 좋아해서 그렇게 슬픈 얼굴로 봤던 거야?'

어쩐지 퍼즐 조각이 하나하나 맞춰지는 듯한 기분이 들었다.

'그런데 파시스 경이 나를 왜 좋아해? 아니야, 지금은 일단 이게 중요한 게 아니야.'

"못 들은 걸로 할게요."

"보답받기를 바라는 것이 아닙니다. 알고만 있어도 좋을 것 같아서 드린 말씀입니다."

"저는 파시스 경과 친하게 지내고 싶었지만, 그뿐이에요."

"예, 알고 있습니다."

"그런데 왜……!"

만약에라도 르한이 알게 된다면, 파시스 경은 다른 곳으로 전출이 될 것이다. 그러면 나중에 파시스 경을 다시 이곳으로 불러들이는 것도 힘들 것 같았다. 이런 것은 자신이 예상했던 것과는 한없이 멀었다.

"첫눈에 반했다고 하면 믿어주시겠습니까."

"……솔직히 우리, 인사밖에 안 나눴잖아요."

내가 친하게 지내고 싶어서 그렇게 친한 척할 때는 그렇게 데면데면하더니. 그런데 이렇게 갑자기?

"그렇다고 제가 좋아하는 감정을 티 낼 수 있었겠습니까."

"지금은요? 지금은 티 엄청 내고 있잖아요."

"원래 이렇게까지 할 생각은 없었습니다."

"그러면 왜……."

"오늘 기사단에서 폐하를 뵙게 되어 좋았습니다. 저를 응원해주서서 더욱 좋았습니다."

그것은 친분을 쌓기 위한 노력의 일환이었을 뿐이지, 이러한 상황을 초래하길 바란 적은 추호도 없었다.

"그리고 황제 폐하가 아닌 저를 염려해주지 않으셨습니까."

에델리스가 불만이 가득한 얼굴로 그를 보려다가, 최대한 표정을 풀었다. 아무리 그래도 마음을 고백하는 사람에게 불만을 토로하는 것은 예의가 아닌 것 같았다.

"하지만 저는 폐하도 걱정했어요. 그리고 경, 냉정하게 생각해보세요. 만약에, 아주 만약에라도 제가 경의 마음을 받아준다고 할지라도 저는 국외로 추방되고 말겠지만, 호위 기사인 파시스 경은 극형일 거예요."

국외 추방. 얼마 전까지는 에델리스가 그렇게 바라는 것이었지만 지금은 반갑지 않았다. 르한이 저를 일관되게 좋아하는데 자신이 파시스 경을 좋아할 수가 있나? 말도 안 된다.

'미래와 다른 점이 하나둘씩 보이니 살해당하거나 쫓겨나지 않을지도 모르고.'

지금 생각했을 때는 그게 가장 가능성이 높아 보였다. 이전까지는 사소한 차이들이었지만, 지금은 그 차이가 점점 벌어졌다.

"우선은 저를 이름으로 불러주시는 것부터 시작할 수 없겠습니까."

"……."

"그 정도는 폐하께서 말씀하시는 '친분'을 쌓은 경우에 충분히 가능하지 않습니까."

에델리스의 머리가 아파왔다. 평소와 같았다면 '좋아요, 베르만 경!'이라고 했겠지만, 지금은 상황이 달랐다.

"파시스 경."

"베르만. 베르만이라고 불러주십시오."

"……."

"단둘이 있을 때만이라도."

"……베르만."

그런데 그때 굵고 낮은 목소리가 들려와 파시스 경의 이름을 불렀다.

"……파시스, 죽고 싶은 거냐."

"르한!"

르한의 갑작스러운 방문에 에델리스가 깜짝 놀라 자리에서 일어났다. 파시스 경도 온다는 언질도 없이 왔지만, 르한은 노크도, 황제가 왔다는 안내도 생략된 채 정말 갑작스럽게 문이 열린 것이다.

'대체 언제부터 이야기를 듣고 있었던 거지?'

그렇지 않고서야 그들의 대화에 이렇게 난입하는 것은 불가능했다. 혹시나 말실수한 것은 없는지 걱정이 되었다.

"에델리스, 파시스 경이 왜 여기에 있는 겁니까."

"아니, 그게! 파시스 경은 호위 기사니까 여기 있는 게 이상하지는 않지!"

에델리스는 자신을 변호하려고 한 말이었지만, 르한의 귀에는 파시스를 변호하는 것처럼 들려 더욱 기분이 나빠졌다.

"베르만 파시스, 경은 휴가일 텐데."

"……호위 업무를 내려놓을 수가 없어 휴가를 가지 않았습니다."

"황제의 명을 어겼다는 이야기를 아주 당당하게도 하는구나."

일을 더 하고자 하는 것은 칭찬받아 마땅할 일이었으나, 휴가를 지시한 것은 황제였다. 그러니 결과적으로 르한이 말한 대로 황제의 명령에 불복종한 것이 된다.

"에델리스가 자네를 꽤나 마음에 들어 했다고, 그것을 착각하면 안 되지."

"……."

"그건 호위로서 마음에 든 것이니까. 그렇지 않습니까, 에델리스?"

에델리스는 파시스 경의 마음을 거절하고, 안 된다고 몇 번이나 말했지만 이런 불편한 상황을 르한이 마주하게 된 것 자체에 죄책감이 들었다.

'혹시 르한이 오해하면 어떡하지? 르한의 태도가 변하면 어떡하지?'

에델리스의 머릿속에는 부정적인 생각이 가득 채워졌다. 언제나 한결같이 자신을 그렇게나 좋아하고, 마음을 표현하던 르한이 변할 것이라고 생각하니 눈물이 흘렀다. 이제 막 그를 향한 마음을 부정하지 않기로 했기 때문에 더욱 서글펐다.

"에델리스?"

"르한⋯⋯."

에델리스가 눈물을 뚝뚝 흘리며 르한에게 걸어가 그를 끌어안았다.

그의 가슴팍에 얼굴을 묻고 조용히 눈물을 흘리자, 르한이 작게 한숨을 내쉬었다.

"베르만 파시스, 당장에라도 내치고 싶지만 아직은 황궁 내에 외부인들의 유입이 많으니 유보하도록 하지."

"⋯⋯예."

"결혼식과 연회가 모두 끝나는, 일주일 뒤까지 호위를 맡고 그 후로는 한 달간 정직을 명한다."

"알겠습니다."

베르만 파시스는 황제의 명에 따르는 것 외에는 할 수 있는 것이 없었다. 신분 앞에서 느껴지는 무력감에 주먹을 쥔 손이 부들부들 떨려왔다.

"그럼 꺼져."

르한이 분노를 숨기지 않은 채, 아주 불쾌하다는 듯이 말하자 파시스는 황제에 대한 예의를 표한 뒤 방에서 나갔다. 어찌나 입술을 세게 깨물었는지 그의 입술에서는 피가 흐르고 있었다. 그리고 문을 닫고 나서도 한없이 싸늘한 눈으로 문 안쪽에 있는 르한을 노려보다가, 결국 사라졌다.

"에델리스."

르한은 그녀를 품에 안은 채 등을 토닥이며 위로해주었다. 언제나와 같은 르한의 반응이었지만, 에델리스의 마음은 평소와 같지 않았다.

"왜 우는 겁니까. 그놈 때문입니까."

에델리스가 작게 고개를 끄덕이자 당장에라도 그 은발 머리를 끌고 와 찢어 죽이고 싶었다.

"그를 호위에서 박탈한 것이 그렇게나 슬픈 겁니까."

에델리스가 고개를 젓고는 여전히 르한을 끌어안은 채로 고개만 빼꼼히 들었다. 눈에는 눈물이 그렁그렁한 채로 코끝이 살짝 붉어져 있었다.

"……르한."

"예."

에델리스가 그저 이름만 불렀을 뿐인데도, 목소리에는 숨길 수 없는 울음기가 묻어 있었다.

"오해, 하는 거 아니지?"

"무슨 오해 말입니까."

"……파시스 경과는 아무 일도 없었어."

"지금 그게 걱정이 되어서 우는 겁니까?"

에델리스는 르한의 눈을 제대로 마주치지 못하고 피했다. 차마 그에게 직접적으로 이제 자신에 대한 애정이 식은 건 아니냐고 물을 수 없어서 돌려서 말했지만, 그래도 그를 마주 보고 말하기 힘들었다.

"응……."

그러더니 다시 고개를 푹 숙여, 그의 가슴팍에 얼굴을 묻었다. 조금 전까지는 정말 화가 머리끝까지 올라, 베르만의 시체를 봐야지만 마음이 풀릴 것 같았는데 지금은…… 썩 괜찮았다.

"에델리스."

에델리스가 다시금 고개를 빼꼼히 들었다.

"……오해하고 있지 않습니다."

"정말?"

"예."

"그러면, 이전과 달라지지 않는 거지?"

"달라질 이유가 없지 않습니까."

르한은 베르만 파시스가 황후를 찾아갔다는 이야기를 듣고 이곳에 왔을 때를 떠올렸다. 시녀가 자신이 온 것을 고하려고 할 때, 밖으로 그들의 대화가 새어 나왔다.

─첫눈에 반했다고 하면 믿어주시겠습니까.

에델리스가 구설수에 휘말릴 것을 염려해 시녀의 입단속을 단단히 시킨 뒤 물렀다. 당장에라도 들어가고 싶었지만, 에델리스가 그에게 관심을 갖고 있는 것을 알고 있었기 때문에 차마 발걸음이 떼어지지 않았다.

하지만 에델리스는 인사만 나눈 사이 아니냐며 그를 거부했다. 에델리스가 직접 끝맺음하도록 둘 생각이었지만, 그가 불편해하는 그녀에게 매달렸기에 들어온 것이다.

"일방적이지 않았습니까, 그자의."

르한의 말을 들은 에델리스가 안도의 한숨을 내쉬었다.

"믿어주는 거야?"

"예."

"다행이다."

배시시 웃으며 안도하는 에델리스의 모습을 보자, 르한의 마음속에 또다시 불편한 감정이 싹텄다.

"하지만 에델리스, 그렇다고 화가 풀린 것은 아닙니다."

"오해하지 않는다며."

"예. 하지만 분명히 말씀드리지 않았습니까. 사내들이 많은 것도 싫지만, 한 명만 있는 것은 더 싫다고."

그 말을 오늘 바로 상기할 줄은 몰랐지만.

"······앞으로는 오해할 일 없을 거야."

"에델리스, 이런 일이 또 없을 거라고 어떻게 장담합니까."

에델리스는 의심 한 점 없는 눈으로 '그럼?'이라고 답하고 있었다. 마음고생하는 것은 언제나 자신뿐이라는 것을 체감했다.

에델리스가 얼마나 매력적인 사람인지는 자신이 제일 잘 알고 있었다. 호위 기사였던 지난날의 자신도, 그리고 오늘날의 파시스도 그런 그녀를 가까이에서 보기에 그녀에게 빠질 수밖에 없었던 것이라고 생각했다.

"안 되겠습니다. 굳이 파시스 경이 아니더라도 또 이런 일이 일어날 것 같습니다."

호위를 둔 것이 잘못이었다. 그러나 호위를 두지 않을 수는 없었기에 또 애꿎은 피해자가 발생할 것 같았다. 지난날 그녀에게 빠져들어 평생을 허우적거리면서도 행복해하는 자신 같은.

"앞으로는 항상 내 곁에 있도록 하십시오."

"왜?!"

"함께 있을 때는 호위가 필요하지 않을 거 아닙니까. 내가 당신을 지킬 수 있으니."

에델리스가 굉장히 곤란해하는 것이 눈에 보였다. 하지만 그녀를 쉽게 놓을 수 없으니 어쩔 수가 없었다.

"하지만 황제가 더 중요한 사람인데 나를 지키다가 르한이 다치기라도 하면……."

"에델리스, 제일 중요한 사람은 당신이지 내가 아닙니다."

"……."

"황제이자 남편이 말하는, 첫 번째 부탁입니다."

그녀가 '황제'를 불편해했기에 말하고 싶지 않았지만, 어쩔 수가 없었다. 이번에는 자신이 어떻게든 막아냈지만 그녀와 떨어져 있는 시간이 길면 막아낼 수 없는 날도 생길지 몰랐다.

"……내가 어떻게 하기를 바라?"

"책도 내 집무실에서 보고, 침실도 나와 함께 쓰도록 하세요."

갑작스러운 르한의 제안에 에델리스의 입이 벌어졌다. 저도 모르게 그의 품에서 떨어져 나와 거리가 벌어졌다.

"결혼한 뒤에도 침실을 따로 쓰는 경우가 훨씬 많잖아."

"그런 경우가 많다고 해도 우리까지 굳이 그럴 필요는 없습니다."

"그래도……."

"에델리스, 나는 한시도 빼놓지 않고 24시간 같이 있고 싶은 것을 참고 있는 겁니다."

24시간 같이 있다니, 상상만 해도 부끄러웠다. 집무실에, 검술 훈련에, 국정 회의까지…… 모두가 다 이상하게 여길 것이다. 하지만 진짜로 문제가 되는 것은, 씻을 때와 잘 때였다.

'……설마 같이 씻어야 하는 거야?'

그의 얼굴로 향해 있던 시선이 저절로 내려갔다.

넓찍한 어깨와 탄탄한 가슴팍을 지나, 꾸준한 훈련으로 잘 만들어진 복근까지. 그녀는 의식적으로 시선을 올렸다가 르한과 눈이 마주쳐서 시선을 회피하고 말았다.

'미쳤나 봐, 에델리스 브릴. 아니, 에델리스 크로나드.'

대체 시선이 어디까지 내려갈 뻔했는지, 본능이란 것은 참으로 무서웠다.

'차라리 침실을 같이 쓰는 게 나으려나……? 아니지! 이게

262

무슨 소리야? 말도 안 돼!'

에델리스는 부끄러운 마음에 양손으로 얼굴을 가리고 바닥에 주저앉고 싶은 것을 가까스로 참고 있었다. 르한은 그런 의도가 없는 것처럼 보이는데 저만 그런 생각을 하는 것 같았다.

"그, 그러면 계속 같이 있다가 잠만 따로 자는 건 어때?"

잠을 따로 잔다는 건 잘 준비를 할 때부터 헤어지는 것이니, 에델리스가 가장 신경 쓰이는 두 가지로부터 해방되는 것이었다. 하지만 르한은 생각할 가치도 없다는 듯이 딱 잘라 끊었다.

"그동안에는 호위와 같이 있을 게 아닙니까."

"그렇겠지?"

"그러면 안 됩니다."

"페린 경이나 레이든 경도?"

"예. 파시스도 처음부터 그랬던 것은 아니지 않습니까."

처음부터 문제였던 게 아니라, 바로 어제까지만 하더라도 저와 인사밖에 나누지 않는 사이였다.

"하지만 내가 파시스 경을 마음에 두고 있었던 것도 아닌데……."

"알고 있습니다. 그냥 제가 질투하는 것뿐입니다."

르한이 너무 흔쾌히 인정하니 오히려 에델리스가 당황했다.

"지, 질투?"

"예, 질투. 나에게만 당신이 매력적이고 훌륭하고 아름다운 것만은 아니라는 사실을 다시금 깨달았을 뿐입니다."

"……아냐, 다른 사람들 눈에는 안 그래."

"그랬으면 좋았을 텐데."

르한이 한 발짝 멀어진 에델리스를 다시 제 품에 안았다.

"설마 황후를 마음에 두었다고 고백하는 얼간이가 있을 줄은 몰랐습니다."

"……."

"결혼식에는 다른 나라에서도 많은 사람들이 오는데, 어떡합니까."

"괜찮아! 사절단에 대한 정보는 거의 다 외웠어!"

에델리스가 걱정하지 말라며 초롱초롱 눈을 빛내며 하는 답변에 르한이 한숨을 내쉬었다.

"지금 그걸 걱정하는 것 같습니까. 당신이 세르니에의 사절단에게 로던에서 왔냐고 물어도 괜찮습니다."

"그게 무슨 말도 안 되는 소리야? 세르니에와 로던은 아직도 국경 지대에서 마찰이 있잖아."

"그러니까 하는 말입니다."

아직도 에델리스가 이해를 못하자 르한이 그녀의 이마에 입을 맞췄다.

"그것보다는 그들이 당신에게 반할까 봐 걱정이라는 겁니다."

"에이, 무슨 말도 안 되는 이야기야."

"혹시나 그런 사람이 있으면 전쟁이라도 불사하고 싶은데, 전쟁터에 당신을 데리고 갈 수는 없지 않습니까."

"그, 그렇지."

"그렇다면 당신을 두고 출정하게 되는데, 내가 없는 동안에 또 옆에 호위가 붙어 있고. 그러면 그 호위는 또……. 총체적 난국입니다."

에텔리스는 그의 말을 어디서부터 어떻게 지적해야 할지 아득해졌다. 대체 왜 그들이 반한다는 것이 전제가 되어 있으며, 호위는 또 왜 자신에게 반할 거라고 확신하는지. 심지어 레이든 경은 어여쁜 약혼녀까지 있는 사람이었다.

"그렇다고 적당히 예쁘게 꾸미자니, 당신이 주인공인 한 번뿐인 결혼식인데 그럴 수도 없지 않습니까."

"적당히 꾸미면 안 돼!"

"알고 있습니다. 내 아내가 이렇게 아름다운 사람이라고 자랑하고 싶은 마음과 자꾸 충돌이 되니 문제입니다."

르한의 계속되는 칭찬 세례에 정신을 차릴 수가 없었다. 르한의 말을 듣고 있자니 자신은 아름다움을 관장하는 신의 현신이며 세상 그 무엇보다도 존귀한 존재인 것 같았다.

"그, 그보다! 일하러 돌아가지 않아도 괜찮아?"

"오늘 하루뿐이라면 괜찮지만, 길어지면 조금 곤란합니다."

르한이 끌어안고 있던 에텔리스의 목덜미에 얼굴을 묻었다.

"아, 르한."

"예."

"그러고 보니 다른 사절단은 오지 않는 거야? 신성 제국 외에는 못 본 것 같은데."

하지만 마음속 깊은 곳에서는 아직 불안이 가시지 않았다. 여전히 성녀는 제국에 남아 있었고, 르한의 마음이 언제 변할지 모른다는 불안감이 계속됐다. 그러니 혹시 모르니까, 정말 사람 일은 모르는 거니까 사절단과 친분을 맺어두고 싶었다.

"사절단 맞이는 이미 끝났습니다."

"나는 신성 제국의 사절단 맞이밖에 하지 않았는데?!"

"그때 당신이 피곤해하는 것 같아서 굳이 말하지 않았습니다."

"하지만 황후가 해야 하는 주요 업무잖아!"

"이전에도 말하지 않았습니까, 당신이 해야만 하는 일은 없다고. 하지 않아도 됩니다."

에델리스는 말문이 턱 막혔다. 자신이 이혼을 꿈꾸고 있을 때 말했던 '황후의 태업'이 이렇게 돌아올 줄이야.

"사절단과 인사 나누고 싶었는데……."

"이미 해봐서 알겠지만, 그리 유쾌한 자리는 아닙니다."

"그래도."

에델리스가 좋은 기회를 놓친 것 같아 시무룩해하자 르한이 황급히 그녀를 달랬다.

"어차피 결혼식을 마친 뒤 연회에서 보게 될 겁니다."

"……그래도 다음부터는 내게 언질이라도 줬으면 좋겠어."

"알겠습니다."

르한이 제게 하는 행동을 보면 미래가 바뀐 것 같았다. 책과는 상관없는 그런 미래. 정말로 르한과 함께하는 행복한 결혼 생활을 꿈꿔도 좋을 것 같았다.

'어쩌면 그때 도망가지 않은 게 잘한 걸지도.'

지금 상황을 봤을 때는 외국으로 나갈 가능성이 그다지 높은 것 같지는 않았다. 만약 이곳에서 '안전하게' 계속 생활한다면 황후의 업무를 내려놓을 수는 없었다.

만에 하나라도 도망을 가게 된다면 외국으로 가는 게 제일 안전한 길이니 그들과 친분을 다지는 것이 좋고. 이러니저러니 해도 이번 기회를 놓친 것이 아쉬워 결혼 후 연회 때를 기약하기로 했다.

'이제 정말 결혼식이 이틀밖에 안 남았네.'

책에서 자신의 결혼식을 한 번 보았지만, 그래도 떨리는 것은 어쩔 수 없었다.

'실제로도 르한이 그렇게 내게 데면데면하게 굴까? 또 나 혼자 설레는 건 아닐까?'

책을 보는 척 힐끔힐끔 르한을 보았는데, 르한은 평소와 다름없이 서류 처리에만 몰두하고 있었다.

'성녀와 못 만나게 할까? 르한이 성녀를 좋아하지만 않으면 되는 거잖아.'

아주 좋은 생각이라고 생각했다. 솔직한 심정으로는 과연 질투하지 않을 수 있을까 걱정이 되었다. 르한이 성녀를 좋아하지만 않는다면, 책에서 보았던 것처럼 그녀를 질투해 괴롭히면서 악행을 저지르지 않을 것이다. 어떻게 말을 할까 고민하던 에델리스가 딱 한 마디, 자신이 가장 하고 싶었던 말을 전했다.

"르한."

에델리스의 부름에 르한이 몸을 일으켜 그녀의 눈을 마주 보았다.

"……나 말고 다른 여자 좋아하면 안 돼."

예를 들면 갈색 머리나, 검은 눈동자라든지, 단발머리 같은. 20대 초반에, 직업이 성녀인 사람. 르한이 갑자기 에델리스를 제 품에 꼭 끌어안았다.

"왜 그래? 무슨 일이야?"

"에델리스, 역시 오늘 밤까지 참을 수 없을 것 같습니다."

가까스로 그의 품에서 빠져나온 에델리스는 르한과 눈을 마주쳤다. 완전한 포식자의 눈이었다. 에델리스는 다급하게 그를 밀어내고 방에서 빠져나오려고 했다.

"이곳이 당신의 방인데 어디를 가려고 그러는 겁니까."

"……머, 멀리."

"그게 될 것 같습니까."

에델리스가 빠르게 고개를 끄덕였다. 자신의 진심을 담아서. 우선 방에서 나오기 위해 문을 열었다. 그리고 곧 '쾅!' 하는 소리와 함께 문이 닫혔다. 그녀의 위로 드리워진 그림자가, 바로 뒤에 르한이 있음을 알려주고 있었다.

"호위도 없이 어디를 간단 말씀입니까."

"서, 서재에?"

르한의 팔이 에델리스의 허리를 감싸 안았다. 귓가에 곧바로 느껴지는 숨결에 긴장이 되었다.

"갈 거라면 서재 말고, 바로 뒤에 있는 침대로 갑시다."

"갑자기 침대는 왜……."

"'갑자기'입니까? 나에겐 전혀 갑자기가 아닌데."

르한이 끌어안고 있는 에델리스의 머리카락에 입을 맞추었다. 몇 번이나.

"에델리스. 도망가지 마십시오."

"……."

"다른 사람 좋아하지 않을 거니까."

간격이 없다 해도 될 정도로 둘 사이가 딱 붙어 있었다. 에델리스는 자신의 심장 소리가 그에게 전해질까 걱정되면서도 그의 말을 듣고 순수하게 기뻤다.

"제가 누굴 또 좋아하겠습니까? 당신이 아니면."

"……아, 알았으니까 이제 조금 떨어져줄래?"

"싫습니다."

르한이 에델리스의 고개를 돌려 그녀의 얼굴 곳곳에 입을 맞췄다.

"일! 일해야 한다며!"

"……그렇긴 합니다만."

"그럼 나는 잠시 산책을 다녀올게!"

에델리스가 기회는 이때다 하고 그에게서 멀어지기 위해 산책을 제안했다. 계속 르한과 함께 있다가는 얼굴이 터져버릴지도 모른다.

"……하아, 그러면 호위를 불러드리겠습니다."

호위를 붙이지 않겠다고 한 지 얼마 되지도 않았지만, 황제의 하루 일과를 생각해보면 현실적으로는 무리였다. 게다가 결

혼식이 끝나고 난 뒤 일을 내려놓고 에델리스와 있을 시간을
만들기 위해서는 더더욱 그러했다.

"페린 경."

"예, 저는 아무것도 듣지 못했습니다."

"⋯⋯."

호위를 완전히 물린 것은 아니니, 문밖에서 계속 대기하고
있었을 것이다. 가만히 서 있는다고 할지라도, 갑자기 문을
'쿵'하고 닫는 소리에 안쪽에 무슨 일이 있지는 않은가 의심했
을 것이다. 그리고 에델리스와 르한이 하는 대화를 듣는 것까
지, 아주 자연스러운 흐름이었다.

"내 아내를 너무 부끄럽게 하지 마."

"제가 아니라 폐하께서 그렇게 하신 것 같습니다."

"⋯⋯사, 산책. 산책 갔다 올게."

두 원흉이 서로 자신의 탓이 아니라며 이야기하는 것을 듣자
니 에델리스의 얼굴에 더욱 열이 올랐다.

결혼식

에델리스는 얼굴에 오른 열을 식히기 위해 정원을 거닐었다. 자신이 죽을 곳이라고 생각했을 때는 몰랐는데, 르한이 잘해 주는 것만으로도 정원이 아름다워 보였다.

조금만 더 산책을 하다가 돌아가야겠다고 생각했는데, 저 멀리 성의를 입은 사람이 앉아 있는 것이 눈에 띄었다. 어깨에 닿을까 말까 한 갈색 머리카락을 보고 그녀가 성녀라는 것을 눈치챘다.

'⋯⋯괜히 나왔어.'

그녀를 보자마자 조금 전까지 들떴던 기분이 순식간에 가라 앉았다. 에델리스가 성녀를 발견하자마자 곧바로 등을 돌려 돌 아가려고 했으나, 이미 그녀와 눈이 마주친 뒤였다.

"아!"

성녀는 에델리스를 향해 빙긋 미소 짓고는 천천히 그녀 쪽으 로 걸어왔다. 에델리스도 어쩔 수 없이 예의상 그것을 지켜보 며 미소 지어야 했다.

"안녕하세요, 폐하?"

"……네, 안녕하세요."

성녀는 밝게 미소 띤 얼굴로 걸어와 반갑게 인사했다. 하지만 에델리스는 호의적인 성녀의 반응에도 쉽게 긴장을 풀 수가 없었다.

"이렇게 인사를 나눌 수 있게 되어 기쁘네요."

"네, 저도요. 불편하신 점은 없으신가요?"

"덕분에 편하게 지내고 있어요."

에델리스는 이곳에 와서 성녀를 마주쳐서 심장이 떨어질 것 같은 불안감에 시달리느니, 차라리 르한과 함께 있으면서 심장이 멈출 것 같은 자극에 시달리는 것이 훨씬 나았겠다고 생각했다.

"이전에도 몇 번 인사를 드리려고 했는데, 마주치지를 못해서 아쉬워요."

"그러셨어요? 언제 한번 시간이 되면 티타임에 초대할게요."

"부디."

에델리스는 빈말로 꺼낸 인사였는데, 성녀는 활짝 미소 지으며 수락했다. 성녀는 책에서 보았던 것과는 다른 느낌이었다. 이야기를 나누어보니 그렇게 나쁜 사람은 아닌 것 같아 점점 긴장이 풀어졌다.

르한도 그렇고, 성녀도 그렇고, 역시 책은 책일 뿐, 실제와는 거리가 있다는 것만 깨닫게 되었다. 지금껏 책의 내용에 과도하게 신경을 썼던 것 같아서 후회가 되었다. 차라리 조금 더 즐기면서 살걸.

'그래도 르한을 만나게 되었으니 괜찮아.'

에델리스는 얼굴에서 웃음을 감출 수가 없었다. 언제나 긴장한 표정의 에델리스가 미소를 짓고 있으니, 성녀가 이를 의아하게 여겼다.

"기분 좋은 일이 있으신가 봐요."

"아, 죄송해요. 잠시 딴 생각을 하느라."

"아니에요. 좋은 일이 있는 건데. 좋은 거죠. 혹시 어떤 일인지 여쭤봐도 될까요? 좋은 일은 나누면 기쁨이 배가 된다잖아요."

"아무래도 결혼을 앞두고 있다 보니……."

결혼. 이제서야 제게 실감나듯 다가온 단어였다.

"그래요, 지금은 행복하신가 보네요."

"네."

에델리스가 배시시 웃었다. 이전에 불행하고 우울했던 날들이 거짓말 같았다. 성녀도 그런 에델리스를 보며 마주 웃었다.

"그렇군요. 행복하시니 좋으시겠어요."

"하지만…… 행복한 만큼 언제나 불안해요."

르한의 마음이 변할까 봐. 변해서 책 속에서 보았던 것처럼 제게 싸늘하게 대할까 봐. 책에서 황후에게 대하듯이 자신을 그렇게 대한다면 가슴이 찢어질 것 같았다.

"너무 걱정하지 마세요, 결국 그 끝에는 행복한 결말이 있을 테니까."

"행복한 결말……."

"네, 행복한 결말."

성녀가 이전보다도 더 밝게 웃으며 에델리스에게 힘주어 말했다. 정말로 그녀가 바라는 '행복한 결말'이라는 게 올 것이라고 확신하는 것처럼.

"그러길 바라고 있어요. 고마워요."

"천만에요. 저도 바라고 있는 걸요."

"이야기 들어줘서 고마워요, 다음번에 티타임을 하게 되면 정말로, 꼭 초대할게요."

"기대하고 있을게요."

에델리스는 성녀와 이야기를 나누고 나서 마음이 정말로 편해졌다. 괜히 사람들이 신전에 가서 고해 성사를 하는 것이 아니라고 생각했다.

"저는 이만 들어가볼게요."

"네, 그러면 다음에 봐요."

성녀가 손짓하자 멀리서 대기하고 있던 하급 신관이 그녀를 데리러 와 함께 성 안으로 들어갔다. 에델리스는 성녀를 보내고도 한참 동안 정원을 거닐었다. 정말 이대로 황궁에 머물며 살아가는 것도 좋을 것 같았다.

'성력을 가지고 있다는 성녀가 행복한 결말이 있을 거라고 하니까, 정말로 그럴 것 같아!'

이제 곧 있을 결혼식만 잘 치르면 된다. 그 후로는 지금처럼 계속 살아가면 될 것 같았다. 에델리스는 긴 시간 동안의 산책을 끝내고 가벼운 발걸음으로 자신만이 머물고 있는 루비 궁으로 돌아갔다.

"무, 무슨 일이야?"

"이쪽으로 오시지요. 시간이 많지 않습니다."

아직 초저녁에 불과했다. 그런데 시녀장은 에델리스가 돌아오자마자 간단히 먹을 수 있는 것을 주더니 곧바로 그녀를 욕조에 담가버렸다. 심지어 향유를 가득 들이붓고, 꽃까지 띄웠다.

"이렇게까지 할 필요가 있어?"

"그럼요. 이제 곧 결혼식이니까요!"

어제까지는 이렇게 안 했으면서!

아무래도 르한과 침실을 합친 것 때문에 이러는 것 같았다. 그것에 대해 신경을 쓰는 것이 뻔히 보이는데도, 차라리 모르는 척해주니 다행이었다.

"우리 폐하도 참 성급하시다니까요. 결혼 전부터……."

취소, 취소!!

에델리스가 붉어진 얼굴을 감추기 위해 물속으로 꼬르륵 들어갔다가 폐하를 기다리게 할 수 없다는 시녀의 말에 물 밖으로 나왔다. 뽀득뽀득 씻고 나와 또다시 향유를 바르며 마사지를 마쳤다. 그러자 시녀장이 준비해놓은 상자에서 엄청난 천 쪼가리를 꺼냈다.

"……이건 너무 과한 거 아냐?"

"요즘은 다들 이 정도는 입어요!"

"이걸?"

속옷과 유사한 형태를 띠고 있으나 차마 속옷이라고 말하기는 힘들었다. 묘사하기조차 민망한 이것은 아무리 봐도 속옷의 기능을 제대로 수행하지 못할 것 같았다.

'그런데 이걸 다 입는다니!'

에델리스는 크게 심호흡을 하고 용기를 냈다. 그리고 금실로 수를 놓은 가운을 걸쳤다.

"자, 자, 그러면 이제 에메랄드 궁으로 이동하시죠!"

"그래."

등불을 든 하인이 제일 앞에 서고, 그 뒤에는 에델리스, 그 뒤로는 시녀들과 호위 기사인 레이든 경, 그리고 다른 기사들이 더 붙었다. 아무도 보지 않는 밤에 이런 행렬이라니. 에델리스는 심장이 터질 것처럼 콩닥거렸지만 애써 덤덤한 척 발걸음을 옮겼다.

문앞에 도착하자 하인이 문을 열어주었고, 방 안에 위험한 것이 있는지 기사들이 확인한 후 나갔다. 방에는 아직 르한이 도착하지 않아 혼자 침대에 앉아 조용히 그를 기다렸다. 조용한 방 안과 달리 에델리스의 내면에서는 거센 폭풍이 몰아치고 있었다.

'대체 내게 왜 이런 시련이! 아직 결혼도 안 했는데! 아냐, 르한 말마따나 결혼은 어차피 이틀 뒤야. 곧 오게 될 일이었어!

하지만 아직 이틀이나 남았다고!'

끼익—.

그 순간 문을 여는 소리가 났고, 에델리스가 천천히 고개를
돌렸다. 조용히 문이 닫힌 곳에서는 그녀를 바라보고 있는 르
한이 있었다. 그도 씻고 왔는지 편하게 목욕 가운을 걸치고 있
었고, 머리카락에는 아직 물기가 맺혀 있었다.

"와, 와, 왔어?"

"술……. 아니다, 아닙니다."

르한이 와인 진열장의 문을 열었다가 곧장 다시 닫았다.

"왜? 술 한 잔만 마실까?"

"술은 다음에 마시는 게 좋을 것 같습니다."

"어째서?"

"그러다 제가 이성의 끈을 놓으면 어쩌려고 그럽니까."

갑자기 손에 땀이 나는 듯한 기분이 들었다.

'놓으면 안 되지, 그거…….'

르한이 에델리스가 있는 침대 쪽으로 한 발짝씩 걸어오면서
머리카락에 맺혀 있는 물기를 털었다. 단순히 반복적으로 손
을 움직일 뿐인데도 느껴져오는 긴장감에 심장이 아파올 지경
이었다. 그리고 르한이 협탁에 놓인 램프의 등을 끄자 사위가
어둠에 휩싸였다. 커튼 틈 사이로 들어오는 달빛만이 요요히
그를 비추고 있었다. 에델리스는 홀린 듯 그에게서 눈을 뗄 수
가 없었다.

"안 잘 겁니까?"

"자야지, 그럼. 자야지."

르한의 지적에 에델리스는 뒤늦게 시선을 거두고 이불을 덮고 누웠다. 침대는 성인 남자 네 명은 거뜬히 잘 수 있을 만큼 넓은 것 같았는데, 르한과의 거리는 너무나도 가깝게 느껴졌다. 에델리스가 꼬물꼬물 움직여 침대의 끝에 매달리듯 누워 있자, 르한이 그녀를 안아 들어 침대의 가운데에 눕혔다.

"에델리스. 그렇게 대놓고 경계하면, 더욱 장난을 치고 싶어지지 않겠습니까."

르한이 그녀의 허리를 당겨 안으며 제 품에 안았다. 그의 팔과 자신의 등을 통해 전해오는 체온에 정신을 차릴 수가 없었다. 심지어 가운이 머리끝부터 발끝까지 뒤덮고 있는 것은 아니었기에, 가운 밖으로 노출되어 있는 다리는 그의 탄탄한 다리와 닿아 있었다. 손도 아닌, 평소에 노출도 없는 다리가 맨살로 닿아오자 숨이 멎을 것같이 차올랐다. 숨을 몇 번이나 의식적으로 조심조심 쉬어대던 에델리스가 결국 항복을 선언했다.

"사, 사, 살려줘."

"……누가 잡아먹기라도 한단 말입니까. 그럴 생각이 없는 건 아니지만."

"나, 방으로 돌아갈래. 못 자겠어."

"에델리스, 너무 걱정하지 마십시오."

"……."

"7년을 기다렸는데, 고작 하루이틀을 더 기다리지 못하겠습니까?"

"그, 그럼 얌전히 자는 거야?"

"저는 아까 전부터 굉장히 얌전히 있었습니다."

"그, 그건! 그렇지……."

생각해보니 르한은 제 허리에 팔을 감는 것 외엔 아무것도 하지 않았다. 무엇을 한 것은 에델리스의 머릿속이었을 뿐이다.

"알겠어, 그러면. 잘 자, 르한."

에델리스는 한결 가벼운 마음이 되었다. 아직 르한이 이전에 말했던 '마음의 준비'가 되지 않았기 때문이다.

그녀는 이전보다 훨씬 가벼운 발걸음으로 침대에 와서 누웠다. 이불을 적당히 가슴께까지만 덮고 편안하게 숨을 골랐다.

"예, 에델리스도."

르한도 그녀의 옆에 누웠다. 조금 전보다 훨씬 가까워진 거리였지만, 에델리스는 마음 편하게 그를 보고 미소 지었다. 조금 전까지는 가슴이 터질 것 같았지만, 잠자기 직전에 좋아하는 사람의 얼굴을 보는 것은 자신이 생각했던 것보다 행복한 일이었다. 내일 눈을 떴을 때 제일 먼저 보이는 것도 그의 얼굴일 테니까.

에델리스가 키득키득 웃자, 르한이 그녀의 귓가에 속삭였다.

"안 잘 겁니까."

"잘 거야!"

에델리스는 지그시 눈을 감고 잠이 오기를 기다렸다. 그녀는 이전보다 너무 많이 편안해진 모습이었다. 르한은 어찌할까 조금 고민하다가 그녀의 목 밑에 제 팔을 받쳤다.

"뭐 하는 거야?"

"팔베개. 이 정도는 괜찮지 않습니까."

"······."

"제가 원래 하려고 했던 것에 비하면."

에델리스는 편안해져가는 분위기가 다시 달아오르는 것 같아 얼른 수긍했다. 처음에는 조금 불편했지만, 전해져오는 체온이 안정감을 주었다.

"팔만."

이 다음은 그의 팔이 올라왔다.

"······르한."

"팔만 올리지 않았습니까."

"팔로 끝이지?"

"제가 언제는 약속을 안 지킨 적이 있습니까?"

"······그건 그렇지."

르한은 아무리 사소한 약속이라도 반드시 지켜왔다. 그것을 떠올리자 마음이 편해졌다. 적당히 전해져오는 체온과 무게감이 기꺼웠다. 긴장했었던 만큼, 그 긴장이 풀리자 에델리스는 마음 편하게 잠이 들 수 있었다.

"······잡니까?"

물론 그건 에델리스의 이야기였고, 방 안에 있는 다른 한 사람은 전혀 그렇지 못했다.

"정말 잡니까?"

"······."

"말 한 마디 했다고 그렇게 편하게 자다니……."

심지어 에델리스는 어느새 빙글 돌아누워 르한과 마주 보고 있었다. 고작 조금 움직였을 뿐인데 가운이 조금 풀어져 있었다.

르한은 시선을 의식적으로 돌리며 가운을 묶으려다가 헛손질하기를 수차례. 정말 끈만 보고 매듭만 짓는 거라고 다짐했다. 하지만 다짐은 다짐일 뿐, 실천할 수가 없었다.

흘러내린 머리카락 사이에 다소곳하게 드러난 목선이 그의 시선을 사로잡았고, 그녀의 목을 감싸고 있던 깃을 따라 자연히 시선이 내려갔다. 그러자 가운 사이로 드러난 에델리스의 하얀 살결에 정신을 차릴 수가 없었다. 가운 안에 속옷을 분명히 입고 있었지만, 오히려 그래서 더 정신을 차릴 수가 없었다. 결혼식을 최대한 빨리 준비해서 앞당기지 않았더라면 자신이 말라죽었을 거라며 정말 다행이라고 생각했다.

"이 정도는 용서해주십시오."

르한이 그녀의 입술에 지그시 입을 맞췄다. 이마나 뺨에는 수차례 해봤지만, 그녀의 입술에 닿는 것은 처음이었기에 르한은 저도 모르게 숨을 삼켰다. 한 번 더 입을 맞출까 하다가 이 정도에서는 끝나지 않을 것 같았기에, 르한은 아쉬움을 뒤로한 채 멀어졌다.

그렇다고 아쉽지 않은 것은 아니라, 에델리스가 깰 때까지 백 번은 더 한숨을 내쉬었지만. 아무것도 모르고 쿨쿨 자고 일어난 에델리스는, 난생처음 보는 광경에 놀라지 않을 수 없었다.

'내 눈앞에 보이는 이 살색 벽은 뭐지.'

에델리스가 슬며시 시선을 올리자, 눈을 감은 채 잠든 것처럼 보이는 르한이 있었다.

'아, 어제! 내, 내가 르한이랑…… 잤었지.'

아직도 쿨쿨 자고 있는 르한을 본 에델리스는 다시는 없을 기회를 잡은 것 같은 기분에 그의 얼굴을 빤히 바라보았다. 투기장에서 어린 시절을 보냈기에 자신과는 다른 조금 어두운 피부색이 붉은 머리카락과 아주 잘 어울렸다.

'눈을 뜨면 보이는 금색 눈동자와도 아주 잘 어울리지.'

그리고 시선을 내려 그의 단단한 몸을 눈에 담았다. 언제 이렇게 또 뜯어볼 수 있겠느냐고 생각하면서. 간편하게 가운만 입었는데도 숨길 수 없는 몸의 골격에 에델리스는 저도 모르게 침을 삼켰다.

결국 궁금증을 참지 못하고 그의 가운에 손을 뻗은 에델리스는 슬쩍 가운을 옆으로 밀어냈다. 잘 잡혀 있는 근육은 아주 매력적이었지만, 그 근육 위로 커다란 흉터가 남아 있었다.

'얼마나 아팠을까……'

에델리스가 그렇게 생각하면서 그의 상처에 손을 대려고 했지만 에델리스의 손끝이 닿기 직전에 르한이 그녀의 손목을 잡았다.

"르한!"

"에델리스, 지금 뭐 하는 겁니까."

"아, 아니 그게! 오해하기 굉장히 좋은 상황인 거는 알겠는데!"

"그런데."

르한의 잠겨 있는 목소리가 에델리스를 더욱 긴장하게 만들었다. 그의 눈은 그가 잠에서 지금 막 일어난 것이 아니라는 것을 보여주고 있었다. 그런데도 목소리가 잠겨 있는 이유는 무엇인지, 에델리스는 쉽게 추측할 수 있었다.

"아파 보여서! 걱정돼서 그랬어."

"단순히 아파 보여서?"

"응."

"흐음……."

"진짜로."

"알겠습니다."

에델리스는 마음속에 무언가 켕기는 것이 있었지만, 일단은 르한이 그냥 넘어가주어서 다행이라고 생각했다. 르한이 씻고 오겠다며 방을 나서다가 말고 문앞에서 뒤돌아 그녀를 보았다.

"이제 하루가 남았군요."

"……응."

결혼식이 바로 내일로 다가왔다. 르한이 뭐라 말하지 않아도 곧바로 알 수 있었다.

"그러면 이제 내일부터는 마음 편하게 볼 수 있겠습니다."

"뭘?"

"내 가운을 굳이 조심스럽게 옆으로 밀지 않아도."

"……."

부끄러워서 사라져버리고 싶은 에델리스를 보고 르한이 한쪽 입꼬리를 올려 웃었다.

"하루밖에 남지 않았으니, 참아주십시오. 저도 열심히 참고 있으니."

그 말을 끝으로 르한은 문을 닫고 사라져버렸다. 어쩐지 문밖에서 키득대는 소리가 들리는 기분이었다.

"으으으으으!!"

에델리스는 애꿎은 이불을 발로 차며 시간을 돌리고 싶어했다.

'그걸 듣키다니! 듣키다니! 아니길 바랐는데! 그러면 좀 깨어 있는 척이라도 해주지 그랬어, 르한!'

하지만 이미 나간 이에게서 답이 돌아올 리가 만무했다.

결혼식 전날은 평소와 다르게 매우 바빴다. 무려 '황후'의 결혼식이었다.

에델리스는 아침 일찍 일어나자마자 씻고, 곧바로 피부 관리를 받아야 했다. 르한과 같이 있을 수 없으니 차라리 마음이 편했다.

"결혼식이 있는 날은 결혼식 전까지 신랑과 신부가 마주치지 않는 것이 관습입니다."

시녀장의 안내가 너무나도 반가웠다. 자정을 지나서부터는 얼굴을 보아서는 안 되니 오늘 밤은 루비 궁에서 머물러야 한다는 이야기였다.

르한은 막바지 업무 처리를 위해 집무실에서 한 발짝도 나오지 못했다. 그러다가 자정이 되기 직전, 어두운 밤을 틈타 에델리스를 찾았다.

"에델리스!"

"곧 자정인데 여기에 오면 어떡해?"

관습을 깨버리는 황제라니, 누군가의 입에 오르내려도 별로 좋은 이야깃거리는 아니었다.

"들키지만 않으면 되는 거 아닙니까."

"황제가 움직이는데 들키지 않을 거라고 생각하는 거야?"

"하아…… 왜 황제가 된 거지, 나는."

"나랑 결혼하려고?"

이전에 르한이 제게 했던 말을 그대로 돌려주니 르한이 호쾌하게 웃었다.

"하하하, 맞습니다, 에델리스. 그런 거라면 어쩔 수 없군요."

"응, 내일까지 기다려."

"내일 결혼식 후에 열리는 연회는 밤늦게까지 이어질 겁니다. 중간에 나오는 거 잊지 마세요."

"왜?"

"밤까지 기다리는 것은 고역일 것 같습니다."

"……참고할게."

"꼭."

에델리스가 붉어진 얼굴로 고개를 끄덕이자 르한이 그런 그
녀가 사랑스럽다는 듯 끌어안고 이마에 입을 맞추었다.

"그럼, 내일 뵙겠습니다."

르한이 문을 열고 나가려는데 에델리스가 용기를 내어 그의
옷자락을 붙잡았다.

"에델리스?"

"……그게."

르한이 발걸음을 멈추었다. 그는 에델리스가 옷자락을 아주
살짝만 당겼을 뿐인데 그녀에게로 돌아섰다. 에델리스는 용기
를 내어 르한의 옷자락을 잡고 있던 손으로 그의 오른뺨에 손
을 얹었고 자신 쪽으로 끌고 왔다. 르한은 속수무책으로 따라
올 수밖에 없었다.

쪽─.

그의 왼쪽 뺨에 입을 맞추었다. 평소에 그가 수십 번씩은 했
었던 것인데, 단 한 번으로도 르한의 심장이 터질 것 같았다.

"잘 자."

그 말과 함께 에델리스는 르한을 놓았고, 정신을 못 차리고
있는 르한을 보고 살짝 미소 지은 뒤에, 문을 닫아버렸다. 르
한이 뒤늦게 그녀의 방문을 두드렸지만 어떠한 답도 들려오지
않았다.

"들어가도 됩니까, 에델리스?"

르한은 그녀의 허락이 떨어지기도 전에 문을 열려고 했다.

더 이상 참을 수가 없을 것 같았기 때문이었다.

"자정이야. 내일 봐."

"……."

그녀의 단호한 답에 르한은 차마 문을 열 수가 없었다. 게다가 어느새 페린이 와서 문밖을 지키고 있었고, 시녀장까지 나타났다. 르한은 어쩔 수 없이 그녀를 두고 차디찬 에메랄드 궁으로 향했다.

에델리스는 해가 막 뜨려고 할 때 자신을 다급하게 부르는 시녀의 목소리를 듣고 일어나게 되었다. 하녀들이 시녀의 지시에 따라 에델리스를 분주하게 치장하느라 바빴다.

'이제 안심해도 되는 거겠지?'

르한을 보면 얼어붙은 심장이라고는 추호도 생각할 수 없었고, 성녀를 만난 이후로도 그는 제게 변함없는 애정을 보여주고 있었다. 책은 책일 뿐, 현실과는 달랐다. 그러니 제 미래도 다를 것이라고 믿었다. 심지어 지금 입고 있는 드레스도 책에서 황후가 입은 것과는 비교도 안 될 정도로 아름다웠다.

"자, 서둘러! 이제 시간이 얼마 남지 않았어!"

하녀들은 더욱 분주하게 움직였고 에델리스는 아주 완벽한 모습으로 방에서 나올 수 있었다.

'결혼식은 에메랄드 궁에서 한다고 했지.'

이것은 책에서 나온 내용과 같았다. 버진로드를 따라 걸어가 에메랄드 궁으로 들어갔었다. 책과 같은 상황에 불안해하던 에델리스가 환하게 웃었다. 제가 머무는 루비 궁의 입구에서 기다리고 있는 르한의 뒷모습이 보였기 때문이다. 에델리스가 가까워지자 그녀의 기척을 눈치챈 르한이 곧 뒤를 돌아보았다.

"……."

에델리스가 제 앞에 올 때까지 멍하니 그녀를 바라보던 르한은 에델리스가 제 앞에 오고 난 뒤에야 정신을 차렸다.

"제가, 제가 당신을 에스코트해도 되겠습니까?"

르한이 떨리는 목소리로 말하면서 에델리스에게 손을 내밀었다. 그 모습을 본 에델리스는 자신의 데뷔탕트 날을 떠올렸다.

"제가 아가씨를 에스코트해도 되겠습니까?"

그날과 똑같이 얼굴을 붉히고, 수줍어하면서 제게 팔을 내미는 르한이었다. 에델리스도 이전처럼 르한의 팔 위에 제 손을 얹었다.

"당연하지."

활짝 웃는 르한과 함께 한 걸음씩 내디뎠다. 에메랄드 궁으로 가는 길목엔 이미 카펫이 깔려 있었다.

"에델리스, 뭐라 말해야 할지 잘 모르겠습니다."

"뭐가?"

"정말 아름답습니다."

"갑자기 그게 무슨 말이야……."

생각지도 못한 르한의 칭찬에 에델리스의 얼굴이 붉어졌다. 그나마 베일로 얼굴이 가려져 있기에 망정이지 그렇지 않았더라면 붉게 타오르는 제 얼굴을 그대로 들켰을 것이다. 하지만 르한은 베일에 가려진 모습마저 단 한 순간이라도 놓칠세라 그녀에게서 눈을 떼지를 못했다.

"정말, 황제가 되기를 잘한 것 같습니다."

"황제가 되지 않아도 좋았을 거야."

오히려 황제가 되지 않았더라면 더욱 좋았겠지. 만약 르한이 황제가 아니었더라면 그가 황제라서 걱정했던 시간들을 겪지 않을 테니까.

"그렇게 말해주는 건 당신밖에 없을 겁니다."

"진심이야. 나는 르한과 함께 있기를 바랐지만, 황제와 함께 있기를 바란 적은 없었어."

자조적으로 웃던 르한이 에델리스의 말을 듣고 진심으로 감동한 표정이 되어 그녀를 바라보았다.

"에델리스……."

에델리스는 반짝거리며 자신을 바라보는 르한의 눈을 슬쩍 피했다. 말하고 나니 부끄럽기도 했고, 기대하는 그의 눈빛이 부담스럽기도 했다.

"당신은 이전에 내가 후작의 성에 찾아갔을 때도 그렇게 말했었습니다."

"나는 황제가 아니라 르한이랑 같이 있고 싶어."

그래, 그렇다. 문제는 '르한이랑 같이 있고 싶다.'는 마음보다는 '황제가 아니다.'라는 부분이 에델리스에게 훨씬 중요했다는 것이다.

"그래도 예전과 같았다면 이렇게 당신을 에스코트할 수 없었을 겁니다."

"아버지께 기사 작위 정도만 받았어도 가능했을 거야."

"하지만 그랬다면, 결혼식 날에 당신을 에스코트할 수는 없었을 겁니다."

"결혼식 당일의 에스코트는 남편의 의무니까."

정말로 큰 문제가 있지 않는 이상 결혼식 당일 신부에게 접근할 수 있는 것은 남편뿐이었다. 그것을 모를 리 없는 르한이 제 팔에 얹어진 에델리스의 손 위에 자신의 반대쪽 손을 얹었다.

"남편의 특권이죠. 결국 제가 당신을 에스코트하고 있으니 만족합니다."

르한이 입꼬리를 올리며 웃었다.

"그러면 기사가 되어 나에게 청혼하지 그랬어."

"열네 살의 어렸던 저는, 황제가 아니면 당신에게 닿지 못하는 줄 알았습니다."

"……내가 뭐라고."

"정말로 당신에게 닿을 수 있는 사람은 황제뿐이지 않았습니까? 이전 황제도 그렇고, 저도 그렇고. 다음 황제……도 그럴 겁니다."

"다음 황제라고?!"

에델리스가 놀라 되묻자 르한이 제 팔에 얹힌 에델리스의 손을 쓰다듬으며 말했다.

"차기 황제의 모후가 될 게 아닙니까. 우리의 아이가 차기 황제가 될 테니 말입니다."

"……."

"오늘은 당신이 그렇게 미뤄왔던 결혼식입니다."

에델리스는 숨을 들이켰다.

"그리고 내가 그렇게 기다리던 결혼식이고."

르한은 아무런 말도 못 하고 당황스러워하는 에델리스를 느른한 미소를 띠며 바라보았다. 그러는 사이 어느새 에메랄드 궁 앞에 도착했다.

"황제 폐하와 에델리스 브릴 후작 영애 드십니다!"

호명관이 그들이 도착했음을 알리자, 소란스럽던 장내가 단숨에 조용해졌다. 그곳은 책에서 에델리스가 보았던 황후의 결혼식처럼 아름다운 꽃들로 장식되어 있었다.

'황후의 결혼식이니까 꾸미는 건 당연한 거겠지. 하나하나 신경 쓰지 말자.'

이윽고 갖가지 악기들이 연주되며 아름다운 선율을 자아내고, 에델리스와 르한은 버진로드를 걸어갔다.

그리고 그 끝에는 책에서 보았던 사람과 같은 신관이 있었다.

'……신경 쓰이지 않을 리가 없잖아.'

애써 외면하려고 해도 바로 얼마 전에 책에서 보았던 내용이기에 하나하나 비교가 되었다. 르한의 에스코트를 받은 채 신관의 앞에 도착하자, 신관이 차례에 따라 결혼식을 진행했다.

"크로나드 제국의 황제 폐하의 결혼식을 주재하게 되어 영광입니다. 그럼……."

간단한 인사로 시작한 결혼식은 신관의 장황한 축사로 이어졌고, 마침내 결혼을 맹세하는 선언까지 마쳤다.

"그러면 이제 맹세의 입맞춤을 해주십시오."

신관은 책에서 보았던 것과 같은 단조로운 목소리로 마지막 차례를 말했다. 드디어 결혼식의 끝이 다가왔다. 더 이상 책과 비교하며 신경 쓰고 싶지 않았다.

르한이 그녀의 얼굴을 가리고 있던 새하얀 베일을 걷어 넘겼다. 행복한 표정을 한 르한의 얼굴이 그녀의 눈에 들어왔다.

"……르한?"

르한은 잘게 흔들리는 에델리스의 녹색 눈동자를 바라보며 씨익 웃었다. 그리고 그녀의 뺨을 감싸 자신을 향하게 했다.

"마지막 차례 아닙니까."

"그, 그렇지."

"그럼, 눈 감으세요."

에델리스는 당황하여 어찌할 바를 모르다가, 르한의 얼굴이 점점 내려와 자신의 눈앞까지 오자 얼른 눈을 감아버렸다. 조용하게 웃던 르한이 그녀의 입술에 입을 맞추었다.

하객들 사이에서 그들의 결혼을 축하하는 박수가 터져 나왔다. 그사이 에델리스는 속으로 비명을 내질렀다. 자신이 책에서 본 것과 너무나도 다른 상황이 펼쳐졌기 때문이다.

'입술만 닿았다 떨어지는 거 아니었어?!'

에델리스가 책에서 보았을 때 이런 내용은 없었다. 무감각하게, 의무적으로 입술만 닿았다 떨어지는 그런 입맞춤을 예상했는데 르한의 입술은 도대체가 떨어질 줄을 몰랐다. 오히려 르한은 에델리스의 허리에 팔을 감아 자신 쪽으로 끌어당겼다.

'팔은 왜 감는 건데! 이제 슬슬 떨어질 때도 되지 않았어?!'

에델리스는 지금 상황이 책과 다르다고 마냥 좋아할 수도 없었다.

그녀는 터질 것 같은 심장 때문에 어떻게 하지도 못하고 그저 부케를 꼭 쥐고 있었다. 에델리스의 머릿속에서는 억겁의 시간이 흐른 것 같았을 때, 드디어 르한의 입술이 떨어졌다.

'끄……끝났나?'

하지만 르한은 다시 몇 번이나 그녀의 입술에 쪽쪽 입을 맞추었다. 신관은 결혼이 성사되었음을 선포하려다가 도무지 끝나지 않는 황제 부부의 입맞춤 때문에 몇 번이나 입을 벙긋거리다가 결국 다물어버렸다. 르한은 만족할 만큼 입을 맞춘 뒤, 그녀의 이름을 불렀다.

"에델리스."

웃음기 섞인 목소리로 자신의 이름을 부르자 에델리스가 질끈 감고 있던 눈을 슬며시 떴다. 그러자 그녀의 눈앞에는 수려한 외모로, 모두를 홀릴 것처럼 매혹적인 미소를 짓고 있는 르한이 저를 바라보고 있었다.

"내 아내. 이제는 정말로 내 아내입니다. 에델리스 크로나드."

제 할 말을 마치고 다시금 입맞춤을 하려고 하는 황제를 본 신관은 황제를 기다렸다가는 결혼식이 끝나지 않을 것 같아 얼른 입을 열었다.

"이것으로 크로나드 제국의 황제 폐하와 황후 폐하의 혼인이 성사되었음을 알립니다."

하객석에서는 그들이 퇴장할 때까지 박수갈채와 함께 환호성이 터져 나왔다. 에델리스는 부끄러워서 얼굴이 새빨개졌고, 그것을 바라보던 르한은 그녀가 사랑스러워 웃음을 터뜨렸다. 그녀는 베일을 다시금 내려 얼굴을 가려버렸다.

"웃지 마세요."

"예."

르한은 웃음기를 지울 생각이 없는 목소리로 답했다.

에델리스는 웨딩드레스에서 연회용 드레스로 갈아입기 위해 도망치듯 그 자리를 떠나갔다.

그녀의 뒷모습을 바라보며 행복해하던 르한은 더 이상 에델리스가 보이지 않자 표정을 갈무리하고 대신들 틈으로 섞여 들어갔다.

"폐하, 결혼 축하드립니다."

"참석해주어 고맙군."

"다들 폐하께서 이렇게 로맨틱한 분인 줄 몰랐다며 칭찬이 자자합니다."

"그런가."

르한이 입꼬리를 아주 조금 올려 미소 지었다.

'에델리스는 언제 돌아오는 거지? 마음 같아서는 연회고 뭐고 곧바로 사절단을 돌려보내고 싶은데.'

그놈의 관습 때문에 어쩔 수 없이 이런 지루한 연회에 참석한 것이다. 물론 다른 나라와 전쟁이라도 일어나 자신이 출전하게 되면 곤란했기에 외교를 허투루 할 수도 없었다.

"폐하."

그런 르한에게 이전에 보았던 새하얀 성의를 입은 갈색 머리의 여성이 다가와 인사했다.

"신관이군. 참석해주어 고맙군."

"신관……이라, 제가 그렇게 소개되어 있었군요."

주변에서 황제가 어떤 대화를 하고 있나 귀 기울이던 이들이 두런두런 입을 열었다.

"그러고 보니 여성 신관이 있습니까? 철저히 남성으로 이루어진 게 신성 제국 아닙니까."

"게다가 이번에는 루덴 신관님께서 오기로 했다고 들었습니다."

"루덴 신관님이라면 고위 신관 아닙니까. 왜 그런 분이 오지를 않고……."

많은 이들이 그녀가 진짜 신관이 맞는지부터 시작하여, 기존에 오기로 했던 신관이 오지 않은 것에 대한 불만을 토로했다. 르한이 막 그것이 결례임을 지적하려고 할 때, 성녀가 제 뒤에 있던 하급 신관에게 눈짓하자 그가 나섰다.

"성녀님께 무례하십니다."

"성녀? 성녀가 있다는 이야기는 처음 듣습니다."

"몇 해 전 신탁이 내려온 성녀님입니다."

"신관이 아니라 성녀님이라고?"

"예, 교황님도 성녀님을 이렇게 대하지는 못할 겁니다."

성녀를 보좌하는 신관은 불쾌한 기색을 숨기지 않고 이야기했다. 물론 크로나드 제국에 비하면 신성 제국은 그리 힘이 있는 나라가 아니었다. 하지만 각국의 많은 이들이 신을 신실하게 믿고 있었기에 어느 정도의 대우는 해주고 있었다.

'그런데 성녀라니, 제국의 기록상 수백 년 전에 성녀가 존재했다고는 하지만 그 이후로는 처음인데.'

르한만 그렇게 여긴 것은 아니었는지 연회장 내에 있는 많은 사람들이 술렁였다.

"성녀였나?"

"네, 폐하. 이전에는 밝히지 못해서 죄송해요. 성녀 일레인 라이네드입니다."

"아니오."

성녀가 무언가 기대하는 눈치로 르한을 보았지만 이제 막 성녀로 알려진 그녀가 제게 무엇을 원하는 것인지 르한은 알 수 없었다.

"폐하, 저……."

성녀가 무언가 말을 하려고 할 때, 내부에서 무슨 일이 일어나는지 알 리 없는 호명관이 에델리스의 등장을 외쳤다.

"크로나드 제국의 영광이신 황후 폐하 드십니다."

에델리스가 들어오자마자 발견한 것은 성녀와 르한이 나란히 서서 대화를 나누고 있는 모습이었다. 굳이 찾으려고 노력하지 않아도, 성녀와 황제를 중앙에 두고 사람들이 빙 둘러선 채 그들에게 모든 관심을 쏟고 있었기에 알 수 있었다.

　'……이렇게 이야기가 시작된 거였구나. 남자 주인공과 여자 주인공.'

　그리고 악역으로 등장하는 자기 자신까지. 연회장 한가운데 위치한 두 사람과, 이제 막 연회장 안으로 들어오는 자신의 모습이 세 사람의 관계를 보여주는 것 같았다. 그렇게 생각하지 않으려고 해도 자꾸만 책의 내용이 머릿속에 맴돌았다.

　'아, 아니야. 혹시 몰라. 아직은…….'

　에델리스는 그들의 곁으로 가서 섰다. 아직 확실한 것은 아무것도 없었다. 황제의 결혼식에 참석한 모든 이들의 이목이 그녀에게로 집중되었다.

　"에델리스, 왔습니까?"

　르한이 굉장히 오랜 시간을 떨어져 있었던 것처럼 반가워하며 에델리스에게 곁을 내어주었다. 르한은 에델리스의 귓가에 속삭였다.

　"우리 결혼식에 참석해준 사람들에게 간단하게 인사를 하고 들어갑시다."

　"들어가다니, 어디에요?"

이제 막 왔는데 벌써부터 들어간다는 이야기를 하니 당황스러웠다. 게다가 지금은 르한의 운명의 상대라고 해도 좋을 성녀가 눈앞에 있었다.

"어디겠습니까?"

이제 막 결혼식을 올린 신혼부부가 가는 곳이라면?

작게 덧붙인 르한의 말에 에델리스의 얼굴이 다시 타오를 듯 불타올랐다. 항상 이런 식이었다. 르한이 제 옆에서 일관적인 태도로 자신을 대할 때면 그 어떠한 불안한 요소들도 사라진 기분이었다.

'정말로 평소와 다르지 않구나.'

르한의 말을 들으니 안심이 되었다. 여자 주인공이 나타나 성녀라고 밝혀도 지금까지와 달라지는 것은 없는 것 같았다.

"안녕하세요, 폐하."

홍조를 띤 얼굴로 황제를 바라보고 있던 성녀가 에델리스에게 방긋 웃으며 인사를 했다.

"에델리스. 신성 제국의 사절단을 맞이했을 때를 기억합니까? 그때 보았었는데, 성녀라고 합니다."

"아, 네……."

"신성 제국에서 수백 년 만에 다시 등장한 성녀라고 하여 사람들의 관심이 많습니다."

굳이 르한에게 소개받지 않더라도 그녀가 성녀라는 것은 이곳에 있는 그 누구보다 에델리스가 제일 잘 알고 있었다. 하지만 르한은 자리를 비웠던 에델리스를 위해 하나하나 설명해주었다.

"이전에도 인사를 한 적이 있어요. 그렇죠, 폐하?"

"정원에서 산책할 때 우연히 만나 잠깐 대화를 나눴었죠."

"그리고 나중에 티타임에 초대해주시기로 했어요."

"네, 조만간 티타임을 가지려고 해요."

"그렇습니까."

"그때 황제 폐하도 오시면 좋을 것 같아요!"

성녀가 기대에 찬 눈빛으로 황제를 바라보았다. 그것을 보자 마음속에서 작은 불길이 이는 것 같았다.

'여기서 르한을 왜 찾는 거지?'

일반적으로 황제가 티타임을 열어 상대를 초대한다면 모를까, 황제를 초대하는 경우는 잘 없었다. 초대하는 이가 황후가 아니라면.

"폐하께서는 업무로 바쁘시니 저와 시간을 보내시지요."

에델리스가 성녀의 말을 일축하자 르한의 입꼬리가 올라갔다. 표정을 숨기려 손으로 가리고 있었지만, 그의 품에 안기듯 서 있는 에델리스의 귓가에는 그가 웃음을 참는 소리가 들려왔다.

"크흠, 사절단 모두를 초대하는 자리를 열 것이니 그때 자리하면 좋을 것 같소."

"업무라면, 이번에 저의 방문에 교황님께서 제국과의 관계에 대한 전권을 일임하셨어요. 그에 관련한 대화를 나누는 것도 포함이 되겠지요?"

아직 공표도 하지 않은 성녀에게 그만 한 권한을 주다니.

"그건 모든 사절단이 있는 자리에서 대화하기에는 조금 힘들 것 같은데……."

성녀의 말은 일리가 있었다. 제국에 어떤 것을 제시할지 다른 나라에 알려서 좋을 것이 없었다. 그리고 그것이라면 확실히 황후가 아닌 황제와 이야기를 나누어야 하는 것이 맞았다.

"그렇군. 추후에 해당 업무를 맡고 있는 대신과 재상이 함께하는 자리를 만들겠소."

"……알겠습니다."

르한과 성녀가 단둘이 있는 자리도 아니고 깐깐하기로 소문난 재상이 함께 있는다면 정말 업무에 관한 이야기만 나올 것이니 안심이었다.

"저는 재미있는 이야기도 많이 알고 있는데, 황제 폐하께서 함께하지 못하니 아쉽네요."

"저도 흥미로운 이야기를 좋아하니 너무 아쉬워하지 마세요."

에델리스의 말에 성녀가 활짝 웃으며 이야기했다.

"그거라면 걱정하지 마세요. 신전에는 여러 나라의 재미있는 이야기가 많이 기록되어 있으니까요. 폐하께서 들었던 어떤 이야기보다 흥미로울 거예요."

"기대되네요. 어떤 이야기를 들려줄지."

다행히도 성녀는 르한과 단둘이 만나는 자리를 마련하는 것은 포기한 눈치였다.

'책 속에서도 이런 식으로 르한과 접점을 만들어 나간 걸까?'

자꾸 르한과 대화를 나눌 기회를 엿보는 것이 마음에 들지 않았다.

"음, 그렇다면 미리 짧은 이야기 한 가지만 들려드릴게요."

하지만 그런 에델리스의 감정은, 성녀가 즐겁게 말하는 '재미있는 이야기'때문에 혼란 속에 빠져버렸다.

"미래를 보여주는 책에 대해서 들어보신 적이 있으신가요?"

"……미래를 보여주는 책이요?"

"그런 게 있을 수 있습니까?"

"네, 미래를 선명하게 보여주는 책이 있다는 기록이 있어요."

성녀를 처음 만났을 때부터 생겼던 마음속의 작은 균열이 자꾸만 커져갔다.

'아냐, 그래도 신전인데. 애초에 신전에서는 성녀가 없이도 신탁을 받아 미래를 예측할 수도 있다고 했어. 책도 그것과 같겠지. 내가 과민반응한 걸 거야.'

에델리스는 혹시 모를 불안감 때문에 떨리는 목소리로 성녀에게 물었다.

"미래를…… 어떻게 보여준다고 하던가요?"

"분명 책인데 눈앞에 펼쳐지는 것처럼 생생하게 보여준다더군요."

에델리스는 지금 성녀가 말하는 것에 아주 정확하게 부합하는 책을 한 권 알고 있었다. 자신이 칼에 찔려 죽고 가문이 파멸하는 모습을 보여주었던 책이었다.

'책이 보여준다.'

사람이 글자를 읽고 이해하는 것이 아니라, 책이 직접 사람에게 보여준다는 말이었다. 이것은 영상으로 내용을 생생하게 전달하는 그 책과 같은 특징이었다.

"굉장히, 독특한 책이네요."

"그렇죠? 게다가 책을 가진 사람 외에는 내용을 볼 수가 없다고 하니, 다른 사람들은 책을 갖게 되어도 미래를 볼 수 없다고 해요."

더 이상 부정할 수도 없을 만큼 그 책과 모든 특징이 딱 들어맞았다.

"혹시 그 책의 제목이 무엇일까요?"

"황성의 도서관은 넓으니 혹시 그 책을 찾을 수 있을지도 모르겠네요."

성녀가 웃으면서 이야기했지만 에델리스는 웃어넘길 수가 없었다. 그녀에게 이 책에 담긴 내용은 절대 웃고 넘길 수 있을 정도로 가벼운 내용이 아니었기 때문이다.

"안타깝게도 책의 제목은 전해오지 않았어요. 만약 전해져 왔으면 제가 먼저 찾아봤을지도 몰라요."

〈꽃의 기억〉

분명 책의 제목은 그것이었다. 그러나 기록에도 적혀 있지 않은 제목을 에델리스가 먼저 입 밖으로 내면서 이것이 맞느냐고 물을 수는 없었다.

"그런데 그 책이 보여주는 내용이 미래가 맞을까요? 그저 책에 적힌 내용일 텐데……."

에델리스는 아직 희망을 버리지 못하고 물었다. 혹시나 책이 같은 것일지라도, 그 내용까지 사실이라는 것은 아니었다.

"말씀드렸잖아요. '미래를 보여주는 책'이라고. 그것이 보여주는 것은 이미 정해져 있는 미래가 맞아요."

성녀의 말을 듣고 있던 많은 사람들은 책의 존재를 믿지 못했다. 하지만 에델리스는 그 책을 가지고 있는 장본인이었기에 단순히 흥미 본위로 들을 수가 없었다.

"네, 신전의 기록에 적혀 있었어요."

"기록이 잘못되어 있을 가능성은……."

"지금, 신전을 의심하시는 거예요?"

갑자기 성녀가 싸늘한 목소리로 말했다. 에델리스로서는 믿을 수도 없고 믿고 싶지도 않은 이야기였지만 그녀를 지켜보는 눈이 너무 많았다. 게다가 신전은 애초에 신도들의 믿음을 기반하고 있었기 때문에 불신에 굉장히 민감했다.

"의심하는 것은 아니에요. 오해를 살 말을 해서 미안해요."

"괜찮아요."

성녀는 다시 밝게 미소 지었다. 하지만 에델리스는 더 이상 그녀를 보고 마주 웃을 수가 없었다. 정처 없이 흔들리던 에델리스의 눈동자가 결국 땅에 떨어졌다. 발밑이 무너지는 느낌에 제대로 서 있는 것조차 힘들었다. 르한은 에델리스의 안색이 새하얗게 변한 것을 발견했다.

"에델리스?"

"……네."

"잠시 쉬지 않겠습니까?"

"그, 그래요. 그러는 게 좋겠어요."

에델리스는 차마 지금 상황에서 의연하게 버티고 있을 자신이 없어서 그의 제안을 수락했다. 르한이 에델리스를 부축하며 그녀가 쉴 수 있는 곳으로 데리고 가려고 하자, 에델리스가 그를 만류했다.

"괜찮아요, 르한."

"이렇게 안색이 파리하게 질렸는데 어디가 괜찮다는 겁니까?"

"……하지만 연회장을 오랫동안 비워둘 수는 없어요."

에델리스의 답을 들은 르한이 그녀를 안아들어 휴게실로 향했다.

"내, 내려주세요!"

"싫습니다."

많은 이의 시선이 쏟아졌지만 르한은 아랑곳하지 않았다.

"내가 왜 황제가 되었는지 잊은 겁니까."

"……."

"당신과 함께 있으려고 황제가 된 것인데 당신을 내버려두는 것은 순서가 바뀐 게 아닙니까."

"하지만……."

대륙 전역에서 온 사절단이 연회장을 가득 메우고 있었다. 그런데 처음부터 성녀가 주목받는 바람에 다른 사절단에게 신경을 못 썼다. 그러니 르한은 돌아가서 이제부터라도 사절단과 한 명 한 명 대화를 나누는 것이 옳았다.

"걱정하지 마십시오. 고작 이 정도로 내게 무슨 문제라도 생길 것 같습니까."

르한이 자신만만하게 웃으며 그녀를 휴게실에 있는 카우치에 눕혔다. 에델리스가 여전히 걱정스러운 눈빛으로 바라보니, 결국 르한이 의견을 굽혔다.

"그래도 당신이 걱정하니 최대한 빨리 돌아오겠습니다. 혹시 불편하면 잠시 후에 침실에서 쉴 수 있도록 하겠습니다."

"괜찮아."

르한은 무언가 마음에 들지 않는 표정으로 있다가 황궁의를 부르겠다며 나섰다. 에델리스는 그제야 비로소 휴게실에서 편하게 누워 쉴 수가 있었다.

'어떡하지? 그 책이 사실이라니.'

조금 전에는 너무 당혹스러워서 제대로 생각하지 못했었다. 하지만 지금 편히 누워 생각해보니 이상한 점이 이만저만이 아니었다.

'이미 책과 달라진 부분이 있잖아. 그건 어떻게 설명하지?'

'그렇다면 결말만 동일하게 나타난다는 건가? 그러면 그 결말은 뭔데?'

뭐가 되었든 자신은 그 책에 대해서 알고 있는 내용이 없을 뿐더러, 신전의 기록에 접근하는 것조차 불가능했다.

'어떡하지…… 어떡해야 하지?'

최근 들어서는 어떠한 고민도 하지 않고 마음 놓고 편하게 지내고 있었다. 알고 보니 그러는 동안에도 시계는 째깍째깍 움직이고 있었고, 제 죽음까지 남은 시간도 계속 줄어들고 있었다.

에델리스의 머릿속에 조금 전까지 자신을 걱정하던 르한이 떠올랐다. 그리고 그가 한 손에 칼을 쥔 채로 자신을 찌르던 모습도. 미간을 찌푸린 채 고민하던 에델리스의 입에서 한 사람의 이름이 흘러나왔다.

"……파시스 경. 파시스 경을 찾아야 해."

그를 자신에게서 떨어뜨리려고 했던 르한에게는 정말 미안한 일이었다. 자신도 성녀와 르한이 함께 있는 것을 보니 그의 마음이 이해가 갔기에 더욱 미안했다. 그리고 제게 마음을 고백했던 파시스 경에게도 죄책감이 들었지만 자신에게는 그가 필요했다.

제 목숨을 지켜줄 사람. 적어도 자신을 지켜주려고 했던 사람이니, 자신을 죽이는 르한보다는 그의 도움이 간절했다. 하지만 파시스 경은 곧 한 달간 정직 상태가 된다. 지금까지 르한의 태도를 보면 그의 정직이 한 달로 끝날지, 아니면 더욱 길어질지 알 수 없었다.

'아마 한 달보다 더욱 길어질 거야.'

방법을 찾아야 했다. 하지만 지금 당장 취할 수 있는 방법이 떠오르지 않았다.

에델리스는 자리에서 일어나 자신의 시녀들에게 매무새를 정돈할 것을 명했다. 머리를 다시 만지고, 구겨진 드레스를 벗고 새로운 드레스로 갈아입었다. 이전에 입었던 드레스만큼 화려하고 아름다운 것으로. 그리고 제 안색이 좋지 않다는 것을 드러내지 않도록 짙게 화장을 하고 다시 연회장으로 향했다.

'변한 것은 없어. 예전과 같을 뿐이야.'

르한에게 마음을 열기 전, 제 죽음을 대비하던 그때와 같다고 스스로에게 말했다. 그렇지만 자꾸만 르한이 자신을 사랑스럽게 바라보던 눈빛과, 제 귓가에 속삭이는 달콤한 말들, 마지막으로 제 입술에 닿던 그의 입술의 감촉까지 떠올랐다.

'차라리 아무것도 몰랐으면 좋았을 것을.'

괜히 헛된 희망을 품었다가 낭떠러지 밑으로 추락한 기분이었다. 에델리스는 머리를 흔들어 잡념을 털어내고 서둘러 연회장으로 발걸음을 옮겼다.

'오늘은 사절단이 전부 나와 있어. 이만한 기회는 드물어.'

이전에 계획을 세웠다가 폐기했는데, 역시 도망갈 가능성을 염두에 두고 그들과 친분을 쌓아두고 싶었다. 연회장에 도착하자마자 보이는 것은 많은 귀부인들에게 둘러싸여 있는 성녀였다. 르한 역시 각국의 대신들과 이야기를 나누고 있었다. 그렇다면 에델리스가 먼저 가야 할 곳은 대신들 쪽이었다.

"에델리스! 괜찮습니까?!"

"네, 괜찮아요. 조금 쉬니까 괜찮아졌어요."

"더 쉬는 게 낫지 않겠습니까?"

"아니에요, 많은 분들이 축하하러 오셨는데, 자리를 지켜야지요."

에델리스가 그렇게 말하면서 주변을 둘러보자, 많은 이들과 눈이 마주쳤다.

"결혼 축하드립니다, 폐하!"

르한이 그들의 말을 통역하려고 할 때, 에델리스가 한발 앞서 나갔다.

"축하해주어서 고마워요, 칸테 후작."

"저를 알고 계셨습니까? 아니, 그보다 세르니에어를 이렇게나 유창하게 하시다니……."

"전쟁의 영웅인 칸테 후작을 만나뵙게 되어 영광이에요."

"오오!"

칸테 후작은 형용할 수 없는 감동에 휩싸였다. 이전에는 자신이 전쟁 영웅으로 유명했다고는 하지만, 이미 20년도 더 된 이야기였다. 지금은 손주의 재롱을 보며 사는 배 나온 할아버지인데, 자신의 영광스러운 모습을 기억해주는 사람이 있다니.

"오래전 이야기를 기억해주시는 분이 계실 줄 몰랐습니다. 그것도 이 먼 곳에서."

"저는 예전부터 세르니에에 관심이 많았거든요."

"말씀하시는 것을 보니 오랫동안 연습하신 것 같습니다. 세르니에 사람이라고 해도 믿을 정도입니다!"

"하지만 아쉬운 것은 세르니에에 한 번도 가보지 못한 것이에요. 풍광이 그렇게 아름답다던데…….”

에델리스가 정말로 아쉽다는 듯이, 쓸쓸하게 이야기했다.

“에델리스, 같이 가시겠습니까?”

최악의 상황에 도망가려고 하는 건데, 네가 왜 따라와?!

에델리스가 저도 모르게 당황해서 르한을 바라보았다.

“그럼, 혼자 갈 생각이었습니까.”

“그, 그래야지요. 어떻게 황제 폐하와 제가 같이 자리를 비우겠어요.”

“그렇다고 당신 혼자 갈 수가 있겠습니까.”

“하지만…….”

세르니에까지는 마차로 두 달 정도는 가야 했다. 황제가 함께 간다는 것은 그동안 국정에 공백이 생긴다는 것을 의미했다. 그러니 현실적으로 황제인 르한과 함께 가는 것은 불가능에 가까웠다.

“황제 폐하께서 함께 오셔도, 아니면 황후 폐하만 오시더라도 제가 책임지고 세르니에의 안내를 맡도록 하겠습니다!”

칸테 후작이 자신의 가슴팍을 팡팡 치며 호걸다운 모습을 보여주었다. 에델리스가 그의 말을 듣고 밝게 미소 지었다.

“정말로 기대하고 있을게요, 후작.”

이것으로 에델리스에게 도피처 하나가 생겼다. 언제 도망가게 될지 모르겠지만, 그리고 자신이 도망을 갔을 때도 후작이 자신을 도와줄지는 모르지만, 그런 것을 모두 감안하더라도 후작의 약속은 없는 것보다는 있는 것이 훨씬 나았다.

그러니 그의 이야기를 듣고 안도가 섞인, 마음 편한 미소를 지었다. 에델리스는 다음에는 누구와 친분을 쌓아야 최악의 상황에서 자신에게 도움을 줄 수 있을지 고민했다.

"에델리스."

갑작스럽게 귓가에 들려오는 르한의 목소리에 깜짝 놀란 에델리스의 심장이 쿵쾅거렸다. 도망가려는 계획이 들키기라도 한 것처럼 두근두근했다.

"왜, 왜 그러세요?"

단순히 불렀을 뿐인데 과하게 놀라 르한이 이상하게 여기는 눈치였다.

"그렇게 열심히 할 필요 없다고 하지 않았습니까."

"이전에 배웠던 말로 대화를 나누었을 뿐이에요."

"훌륭했습니다."

별로 일을 잘 하고자 하는 것은 아니었는데 기대 이상의 성과를 올리고 말았다. 에델리스가 어색하게 미소 지었다.

이번엔 기다렸다는 듯이 주변에서 많은 이들이 그녀에게 말을 붙여왔다.

"황후 폐하, 결혼을 축하드립니다."

"혹시 저희 나라에도 방문하실 생각은 없으십니까?"

"저희 나라에도 방문해주신다면 제가 안내를 맡겠습니다."

크로나드 제국과 좋은 관계를 유지하고 싶은 나라들의 대신이 앞다투어 나섰다.

"축하해줘서 고마워요."

"기회가 된다면 가보고 싶어요."

에델리스는 자신이 아는 한 최대한 성실하게 답했다. 잘 알지 못하는 말에는 르한의 도움을 받거나, 그도 아니면 외교부 관리들의 도움을 받아 답했다.

'이 정도면 어느 한 군데는 갈 수 있겠지!'

괜히 뿌듯한 마음에 그들에게 더욱 성심성의껏 답했다. 그러다 얼추 대화가 정리되었을 때는, 성녀에게 쏟아져 있던 많은 시선이 에델리스에게 향해 있었다.

'······응? 이건 내가 생각한 모습이 아닌데?'

제 미래를 위한 예비책이었는데, 어쩌다 보니 성녀보다 더욱 많은 이목을 받고 있었다.

그래도 제게 쏠린 호의적인 눈길이 해가 되진 않을 것이라고 생각했기에 내심 뿌듯했다.

하지만 이 상황이 탐탁지 않은 사람이 있었다. 그건 바로 르한이었다. 그는 에델리스와 사절단들의 대화가 얼추 마무리되자 곧바로 그녀의 손목을 잡고는 사람들을 향해 외쳤다.

"그럼 모두 즐거운 연회가 되기를."

르한은 에델리스를 이끌고 연회장 밖으로 향했다.

"왜, 왜 그래?"

"분명 결혼식을 올린 다음부터는 기다리지 않겠다 하지 않았습니까."

"······아직 낮인데?"

"알고 있습니다. 다만 내 아내가 이제는 내게만 집중해주었으면 합니다."

르한은 아랑곳않고 자신의 침실로 그녀를 데려갔다.

침실의 문이 닫히자마자 르한의 팔이 에델리스의 허리를 감아와 그녀는 숨을 들이켰다.

"르, 르한."

"조금 이따 마저 말하면 안 됩니까?"

르한의 얼굴이 곧장 내려와 에델리스의 시야에는 온통 르한밖에 보이지 않았다. 이미 그의 입술은 에델리스에게 닿기 직전이었다.

'그리고 그게 시작이겠지!'

이전처럼 가벼운 입맞춤으로 시작해서, 그것으로 끝나지 않을 것이다. 뒤로 물러나고 싶어도 이미 단단하게 허리가 붙잡힌 탓에 움직일 수 없었다. 에델리스는 고개를 돌리고 양손으로 그의 가슴팍을 밀었다.

"지금…… 나를 거부하는 겁니까?"

낮게 깔린 목소리가 평소의 르한과 달랐다. 그렇게 말하는 르한은 에델리스를 놓아주기는커녕 되려 그녀를 강하게 옭아맸다.

"베르만 파시스, 그 자식 때문입니까?"

"여기서 갑자기 파시스 경이 왜 나와?"

"그가 신경이 쓰여서 그러는 거 아닙니까?"

"아니야, 전혀 아니야!"

파시스 경에게 연락을 할 방법을 알아봐야겠다고 생각하긴 했어도, 그건 이 방에 오기 전의 이야기였다. 이 방에 르한과 단둘이 있게 된 이후로는 머릿속에 온통 르한만 가득해 다른 생각을 할 여유가 없었다.

"그게 아니면 왜 나를 거부하는 겁니까."

"아니, 그게 아니라!"

"거부하는 게 아니라는 겁니까?"

르한은 그렇게 말하며 한쪽 손으로 에델리스의 뺨을 감싸 제게 향하게 했다. 숨결이 얽히는 가까운 거리에서, 싱긋 미소 지으며 자신을 바라보는 르한 때문에 심장이 쿵쾅거렸다.

"에델리스, 정말 좋아합니다. 그 어떤 말도 내 감정을 다 담지 못할 만큼."

조금 전 결혼식의 마지막에 했던 입맞춤은 아무것도 아니라는 듯 그는 깊게 입을 맞춰왔다. 더, 더 깊이 파고들려고 하는 그가 그녀의 입술을 비집고 들어왔다. 어쩐지 숨이 가빠오고 이전보다도 더 크게 심장이 뛰었다. 르한의 혀가 얽어매는 것은 제 혀가 아니라 자신의 전부인 것만 같았다.

에델리스의 뺨에 와 있던 그의 손이 그녀의 목덜미를 타고 내려가 어깨에 닿았다. 그러고도 더 내려가려고 하자 에델리스가 황급히 그에게서 떨어졌다.

"아직 밖이 밝은데……."

느른하게 웃으면서 늘어지는 듯한 그의 낮은 목소리가 에델리스의 청각을 자극했다.

"밝으면 어떻고, 또 어두우면 어떻겠습니까."

"……."

"그럴 생각이 있는지, 없는지가 중요한 것이지. 그리고 저는 그럴 생각이 충분히 있습니다."

뒤에 붙은 말까지 듣자, 에델리스는 하마터면 발을 삐끗할 뻔했다.

"하, 하지만 시녀들이 오늘 밤에 입을 옷을 특별히 준비했다고 하던데?"

"무얼 입어도 상관없습니다. 안 입어도."

"내가 다 떨어져가는 옷을 입어도?"

"예, 하지만 새하얀 성의를 입는다면 조금 당황할지도 모르겠습니다."

르한이 피식 웃으면서 하는 말에 에델리스가 크게 당황했다. 그는 단순히 경건한 옷을 입어도 그녀에게 매혹된다고 말하고 싶었을 것이다. 하지만 에델리스는 '성의'라는 단어에 성녀를 떠올렸고, 자연스럽게 조금 전 그녀가 했던 말을 떠올렸다.

─말씀드렸잖아요. '미래를 보여주는 책'이라고. 그것이 보여
주는 것은 이미 정해져 있는 미래가 맞아요.

정해진 미래. 성녀의 말을 떠올리자 기분이 착 가라앉았다.

─신전의 기록에 적혀 있었어요.

신전은 풍흉을 예측하고, 재난을 피하게 했으며, '성녀'의 등장까지 알고 있었다. 그런 신전이 갖고 있는 기록은 개인의 판단보다 훨씬 믿을 만한 것이었다.

아니라고, 르한이 그럴 리가 없다고 생각하면서도 마음속 한

편에는 내가 그렇게 믿어도 되는 건가 하는 불안감이 엄습했다.

"……르한."

"예."

조금 전과는 달리 에델리스의 분위기가 가라앉은 것을 눈치챘지만 르한은 자신이 성의를 언급한 이후 이렇게 변한 것 외에는 무언가 짐작 가는 게 없었다.

"아까 전에 성녀가 얘기했던 책 있잖아."

"아, 그 미래를 보여준다는 책 말입니까?"

"응."

"관심 있습니까? 알아볼까요?"

"그럴 수 있어?!"

르한은 에델리스가 관심 있어 하는 거라면 무엇이든지 갖다 바칠 용의가 충분했다. 그는 그럴 권력도 돈도 의지도 갖고 있었다.

그 책을 떠올리고 기분이 가라앉았던 것인가, 그렇게 추측했다. 그러니 그녀가 관심을 갖고 있는 것을 다 들어주고 싶었다. 에델리스의 기분이 나아지도록.

"쉽지는 않을 것 같습니다. 하지만 시도는 해볼 만하지 않겠습니까?"

"고마워!"

에델리스가 밝게 웃으며 이야기하자 르한도 마주 웃었다. 에델리스가 가라앉은 기분이 되면 르한의 기분도 가라앉는 느낌이었고, 그녀가 밝게 웃으면 그도 밝게 웃을 수 있었다.

"에델리스가 그런 것에 관심 있어 할 줄 몰랐습니다."

"그냥, 정말 미래를 보여주는 건지 궁금해서."

"에델리스가 본다면 어떤 미래가 나올 것 같습니까?"

"……행복한 미래였으면 좋겠어."

네가 나를 죽이고, 우리 가문을 없애버리고도 행복하게 지내는 것이 아니라.

"굳이 책을 보지 않더라도 그렇게 될 미래를 볼 수 있을 겁니다. 그렇게 만들 테니."

에델리스는 르한의 어깨에 머리를 툭 기댔다.

"그랬으면 좋겠다."

"그럴 겁니다."

"우선 사절단이 돌아가기 전에 이야기를 꺼내봐야겠습니다."

"그렇게 급하게 하지 않아도 돼."

에델리스의 마음속에는 두 가지 마음이 공존했다. 사실일까 봐 걱정되어 뒤로 최대한 미루고 싶은 마음. 그리고 사실이 아니라는 것을 빨리 확인하고 싶은 마음.

"그래도 성녀가 이곳에 있는 동안에 이야기를 해두는 것이 가장 손쉬울 것 같습니다."

"……그렇게 빨리?"

"예, 성녀가 그 기록을 봤다고 하니 직접 확인하는 것이 가장 좋을 겁니다."

르한이 '성녀'를 언급하자 에델리스의 심장이 두근거렸다. 이

전까지 르한이 제게 유혹의 말을 할 때와는 전혀 다른, 섬뜩하기까지 한 두근거림이었다.

"성녀와 이야기를 나눌 수 있는 자리를 만들어봐야겠습니다."

에델리스는 가급적 르한이 성녀와 마주치는 일이 적었으면 좋겠다고 생각했다. 혹시라도 그들이 사랑에 빠지게 된다면 책에서 보았던 대로 이야기가 흘러갈까 봐.

하지만 그렇다고 해서 르한이 성녀에게 직접 묻겠다고 하는 것을 막을 수도 없었다. 책이 진짜인지, 아닌지에 따라 에델리스가 앞으로 어떻게 할지가 달라지기 때문이다.

"그러면 다시 이어서 해도 됩니까?"

대화가 일단락되었다고 생각한 르한이 그녀의 손가락에 깍지를 꼈다. 놓아주지 않을 것처럼.

"르한?!"

"마음의 준비는 되셨습니까."

"응?"

"오늘까지 마음의 준비를 하기로 하지 않았습니까?"

낮에도 안심할 수 없다고 생각한 것이 조금 전이었다.

이제 와서 후회를 해 봤자 그들은 이미 침실, 그것도 침대 위에 있었다.

"아직, 안 됐는데……."

"언제 되는 겁니까? 그 마음의 준비는."

"그을쎄에……."

에델리스가 시선을 회피하며 길게 답을 늘리자 르한이 불만 족스러운 표정으로 그녀의 얼굴을 빤히 바라보았다.

"제 마음의 준비는 예전에 끝났습니다만."

그렇게 말하며 르한은 에델리스의 손을 들어 손가락과 손등, 손바닥에 골고루 입을 맞추었다.

"웃, 르한. 간지러워……"

이번에는 르한의 입술이 조금 올라가 에델리스의 손목에 닿았다. 가볍게 한 번 입을 맞춘 르한의 입술은 이번에는 조금 세게 에델리스의 손목 안쪽의 여린 살을 빨아들였다. 그렇게 한 곳, 두 곳 붉게 자국을 남기면서 그녀의 팔을 타고 올라갔다.

"자, 잠시만 기다려줘."

여전히 그의 손에 깍지가 끼워져 있는 상태로 입술은 점점 올라가 이제는 그녀의 팔뚝에 닿았다. 안쪽의 여린 살에 닿는 입술의 촉감 때문에 어쩐지 다리가 배배 꼬였다.

그 모습을 바라본 르한의 미소가 조금 더 짙어졌다. 당황으로 얼룩져 어찌할 바를 모르는 에델리스의 얼굴을 보자 이성을 잃을 것 같았다. 하지만 열심히 고개를 내젓는 에델리스를 보고 간신히 자신을 멈춰 세우고 이성을 붙들었다.

"분명히 오늘까지 마음의 준비를 해달라고 하지 않았습니까."

"하지만 이런 한낮이라는 이야기는 없었잖아!"

르한이 조금 고민하는 듯하다가 타협안을 제시했다.

"에델리스. 그러면 밤이면 준비가 되는 겁니까?"

"그건……."

굳이 답을 듣지 않아도 에델리스의 망설이는 표정을 보면 알수 있었다. 그녀가 지금 르한이 원하는 것과 다른 것을 원하고 있다는 것을.

"하기 싫은 겁니까?"

르한의 단도직입적인 질문에 에델리스는 뭐라 답하지도 못했다. 여기서 고개를 끄덕인다면 르한이 상처를 받을 것이고 고개를 젓는다면 당장 분위기가 달아오를 것 같았기 때문이었다. 에델리스는 아직 마음의 준비가 안 된 것도 맞지만, 성녀 때문에 찜찜한 채로 그와 하나가 되고 싶지는 않았다.

그리고 혹여, 이혼을 하게 되더라도 둘 사이에 아무런 일이 없어야 원활하게 헤어질 수 있었다. 만약 밤을 보냈다면 황실의 후계 문제가 얽혀 이혼이 쉽지 않을 것이다.

"……."

에델리스가 긍정도 부정도 하지 않자 르한이 작게 한숨을 내쉬더니 조용히 그녀를 품에 안았다.

"당신이 싫다는데 억지로 할 마음은 없습니다."

"정말……?"

"예, 당연하지 않습니까. 나를 뭐로 본 겁니까? 내가 짐승도 아니고."

르한이 가볍게 한 이야기에 에델리스가 키득키득 웃었다. 편안한 분위기로 풀어주는 르한이 고마웠다.

"르한."

"예."

"아직 마음의 준비가 되지 않아서 그런 것뿐이야. 르한이 싫어서가 아니야."

싫어하기는커녕 좋아하고 있었다. 대련을 할 때도, 집무를 볼 때도, 애정이 가득한 눈동자로 자신을 내려다볼 때도 모두 좋았다. 에델리스가 르한의 품으로 더욱 파고들자 그가 그녀의 등을 토닥였다.

"알고 있습니다."

"……알고 있어?"

"모를 것 같았습니까? 그렇게 티가 나는데."

저 나름대로는 이래서는 안 된다고 다짐하면서 마음을 잘 숨겨왔다고 생각했는데.

"언제나 당신만 지켜보는데, 눈치채지 못할 리가 없지 않습니까."

"……그래?"

평범하게 말하려고 했지만 목소리가 떨려왔다. 르한이 이렇게 말을 하니 제 감정이 깊어질 수밖에 없었다. 어쩐지 그를 볼 때마다 눈이 마주친다 싶었다.

"당신과 다시 만난 뒤로 얼마나 급박하게 결혼을 진행했는지 충분히 인지하고 있습니다."

"그건 그렇지."

"그래서 당신이 마음의 준비를 하지 못했다고 해도 이해하고 있습니다."

"……고마워."

에델리스는 지그시 눈을 감고 그의 체온을 느꼈다. 그것만으로도 마음이 벅차올랐다.

"제 마음 같아서는, 당신이 하루빨리, 아니 한시라도 빨리 마음의 준비를 해주셨으면 싶습니다만."

"……노력할게."

책에 관련된 것만 해결되면 평범한 사람들처럼 하루하루를 충실히 보낼 수 있을 것이다. 다음 날 무슨 일이 생길지 몰라 불안하더라도, 언제 좋아하는 사람에게 죽임을 당할지 모르는 매일을 보내는 것보다는 나을 테니.

"얼마나 노력하는 겁니까?"

"……최대한?"

"부탁드립니다, 에델리스."

르한이 제 품에 파고들던 에델리스에게 멀찍이 떨어뜨렸던 몸을 붙여왔다. 그러자 그녀는 자신과 맞닿아 있는 르한에게서 무언가 이질적인 것을 느꼈다.

'응……?'

저도 모르게 그것에 손이 가려던 에델리스가 들었던 손을 황급히 내렸다.

'에이, 아니겠지. 아닐 거야.'

그렇게 되뇌면서도 머릿속에서는 오만 가지 상상이 다 되었다.

"에델리스."

"으, 응?!"

"현명한 판단입니다."

"……칭찬해줘서 고마워."

역시 손을 내린 것은 옳은 선택이었다. 하마터면 돌이킬 수 없는 강을 건너고 말 뻔했다. 르한이 분위기를 그냥 풀어주는 것은 아니었다.

'……르한이 짐승이 아니라서 다행이야.'

이렇게 매번 심장 떨리게 하니 그에게 익숙해질 수가 없었다.

"피곤하지 않습니까. 새벽부터 일어났다면서."

"응, 맞아."

"그러면 한숨 주무십시오. 어차피 오늘 밤까지 마음의 준비를 하는 것은 불가능하지 않습니까."

"……그렇지."

에델리스는 스르르 눈을 감았다. 긴장되어 잠이 오지 않을 것 같았지만, 잠을 못 잤던 탓에 금방 잠에 빠져들었다. 게다가 따뜻하게 자신을 감싸오는 체온과 일정하게 토닥이는 그의 손길이 더욱 그녀를 편안하게 만들었다.

"……."

에델리스에게서 고른 숨소리가 들려오자 르한은 그제야 몸에 잔뜩 주고 있던 힘을 뺐다.

"하아."

오늘만을 기다려왔던 르한은 한숨 섞인 탄식을 내뱉었다.

드디어, 수년 전부터 계속 상상만 해오던 에델리스를 자신의 아내로 맞이한 날이었다. 예전에는 이것으로 만족할 줄 알았는데 그렇지 않았다. 손을 잡기만 해도 행복하게 만들어주는 에델리스를 품에 안은 지금은 세상을 다 가진 기분이 들게 했다.

하지만 그녀는 자신을 극심한 갈증을 느끼도록 몰아넣기도 했다. 조금 더, 조금만 더, 계속해서 그녀와 가까워지고 싶은 마음에 타는 목마름을 느꼈다. 둘 사이에 남아 있는 거리가 전혀 없도록. 그 무엇도 둘 사이를 방해하지 않도록 하고 싶었다.

"나의 아내 에델리스. 이젠 내 옆에서 멀어질 수 없어."

베르만 파시스 따위가 아닌, 그 누가 오더라도. 무슨 일이 생기더라도. 다른 사람이 제 아내를 데려가기에는 이미 늦었다. 절대로 빼앗길 생각이 없으니.

신탁

    에델리스가 다시 눈을 떴을 때는 어스름한 새벽녘이었다. 시각을 확인한 에델리스는 자신이 그렇게 오래 잤다는 사실에 충격 받았다. 자리에서 일어나 찌뿌둥한 몸을 기지개 켜려고 했는데, 일어나기도 전에 르한에게 허리를 붙잡혀 곧바로 누워버리고 말았다.

    "르한?"

    "더 주무십시오."

    "엄청 많이 잤잖아."

    에델리스가 생글생글 웃으며 말했지만 르한은 들어주지 않았다.

    "그러다가 또 밤에 졸리다고 일찍 자면 어떡합니까."

    "그러면 이따가 낮에 한숨 잘게."

    "낮에 제가 일정이 있어서 옆에 있어드리지 못할 것 같습니다."

    "일정?"

"피곤하면 미리 말씀하십시오. 가능한 일정을 조율해볼 테니."

"무슨 일정인데?"

르한이 결혼식 이후 사흘간 휴가를 갖는 것에 성공했다고 들었다. 그런데 바로 일정이 있다니 생각지도 못한 일이었다.

"당신이 자는 동안에 성녀에게 기별을 넣었습니다."

"……성녀."

"예. 책에 대해 더 알고 싶다고 말하며 가능한 빠른 일정을 잡았습니다."

잠이 확 깨는 기분이었다. 불안한 마음에 에델리스는 르한의 품을 더욱 파고 들었다.

"에델리스?"

"조금만."

잠시 뒤에 에델리스는 차분하게 숨을 고르고 이야기했다.

"성녀와 만날 때, 나도 데리고 가줘. 물어볼 게 있어."

"어떤 것에 대해서 알고 싶은 겁니까?"

"책에 대해서 알고 싶어."

"연회에서 성녀가 말했던 '미래를 볼 수 있는 책'에 대한 겁니까?"

"응. 신전의 기록이라니까 더 알 수 있는 방법이 없어서."

다른 방법이 있었더라면 이미 에델리스가 찾았을 것이다. 황성에 들어온 후에 시간이 날 때마다 자신의 서재와 황실 도서관에서 미래와 관련된 자료를 찾아봤지만 모두 허탕이었다.

"알겠습니다. 그러면 성녀와 만날 때 같이 갑시다."

"고마워."

"고마울 게 뭐가 있습니까. 당신은 내 아내고, 황후이니 하지 못할 것은 없습니다."

르한이 단호하게 하는 말에 에델리스가 웃었다. 하지만 성녀와 르한이 만나는 자리라고 하니 조금 긴장이 되는 것은 어쩔 수 없었다.

"르한, 나 한 가지만 물어봐도 돼?"

"말씀하십시오."

"······나 좋아해?"

그에게 다시 마음을 확인받는다면, 마음이 조금 편안해질 것 같았다. 책과는 다르게 나를 좋아하고 있다고, 성녀 따위는 눈에 들어오지 않는다고.

"그걸, 지금 질문이라고 하는 겁니까?"

그녀가 자고 있는 동안에 불면의 밤을 지새웠던 르한으로서는 어이가 없는 질문이었다. 자신이 얼마나 그녀에게 목을 매는지 표현하려고 해도 그녀가 준비가 안 되었다고 하니 할 수도 없었다.

"제 마음에 대해서는 언제 물어도 같은 답일 겁니다."

"언제라도?"

"예. 예전에도, 지금도, 나중에도."

르한이 아주 단호하게 답했다. 그 외의 답은 존재하지 않는다는 듯이. 르한은 여전히 에델리스를 제 품에 가두고 있었다.

에델리스가 르한을 올려다보다가 살며시 마주 안았다.

"마음의 준비를 해볼게."

"……."

"최대한 빨리."

"……부탁합니다."

신체 건강한 르한이 진심을 다해 말했다.

"르한이 계속 나를 좋아한다면, 머지않아 준비가 될 것 같아."

"곧 준비가 되겠군요. 제 마음이 변하진 않을 테니."

지금은 서로를 품에 안고 체온을 나누는 것만으로도 행복했다. 에델리스의 마음속에 남아 있던 불안도, 그 이유를 알고 있었기 때문에 괜찮았다.

"르한, 그러면 성녀에게 최대한 빨리 만나고 싶다고 전해줘."

"알겠습니다."

르한은 제게 맞춰 마음의 준비를 하겠다는 에델리스를 제 품 안에서 놓는 게 아쉬워 한참이나 망설였다.

하지만 에델리스가 마음의 준비를 하기 위해서라도 성녀를 만나야겠다고 하자 어쩔 수 없이 그녀를 놔주었다.

마음의 준비와 성녀가 무슨 관계인지는 전혀 예측하지 못한 상태로.

날씨가 좋아 르한은 성녀와 대화를 나누기로 한 장소를 정원으로 정했다. 수도 내에서 가장 아름답다는 황궁, 그리고 그 황궁에서도 가장 아름다운 루비 궁 근처의 정원이었다.

'긴장돼……'

에델리스의 긴장이 전해졌는지 르한이 그녀의 손을 잡아왔다. 제 손을 감싸는 커다란 손이 전해주는 따뜻한 체온에 에델리스가 미소 지었다.

먼발치에서 누군가 걸어오고 있었다. 성녀였다. 성녀는 정원으로 오면서 르한을 보고 밝게 미소 지었다가 그 옆에 앉아 있는 에델리스를 보고 잠시 멈칫했다.

"황후 폐하께서도 이곳에 계신 줄 몰랐어요."

"그대가 했던 이야기에 에델리스가 관심을 가져서."

정확히는 에델리스가 관심 있어 하니 성녀와 대화를 나누는 시간을 잡은 것이다. 만약 에델리스가 관심을 갖지 않았더라면 성녀와 따로 대화하는 시간을 나누지는 않았을 것이다.

"……어떤 내용이 궁금하실까요?"

"그전에 말씀하셨던 책에 대한 이야기를 더 듣고 싶어요."

에델리스의 말을 듣자 성녀가 슬며시 미소 지었다.

"그 이야기일 것 같았어요. 황후 폐하께서 큰 흥미를 갖고 계신 것 같더라고요."

"조금 관심이 있어서 그래요. 미래를 본다는 것은 누구나 관심을 가질 만하죠."

"안 그래도 폐하께서 알현을 허가했다는 말을 듣고 저도 조금 더 알아봤어요."

"새로운 이야기가 있던가요?!"

신전 내부의 이야기에는 에델리스가 접근할 수 있는 방법이 없었기에, 성녀만이 정보를 얻을 수 있는 유일한 통로였다.

"가장 최근에 발견된 것은 70년 전이었어요."

"네."

이것은 별로 중요하지 않았다. 어차피 가장 최근에 발견한 것은 에델리스가 책을 보게 된 8년 전이었을 테니.

"그때 책에 나와 있던 내용과 현실이 달랐다고 하더군요."

"정말요?!"

에델리스는 한 줄기 희망을 얻은 기분이었다. 저도 모르게 손에 힘이 들어갔다.

"네, 책을 발견한 분이 신도 분이었는데 책의 내용을 신전에 상담하셨어요."

"혹시 어떻게 달랐던 건지 알 수 있을까요?"

"원래는 이야기하면 안 되는 건데……."

"……."

에델리스의 간절한 눈빛에 마음이 흔들린 건지 성녀가 조금 주저하는 듯하다가 입을 열었다.

"10년 후의 미래를 보고……."

성녀가 말을 하려다 잠시 멈추었다.

"8년쯤 지났을 무렵에 신도 분이 자살했어요."

"네?"

자살이라니, 책을 갖고 있는 당사자인 에델리스뿐만 아니라 르한도 놀란 눈치였다. 르한의 입장에서는 대체 무슨 미래가 보였길래 죽음을 선택했나 의아할 법도 했다.

"굳이 그렇게까지 할 필요가 있는가."

"유서에는, 자신이 보았던 미래가 오게 하느니 그 방법을 택한다고 적혀 있었어요. 그래서 그런지 신도 분이 말한 미래는 오지 않았어요."

책이 보여준 미래가 오기 전에 톱니바퀴가 하나 빠져버린 것이다. 만약 에델리스가 자살한다면, 그녀가 이미 죽고 없으니 악행은 누가 저지를 것이며, 르한은 그럼 누구를 무슨 이유로 죽일까. 또 황제에게 죽지 않았으니 아버지께서 반역을 일으키지도 않을 것이다.

하지만, 죽음을 피하려고 지금껏 노력해왔는데 자살이라니. 그럴 거였으면 그렇게 노력하지도 않았을 것이다.

"그래도 미래가 바뀔 수 있다는 거네요."

그걸 안 것만으로도 큰 수확이었다. 책이 보여주는 미래는 완전하지는 않다. 그 사람이 바꾼 방법이 자신의 죽음이었을 뿐이지, 굳이 그것까지 따를 이유는 없었다.

"죽음 정도는 되어야 바꿀 수 있다는 거겠죠."

"그만큼 큰 사건이면 바꿀 수 있다는 점이 흥미롭네요."

그 사람은 자신의 죽음이라는 거대한 사건으로 미래를 바꿨다. 에델리스는 자신이 미래를 바꾸기 위해서는 어떤 큰 사건을 일으켜야 할지 알지 못했다. 자신이 한 행동 중 죽음에 비견될 만큼 큰 사건이 있던 것 같지도 않았다.

하지만 작은 행동이 모여 나중에는 완전히 다른 결과를 불러올 수도 있었다.

'그래도 성녀와 만난 것이 소득이 있었어.'

르한은 성녀를 앞에 두고 있었지만 평소와 다르지 않았다. 그렇게 생각하며 안심하여 르한을 보자 이번에도 그와 눈이 마주쳤다. 그는 눈꼬리를 사르르 접어 미소 지으며 그녀를 불렀다.

"에델리스."

"네."

"혹시 나중에 미래를 바꾸고 싶거든 내게 말해요."

에델리스는 혹시 자신이 너무 티를 낸 것은 아닌지, 아니면 무언가 눈치를 챈 건지 놀랐다. 하지만 르한은 평소와 같이 그녀를 바라보며 달콤하게 속삭였다.

"당신이 보고 싶은 미래가 될 수 있게 뭐든지 해줄 테니까."

"알겠어요."

에델리스가 르한에게 잡혀 있던 자신의 손을 빼서, 그의 손에 깍지를 꼈다.

'미래를 바꿀 수 있다는 걸 알았으니 괜찮아. 바꾸면 되니까.'

어쩌면 르한이 제게 칼을 겨누는 일 자체가 생기지 않을 수도 있다. 모든 가능성이 열린 것이다. 그렇다면 책을 보지 않은 것과 크게 다르지 않았다. 모든 사람들은 불안한 미래를 안고 살아가니 말이다.

"정해진 미래를 바꿀 수 있다고 생각하세요?"

성녀의 말은 마치 이미 결정된 미래이니 헛된 희망을 품지 말고 받아들이라는 의미 같았다.

'그건 성녀가 책의 내용을 모르니 할 수 있는 이야기겠지.'

아무리 그래도 성녀가 제게 얌전히 죽음을 받아들이라는 이야기를 하지는 않을 것이다.

"이미 바뀐 사례가 있으니 그것은 더 이상 정해진 미래라고 할 수는 없지요."

"그렇지만 죽고 나서야 미래가 바뀌었잖아요."

"그 사람이 선택한 방법이 죽음이었을 뿐, 다른 방법이 없다고 할 수는 없죠."

"하지만 죽음 이외의 방법이 신전에 기록된 사례는 없어요."

성녀가 단호하게 말했다. 마치 미래를 바꾸기 위해서는 목숨을 바쳐야만 하는 것처럼. 하지만 에델리스는 그렇게 생각하지 않았다.

"기록에 없다고 해서 실제로 존재하지 않는다거나 불가능한 일은 아니라고 생각해요."

이전부터 어쩌면 미래가 바뀌었을지도 모른다고 생각해왔다. 그리고 성녀의 말은 에델리스에게 확신을 주었다.

에델리스는 마음이 아프더라도 성녀와 르한을 이어줘야 하나 진지하게 고민했었다. 하지만 이제 그럴 필요는 없을 것 같았다. 둘이 서로 좋아하는 사이라면 모를까, 이제는 원작에서 멀어져 미래를 바꾸는 것이 훨씬 나을 것 같았다.

"설령 기록에 없다고 해도, 첫 사례가 될 수도 있는 것이니까요."

이미 책의 내용이 바뀔 수도 있다는 것을 알았으니 두려울 것은 없었다. 성녀는 신전의 기록을 부정했다고 생각한 것인지 편안했던 얼굴에 금이 갔다.

"신전의 기록은 절대적이에요."

"예외가 발생한 시점에서 이미 절대적이라고 할 수는 없습니다."

성녀의 꽉 쥔 손이 미세하게 떨리는 것이 보였다. 에델리스는 딱히 그녀와 척을 지거나, 성녀의 기분을 상하게 할 생각은 없었기 때문에 이만하기로 했다.

"아주 흥미로운 이야기였어요. 또 재미있는 이야기가 있다면 들려주세요."

에델리스가 밝게 미소 지었다. 언제가 마지막이었는지도 기억이 나지 않을 정도로 오랜만에 편안한 마음으로 짓는 미소였다.

"책이 미래를 보여준다는 것을, 믿지 않으시는 건가요?"

성녀의 목소리가 조금 떨렸다.

"아뇨, 하지만 그 미래가 바뀔 수 있다는 가능성을 알게 되었을 뿐이에요."

"책에 나온 대로 될 거예요."

성녀가 아주 단호하게 말했다. 에델리스는 그녀가 대체 왜 이렇게 단호하게 주장하는지 이해할 수가 없었다. 성녀이니 강한 신앙심에서 비롯된 것이리라, 대강 짐작했다.

"그렇게 될지, 아닐지는 책을 본 사람만 알 수 있겠죠."

에델리스가 책을 가지고 있다는 것을 성녀가 알고 있을 리가 없었다. 그러니 에델리스가 한발 물러서 거리를 갖고 말하면 반박할 수가 없을 것이다.

"그렇죠. 책을 본 사람만이 알고 있겠죠."

다행히도 성녀는 더는 고집부리지 않고 에델리스의 말을 긍정했다. 두 사람 다 웃고 있는 얼굴이었지만, 분위기는 왠지 모르게 냉랭했다. 그 자리에서 두 여자 사이에 끼어 있던 르한은 이 분위기를 정리하는 것이 차라리 낫다고 판단했다.

"이야기를 들려주어 고맙습니다."

"아니에요. 함께 차를 마시게 되어 기뻐요."

그러면서 성녀가 차를 들어 입에 댔다. 아직도 찻잔에는 차가 한참이나 남아 있었다. 조용히 일어날 줄 알았던 르한은 조금 당황스러웠다. 그녀가 차를 언급한 이상, 잔을 비울 때까지는 앉아 있어야 했기 때문이다.

"그러고 보니, 황후 폐하."

에델리스는 혹시나 이번에도 성녀가 제게 도움이 되는 이야기를 할지 몰랐기 때문에 기대가 되었다. 분위기가 썩 유쾌하지만은 않았지만.

"폐하를 호위하는 기사 분이 안 보이네요."

"저 멀리에 있습니다."

에델리스를 대신해 르한이 슬쩍 고개를 돌려 호위가 있는 곳을 턱짓했다. 그곳에는 황실 기사단의 기사가 서 있었다. 그런데 성녀가 고개를 갸웃하며 생각지도 못한 인물에 대해 말을 꺼냈다.

"아뇨, 은색 머리카락의 기사님이요. 그전에 황후 폐하를 호위하시던."

에델리스를 호위하던 은색 머리카락이라면 단 한 명밖에 없었다. 르한이 가장 경계하고 있으며, 에델리스가 다시 보기를 원하던 사람.

"베르만 파시스 경을 말하는 건가요?"

베르만 파시스. 에델리스의 입에서 그의 이름이 나오자 르한의 몸에 힘이 들어갔다. 그를 어떻게 알고 있는 건지 의심의 눈초리가 성녀에게 닿았다.

"이전에 이곳에 와서 예배를 할 때 보았었어요."

"아, 신전에서 예배할 때 파시스 경도 갔었나 보네요."

"네. 황후 폐하의 호위를 하던 분이 오셔서 저도 놀랐었어요."

보편적으로 믿고 있는 종교였기에 성녀가 예배에서 봤다는 것은 충분히 있을 수 있는 일이었다. 다만 그 대상이 주제도 모르고 에델리스에게 자신의 마음을 내비쳤던 베르만 파시스라는 것이 문제였다.

"그런데 그분은 오늘 보이지 않으시네요?"

"예. 제가 함께 있으니 전속 호위를 물렸습니다."

굳이 그녀에게 파시스가 자신의 아내에게 마음을 고백하여 정직을 받았다는 이야기를 할 필요는 없었다. 이야기를 꺼냈다가 그녀가 호기심을 갖고 더 파고드는 것도 사양이었고. 그렇기에 '호위'로 뭉뚱그린 답을 한 것이다.

"다음에 차를 마실 때는 그분도 함께 보면 좋을 것 같아요."

믿음이 아주 깊은 분이었다며 꼭 보고 싶다는 성녀의 말에 르한의 미간이 절로 좁혀졌다. 에델리스가 그런 르한의 눈치를 살폈다.

'하지만 르한이 파시스 경을 불편해할 텐데⋯⋯.'

책에서 본 미래와는 상관없이 그는 자신이 유폐되는 그날까지도 제 편이었으니 애착이 갈 수밖에 없었다. 하지만 이것은 에델리스의 입장이고, 르한은 절대 그렇지 않을 것이다.

"굳이 그를 찾으시는 이유가 있는 겁니까?"

"그 호위 기사 분과 관련된 신탁을 받았어요."

"⋯⋯베르만 파시스 경에 대해서요?"

"네."

"신탁의 내용은 본인에게 직접 말을 해야 해서 그분도 참석했으면 좋겠다고 말씀드린 거예요."

"그렇다면 파시스 경과 대화를 나눌 수 있는 자리를 마련해 드리도록 하죠."

"아뇨, 황후 폐하도 그 자리에 있어야 해요. 황후 폐하도 관련이 있는 이야기라서요."

"저도요?"

파시스 경과 에델리스가 관련이 있는 것이라면⋯⋯. 어쩌면

336

자신이 책에서 보지 못한 내용에 대해 들을 수 있을지도 몰랐다. 거절할 수 있을 리가 없었다.

"네, 그러도록 하죠."

에델리스가 긍정의 답을 하자마자 르한의 손에 힘이 들어갔다. 에델리스가 그것을 눈치채고 그의 손을 토닥였다. 르한이 그녀의 손길에 마음을 가라앉혔다.

"그러면 그때 황제 폐하도 함께 오시는 건가요?"

"그러도록 하겠습니다."

성녀의 권유에 에델리스가 무어라 말할 틈도 없이 르한이 냉큼 수락했다.

"그러면 다음에 뵙기로 하고 이만 일어나도 될까요?"

"벌써요⋯⋯?"

성녀가 예쁜 얼굴에 수심을 가득 드리우며 안타깝게 말했다. 하지만 성녀와 있는 시간이 길어진다면 밝아지는 성녀와 달리 자신이 어두워질 것이기에 마음이 약해지지 않았다.

"네."

"하지만 차도 이만큼이나 남았는데⋯⋯."

성녀가 찻잔을 슬쩍 들자, 거의 줄지 않은 차가 보였다. 그녀가 찻잔을 비우길 기다리다가는 식사 시간이 될 것이고, 어영부영 식사도 함께하게 될 것 같았다. 적당히 끊어야 할 때였다.

"안타깝지만 저희는 이만 일어나야 할 것 같네요."

"⋯⋯."

티타임에 초대한 손님이 차를 비우기 전에 자리를 비우는 것이 얼마나 결례인지는 알고 있었지만 이야기 나누기로 한 것에 대해서는 이미 대화가 끝난 상태였다.

그렇다 한들 아무런 이유 없이 용건이 끝났다고 손님을 내쫓을 수는 없었다. 그러나 에델리스에게는 손님을 보낼 수 있는 '이유'가 있었다.

"아시다시피 우리가 어제 결혼식을 올려서……."

신혼 중의 신혼, 결혼한 지 하루밖에 안 된 부부였다. 성녀가 그 둘 사이에 끼려고 하고 있음을 알려주었다. '둘만의 시간을 보내도 모자란 이때에!'라는 의미를 담아서.

"간밤에 잠을 제대로 자지 못해 피곤하여 손님 대접에 소홀할까 걱정이네요."

에델리스는 지난밤에 푹 자서 피부가 꿀처럼 윤이 나는 얼굴로 말했다. 간밤에 아무런 일도 없었기 때문에 피곤할 리가 없었지만 성녀는 에델리스가 의미하는 바를 찰떡같이 알아들었다. 얼굴이 붉게 물든 것이 아무래도 성녀에게는 충격이 조금 강했던 모양이었다.

'……아니면 자신이 호의를 가지고 있는 대상이 내 남편이라는 것이 싫었던지.'

그래도 설마 성녀인데, 남의 남편을 탐하겠는가.

'책 속에서는 남의 남편을 탐한 게 맞잖아?!'

아니다. 속단하기에는 일렀다. 르한이 제게 했던 것처럼 성녀를 전력을 다해 유혹했을 수도 있었다.

"그런 거라면 괜찮아요."

"죄송합니다, 성녀님. 제 아내가 피곤하다 하니."

성녀가 괜찮다며 거절하는데, 르한이 곧바로 자리에서 일어나 에델리스의 손을 잡아끌었다.

"아무래도 지난밤 너무 고생했나 봅니다."

"……."

르한이 눈부시게 아름다운 미소를 지으며 말했다.

성녀가 불편해서 자리에서 일어나기 위해 한 말이었지만, 르한이 이걸 이렇게 사용할 줄이야. 자신이 말한 것이지만 그 뒷 감당을 해야 할 생각에 아찔해졌다.

"오늘 밤은 일찍 자고 싶어요."

에델리스가 어색하게 웃으며 말했다. 정확히는 '오늘 밤도' 일찍 자고 싶은 것이었지만.

르한은 잡고 있던 에델리스의 손에 입술을 대었다. 침묵으로 답을 한 르한 때문에 얼굴에 더욱 열이 올랐다. 여러 가지 해석을 하게 만드는 침묵이었다.

"오늘의 결례는 추후 사과하도록 하겠습니다. 그럼 이만."

르한이 에델리스를 에스코트하며 정원을 벗어났다. 정원에 놓인 아름다운 티 테이블에는 허망한 얼굴의 성녀만 남아 있었다.

르한이 궁에 들어서자마자 에델리스에게 못 박듯이 말했다.

"베르만 파시스는 안 됩니다."

"하지만 나와 연관이 있다고 하잖아."

"당신이 없이도 이야기를 들을 수 있는지 물어보겠습니다."

"그러면 나에 대한 이야기를 나중에 파시스 경에게서 듣게?"

"……"

"신탁은 당사자가 아니면 이야기해주지 않는다고 했어. 그러니 나도 그 자리에 있어야지."

에델리스는 필사적이었다. 파시스 경과 자신이 연관되어 있는 미래. 책이 언제 또 반짝일지, 그것이 또 어떤 정보를 줄지도 모르는데 그것에만 의존할 수는 없었다.

"파시스가 당신에 대한 이야기를 정확하게 전달할지 모르겠습니다."

"그래, 그러니 내가 직접 들을 거야."

파시스 경이 그렇게까지 할까 싶었지만, 에델리스는 자신이 그와 동석해야 하는 이유를 부정하지 않았다.

"……알겠습니다. 그럼 베르만 파시스를 부르도록 하겠습니다."

곧바로 베르만 파시스가 황궁에 오게 되었다. 르한의 명령이 떨어지자마자 곧바로 전령이 파시스 경에게 간 것이다.

그리하여 날씨가 썩 좋다고 하기만은 힘든 오후에, 네 사람이 모이게 되었다. 정원에 설치된 테이블에는 르한과 에델리스가 함께 앉고, 맞은편에는 파시스 경과 성녀가 함께 앉았다.

"오랜만에 뵙습니다, 폐하."

"일주일도 채 되지 않았다."

파시스 경이 에델리스에게 인사의 말을 건네자 곧바로 르한이 막아섰다.

"오랜만에 뵙는 것 같은데, 그것밖에 지나지 않았습니까."

파시스 경이 작정이라도 했는지 에델리스에게 눈부시게 미소를 지으며 말했다. 르한은 심기가 굉장히 불편해져 당장이라도 파시스를 쫓아내버리고 싶어졌다. 하지만 아직 성녀의 이야기를 듣기 전이었기 때문에 어쩔 수 없이 참아야 했다. 에델리스가 그 이야기를 듣고 싶어 했으니.

"파시스 경이 황후 폐하를 굉장히 보고 싶어 하셨나 보네요."

"……그런가요?"

"예."

에델리스는 성녀에게서 정보를 얻어내기 위해 이 자리에 앉아 있었지만 이 자리가 불편해 미칠 것 같았다.

"그보다 이제 파시스 경까지 모였으니 이야기를 해주는 것은 어떨까요?"

"음, 벌써요?"

성녀가 여유롭게 차를 마셨다. 하지만 에델리스는 차 따위는 한 모금도 마시고 싶지 않았다. 숨 막히기 전에 이 자리에서 일어나고 싶었을 뿐.

"이제 곧 신성 제국으로 돌아가야 하는데, 바쁘지 않나요?"

"……"

에델리스가 사실을 말했을 뿐인데 차를 마시던 성녀의 손이 일순간 멈추었다.

"괜찮아요. 저는 조금 더 머물러도."

"성녀로 공표된 지 얼마 되지 않아 신도들이 많이 찾는다고 들었어요."

"그러면 워프게이트를 이용해 빠르게 돌아가실 수 있게 준비하라 이르겠습니다."

"아니, 그렇게까지는……."

"아닙니다. 어제 오늘 두 번이나 흥미로운 이야기를 들려주셨는데 그 정도쯤이야."

"……."

에델리스는 르한이 자신의 편을 들어주어 성녀를 최대한 빠르게 보낼 것처럼 말하니 기분이 좋았다.

'책에서는 내 말은 들어주지도 않고 성녀의 편을 들었는데.'

역시 책은 책일 뿐이고 현실과 달랐다.

"그러면 베르만 파시스까지 입궁하게 한 신탁은 무엇입니까?"

르한의 목소리가 스산했다. 성녀는 그런 그의 반응에 조금 위축되긴 했지만 이내 여유를 되찾았다.

"파시스 경은 황후 폐하의 호위지요?"

"……."

"현재는 황후의 호위에서 물러나 기사단의 교육을 맡고 있습니다."

"황후 폐하의 호위로 두는 것이 좋을 거예요."

"……이유가 뭡니까."

"파시스 경이 황후 폐하의 안전에 직접적인 연관이 있으니까요."

르한은 황후에게 다른 마음을 품고 있는 파시스를 그녀의 호위로 두고 싶지 않았다. 하지만 아직 에델리스를 습격한 이들의 배후가 밝혀지지 않았기 때문에 성녀의 말을 무시할 수가 없었다.

'결국 에델리스의 안전을 위해서라면 베르만 파시스를 호위로 두어야 하는가.'

베르만 파시스 따위 내쳐버리면 그만이라지만, 황후의 안전까지 내칠 수는 없었다. 아직 결단을 내리지 못하고 고민을 하고 있는 르한에게 성녀가 쐐기를 박았다.

"황후 폐하의 목숨이 걸려 있을 때."

'목숨이 걸려 있다.' 르한은 그 말이 자신의 목줄을 죄는 것 같았다. 몇 번이나 사선을 넘었던 르한이었지만 에델리스의 목숨이 걸려 있다는 말 한마디가 더욱 그를 숨 막히게 했다.

"그때, 파시스 경이 결정적인 역할을 할 테니까요."

또다시 에델리스의 목숨이 위험해질 수 있다는 이야기였다. 르한이 시선을 돌리자 불안한 눈빛의 에델리스가 자신의 드레스를 꼭 쥐고 있는 것이 보였다.

"르한……."

"괜찮습니다."

누가 오더라도, 무슨 일이 있더라도, 제 목숨이 다하더라도 지켜내면 그뿐이다. 하지만 자신이 아닌 베르만 파시스가 '결정적인 역할'을 한다니.

"이렇게 고민하실 줄은 몰랐어요."

성녀의 입장에서 본다면 그럴 것이다. 에델리스의 안전이 달려 있는 문제였고, 그녀가 보았을 때는 굳이 호위로 삼지 않을 이유가 없어 보일 테니.

"베르만 파시스."

"예."

르한은 한숨을 몇 번이나 토해냈다. 이제 르한은 베르만 파시스가 에델리스에게 어떤 마음을 품었는지는 중요치 않았다. 그녀를 빼앗기지 않기 위해서는 자신이 더 잘하면 되는 것이었다. 문제가 되는 것은 에델리스의 목숨이 위협받을 가능성이 존재한다는 것.

"에델리스의 호위로 삼도록 하지."

"예. 황후 폐하의 근처에 머물 수 있다면 상관없습니다."

르한은 당장이라도 검을 빼들고 싶은 것을 간신히 참아냈다. 이제는 자신이 함부로 할 수 없다는 것을 아니 더욱 아무 말이나 뱉어내고 있었다.

"파시스 경."

"예, 폐하."

"부담스러우니 하지 마세요."

"……"

"경도 저를 폐하라고 부르니 알고 있잖아요. 제가 황제의 배

344

우자인 황후라는 것을."

에델리스가 한 마디, 한 마디 할 때마다 르한의 마음속에 쌓여가는 분노가 사그라들었다. 제 아내라는 것을 강조하는 에델리스의 목소리는 달콤하기 그지없었다.

"아무리 내게 당신이 중요하다고는 하나, 말할 때 주의했으면 좋겠네요."

에델리스가 그렇게까지 말할 줄은 몰랐는지 아무 말도 잇지 못하고 있는 베르만 파시스의 얼굴을 보는 것이 그렇게 즐거울 줄 몰랐다.

"다음에 또 그런 식으로 말을 한다면 제 쪽에서 거부할게요."

에델리스가 파시스를 쏘아보고는 작게 한숨을 내쉬었다.

"성녀님, 미안하지만 더 할 말이 없다면 일어나고 싶은데요."

"……네."

에델리스는 자리에서 일어난 후 가볍게 목례를 한 뒤 정원을 떠났다.

"신탁에 대해 말해주어 고맙습니다."

"아니요, 괜찮아요. 특별하니까."

성녀가 '특별'이라는 단어에 힘을 주며 말했지만 르한은 그다지 신경쓰지 않았다. 왜 얼굴을 붉히고 이야기하는 건지 이해가 되지 않을 뿐이었다.

"그럼 이만 가보도록 하겠습니다."

"……저를, 두 번이나 내버려두실 건가요?"

성녀가 분노가 옅게 깔린 목소리로 말했다.

"황후를 호위가 없는 채로 둘 수 없습니다. 죄송합니다. 이에 대해서는 신성 제국에 사죄를 표하도록 하겠습니다."

"호위라면 베르만 파시스 경이 있잖아요."

"아직 무엇도 논의되지 않는 상태에서 곁에 둘 수는 없습니다. 파시스, 호위에 대해 이야기를 해야 하니 성녀님을 방까지 모셔다드린 후에 내 집무실로 오도록 해라."

"예."

"하지만, 하지만 이전에도 이미 호위였으니⋯⋯!"

"그것은 성녀님이 결정할 문제가 아닙니다."

"⋯⋯."

"신성 제국에서 크로나드 제국의 내정에 간섭하고 싶은 게 아니라면."

내정 간섭. 부담스러운 단어였다. 감히 누가 대륙 최고의 제국에 내정 간섭을 할 수 있단 말인가. 성녀는 무언가 할 말이 많은 눈으로 르한을 바라봤지만, 그래봤자 입 밖으로 내지 못할 말일 테니 기다리지 않았다.

"시종을 보내 사죄토록 하겠습니다. 그럼."

르한이 에델리스가 떠난 방향으로 뛰듯이 걸어갔다. 그의 뒷모습만 지켜볼 수밖에 없는 성녀는 주먹을 부들부들 떨었다.

"베르만 파시스 경."

"예."

성녀가 평소의 부드럽고 사근사근한 목소리가 아닌, 아주 경직된 낮은 목소리로 파시스 경을 불렀다.

"방으로 데려다주세요."

"알겠습니다."

"신탁에 대해서 조금 더 할 이야기가 있으니."

"예."

에델리스는 정원에서 나온 후 마음이 홀가분해졌다. 베르만 파시스 경과 사이가 조금 껄끄러워지긴 했지만 어찌되었든 그는 다시 제 호위가 되었다.

'그런데 파시스 경이 내 목숨에 결정적인 역할을 한다고?'

곧바로 서재에 가서 책을 꺼냈다. 지금까지 책에 나온 내용으로 봤을 때는 그는 결국 에델리스의 목숨을 구하지는 못했다.

"파시스 경이 아니라 르한이 내 목숨에 결정적인 역할을 해야 한다고 말하는 게 맞지 않아?"

제 목숨을 좌지우지하는 것은 르한이었지, 파시스 경이 아니었다. 에델리스가 파시스 경에게 단호하게 행동할 수 있었던 이유도 이것이었다.

그런데 갑자기 파시스 경이라고? 무언가 맞지 않았다.

황후를 대하는 태도가 완전히 달라진 황제, 후작이 되어버린 브릴 백작, 행복한 결혼식을 올린 황후, 제 목숨에 결정적인 역할을 하게 된 파시스 경, 사근사근 친절하게 대해주는 성녀까지. 무엇 하나 달라지지 않은 게 없었다.

에델리스는 깊이 고민하다가 결론을 내렸다.

"미래가."

에델리스가 한숨을 한 번 내쉬었다.

"미래가 바뀌었어."

'역시 내가 죽는 미래는 바꿀 수 있었어.'

하지만 안심하기에는 일렀다. 베르만 파시스 경이 제 목숨에 큰 역할을 할 정도로 중요성이 커졌을 뿐, 목숨이 위협을 받는다는 것은 전혀 변하지 않았기 때문이다. 그렇다면 누가 목숨을 위협하는 걸까.

'책에서는 르한이 나를 죽였지만…… 일단 르한은 아니야. 르한이 내게 그럴 리가 없어.'

'르한이 아니라면 누구지? 누가 내 목숨을 위협하는 거지?'

에델리스는 의심이 가는 이들이 있었다.

'첫 번째, 황궁으로 처음 오던 날 습격했던 사람들.'

아직 그들의 배후를 잡지 못한 것으로 알고 있다. 게다가 이전에도 저를 습격했던 이들이니 충분히 의심할 만했다.

'그리고 두 번째.'

에델리스가 들고 있던 책의 가장 앞쪽을 펼쳤다.

그곳에는 '주요 인물'이라고 써 있었고, '케이르한 라크시드 크로나드', '일레인 라이네드', '에델리스 브릴' 외에도 한 칸이 더 비어 있었다. 그도 주요 인물이었다. 남자 주인공인 르한이 에델리스의 목숨을 위협하지 않게 된 이상, 빈칸의 그 사람이 목숨을 위협하게 된다는 것도 있을 법한 일이었다.

그래도 다행인 것은, 책에 그 사람의 이름이 나오기만 한다면 그 사람만 주의하면 되니까 충분히 위험을 피할 수 있을 것이다.

지금은 미래가 바뀐 것을 안 것만으로도 만족할 수 있었다.

그것을 위해 그렇게 큰 불안 속에서 살아왔었다. 무려 8년에 가까운 시간을.

'아주 긴 악몽을 꾸었다고 생각할래.'

그리고 이제는 꿈에서 깨어났다. 이제는 죽지 않는 것이 목표가 아닌, 현재를 충실하게 살아가야겠다고 생각했다.

에델리스는 책을 덮고 다시 서재에 꽂아두었다. 성녀가 책을 찾을 것이라고 말했던 것이 신경이 쓰였지만, 이곳은 황후인 자신만 올 수 있는 곳이라 다행이었다. 그때, 문밖에서 그녀를 부르는 소리가 들려 깜짝 놀랐다.

"에델리스."

"들어오세요!"

에델리스의 답이 떨어지자마자 르한이 서재에 들어왔다.

"르한! 중간에 나와버려서 미안해. 내가 일어나고 나서 괜찮았어?"

성녀와 파시스 경 탓에 불편하기 이를 데 없는 자리였지만 평소였으면 꾹 참고 넘겼을 것이다. 하지만 신탁과 책이 보여주는 미래가 다르다는 것도 확인하고 싶었다.

"괜찮습니다. 그보다는 이따 베르만 파시스가 집무실로 올 겁니다. 당신의 호위를 맡게 될 테니까요."

"……그래도 괜찮아?"

르한이 파시스 경을 얼마나 불편해하는지 알고 있었기에 그렇게 물을 수밖에 없었다. 에델리스의 호위를 맡게 될 거라는 이야기를 하면서도 르한의 표정은 경직되어 있었다.

"솔직히 말하면 괜찮지 않습니다."

"그러면 파시스 경이 호위하지 않아도 괜찮아."

"그래도 당신의 안전을 담보로 할 수는 없습니다. 내가 참으면 됩니다."

"……르한이 불편해하면서까지 파시스 경을 호위로 삼지 않아도 괜찮아. 파시스 경이 아니라 다른 기사 분들도 능력이 있을 테니까."

황실 기사단에, 그것도 황후의 호위가 될 정도라면 능력은 이미 검증된 것이나 다름없었다. 그러니 그들 중 누가 하더라도 자신을 호위하는 데 큰 차이는 없을 것 같았다.

"하지만 당신의 목숨이 위험에 처했을 때, 그가 결정적인 역할을 한다고 하지 않았습니까."

"그렇긴 하지만."

"그러니 다른 기사가 아닌 파시스 경을 호위로 삼아야지요."

"……"

물론 에델리스도 그렇게 생각하긴 했지만, 르한이 그를 불편해할 것 같았다. 하지만 그가 이렇게 말해주니 훨씬 마음이 편안해졌다.

"그렇게 말해줘서 고마워."

"아닙니다. 당신의 안전이 제일 중요할 뿐입니다."

에델리스가 맑게 웃자 르한이 한숨을 삼켰다.

"그래도 너무 마음을 놓지는 말아주십시오."

"왜?"

"파시스가 당신에게 또 무어라 말할지, 어떻게 행동할지 벌써부터 걱정되기는 합니다."

마음 같아서는 지금 당장에라도 그를 전쟁터로 보내버리고 싶었다.

"너무 걱정하지는 마."

"……걱정이 안 될 리가 있겠습니까."

"파시스 경이 왜 그렇게 말하는지는 모르겠지만, 나는 그의 마음을 받아들일 생각이 전혀 없어."

물론 파시스 경이 신경이 안 쓰인다면 거짓이겠지만, 르한에게 신경 쓰는 것과는 전혀 다른 종류의 것이었다.

"내가……."

에델리스는 말을 하려다가 멈추고 입을 꾹 닫았다. 자신이 좋아하는 건 르한이라고, 파시스 경은 신경 쓰지 않아도 된다고 말하려고 했다. 르한이 언제나 제게 마음을 고백해왔기 때문에 저도 쉽게 말할 수 있을 줄 알았다. 하지만 실제로 말하려고 하니 얼어붙어버렸다.

"내가?"

에델리스는 눈을 도록도록 굴리면서 어떻게 말을 이을까 고민했다. 무슨 말을 해야 할지는 이미 예전부터 알고 있었지만 차마 입이 떨어지지 않았다.

"……내가 파시스 경에게 선을 그을게."

결국 원래 하려던 말은 단 한 마디도 하지 못한 채 다른 이야기를 했다.

'너무 부끄러워! 너무 어려워! 어떻게 말을 해?'

르한은 어떻게 그렇게 제 마음을 표현할 수 있는지 대단해 보였다. 자신은 좋아한다는 말 한 마디 하는 것이 이렇게 힘든데.

"그럴 필요 없습니다."

"응?"

"어차피 당신은 다른 사람에게 상처 주는 말을 잘 못하지 않습니까."

"아니야, 할 수 있어. 해야 하는 거잖아."

"제가 알아서 행동할 테니, 너무 걱정하지 마십시오."

르한이 입꼬리를 올려 웃으면서 하는 말에 이상하게 한기가 돌았다.

'……기분 탓이겠지?'

하지만 몸에 한기가 돈 것은 거짓이 아니었는지 몸이 부르르 떨렸다. 르한은 춥냐며 어디에 있었는지도 모를 담요를 꺼내와 에델리스에게 덮어주었다. 그리고 제 품에 꼭 안았다.

"괜찮을 겁니다. 절대로."

그는 에델리스를 품에 안은 채 몇 번이나 반복해서 말했다. 그것이 어쩐지 자기 자신에게 괜찮다고 되뇌는 듯한 느낌이 들었다.

"감히."

그렇게 말하면서 르한은 어딘가를 바라보며 눈을 번뜩였다. 에델리스는 그의 모습에 어쩐지 오싹했지만 그는 그녀와 눈이 마주치자 언제 그랬냐는 듯 눈꼬리를 곱게 접어 미소 지었다.

이를 아드득 깨무는 소리도 들은 것 같긴 한데, 에델리스는 못 들은 척하기로 했다.

이후로 가장 달라진 것은 르한이 자신과 함께 있을 때도 에델리스의 곁에 호위를 배치한 것이다. 그래서 지금은 르한의 집무실에 에델리스와 르한, 그리고 파시스 경까지 모두 세 사람이 자리하고 있었다.

르한이 소파에 앉아 에델리스를 제 품에 안은 채로 서류를 보고 있었다. 그리고 파시스 경은 호위 대상인 에델리스를 바라보아야 했으니, 그는 두 사람이 얽혀 있는 것을 눈 뜨고 바라볼 수밖에 없었다.

"르, 르한."

"예."

"조금 떨어져 있으면 안 될까요?"

르한이 그의 무릎에 자신을 앉힐 때부터 당황스러웠다. 지금은 귓가에 닿는 그의 숨소리가, 지척에서 들려오는 그의 심장소리가 신경 쓰였다. 맞닿은 몸을 통해 전해져 오는 체온 때문에 긴장이 되어 미칠 것 같았다. 베르만 파시스도 바로 옆에 있었지만 그를 신경 쓸 여유조차 없을 정도였다.

"안 됩니다."

"일하기 불편하지 않아요?"

"괜찮습니다."

사실 불편한 건 에델리스 본인이었다. 그러나 르한이 파시스 경을 신경 쓰고 있는 것을 알았기 때문에 밀어낼 수가 없었다.

'어제 말했던 알아서 행동하겠다는 것이 이런 거였을 줄이야.'

에델리스는 지금 상황이 몹시 곤란했지만, 그래도 가만히 있기로 했다. 파시스 경이 자꾸 자신에게 곤란한 말을 하는 것보다는, 차라리 지금 거리를 두는 편이 나을 것이라고 판단했기 때문이다.

"에델리스."

"네."

"평소처럼 말해보세요."

"평소라니……요?"

하지만 르한은 품에 안고 있는 것으로 그칠 생각이 없는 모양이었다.

"얼른."

"하, 하지만……."

르한의 독촉에 에델리스가 같은 방 안에 있는 파시스 경을 힐끗 바라보았다. 다른 사람들의 앞에서 황제에게 말을 놓는다니, 망설여질 수밖에 없었다. 하지만 르한은 그것을 어떻게 받아들였는지 되려 그녀의 뺨을 감싸 자신의 쪽으로 돌렸다.

"황제인 내가 괜찮다고 하지 않습니까."

그리고 아무런 말도 못 하고 입을 꾹 닫고 있는 에델리스의 머리카락을 지분대며 곳곳에 입을 맞추었다.

"에델리스."

"하, 하지 마……요."

곤란해하는 에델리스를 보며 르한이 키득키득 웃자 그녀가 입을 비죽였다. 그리고 그의 귓가에 작게 속삭였다.

"둘이 있을 때만 하기로 해놓고 이러면 어떡해."

그녀와 더욱 가까이 있게 되자 르한은 에델리스를 끌어안으며 더욱 짙게 미소 지었다.

"르한."

에델리스가 목소리를 낮게 깔며 말해봤지만 르한은 그조차도 사랑스럽다는 듯이 바라볼 뿐이었다. 에델리스가 작게 한숨을 쉬었다. 다른 사람의 앞에서 이러는 모습을 보여주기는 싫었다. 하지만 성녀의 앞에서 그녀도 이렇게 행동했기에 큰 마음을 먹고 르한의 목에 팔을 감았다.

'치, 침착해.'

방 안에 있는 사람들 중 가장 침착하지 못하고 있던 에델리스가 눈을 질끈 감았다.

그리고 잠시 후, 르한의 눈이 크게 뜨였다.

쪽.

에델리스는 그것을 마지막으로 더 이상 버티지 못하고 르한
이 제 얼굴을 볼 수 없도록 더욱 꼭 끌어안았다가 무리라고 판
단해 그를 놓았다.

"그, 그럼 이만!"

에델리스가 자리에서 벗어나려고 했지만, 르한이 그녀를 강
하게 붙잡았다. 아무리 애를 써봐도 르한의 품에서 빠져나가기
란 불가능했다.

"어디를 가는 겁니까."

"놔주세요."

"안 됩니다."

한참을 실랑이하다가 어디선가 느껴지는 눈길이 신경 쓰여
그쪽으로 고개를 돌리니, 파시스 경이 자신을 바라보고 있었
다. 그런데 그것이, 차마 지나치지 못할 어두운 얼굴이었다. 그
저 어두운 얼굴로 바라보는 것이 아니라, 정말로 슬퍼 보이는
얼굴에 에델리스는 적잖이 당황했다.

'왜 저렇게까지 슬픈 얼굴로 보는 거야? 저런 표정을 지을
만큼 슬퍼하고 있다는 거야?'

그런 그의 모습을 보고 있자니 괜히 에델리스의 마음 한구
석이 아려왔다. 파시스 경을 밀어내고자 하는 의도는 있었지
만, 괜히 그런 모습을 보여주었나 하고.

"……교대 시간이 되었으니 실례하겠습니다."

그 말을 끝으로 파시스 경이 자리에서 물러났다. 아직 교대까지는 시간이 남아 있었다. 하지만 그가 자리를 떠나는 이유를 알 것만 같아 아무런 말도 할 수 없었다. 금방이라도 눈물을 흘릴 것 같은 파시스 경의 눈동자가 자꾸만 머릿속에 맴돌았다.

"……."

"신경 쓰입니까."

"응, 당연하잖아."

에델리스가 약간의 죄책감을 가진 채 생각에 잠겨 있자 르한이 그녀를 풀어주었다.

"남편을 앞에 두고 다른 남자 생각이나 하고."

"다른 남자 생각이라니!"

에델리스가 당황해서 부정하니 르한이 즐겁게 웃었다.

"생각하지 않은 겁니까?"

"그건 아니지만……!"

하지만 상태가 안 좋은 사람을 걱정하는, 지극히 정상적이고 일반적인 사고였다. 절대로 배우자를 앞에 두고 다른 사람과의 연분을 쌓는…….

'그래, 그런 행동은 책 속에 나타났던 황제가 하는 거지!'

그렇게 생각하니 에델리스의 태도가 꽤나 당당해졌다.

"그런 오해 사기 좋은 발언은 그만둬!"

하지만 르한이 고작 그 정도에 져줄 리가 없었다.

"그러면 생각을 하지 않으면 되는 거 아닙니까."

"……."

"하지 마십시오."

르한이 여느 때와 같이 에델리스의 머리카락을 쓸었다.

"나만 생각해도 시간이 부족한데."

"어떻게 그래."

에델리스가 얼굴을 붉히며 자신을 빤히 바라보는 르한의 눈을 피했다.

"나는 그렇습니다. 집무를 보는 시간도 아까울 정도로."

"황제가 그러면 어떡해!"

"예로부터 여색에 빠져 나라를 말아먹은 사람들이 참 바보 같다고 생각했는데, 이제는 그들이 왜 그랬는지 알 것 같습니다."

"……그걸 이해하는 건 별로 좋지 않다고 생각해."

"하지만 나라가 망해도 좋다는 생각이 듭니다. 어차피 내 나라도 아니었는데."

그는 제국인들이 들으면 놀라서 쓰러질 말을 아무렇지도 않게 내뱉었다.

"그래도!"

"공작이나 후작은 일도 안 하고 놀러 다니는 자들도 많은 것 같은데. 왜 황제는."

르한이 툴툴거리는 것을 보니 어렸을 때가 생각나 그의 머리를 쓰다듬었다.

"나중에, 안정되면 그때 시간 많이 보내자."

"다른 이들도 놀러 다니지 못하게 할 겁니다. 내가 당신과 시간을 못 보내는데, 어림도 없지."

결국 에델리스가 참지 못하고 웃음을 터트렸다. 에델리스가 배를 부여잡고 웃으니 르한의 입에서도 웃음이 새어 나왔다. 그리고 문밖에서는 아직 시간이 되지 않아 교대하러 가지 못했던 파시스가, 그들의 웃음소리를 듣고 있었다. 여전히 그늘진 얼굴로.

르한은 며칠 동안 에델리스를 품에 끼고 놔주지 않았다. 비단 파시스 경이 호위를 할 때뿐만 아니라 레이든 경이나 페린 경이 호위를 할 때도.

"지금은 이럴 필요가 없잖아."

"당신이 익숙해하지 않아 그렇습니다."

"이제는 익숙해진 것 같아."

"익숙하니 편하게 있으십시오."

"……익숙하지 않아."

"익숙해지도록 있으십시오."

결국 어떤 선택지를 골라도 르한의 품에 얌전히 안겨 있는 답만 나왔기 때문에 에델리스는 어쩔 수 없이 현재 상황을 받아들이게 되었다.

"오늘이지? 신성 제국의 사절단이 가는 날이."

"예. 이제 곧 떠날 겁니다."

이미 많은 사절단이 돌아갔고, 제일 마지막까지 남았던 신성 제국의 사절단 역시 드디어 떠난다. 이제는 르한과 행복한 삶을 누리는 것만 남은 것 같았다. 에델리스는 가벼운 마음으로 신성 제국의 사절단을 배웅하러 갔다.

"제국 도서관을 다 찾아봤는데 책이 없더라고요. 너무 아쉬워요."

"'미래를 보는 책'을 말하는 건가요? 아주 흥미로운 이야기였어요."

"혹시 나중에라도 발견하시면 말씀해주세요, 연구해보고 싶거든요."

"그래요."

절대로 연락할 리가 없었다. 그럴 거였으면 벌써 말했지.

성녀가 기대하는 눈빛으로 르한을 보았지만 르한은 단조로운 목소리로 말했다.

"결혼을 축복해주어 고맙습니다."

"……아닙니다."

성녀가 아쉬워하며 몸을 돌리는 것을 본 에델리스는 진정으로 마음을 놓을 수 있을 것 같았다. 그런데 성녀는 언제 친해진 것인지 어떤 기사와 함께 작별의 인사를 나누고 있었다.

"가시는 겁니까……."

"예, 제 일을 다 마쳤으니 떠나야지요."

"다음에는 언제 오시는 겁니까."

"머지않아 다시 뵐 일이 있지 않겠습니까?"

아무리 봐도 남자가 아쉬워서 매달리고 있는 것 같았다. 심지어 '머지않아 다시 뵐 일이 있다'니 무슨 그런 심한 말을.

"르한, 저분은 누구예요?"

"아직 본 적이 없습니까? 황실 기사단장인 요하네스 프라체입니다."

"프라체라면…… 공작 가문이잖아요."

"예, 소공작입니다. 머지않아 가문을 이을 겁니다."

에델리스는 좋지 않은 느낌이 들었다. 높은 가문의, 황실과 밀접한 관계를 갖고 있는 이가 여자 주인공과 친분이 있다니. 심지어 프라체 경은 그녀가 떠나는 것을 아쉬워하는 모습까지 서슴없이 보여주고 있었다.

'빈칸 속 마지막 인물……인 것 같은데.'

에델리스도 프라체 소공작을 직접 본 것은 처음이었다. 황실기사단 소속이라 에델리스와 인사를 나눌 수 있는 자리는 몇 번이나 있었지만, 제대로 성사된 적은 없었기 때문이다. 이전에 연무장에서 르한이 대련했을 때도 마침 소공작은 자리를 비워서 보지 못했었다.

'……설마 별일 있겠어? 성녀는 이제 떠나는데.'

만에 하나라도 프라체 소공작이 정말로 남자 조연이라고 할지라도 여자 주인공인 성녀가 이곳에 없다면 큰일이 일어나지는 않을 것이다.

에델리스는 프라체 소공작을 빤히 바라보았다. 소공작은 눈 앞의 성녀 외에는 아무도 안 보이는 것 같았다.

마침내 사절단이 떠날 준비를 모두 마치고, 성녀가 소공작의 도움을 받아 마차에 올랐다. 연인처럼 달콤해 보이는 두 사람의 모습을 보니 차라리 성녀가 소공작과 잘 되었으면 좋겠다고 생각했다.

'뭐, 성녀는 어차피 가니까 상관없지만!'

에델리스는 홀가분한 마음으로 성녀가 가는 것을 바라보았다. 점점 멀어지고, 성녀가 탄 마차가 보이지 않게 되자 소공작이 에델리스와 르한에게로 왔다.

"안녕하십니까, 폐하. 황실 기사단장인 요하네스 프라체입니다."

"안녕하세요, 프라체 경."

르한이 대강 고개를 끄덕여 그의 인사를 받았다.

"폐하께서 궁에 오신 지 꽤 시일이 흐른 것 같은데 이제야 인사를 드리게 되어 죄송합니다."

"아니에요, 지금이라도 봐서 반가워요."

"이전부터 인사를 드리고 싶었는데……."

프라체 경이 르한을 힐끗 바라보았다. 별다른 말을 하지 않아도 모든 설명이 함축되어 있는 눈짓이었다.

'르한이 하지 못하게 막았구나.'

막은 건 르한인데 괜히 에델리스가 민망했다.

"앞으로 자주 볼 수 있으면 좋겠어요."

"자주 볼 일이 뭐가 있겠습니까."

"폐하, 그런 식으로 말씀하시면 황후 폐하께서 질리십니다."

"……뭐?"

갑작스러운 프라체 경의 말에 르한이 당황해 말을 잇지 못했다. 하지만 프라체 경은 거리낄 것이 없는 것처럼 말했다.

"이전부터 저보다도 깨끗한 여자관계를 자랑했던 폐하이니 이해는 합니다만."

"요한."

"흡사 신관과도 같은 깨끗한 몸과 마음."

"요하네스 프라체!"

르한이 부끄러운지 얼굴이 살짝 붉어졌다.

"그래도 너무 구속하려 드는 남자는 매력 없다고 들었습니다."

"……두 분이 많이 친해 보이네요."

"아무래도 사선을 함께 건너온 사이이다 보니."

프라체 경이 르한의 어깨에 팔을 힘겹게 올렸다. 180cm가 조금 덜 되어 보이는 프라체 경이었기에, 190cm에 육박하는 르한에게 팔을 올리는 것이 꽤나 힘겨워 보이기는 했다.

르한이 피식 비웃고는 발꿈치를 살짝 들어 요한의 팔이 미끄러 떨어지게 만들었다. 수려한 외모의 두 사람이 그렇게 붙어 있으니 저 멀리에 있는 하녀들이 소리 없는 아우성을 내지르는 것이 느껴졌다.

"그렇게 친하지는 않습니다."

"에이, 그래도 지금까지 몇 년을 봐왔는데."

"본 기간만 길지 그렇게 친하지는 않습니다."

"와, 서운하다 진짜. 케이르한, 결혼하더니 변했어!"

아까 전에 르한이 프라체 경을 '요한'이라고 부르는 것을 들었다. 그런데 이번에는 황제의 이름을 막 부르는 프라체 경이라니. 둘이 정말 친한 사이였다는 것을 알 수 있었다.

"아마 제가 황후 폐하보다 케이르한에 대해서 더 잘 알고 있을 겁니다."

"······그러면 나중에 이야기해주세요."

"제가 직접 말하겠습니다."

르한이 다급하게 끼어들었지만 프라체 경은 아무렇지도 않게 무시했다.

"폐하가 직접 말하면 폐하의 흑역사는 쏙 빼놓고 말하지 않겠습니까."

"말하기만 해봐."

르한의 협박에 프라체 경이 과장되게 무서운 척을 했다. 그것을 본 에델리스가 웃음이 터져 나와 부채로 얼굴을 가렸지만 웃음소리까지 감출 수는 없었다.

"폐하는 먼발치에서 봤을 때와 느낌이 많이 다르네요."

"그런가요?"

에델리스가 웃음을 애써 참으며 답했지만 목소리에 웃음기가 섞여 있었다.

"계속 먼발치에서 보도록 해."

"너무하네."

프라체 경이 고개를 내저으며 과장된 한숨을 쉬었다.

"그러면 저는 황제 폐하가 무서워 물러나 보도록 하겠습니다."

"나중에 또 뵙도록 해요."

프라체 경이 기사의 경례를 한 뒤에 물러나 사절단을 호위하기 위해 자리 잡고 있던 기사단을 이끌고 들어갔다.

"르한과 프라체 경은 많이 친하구나."

"……요한이 말한 대로입니다. 제가 반정을 일으킬 때 프라체 공작가의 지원을 받게 된 원인과도 같은 사람이라."

에델리스가 눈을 빛내며 흥미롭게 듣자 르한이 조금 자세하게 이야기해주었다.

"프라체 공작가는 반 황제자의 대표적인 가문이었습니다. 그래도 지금은 요한이 있어 반 황제자까지는 아니지요."

"그게 소공작 때문인 줄은 몰랐어."

에델리스는 이제 막 황후가 되었다. 심지어 사교계에서 멀어진 뒤 영지로 내려가 있던 세월이 7년이었다. 앞으로 황후로서 자리를 잡으려면 이와 같은 이야기를 잘 들어두고 기억할 필요가 있다고 생각했다.

"아주 오래전에 공작령에서 하급 귀족의 아이가 납치되는 것을 보고 구해줬었는데, 그게 소공작이었습니다."

"……소공작이 하급 귀족의 아이처럼 보였다고?"

"듣자 하니 공부하기 싫어서 뛰쳐나왔다고 그러더군요."

절대로 평범하지 않은 이야기였다.

"그럼, 르한은?"

"예?"

"프라체 경 말고 그때 르한은 어땠어?"

에델리스가 알고 있는 르한은, 아주 단편적이었다. 수년 전에 저택을 떠나기 전까지 보았던 르한의 모습과 현재의 르한은 너무나도 달랐다.

"프라체 경은 내가 없는 동안의 르한에 대해서 잘 알고 있는 것 같던데."

"궁금합니까?"

"응!"

에델리스가 제게 관심을 갖고 물으니 르한의 얼굴이 화사하게 피었다.

그에게 있어서는 그렇게 밝은 이야기도, 재미있는 이야기도 아니었다. 라크시드 대공가로 들어가 훈련받고 공부하는 시간은 설명할 것이 없었다. 반정을 준비하는 동안에는 친 황제파를 암살하고, 자신을 찾아온 암살자에 맞서 싸웠다.

이런저런 이야기를 걸러내다 보니 그녀에게 해줄 수 있는 이야기가 별로 없었다. 라크시드 대공가에서 쉬면서 정원을 바라보던 이야기, 누군가를 만났던 이야기.

"가끔 마을에 가는데, 동부의 스테인령에 갔을 때 어떤 여자아이를 보았습니다."

"여자아이?"

"예, 당신과 닮은 구석이 있어서 한참 바라봤었습니다."

'이렇게 갑자기 훅 들어온다고?'

"그런데…… 역시 당신과 다릅니다."

르한이 행복한 표정으로 에델리스의 뺨을 쓸었다.

"실제로 보는 것은 상상했던 것보다, 조금이라도 닮은 구석이 있는 아이를 보면서 당신을 떠올리는 것보다 훨씬 좋습니다."

"나, 나도…… 좋아. 잘 지내고 있을까 걱정하는 것보다, 이전에 저택에 같이 있을 때가 좋았다고 추억할 때보다."

에델리스가 마음을 솔직하게 드러내는 일은 잘 없었기 때문에 르한이 눈을 크게 떴다. 요즘은 에델리스가 마음을 드러내려고 노력하고 있는 것이 보여 그를 행복하게 했다.

"그것보다, 지금 함께 있는 게 좋아."

에델리스가 말을 마치고 르한을 바라보며 미소를 지었다. 그런 에델리스를 보자 르한이 벅차오르는 마음을 참지 못하고 그녀를 꽉 안았다.

"에델리스."

"으응."

"정말, 좋아해요."

르한이 몇 번이나 귓가에 속삭이는 바람에 그녀의 얼굴이 새빨개졌지만 에델리스가 제발 그만 좀 하라고 애원할 때까지 그의 속삭임은 계속됐다.

전염병

에델리스는 르한이 대신들과의 회의에 들어갔을 때 그를 기다릴 겸 서재를 찾았다. 서재의 문을 열자마자 눈부신 빛 때문에 손으로 눈앞을 가렸다. 또다시 책이 빛나고 있었던 것이다. 에델리스는 가벼운 마음으로 책장에서 책을 꺼냈다. 이전 같았으면 불안하고 초조했을 테지만, 미래가 바뀐 걸 알게 되니 마음의 여유가 생겼다. 오히려 앞으로 펼쳐질 미래가 기대되기도 했다.

"불과 며칠 전에 책을 펼쳐봤는데, 왜 이렇게 오랜만에 보는 느낌이지?"

호위에게는 문밖에서 기다려달라고 한 뒤 곧바로 문을 닫아 버렸다.

무슨 일이 펼쳐질지는 몰라도 혹시 르한에게 도움이 될지도 모르니 안 읽어볼 수가 없었다. 에델리스는 책을 펼쳐 앞에서부터 내용을 살펴봤다.

"요하네스 프라체⋯⋯."

주요 인물이 나타나 있는 페이지에서 마지막 한 칸이 채워져 있었다.

"프라체 공작가의 차남. 어린 시절 형의 사망으로 인해 소공작이 된다. 성녀에게 마음을 빼앗겨 그녀를 물심양면으로 돕는다. 하지만 성녀가 케이르한 라크시드를 좋아하고 있다는 것을 깨닫자 그녀의 마음을 응원한다."

그 밑에는 황실에 충성을 다하는 충직한 기사라는 말까지 덧붙여 있었다.

"성녀를 좋아한다고는 해도, 황실에 충성을 다한다고 하니 나를 죽이진 않겠네."

그러면 자신을 죽이는 것은 누구일까. 확실하지는 않아도 이전에 자신을 습격했던 이들이 아닐까 조심스레 추측했다. 그래도 프라체 경을 보기에서 지울 수 있는 것만으로도 큰 수확이었다.

"어쩌면 뒷부분에 새로운 정보가 나왔을지도 몰라."

에델리스는 책을 한 장 한 장 넘기기 시작했다. 그리고 새롭게 내용이 추가된 페이지를 펼쳤을 때, 에델리스의 표정이 와락 구겨졌다.

"……여기서 네가 왜 나와?"

일레인 라이네드, 조금 전 성을 떠났던 성녀의 이름이었다. 그녀가 여자 주인공이니 이름이 자주 등장하는 것이 당연했지만, 그래도 기분이 좋지 않았다. 이윽고 책에서 빛이 터져 나오면서 영상이 시작될 것임을 알렸다.

『제국이 당신에게 빚을 졌습니다, 성녀님.』

『아니에요, 어려운 자를 돕는 것은 의무인걸요.』

르한은 굉장히 피곤한 일이 있었는지 수척한 얼굴이었다.

『겸손하십니다. 신성 제국의 도움이 없었더라면 이 정도로 끝나지는 않았을 겁니다.』

두 사람의 이야기를 들어보니 제국에 무언가 큰일이 있었고, 그 일에 신성 제국의 도움을 받은 것 같았다.

'페이지의 위치로 봤을 때, 지난번에 보았던 결혼식 이후면서 내가 죽기 이전의 어딘가겠지.'

아직 이야기가 본격적으로 진행되지는 않았는지 두 사람 사이에 거리감이 있었다. 소설 소개에서 여자 주인공의 사랑에 관련된 이야기가 있었던 것으로 보아 이제 두 사람의 연애사가 펼쳐질 것임을 예상할 수 있었다.

'르한이 성녀와 연애하는 거라니, 절대로 보고 싶지 않아.'

에델리스의 눈살이 와락 찌푸려졌다.

『사건은 일단락되었지만, 앞으로가 더 중요할 거예요.』

『예, 제국민의 1/3이나 사망한 사건이다 보니…….』

르한이 침통한 얼굴로 말끝을 흐렸다.

『너무 걱정하지 마세요, 제가 도와드릴게요.』

『이번에 받은 도움만으로도 충분하다고 말씀드리고 싶지만……. 질병에 대해서는 신성 제국에서 더 잘 알고 계시니 조금만 더 도움을 줄 수 있겠습니까?』

『그럼요, 물론이죠.』

성녀가 밝게 미소 지으며 답하자 긴장한 채로 그녀의 답을 기다리던 르한이 그제야 안도했다. 하지만 성녀는 곧 조금 곤란한 듯 머뭇거리며 이야기를 꺼냈다.

『그런데 제가 신전에서 생활하는 건 신관들이 조금 불편해할 것 같아서요…….』

『황성 내에 당신이 머물 곳을 준비하라 이르겠습니다.』

『고마워요!』

『별말씀을요. 필요한 것이 있다면 무엇이든지 이야기해주십시오.』

성녀가 환하게 웃는 만큼 그것을 보는 에델리스는 쓰게 미소 지었다.

『폐하, 저도 도움을 드린다고 했으니 바로 도와드릴게요!』

『오늘 아침까지도 환자들을 돌보다 왔다고 들었습니다.』

『더 많은 환자가 생기지 않으려면 지금 일해야죠.』

성녀가 씩씩하게 말하자 황제가 마치 르한이 제게 하던 것처럼 그녀에게 부드럽게 미소 지었다.

『고맙습니다.』

『제가 할 일을 하는 것뿐이니 고맙다고 말하지 않아도 괜찮아요.』

에델리스가 느낄 수 있을 정도로 둘 사이에는 화기애애한 분위기가 연출되었다.

'책 속에서는 이렇게 르한이 성녀에게 호감을 갖게 된 거구나……'

르한은 성녀에게 서류를 보여주며 조언을 들었다. 에델리스는 그것을 귀담아들었다.

그리고 만년필에 잉크를 묻혀 주변에 있던 메모지에 다급하게 받아 적었다.

'제국민의 1/3이나 사망한 사건이야. 당연히 큰일이지. 미연에 막아야 해.'

전염병, 위생, 인력 부족, 약재 개발…….

전염병이 휩쓸고 난 자리에 있는 제국에 부족한 것들이 계속해서 나열되고 있었다.

어려운 단어가 쏟아져 나온 탓에 이해하지 못하는 내용이 많았지만 우선 받아 적었다.

'책에서 본 내용이 나한테 이렇게 도움을 주는 날도 있네!'

에델리스가 하나라도 놓칠세라 바쁘게 적고 있는데 갑자기 문이 열렸다.

『폐하!』

『황후가 여기는 무슨 일이오.』

책 속에서의 자신이었다. 그녀도 뭔가 고생을 한 것인지 얼굴색이 좋지 않았다. 황후는 성녀를 힐끗 보더니 애써 침착한 목소리로 말했다.

『성녀님이 폐하와 독대하고 있다고 들었습니다.』

『성녀는 지금 내 일을 도와주고 있소. 그대가 신경 쓸 바가 아니오.』

『하, 하지만 그런 거라면 해당 업무를 담당하고 있는 대신이 있을 텐데…….』

황후의 말이 채 끝나기도 전에 황제가 실소했다.

『그대가 말하는 대신이라면 이번에 전염병으로 사망한 토렌 후작을 말하는 것이오?』

『그, 그런 줄 몰랐어요.』

『당연히 몰랐겠지, 그대는 브릴 백작이 전염병 증세를 보이자 황궁의를 상당수 데리고 백작의 영지로 내려가버렸으니.』

황제의 힐난에 황후가 어쩔 줄 몰라 했다. 안 그래도 조금 전까지 인력이 부족하다는 이야기를 나누고 있었다. 그런데 실력이 검증된 황궁의를 한두 명도 아닌 상당수를 영지로 데리고 가버렸으니, 문제가 안 될 수가 없었다.

『이, 이렇게 될 줄 몰랐어요.』

『그래도 다행 아니오. 수십, 수백만의 제국민이 희생된 덕에 그대의 아비를 구했으니.』

『…….』

황후는 황제의 비난에 금방이라도 눈물을 떨어뜨릴 것같이 그렁그렁한 눈으로 몇 번이나 고개를 내저었다.

결국 이를 버텨내지 못한 황후는 뒷걸음질 치다 황제에게 인사도 잊은 채 나가버렸다. 그리고 그런 황후를 차가운 눈으로 바라보는 황제의 모습을 마지막으로 영상이 점점 흐릿해지다가 곧 사라졌다.

"······와."

에델리스는 말을 잃었다. 나라가 위기에 빠졌을 때 도움을 준데다가, 초토화된 나라를 재건하기 위해 애쓰는 성녀. 이에 반해 문제를 더욱 심화시키는 원인을 제공한 황후. 그런 상황에서 황후가 찾아온 이유가 단순히 성녀와 황제가 단둘이 있기 때문이라니.

"왜 책에서 황제가 황후를 좋지 않게 봤는지 알 것 같아."

이전 결혼식 때만 하더라도 황제와 황후는 일반적으로 볼 수 있는 정략결혼한 부부의 모습이었다. 그런데 이 부분을 보니 왜 황제가 황후를 냉대했는지, 성녀를 좋게 보는 이유가 무엇인지 알 것 같았다.

"그럼 이제 어떻게 할까······."

에델리스는 자신이 메모해놓았던 내용들을 살펴보았다. 아직 책의 초반부였으니 사건이 일어나기까지 남은 시간이 많지 않았다. 빠르게 움직여야 했다.

에델리스는 메모를 책 사이에 끼워두고 서재를 나섰다. 황제의 집무실로 곧장 찾아갔지만 르한은 아직 회의에 참석 중이었다. 주장을 뒷받침할 수 있는 명확한 근거가 없으니 회의실에 무턱대고 갈 수도 없었다. 관련 업무를 맡고 있는 대신들 역시 국정 회의에 들어갔으니 우선 도서관에 가기로 했다.

"폐, 폐하!"

이전까지 루비 궁에서 두문불출하던 황후의 갑작스러운 방문에 황궁 도서관의 사서들이 놀라 입을 다물지 못했다.

"질병에 관한 책을 찾으려고 하는데, 추천해줄 수 있는 책이 있어요?"

"질병도 종류가 다양합니다. 태어날 때부터 갖고 있었는지, 후천적으로 생긴 건지, 그 정도는 어떠한지 등 여러 가지로 나눌 수 있습니다."

"후천적으로 생긴, 전염성이 있는 질병으로요."

"그렇다면 이쪽으로 오십시오."

사서는 몇 권의 책을 뽑아 나열했다. 에델리스는 우선 그가 추천해준 책들을 모두 자신의 서재로 가지고 왔다. 관련된 지식을 전혀 모르는 사람이 다짜고짜 의료진이 부족하다, 자재를 확충해야 한다 말해봤자 설득력이 없을 것이라고 생각해 서재에 틀어박혀 책을 읽었다. 문제는 처음 몇 권은 흥미롭게 읽었는데, 그다음 책부터는 난이도가 갑자기 올라갔다. 심지어 입문자를 위한 책이라는 것도 어려웠고, 대부분 전문 용어가 많이 쓰여 알아들을 수가 없었다.

"전혀 모르겠어, 이걸 어떻게 해야 하지."

도저히 방법이 떠오르지 않던 에델리스는 어쩔 수 없이 르한에게 도움을 요청하기로 했다. 시간을 끌 수 없었던 에델리스는 곧장 르한을 찾아갔다.

"르한, 혹시 감염병에 대해서 잘 아는 사람이 있을까?"

"감염병 말입니까?"

"응, 책을 보다가 모르는 게 있어서 물어보고 싶은데 누구에게 물어봐야 할지 잘 모르겠어."

"어떤 책을 보는 겁니까?"

"다른 것은 그렇다 쳐도 레이놀드 후작이 쓴 〈병리학개론〉이랑 〈감염병의 이해〉는 전혀 모르겠어."

레이놀드 후작의 이름을 몇 번이나 되뇌던 르한이 곧바로 시종장에게 명령을 내렸다.

"내일 당장 입궁하라 이르도록."

명령을 들은 시종장이 머리 숙여 인사하고 나가자 르한이 굉장히 뿌듯한 얼굴로 에델리스를 바라보았다.

"내일 오면 다 물어보십시오."

"……설마 레이놀드 후작을 부른거야?"

"예. 저자가 제일 잘 알고 있지 않겠습니까."

에델리스가 자신의 이마를 탁 쳤다. 레이놀드 후작은 전 아카데미 교수였다. 그런데 이제 막 교양서를 읽기 시작한 자신의 수업을 위해 오다니…….

"……고마워."

자신을 위해 노력해준 르한에게는 고마웠지만, 다음부터는 무언가를 부탁할 때 거듭 고민해봐야겠다고 다짐했다.

다음 날 아침 일찍 레이놀드 후작이 에델리스를 찾았다.

"······그래서 사람들 사이에서 병이 옮겨진다고 알려져 있습니다."

"그렇다고 사람들을 아예 안 가게 할 수도 없고. 왜 사람들 사이에서 병이 옮겨지는 걸까요?"

"학계에서는 병에 걸린 사람이 다른 사람에게 저도 모르게 병을 준다고 추측하고 있습니다."

"병을 어떻게 주는 거지······."

"글쎄요, 하지만 새로운 학설에서는 사람뿐만 아니라 동물도 충분히 줄 수 있다고 합니다."

예정되어 있던 시간보다 길어진 강의였지만 누구 하나 지치지 않았다.

한참의 시간이 지나 에델리스가 힘들까 봐 강의를 종료했지만 오히려 그녀가 또다른 책을 가져와 후작에게 내밀었다. 그리고 에델리스는 이전에 책 속에서 성녀와 황제의 대화를 메모한 내용에 대해 물었다.

"후작은 이 나라의 의사 수가 충분하다고 생각해요?"

"수도 내의 귀족에게는 의사가 부족하지 않습니다. 하지만 귀족이 아닌 전 제국민을 대상으로 본다면 매우 부족하다고 할 수 있습니다."

"혹시 모르니까요, 전문가의 의견이 궁금해요."

"흐음, 그렇게까지 말씀하신다면······."

후작은 에델리스에게 감염병의 처리 방법과 주의 사항을 설명하면서 이를 반드시 지킬 것을 알렸다.

"좋은 의견 고마워요, 황제 폐하께 말해볼게요."

"예, 황제 폐하 대에 시행이 되기만 한다면 언젠가는 큰 도움이 될 것 같습니다."

에델리스는 생긋 미소 지었다.

책 속의 이야기가 진행되는 정도로 미루어봤을 때 빠르면 올해 안, 늦어도 내년 초에는 발생할 일이었다. 그러니 곧바로 시행될 수 있도록 노력할 생각이었지만 아마 후작이 이해하지는 못할 것 같았다.

"오늘 이곳까지 와주어서 정말 고마워요."

"별말씀을요. 이 늙은이의 도움이 필요하다면 언제든 말씀하시지요."

"서신할게요!"

에델리스가 끝까지 적극적인 모습을 보이자 후작이 껄껄껄 웃었다.

에델리스는 레이놀드 후작이 돌아가자마자 곧바로 르한을 찾았다.

"르한!"

에델리스가 그의 이름을 반갑게 부르자, 르한이 한걸음에 달려와 그녀를 안았다.

"즐거웠습니까."

"응, 후작을 불러줘서 고마워."

"아닙니다. 또 필요한 게 있으면 얼마든지 말씀하십시오."

"정말?"

"예."

에델리스는 기회를 놓치지 않았다. 에델리스가 생각하는 모든 정책이 황제의 전폭적인 지지하에 지금 당장 시행되어도 시간이 부족했다.

에델리스는 곧바로 르한에게 잠시 외출하고 오겠다고 했다. 르한이 함께 가려고 했지만, 이미 뒤에 잡혀 있는 회의도 있었고 그 회의에서 의료 기관 설립을 강하게 주장할 예정이라 같이 가지 못했다.

에델리스는 평민의 복색을 하고 호위인 페린 경과 함께 빈민가로 향했다.

"폐하, 꼭 빈민가로 가셔야겠습니까?"

"네. 레이놀드 후작이 말한 감염병이 걸리기 좋은 조건에 맞으니까요."

그곳은 레이놀드 후작이 지적했던 대로 위생이 좋지 않았고, 좁은 곳에 많은 사람들이 살고 있었다. 게다가 의사의 의료 지원을 받을 가능성이 전혀 없는 곳이었다.

"······폐하, 비록 지금 평민의 행색을 하고 있긴 하지만 폐하는 너무 눈에 띕니다."

"로브 벗지 않을게요. 페린 경 주변에 있을게요. 맘대로 움직이지 않고."

이미 페린 경이 빈민가로 간다는 이야기를 하자마자 귀에 딱지가 앉도록 반복해서 말했다. 에델리스가 답을 술술 하는데도 페린 경은 무언가 못마땅한 표정이었다.

"어차피 페린 경의 눈매가 사나워서 다른 사람이 가까이 오지도 않을 것 같은데……."

"제 눈매가 사나운 것은 부정하지 않겠습니다만, 혹시 모를 일에 대비해 마차도 한 번 갈아탈 겁니다."

황궁으로 들어오는 삯마차는 기본적으로 귀족이 타는 것이기에 화려했다. 그러니 평민가까지 가서 평민이 탈 만한 마차 중에서도 특히나 허름하고 저렴한 것으로 갈아탈 것이다. 그것을 타고 빈민가 입구에서 내린 뒤에도 만전을 기할 예정이었고.

"다른 사람들 앞에서는 말을 높이지 않겠습니다. 괜히 폐하께서 신분이 높은 것을 알려서 좋을 것은 없습니다."

"그러면 폐하라고 부를 수는 없으니 이름으로 부를래요?"

"저는 황제 폐하의 눈 밖에 나고 싶지 않으니 사양하겠습니다."

"……."

그렇게 빈민가에 도착해서 마차에서 내리기 전에 페린 경이 에델리스에게 마지막으로 조언을 했다.

"적선도 하시면 안 됩니다."

"왜요?"

"가진 게 모두 없어질 때까지 들러붙을 거고, 마지막에 마지막까지 가져가기 위해 그들은 기꺼이 강도가 될 테니까요."

페린의 조언을 명심하며 그들이 마차에서 내리자마자 곧바로 많은 시선이 달라붙었다.

"외부인이다!"

얼굴을 가리고 있고 옷도 초라하게 입었다. 하지만 빈민가의 것보다는 훨씬 깨끗했기 때문에 곧바로 사람들의 눈에 띄었다. 당장 굶어 죽게 생긴 이들이 밑져야 본전이라는 생각으로 그들에게 죽을힘을 다해 달려갔다. 누군가 에델리스의 옷자락을 붙잡고 늘어졌다.

"동전, 하나만……."

에델리스가 페린 경의 조언을 떠올리며 빠져나가고자 옷자락을 잡아당겼지만 대체 어디서 그런 힘이 나오는 건지 잡힌 옷자락을 빼낼 수가 없었다.

다른 이들도 에델리스에게 돈을 받기 위해 옷자락을 붙잡으려고 했다. 어쩔 수 없이 페린 경이 에델리스의 옷자락을 붙잡고 있는 손을 칼집으로 후려쳐 놓게 했다.

이곳에 오래 있다가는 더 많은 사람들이 몰려올 것이라고 판단한 페린 경이 에델리스를 재촉했다.

"어서 가자."

"알겠어."

그렇게 에델리스는 제게 따라붙는 이들을 뒤로하고 빈민가의 안쪽으로 향했다.

안쪽으로 들어갈수록 그곳의 참혹한 환경을 보고 개탄했다. 저 멀리 아이들이 먹고 있는 것은 곰팡이가 뒤덮인 빵이었다.

그들은 얼마나 씻지 못한 건지 새까맣게 때가 낀 손으로 아무거나 주워 먹고 있었다.

그리고 마침내 에델리스의 목적지인 빈민가 내에 있는 유일한 약방을 찾았다.

"감기에 걸렸을 때 먹는 약을 사고 싶은데."

"외부인에게는 팔지 않습니다. 나가십시오."

페린 경이 품에서 은화 하나를 꺼냈다.

"다른 사람들에게 주는 것과 같은 걸로."

"이러시는 이유가 뭡니까?"

동화도 보기 힘든 빈민가에서 은화를 내미는 것을 보고 주인장이 경계했다.

"처벌하려고 그러는 건 아냐. 그냥 약만 보려고 하는 거지. 처벌할 거였으면 은화도 안 주고 바로 끌고 갈 수도 있어."

"……기다리십쇼."

에델리스는 역시 페린 경과 오기를 잘했다고 생각했다. 눈매만 사나운 것이 아니라 협박하는 솜씨도 하루 이틀 해본 솜씨가 아니었다. 곧 약방의 주인이 꺼내 온 약은 약초학에 대해 전혀 모르는 페린 경이 봐도 이상했다. 이미 색이 다 바랜 이파리에는 곰팡이가 슬기도 했다.

"이런 걸 먹는 거야?"

"그쪽 아가씨는 잘 모르나 본데 여기서는 이것도 감지덕지하며 먹습니다."

"비싸서?"

"그런 것도 있지만, 애초에 이곳에 약재를 판매하려는 사람도 없습니다."

"그러면 이곳에서는 아프면 어떻게 하지?"

"죽습니다."

"……."

"가벼운 병도 제대로 먹지도, 쉬지도 못하니 호되게 앓고, 아무것도 아닌 상처도 치료를 받을 수 없으니 곪아서 더 큰 병이 되어 죽습니다."

신랄한 주인장의 말에 귀족으로만 살다가 이 나라에서 제일 고귀한 사람이 된 에델리스는 충격을 받았다. 하지만 에델리스는 굴하지 않았다.

"만약에. 품질이 좋은 약초를 받을 수 있다면 어떻게 하겠어?"

"도착하기 전에 강도에게 빼앗길 겁니다."

"빼앗기지 않고 도착한다면?"

"도착하고 나서 빼앗기겠지요. 약은 돈이 되니까."

"빼앗기지 않는다면, 판매가 될 것 같아?"

"그런 약초에 돈을 지불할 능력이 없으니 판매가 되지 않고 이것들과 같은 상태로 변해갈 겁니다."

산 넘어 산이라는 게 이런 걸까.

"그러면 저렴하게 판매한다면?"

주인장은 자꾸만 불가능한 조건을 제시하는 에델리스에게 답을 하는 것이 무의미하다고 생각했다. 하지만 바로 옆에 있는 눈매 더러운 형씨에게서 받은 은화가 있으니 최대한 친절하게 대답했다.

"손해 보면서 판매를 하려는 사람은 없을 겁니다."

"만약에 저렴하게 팔 수 있다면?"

"너도 나도 와서 사가려고 하겠지요."

드디어 긍정적인 답변이 나왔다.

"하지만 대부분은 약을 받고 자신이 쓰지 않고 팔 겁니다."

"……약을 쓰지 않으면 죽는다면서."

"약으로는 배를 채울 수 없습니다. 먹지 못해 굶어도 죽는 것은 똑같으니 잘 먹고 죽는 게 낫지 않겠습니까."

그는 자신이 죽고 난 뒤에 그들에게 약을 지어줄 사람이 없어서 걱정하고 있었다.

그런 그라면 괜찮을 것이라 생각하고, 에델리스가 제안했다.

"만약에 약방을 새로 만들고 약초를 공급한다면, 거기서 일할 수 있어?"

"여기에 약초를 공급하는 게 아니고요?"

"약방을 새로 지으려고 해. 여기는……."

솔직히 말해서 어둡고 음침하고 거미줄도 많이 쳐져 있고, 곰팡이도 여기저기 피어 있었다. 저 멀리 쥐도 몇 마리 달려가는 것이 보였다.

주인장도 에델리스의 답을 다 듣지 않고도 그녀가 할 말을 이해했다.

"제가 떠나고 난 뒤에도 계속 약방을 운영하실 겁니까?"

"그럴 거야."

처음엔 전염병 때문이었으나, 이 나라의 기득권자로서 가만히 두고 볼 수가 없었다. 제가 조금만 아껴도 살릴 수 있는 목숨이 몇 개인데 모르는 척할 수는 없었다.

"그렇다면 저도 좋습니다."

"고마워, 그러면 관련된 이야기는 약방을 짓고 나서 다시 이야기하도록 하지."

에델리스는 만족스럽게 미소 지었다. 주인장이라면 빈민가의 사정을 잘 알고 있으니 맡길 만했다. 에델리스는 페린 경과 함께 가벼운 발걸음으로 약국을 나섰다.

"저놈들입니다요!"

"……응?"

하지만 그들을 반기고 있는 것은 단검과 몽둥이를 들고 있는 십수 명의 사람들이었다.

'뭐, 뭐야?'

"칼 버려."

약방을 둘러싸고 있는 사람들의 대장으로 보이는 사람이 말했다. 다들 얼굴의 반을 천으로 가리고 있었다.

"누가 할 말을."

"여자 앞에서 강한 척하고 싶은 건 알겠는데, 그나마 칼이라도 버려야 안전하게 돌아갈 수 있을 거야."

에델리스가 봐도 흉기를 들고 있는 십수 명의 사람들을 페린 경 혼자 감당하는 것은 힘들어 보였다.

"내 뒤로 와."

페린 경의 말에 따라 슬금슬금 그의 뒤로 갔다.

"네놈들이 우리 쪽 사람을 다치게 했다고 들었다. 심지어 칼도 가지고 있다고."

"지나가는데 붙잡고 놔주질 않으니 어쩔 수 없었다."

"아무리 빈민가라지만 일단은 자경단을 운영하고 있는 사람으로서 그냥 넘어갈 수는 없다."

"나도 폼으로 검을 들고 있는 것은 아니라서."

페린 경이 칼집에서 검을 꺼냈다. 하지만 자경단은 수적으로 우위가 명확했기 때문에 검을 고쳐 들었다.

"우아아아아!"

자경단이 달려드는 그때, 약방의 지붕에 있던 두 명의 그림자가 내려왔다.

"너무 늦잖아!"

"적당한 때 내려왔다고 생각하는데."

"괜찮으십니까?"

"아, 네, 괜찮아요."

갑작스러운 파시스 경과 레이든 경의 등장에 페린 경을 제외한 모두가 놀랐다. 하지만 놀란 것도 잠시, 빈민가의 자경단이 그들에게 달려들었다.

조악한 무기와 압도적인 실력 차이에 기사들이 단지 칼등으로 후려칠 뿐인데도 자경단은 손쓸 틈도 없이 쓰러져갔다. 마지막까지 버티던 자경단장은 파시스 경이 그의 검을 튕겨내 날

러버리자 굴복했다.

"크윽, 외부인 주제에!"

뒤늦게 소란을 듣고 문을 열고 나온 약방의 주인이 놀라 눈을 동그랗게 떴다.

"이게 다 무슨 일인가!"

"영감, 괜찮아?!"

"그게 무슨 소리인가?"

약방의 주인은 아주 멀쩡해 보였다. 페린 경과 에델리스의 옆으로 뛰어나온 약방의 주인이 쓰러진 이들을 살폈다.

"이 많은 이들을 치료할 약초도 없는데 어쩌자고 이렇게 다친 겐가!"

"저 사람들이 검을 들고 행패를 부렸는데, 약방으로 들어갔다길래 다들 달려왔지."

"아이구."

주인장이 이마를 짚으며 크게 한숨을 내쉬었다.

"저분들은 이곳에 약방을 운영하려고 하는 분들일세! 좋은 약초도 공급해준다는데 대체 왜 그랬는가!"

"어? 하지만 로이가 저 사람들의 칼에 맞았다고……."

많은 이들의 시선을 받자 로이라는 사람이 횡설수설했다.

"아니, 내가 칼에 맞은 건 사실인데 칼이 아니라 칼집이었고……."

"약방에 이야기하러 가려고 하는데 옷을 붙잡고 놔주지 않아 어쩔 수 없이 한 선택이었다."

"그게, 비싸 보이는 옷을 입고도 동전 하나를 주지 않아
서……."

"구걸하다가 잘 안 됐다고 자경단을 부른 거냐?"

자경단장이 분노에 차서 로이의 얼굴을 주먹으로 날려버렸다.

"……오해가 있었나 봐."

"그런 것 같네."

"미안해. 사실 확인도 제대로 하지 않고 나선 내 잘못이야."

자경단장이 머리를 숙이자 기사들이 에델리스에게 눈짓했
다. 에델리스가 작게 고개를 끄덕였다.

"괜찮다. 크게 다친 이는 없으니."

"우리가 모두 사라진다면 자경단이 없어져 빈민촌의 문제가
더욱 심각해질 거야. 경비병에게 넘기는 것은 나로 끝내줄 수
있어?"

"대, 대장!"

자경단원들이 모두 로이 때문이라며 술렁였다. 로이와 가까
이 있던 이들은 그를 발로 차기도 했다.

"괜찮아. 넘기지 않아도."

"정말?"

"대신에 조건이 있어. 약재를 들여올 때 무사히 가져올 수 있
게 호위해줬으면 해."

"물론이지."

자경단장이 호기롭게 외쳤다.

"괜찮다면 약방을 지을 때도."

"그래. 거길 이용하는 건 우리일 테니까."

"그럼, 잘 부탁할게."

그 말을 끝으로 에델리스는 기사들과 함께 사라졌다. 자경단장은 한참이나 그들이 사라진 방향을 보았다.

황궁으로 돌아온 에델리스는 시녀장을 통해 내탕금의 액수를 확인했다. 생각보다 황후에게 주어진 금액은 어마어마했다. 게다가 도피 자금으로 쓸 예정이었기에 변변찮은 소비조차 하지 않아 돈은 계속 쌓이고 있었다.

에델리스는 우선 생전 처음 커다란 금액을 쓰는 것에 대해 재무 대신을 불러 이야기했다.

"빈민가와 주택가에 약방을 하나씩 세우고 싶어요."

"……약방이요?"

빈민가나 주택가는 의사가 없어 약초 판매상이 임의로 질병에 맞는 약초를 건넨다. 그러니 약방에서 단순히 약초를 판매하는 것은 평민이라도 문제가 없을 것 같아 생각해낸 것이었다.

재무 대신이 고민하기 시작하자 이를 기회라고 생각한 에델리스가 적극적으로 주장했다.

"처음에는 찰과상에 바를 연고, 감기약, 가벼운 진통제를 제공하는 것부터 시작할 거예요."

"그런데 빈민들은 그 비용을 감당할 수 없을 겁니다."

"몇 가지 약속만 지키면 아주 저렴하게 줄 거예요. 공짜로 줄 수도 있구요."

"그럼 그 비용을 설마…… 내탕금에서 쓰려고 하시는 겁니까."

에델리스는 씨익 미소 지었고, 재무 대신은 자신의 이마를 짚었다.

"내가 드레스 한 벌만 안 사도 빈민들 수백의 약재는 물론이거니와 식사까지 제공할 수 있어요."

"황후 폐하께서 이런 분이신 줄 몰랐습니다."

재무 대신이 이런 말을 하는 것도 이해는 갔다. 역대 황족과 귀족 중에서 이런 기행을 벌인 사람은 그 누구도 없었으니까.

"그래도 사치를 부리는 것보다는 낫잖아요."

"그렇긴 합니다만……."

이전에 사치를 부리는 황후가 되려고 르한에게 목걸이를 사 달라고 한 적이 있어서 양심이 찔렸다. 하지만 그것은 엄밀히 말해 이미 르한이 사놓은 것이니 제가 사치를 부린 것은 아니라고 합리화했다.

"결론을 말씀드리자면 재정적으로 봤을 때는 충분히 설립은 가능합니다."

에델리스가 주먹을 불끈 쥐었다. 목표에 한 걸음 가까워졌다.

"하지만 누군가 약초를 훔쳐가거나 약방에서 문제를 일으킬 수도 있습니다. 그걸 막기 위한 치안에 들어가는 비용까지 생각하면 내탕금만으로는 힘들 겁니다."

"그거라면 괜찮아요! 빈민촌의 자경단이 도움을 주기로 했거든요."

"예? 언제 그들을 포섭하신 겁니까. 설마 폐하께서 직접 빈민촌에 가셨던 것은 아니겠지요?"

에델리스가 아무 말 없이 시선을 피했다. 그들이 황성에 들어올 리는 없으니 그들을 만나기 위해서는 밖으로 나가야 했다. 그런데 황후와 기사단이 함께 움직였다는 이야기는 듣지도 못했다.

"폐하께 무슨 일이 있었으면 빈민촌이 사라졌을 겁니다."

"하하……."

에델리스가 멋쩍게 웃었지만 재무 대신은 진지했다. 황제가 빈민촌을 갈아엎었을 것이 분명했기 때문이다.

"결과적으로 보았을 때는 좋았지만, 부디 조심해주십시오."

"알겠어요."

마지막으로 르한은 에델리스가 자세한 설명도 하기 전에 무조건 지지하겠다는 입장을 밝혔다. 그 어떤 일이라도 다 해도 된다는 그의 말에 에델리스는 나라를 망하게 하지 않으려면 알아서 잘 조절해야겠다고 생각했다.

에델리스는 우선 '빈민 구제'를 명목으로 일을 시작했다. 다과회를 열어서 받은 기부금으로 진행하기로 한 것이다.

"기부금이 별로 안 들어와도 괜찮아. 내탕금을 기부금 명목
으로 왕창 얹으면 되니까."

황후가 여는 첫 번째 다과회라서 그런지 많은 귀부인들이 얼
굴도장을 찍기 위해 나섰고, 상당히 많은 액수의 기부금이 모
였다. 덕분에 기부금만으로도 약방을 지을 수 있을 만큼 모였
고, 남은 기부금과 내탕금으로 약재를 들이기로 했다.

빠른 속도로 약방이 지어졌고, 자경단의 도움으로 무사히 약
초가 옮겨졌다. 마침내 영업을 시작하기로 한 날, 에델리스가
빈민촌을 찾았다.

"약초를 판매할 수가 없다고? 왜?!"

약을 팔 약방도 있고, 약초도 충분히 구비되어 있었다. 심지어
약방 바깥에는 약초를 필요로 하는 빈민들이 기다리고 있었다.

"영감이 새벽부터 갑자기 앓아눕는 바람에……."

우선 약방으로 들어간 에델리스는 심각한 감기에 걸린 주인
장 톰 씨를 위해 감기에 좋은 약초들을 모아 약을 지었다. 그
리고 그 약을 톰 씨에게 전달하도록 페린 경에게 부탁했다.

"이런 것도 할 줄 아는 거……야?"

주변에 아무도 없는 줄 알고 말을 높이려던 페린 경이 자경
단장을 보고 황급히 말을 낮췄다.

"예전에 공부한 적이 있어."

"그런 것치고는 아주 능숙한 것 같은데."

"한 3년 정도."

혹시나 도망갈 때를 대비해서 공부해놓은 것들 중 하나였다.

약을 구하는 것은 힘들고 의사에게 진찰을 받는 것은 더더욱 힘들 것이라 생각해서 한 결정이었다.

'그게 이렇게 쓰일 줄은 몰랐지만.'

하지만 여전히 문제는 해결되지 않았다. 톰 씨가 언제 나을지 모르는데 그를 대체할 만한 약사가 없었기 때문이다.

"어쩌지……. 약을 팔려고 해도 약사가 없으니."

"나는 잘 모르지만, 그쪽이 하면 되는 거 아냐?"

"나?"

자경단장이 에델리스를 보며 고개를 끄덕였다.

"약초에 대한 지식도 있는 것 같고, 애초에 이 약방을 운영하자고 권유한 건 그쪽 아냐?"

"그렇긴 한데……."

에델리스는 운영이 잘되고 있는지 확인하고 곧바로 궁으로 돌아갈 생각이었다. 아무리 르한이 제게 자유롭게 행동하라고 이야기했지만, 한 나라의 황후가 오랜 시간 자리를 비우는 것이 좋을 리가 없었기 때문이다.

"그래. 약을 얻기 위해 온 사람들이 있으니까, 잠깐이라도 있다가 가는 게 좋을 것 같아."

"……."

"나도 무언가를 팔아본 적이 없어서 걱정이긴 하지만, 파시스가 도와줘."

파시스 경은 심기가 불편한 기색이 역력했지만, 결국 에델리스가 결정권자였다. 그러는 사이 약을 전하러 갔던 페린 경도 돌아왔다.

"전해준 약을 먹었고, 몸이 나아지자마자 돌아온다고 했어. 고맙다는 말도 전해달라고 했고."

"그렇다면 톰 씨가 올 때까지만 해볼까?"

"무슨 이야기인데?"

"그게, 아까 전에 자경단장이 내가 대신 약초를 파는 것은 어떻겠냐고 물어봤거든."

"재밌겠네. 해보자."

"정말?! 고마워!"

에델리스가 싱글벙글 웃고 파시스 경의 표정은 이전보다 조금 더 굳었다. 페린 경은 입꼬리를 끌어올려 웃고는 에델리스의 지시에 따라 문을 열 준비를 했다.

문을 열자마자 주변의 눈치를 살피던 사람 중 한 명이 가게 안으로 들어왔다.

"어서 와!"

멀뚱멀뚱 손님을 바라보고 있던 에델리스는 자경단장의 인사말에 깜짝 놀랐다.

'아, 그렇구나. 손님에게 인사를 해야 하는구나.'

자신이 먼저 인사를 할 생각을 못했던 에델리스가 당황했다. 하마터면 손님이 들어왔다가 그대로 쭈뼛쭈뼛 나갈 뻔했다.

"어서 오세요."

"어서 오십시오."

에델리스가 인사를 하니 파시스 경과 페린 경도 덩달아 인사했다. 손님으로 온 남성은 주저하며 에델리스 쪽으로 걸어왔다.

"저, 저희 아이가 며칠째 열이 안 떨어져서……."

"다른 증상은 없나요?"

"잔기침을 많이 해요."

"잠시만 기다려주세요."

에델리스는 아이의 증상과 체구에 맞는 약초를 배합해 약을 만들었다.

"물을 많이 먹게 해주고, 식사 후에 약을 주는 게 나을 거예요."

"가, 가격은……."

"일단 손부터 씻고 오세요. 약에 먼지가 묻으면 오히려 몸에 안 좋을 수 있으니까."

"예, 예."

사실 봉투에 담아놨기 때문에 약에 직접 손이 닿는 것은 아니었다. 하지만 에델리스의 최종적인 목표는 '전염병 예방'에 있었기 때문에 손을 씻는 것은 매우 중요했다. 남자는 새카만 잿물로 손을 문질러 씻고 다시 받은 깨끗한 물로 손을 헹궜다.

"손 씻고 왔습니다만……."

사실 약초를 살 돈이 없었던 남자는 차마 에델리스에게 약을 대놓고 달라고 말하지 못했다. 이미 첫째 아이도 고열로 앓아누웠다가 잃은 전력이 있었기에 지푸라기라도 잡는 심정으로 이곳에 왔을 뿐이었다. 약을 주지 않는다면 빌든, 드러눕든 할 생각이었다.

"여기요."

하지만 남자의 예상과는 달리 에델리스는 곧바로 약을 주었다. 로브를 깊게 쓰고 있어 제대로 보이지 않았지만 약을 내주는 데 망설임이 없었다.

"가, 감사합니다."

"동화 한 닢만 주세요."

"예?"

"대신에 다른 분들한테도 말해주세요. 손을 깨끗하게 잘 씻으면 약을 준다고."

에델리스가 말한 가격은 이전의 조악한 약초로 약을 지을 때보다도 저렴한 가격이었다. 당연히 놀랄 수밖에.

"그리고 약은 오늘 하루치밖에 없어요. 더 필요하면 내일 다시 오세요."

사실 며칠 분을 함께 주는 것이 손이 덜 갔지만 약을 쟁여두고 되팔 수도 있었기 때문에 고안해낸 방법이었다. 남자는 주머니에서 동화 한 닢을 꺼내어 에델리스의 앞에 내려놓았다.

"……정말 이걸로 되는 겁니까?"

"네."

남자의 눈에는 뜨거운 것이 차올랐다. 제게 온 행운이 믿기지 않는지 그의 손이 떨리고 있었다. 결국 주체하지 못하고 얼굴을 한껏 찡그린 채 눈물을 뚝뚝 흘렸다. 그 모습을 본 자경단장도 그의 마음을 이해하는 듯 같이 눈시울을 붉혔다.

"괜찮으세요?!"

"예, 괜찮습니다. 정말 감사합니다."

남자는 몇 번이나 인사를 하고는 아이에게 얼른 약을 먹이겠다며 사라졌다. 그 직후, 밖에서 눈치를 보고 있던 환자들이 몰려왔다.

자경단장은 우선 사람들에게 손을 씻고 오라고 지시했고, 파시스 경은 손을 씻은 사람들을 줄 세웠다. 페린 경은 저 혼자 놀고 있는 것 같아 눈치가 보였는지 빗자루를 들고 와 바닥을 쓸었다.

"정말 한 낮이면 되는 겁니까?"

사람들은 굉장히 놀라는 표정으로 받아 갔고, 이후에는 더 많은 손님이 몰려왔다. 다행히도 오후가 되자 약을 먹고 괜찮아진 톰이 돌아왔다.

"벌써 와도 괜찮은 거예요?"

"집에서 계속 쉬고 있으면 그게 더 불편할 것 같습니다."

톰은 너털웃음을 지으며 곧바로 손님을 받고, 약을 만들었다. 정말로 다 나은 것 같아 에델리스는 마음 놓고 자리를 비켜줬다. 그리고 가게 한편에서 손님들이 손을 씻고, 약을 받아 가는 모습을 지켜보았다. 어떤 이들은 그 자리에서 곧바로 연고를 바르기도 했고, 받은 약을 즉시 먹기도 했다.

"생각보다 많이 오네……."

"아마 오늘만 좋은 약초를 준다고 생각해서 사람들이 몰려온 걸 거야."

에델리스가 중얼거린 말에 대해 자경단장이 답했다. 그가 가까이 다가서자 호위들이 견제했다.

"앞으로도 계속 이렇게 좋은 약초를 가지고 올 수 있어."

"어떻게?"

"……아는 사람이 좋은 약초를 가지고 올 수 있게 해줬어."

에델리스가 역대 어떤 황후보다도 높은 액수의 내탕금을 받을 수 있었던 데는 사실 르한의 덕이 컸다. 그의 도움으로 약초도 안정적으로 받을 수 있었다.

자경단장의 말에 에델리스는 르한이 더욱 생각났다.

'이제 슬슬 돌아가봐야지.'

손님들이 많이 빠져나가 여유로워졌으니 톰 아저씨만으로도 충분히 가능할 것 같았다. 그녀는 톰 아저씨에게 약방을 부탁하며 인사를 나누었다.

"약방을 잘 부탁할게요."

"그럼요. 저야말로 잘 부탁드립니다."

황궁에서 에델리스를 기다리던 르한은 무언가 잘못되고 있다고 생각했다. 에델리스가 저와 함께하기로 한 점심 식사를 잊었을 리가 없었다. 얼마 전 습격 사건도 있었으니 그녀의 안위가 더욱 걱정이 되었다. 르한의 곁에 있던 프라체 경이 초조해하는 르한을 위로했다.

"너무 걱정하지마, 케이르한. 그전에 나도 몰래 따라간 적 있는데, 빈민촌 자경단까지 호위를 하고 있던데? 안전에 문제는 없을 거야."

"자경단?"

"아무래도 자경단장이 황후 폐하께 반한 것 같던데."

위로를 하려고 한 것이 아니라 불안감을 증폭하려고 한 말이 분명했다.

르한은 곧바로 요하네스를 내버려두고 뛰쳐나와 기사단의 마구간에서 아무 말이나 잡아타고 달려갔다. 요하네스가 설명해준 가게의 앞에서는 웬 남자가 자신을 경계하고 있었다. 그러거나 말거나 르한은 말에서 내려 곧바로 문을 열고 들어갔다. 딸랑—하는 종소리가 약방 안에 울려 퍼졌다.

"어서 오세……."

그의 모습을 확인하자마자 에델리스의 얼굴이 혼란으로 물들었다. 에델리스는 르한이 온 것을 믿을 수 없는지 후드를 살짝 들어 올려 다시 한 번 확인해보려고 했다. 그 틈새로 에델리스의 얼굴이 보이자 르한은 곧바로 그녀의 손을 지그시 붙잡아 부드럽게 내렸다.

"얼굴, 드러내지 마십시오."

굳이 에델리스에게 반한 사람을 더 늘리고 싶지 않다고 생각하던 그때 생각지도 못한 방해자가 나타났다.

"함부로 만지지 마십시오."

"……뭐?"

"점원을 함부로 만지지 말라고 했습니다."

가게 앞에 있던 남자였다. 남자는 르한을 막으며 감히 에델리스를 제 쪽으로 당겼다.

'이자가 요하네스가 말한 자경단장인가.'

자신이 없는 사이에 벌써부터 벌레가 꼬일 줄은 몰랐다.

'대체 호위로 붙여놓은 것들은 뭘 하고 있었는지.'

르한은 그의 손목을 쳐내며 자신이 붙잡고 있던 그녀의 손을 끌어당겨 제 품에 안았다.

"걱정해주는 것은 고맙지만 자네야말로 내 아내에게 함부로 닿지 않았으면 좋겠군."

"아내?"

그를 막아섰던 남자는 에델리스가 르한의 품에 안겨 있는 것을 보고 크게 놀란 눈치였다.

"에델리스, 오늘 나와 같이 점심 먹기로 한 것은 잊은 겁니까."

"아."

"완전히 잊었나 보군요."

"원래 잠깐 들렀다가 바로 가려고 했는데, 일이 생기는 바람에……."

르한은 자연스럽게 문을 열고 에델리스를 에스코트해서 밖으로 나서려고 했다.

"아, 잠시만."

에델리스는 르한에게 양해를 구한 뒤 자경단장에게로 돌아왔다.

"도와줘서 고마웠어. 덕분에 약방을 무사히 개업할 수 있었어."

"아, 아니야. 아닙니다?"

자경단장은 편하게 말을 놓으려고 했다가 살벌한 남자의 눈치에 저도 모르게 말을 고쳤다.

"사실 앞으로도 걱정이기는 하지만 그래도 고마워."

"뭐가 걱정이 되는 겁니까?"

둘의 대화에 르한이 끼어들었다. 그녀에게 걱정을 끼치는 것은 가만둘 수 없었다.

"……아무래도 치안이 좋지 않으니까. 이전까지는 자경단장이 여기를 지켜줬거든."

"자경단장?"

르한의 눈이 자경단장을 향했다. 역시나 그는 자경단장이 맞았다. 어차피 자경단장이 황궁까지 쫓아올 것도 아니니 궁으로 돌아가버리면 그만이었다.

하지만 그 후에도 이 고민거리는 에델리스를 괴롭힐 터였다. 이곳에도 기사를 두면 지금 당장의 치안은 잡히겠지만 기사들이 빈민촌 내에서의 규칙을 이해할 수 있을 리가 없으니 오래가지는 못할 것 같았다. 그러니 이곳의 생리를 잘 알고 있는 자경단장에게 맡기기로 했다.

"이름이 뭐지?"

"……에드입니다."

"에드. 이곳의 자경단장이라고?"

"예."

"약방의 경비를 설 생각이 있나?"

르한의 질문에 자경단장이 골똘히 생각했다.

"일손이 부족합니다. 다들 무언가 대가를 바라고 하는 것은 아니기 때문에 충원하기도 힘듭니다."

"그렇다면 그대들을 고용하는 형태로 하면 충원할 수 있겠나?"

"……가능은 합니다."

"르한, 약방에서 이 사람들을 다 고용할 수는 없어."

르한은 에델리스가 빈민촌의 사람들에게 위생 관념을 교육하고 약을 저가에 판매하고 싶다고 말했던 것을 기억했다. 당연히 수익 구조는 안 좋을 테니 경비를 고용할 수 있을 리가 없었다.

"왜 약방에서 고용한다고 생각하는 겁니까?"

"그러면?"

"황실에서 고용할 생각입니다."

'황실'이라는 단어에 자경단장의 입이 떡 벌어졌다. 주변에 있던 자경단원들도 자신이 들은 것을 의심하며 수군거렸다.

"황후가 처음으로 시행하는 국책 사업 아닙니까. 마땅히 지원해드려야지요."

'황후'라는 말에 안에 있던 모든 이들의 눈이 에델리스를 향했다.

"국책 사업이 아니라, 그냥 내 사비로 진행하는 건데……."

"그러면 저도 제 사비로 그들을 고용해도 됩니다."

"……."

"황제에게 배정되어 있는 금액으로 이 정도도 고용하지 못할 것 같습니까."

르한이 덧붙인 말에 자경단장을 포함해 다들 대경실색했다. 자신의 사비를 '황제에게 배정되어 있는 금액'이라고 했다.

그렇다면 저 남자는 황제라는 말이었다. 그들은 너무 어이가 없어서 말이 나오지 않았다.

에델리스가 르한과 정신없이 대화를 나누다가 제게 쏠려 있는 시선을 느끼고 주변을 돌아보았다. 아니나 다를까, 이곳에 있던 사람들이 모두 놀라 바닥에 엎드렸다.

"……그동안 고마웠어요. 하지만 이럴 필요는 없어요."

엎드린 사람들이 많이 놀랐는지 손을 바들바들 떨었다.

"그, 에드? 약방의 경비, 맡아줬으면 좋겠어. 기사단이 맡는 것보다 더 원활하게 할 것 같아."

"예, 알겠습니다."

"명령은 아니야."

"아닙니다. 황후 폐하께서 맡기신 일이니 성심성의껏 하겠습니다."

에델리스를 대하는 사람들의 태도가 변했다. 이에 에델리스는 한숨을 내쉬고는 르한과 같이 말을 타고 빈민촌을 떠났다. 그 뒤로도 사람들은 한참 동안 정신을 차리지 못했다.

"폐하, 황실기사단장 요하네스 프라체 경입니다."

르한은 에델리스가 책을 읽는 동안 집무를 보면서 함께 있는 시간을 늘려나갔다. 문제는 두 사람의 거리가 부쩍 가까워지면서 르한이 시도 때도 없이 입을 맞춘다는 것이었다.

"으읏, 르한."

"조금만 더."

미약한 힘으로 그의 가슴팍을 밀어내는 에델리스를 르한이 더욱 세게 끌어안으며 입맞춤을 계속했다. 하지만 밖에 사람을 세워두고 차마 그대로 있을 수가 없어 에델리스가 고개를 피했다.

"바, 밖에 프라체 경이……."

"조금 기다려도 됩니다."

"하지만."

"사전에 알현 신청을 한 것이 아니니 두, 세 시간을 기다리게 해도 괜찮습니다. 뭣하면 쫓아내고 다음에 다시 오라고 해도 됩니다."

르한은 제 무릎에 앉힌 에델리스의 허리를 더욱 당겨 안았다.

"할 일을 미루는 것은 좋지 않아."

"황후와 좋은 관계를 유지하는 것도 내가 해야 할 일입니다."

굳이 그러지 않아도 이미 사이가 좋잖아! 라고 말하려다가, 이전에 비슷한 말을 했다가 르한이 서운해했던 것을 떠올려 꾹 참았다.

"나는 황제가 일하는 것을 방해해서 나라를 망하게 한 황후라는 이야기는 듣고 싶지 않아."

"……당신은 아마 황제를 일하게 한 황후로 기록될 겁니다."

르한이 아쉬워하며 에델리스를 소파에 내려놓았다.

"들라 해라."

르한의 허가가 떨어지자 프라체 경이 들어왔다. 들어오자마자 그의 표정이 미묘하게 변했다.

평소와는 다르게 늦어진 허가, 황후의 붉은 얼굴, 무표정한 척하지만 오랫동안 지켜본 결과 기분 좋은 것이 틀림없는 케이르한의 얼굴까지. 하지만 이것을 알은척할 정도로 바보는 아니었기에 그는 모르는 척 농을 던졌다.

"하마터면 문 열고 들어올 뻔했잖아."

"목이 잘릴 뻔했군."

"살벌해라."

프라체 경은 웃으며 제 목을 한 번 쓰다듬었다.

"그래서 무슨 일로 온 거지?"

이어지는 르한의 말에 프라체 경이 얼굴을 굳혔다.

"레이든이 습격당했어."

"……레이든이? 언제?"

"지난밤에 퇴근하고 가는 길에."

레이든이라면 에델리스의 호위였다. 오늘이 비번이니 충분한 휴식을 취하고 다음에 보자고 인사를 했었다. 그런데 그런 레이든 경이 습격을 당하다니.

"범인은?"

"레이든이 치명상을 입어 아직 깨어나지 못했어."

"많이 심각해요?"

"목숨은 건졌다고 합니다."

그나마 다행이었다. 하지만 그녀의 호위는 모두 유능한 사람이었는데, 그에게 치명상을 입힐 정도라니. 대체 누가 그런 짓을 했는지 알 수가 없었다.

"목격자는 있나?"

"아니. 새벽에 가게를 여는 상인이 피를 흘리며 말을 몰고 오는 레이든을 발견해서 곧바로 경비대에 넘긴 거야."

"단서가 많이 부족하군."

"그래, 마치 지난번의 습격처럼."

요하네스의 말에 르한의 얼굴이 굳었다. 지금 요하네스가 말한 습격이란 것은 황후를 노렸던 범행을 뜻했다.

"동일범일 가능성이 있나."

"배후의 인물이 같을 수는 있겠지. 하지만 이전처럼 대규모의 인원을 모으진 못했을 거야. 근처의 민가에서는 아무런 정보를 얻지 못했거든. 소란스럽지는 않았다는 거지."

이후에도 사실 에델리스를 노리는 자그마한 시도들은 계속해서 있어왔다.

모두 사전에 르한에게 발각되어 처참하게 부서져서 그녀가 몰랐을 뿐이었다.

하지만 르한의 감이 말해주고 있었다. 이전까지 르한이 잡아 가두었던 이들과는 달리, 이번에 레이든을 습격한 범인은 이전에 에델리스를 노린 이와 배후가 같을 거라고.

어쩌면 그 사람이 직접 나선 것일 수도 있었다. 실력이라면 기사단 내에서 손꼽힐 정도인 레이든이 그렇게 처참하게 당한 것을 보면.

"……우선은 폐하의 상태가 안 좋으니."

범인을 추리하던 르한의 눈이 에델리스에게 닿았다. 그녀는 새하얗게 질린 얼굴로 손을 떨고 있었다. 르한이 자책하며 그녀를 제 품에 안고 등을 토닥였다.

"괜찮습니다. 아무 일도 없을 겁니다."

"하지만, 만약에 동일범이라면……. 내게 호위가 없는 시간을 노려서 습격하려고 내 주변을 먼저 노린 게 아닐까?"

"아니라고는 할 수 없습니다."

그렇기 때문에 에델리스가 빈민촌에 갈 때도 일부러 레이든, 페린, 파시스 셋 모두를 보낸 것이었다. 그래서인지 그때는 아무 문제 없이 무사히 일을 마칠 수 있었지만 지금은?

"에델리스, 우선 최대한 제 곁에 있도록 하십시오."

"하지만 내가 국정 회의까지 따라갈 수는 없잖아. 분명 우리가 떨어져 있는 시간이 있어."

"당장은 페린과 파시스의 시간부터 조절하도록 하겠습니다."

"그럴 필요 없어. 레이튼 대신에 내가 황후 폐하를 지킬 테니까."

그들의 대화를 듣고 있던 요하네스가 끼어들었다.

"네가 왜?"

르한이 정색하고 나서니 프라체 경이 손을 빠르게 내저었다.

"아, 아니! 그런 얼굴로 보지 말고! 레이튼의 공석에 내가 들어가겠다는 얘기였어!"

"아. 그래. 에델리스를 지키는 건 내가 할 거니까."

르한이 단호하게 말하며 제 품에 안겨 있던 에델리스를 더욱 세게 끌어안았다. 그로서는 이전에 베르만 파시스가 황후에게 제 마음을 전하던 일이 떠오른 탓에 예민하게 반응할 수밖에 없었다.

"그런데 너는 황실기사단을 돌봐야 하지 않아?"

"부기사단장도 있고. 황실기사단이니 기사단보다는 황실이 우선이지. 혹시라도 폐하께 무슨 일이 생기기라도 하면……."

단순히 가정을 했을 뿐인데도 르한의 눈이 시리게 빛났다. 황후에게 무슨 일이 생긴다면 이 나라가 위태롭게 될 것 같았다. 그래서 프라체는 자신이 레이튼의 공백을 채워야 한다고 생각했다.

"그래. 그렇다면 부탁하도록 하지."

"잘 부탁해요, 프라체 경."

"아닙니다. 황실의 안녕을 위해서라면 기꺼이."

"고마워요. 정말 믿음직해요."

르한은 마음을 조금 놓았다.

요한이라면 이미 마음에 둔 여자가 있으니 베르만 파시스가 에델리스와 있는 시간이 늘어나는 것보다는 나을 것이라는 계산속이었다.

"그러면 페린과 파시스에게는 그렇게 전하도록 하지."

다음 날부터 프라체는 에델리스의 호위로 들어오게 되었다. 에델리스는 산책을 하며 머리를 식히고 있었고, 프라체는 그녀의 호위를 위해 동행했다.

르한은 프라체에게 마음에 둔 다른 여자가 있다는 이유로 안심했지만, 그가 간과한 것이 하나 있었다. 바로, 프라체 경은 르한의 과거를 누구보다 잘 알고 있다는 것이었다.

"프라체 경, 경은 르한과 아주 오래전부터 친우라죠?"

"예, 그의 즉위 전 모습을 누구보다 잘 알고 있는 사람이기도 합니다."

"와, 와아!"

"궁금하십니까?"

에델리스가 매우 흥미로운 눈빛을 하며 고개를 끄덕였다. 그녀의 열띤 반응에 프라체 경이 씨익 미소 지으며 이야기를 시작했다.

"그러면 무슨 이야기부터 해볼까요? 제가 케이르한과 처음 만났을 때의 이야기는 어떠십니까?"

"아주 간략하게 이야기를 전해 듣기는 했어요. 경이 납치된 것을 르한이 구해주었다고."

"예. 저는 이것으로 사흘 밤낮을 이야기할 수 있습니다."

"며칠이 걸려도 좋으니 다 듣고 싶어요!"

"저도 그러고 싶습니다만, 존엄하신 황제 폐하께서 싫어하실 테니 간추려서 전달해드리겠습니다."

"싫어할 리가요."

"황후 폐하와 있는 사람은 다 싫어하는 거 알고 있습니다."

에델리스는 말문이 막혀버렸다. 차마 아니라고 부정할 자신은 없었다.

그녀가 아무런 말을 못하자 프라체가 어깨를 으쓱이더니 이야기를 시작했다.

"때는 바야흐로 5년 전이었습니다……."

처음부터 과장된 연극톤으로 말하는 요하네스 때문에 벌써부터 웃음이 터질 뻔했다.

"케이르한이 저희 저택에 들어오기 직전이었습니다. 저는 평소와 같이 수업을 빠지고 평민의 복장을 한 채로 번화가에 나갔습니다."

"네?"

"아시다시피 프라체의 후계는 저밖에 없는지라 다른 가문에

410

비해서는 아주 여유로웠죠. 후계를 노릴 남자 형제가 없으니."

"아니, 그렇다고 평민 복장으로……."

"생각보다 재밌습니다. 덕분에 저는 평민들이 다니는 길을 편하게 다녔습니다. 평민 친구도 많이 사귀었고."

보통 여유롭다고 해도 평민 행색을 하면서까지 밖에 나가지는 않을 것이다. 역시 요하네스가 범상치 않은 사람이라는 것을 다시금 확인할 수 있었다.

"근데 지금은 멸문한 램버린 후작가에서 저를 납치하라고 지시했고, 저를 찾을 수도 없게 바다 위에 떠 있는 배의 창고 칸에 가둬두었습니다."

"아니, 어떻게!"

"그런데 어떻게 된 것인지 들도 보도 못한 검사가 저를 구하러 오더군요."

"공작님이 보냈나 보군요."

"아닙니다. 어찌 보면 납치범보다 더 위험한 사람이었습니다."

"요하네스 프라체. 맞나?"

"……누구지?"

"그대의 아비가 자네를 찾는다던데."

'들도 보도 못한 검사'가 단조로운 목소리로 말했다.

"아버지께서?! 돈은 달라는 대로 다 줄 거야. 나를 여기서 꺼내줘!"

"돈은 필요 없어."

"나는 프라체 공작가의 후계야. 네가 생각한 것보다 훨씬 많은 금액을 줄 수 있어."

"나는 라크시드 대공의 후계야. 나도 다 쓰고 죽지 못할 만큼의 돈은 있어."

"……네가 입은 옷은 아무리 봐도 평민인데?"

"너도 잘 봐줘야 하급 귀족이야. 지금까지 납치당하지 않은 게 용하구나."

듣도 보도 못한 검사가 하필이면 라크시드 대공가의 후계인 케이르한 라크시드라니. 요하네스는 괜히 케이르한과 얽혀, 어린 나이부터 황제와 척지고 싶지는 않았다. 황제가 라크시드 대공가의 후계를 암살하려 한다는 소문은 공공연한 비밀이었기 때문이다. 하지만 요하네스가 그곳에 갇혀 있는 동안에 그를 찾아온 사람은 케이르한이 전부였다.

'황제에게 맞서느냐, 여기서 나를 납치한 사람들에게 개죽음 당하느냐인데.'

여기서 개죽음 당하는 것보다는 폭정을 일삼는 황제에게 맞서다가 장렬히 전사했다는 것이, 역사서에 이름 한 줄이라도 남길 수 있을 것 같았다.

지금 생각해보면 가문을 망하게 하는 생각이었지만, 어렸던 요하네스는 진심으로 그렇게 생각했었다.

"네가 원하는 것은?"

"어차피 죽었을 너의 미래."

"……부정할 수 없는 사실이네."

"나랑 한배를 타자. 아니면 이 배를 계속 타고 있든가."

바깥쪽은 아까 전과는 달리 어쩐지 조용했다. 눈앞에 있는, 대공의 후계자가 처리하고 온 것 같았다. 그렇다면 어느 정도 실력은 있을 테니 자신의 운을 걸어볼 만했다.

"무사히 집에 도착하고 나면. 그때 협력하도록 하지."

"좋아. 거래가 성립한 것으로 알겠다."

"그 뒤로 배를 빠져나오는 동안 이상하게 처음 보는 케이르한에게 등을 맡겼는데도 안심이 되었습니다."

문밖을 나섰을 때는 케이르한을 따르는 이들이 이미 선상을 진압하고 있었다. 그리고 요하네스가 배에서 내리자마자 공작가의 집사가 그들을 맞이하러 올 정도로 아주 깔끔한 일 처리였다.

"와아……. 멋있네요."

"과찬이십니다."

"르한이."

"예."

요하네스는 짜게 식어가는 것을 느꼈다.

그가 프라체 공작가도 못 찾은 자신을 어떻게 찾았냐고 했을 때 르한의 답은 가관이었다.

"라크시드 정보부는 바로 알아내던데."

공작가의 후계가 납치되었을 때 케이르한은 곧바로 프라체 공작가를 포섭할 계획을 세운 것이다.

"내가 만약 납치된 채로 배가 떠났으면 어쩔 뻔했어?"

"살아 있었으면 구하러 가고, 아니면 뭐."

그 이후로 생략된 말이 무엇인지 알기에 굉장히 찜찜했지만 사실이었다. 후계를 잃은 공작가는 힘이 없어질 것이고, 차라리 요하네스의 누이를 아내로 맞이해서 공작가를 삼키는 것이 더 나은 선택일 테니.

'뭐, 케이르한은 내 누이를 황후로 맞이하는 조건으로 프라체 공작가의 전폭적인 지지를 내건 것을 거절했지만.'

아주 의외였다. 좋아하는 여자를 위해서 굳이 어려운 길로 빙빙 돌아가다니. 언제나 가장 효율적으로 움직이는 케이르한인 줄 알았는데.

"그렇다면 폐하도 말씀해주실 수 있습니까?"

"뭘요?"

"대공저에 가기 전의 케이르한이요."

"그럼요! 재미있는 이야기를 해주신 보답이에요!"

에델리스의 제안에 요하네스가 몇 번이나 고개를 끄덕였다.

요하네스가 처음 봤을 때의 케이르한은 정말 찔러도 피 한 방울 안 나올 것 같은 사내였다.

그런 그에게 왜 목숨을 바쳐가면서 위험하게 반역을 저지르는 것이냐고 물었다.

"어떤 아가씨 때문에."

지금의 케이르한은 대체 자신이 알던 냉혈한이 맞나 싶을 정
도로 다른 사람이 되어 있었다. 그가 말한 '어떤 아가씨'를 제
곁으로 데려온 그날부터 바뀌었다.

그래서 예전부터 궁금했다. 대체 그 아가씨와 무슨 일이 있
었길래 그렇게 목숨을 바쳐가며 황제가 되고 싶어한 것인지.

"르한이 원래 어디 출신인지는 알고 있죠?"

"투기장에 팔려 갔었던 것은 알고 있습니다."

"네, 제가 거기서 데리고 왔어요."

"……끝입니까?"

"아뇨! 시작이죠!"

"휴, 그게 끝인 줄 알고 당황했습니다."

에델리스는 옛날의 기억을 떠올렸다. 이미 추억 보정이 완벽
하게 진행되어 있었다. 심지어 제 남편의 과거에 관한 이야기니
말할 것도 없었다.

"처음 만났을 때는 날이 서 있었죠. 마치 아기 고양이처럼
주변을 경계했었어요."

"아기 고양이……."

"네, 아기 고양이."

"무언가 굉장히 위화감이 드는 단어를 들은 것 같지만, 넘어
가도록 하겠습니다."

"그런데 보통 고양이들이 그렇잖아요? 마음을 한 번 열면 엄

청나게 잘 따르는."

"……고양이들은 그렇지요."

케이르한이 아기 고양이라니…….

이미 요하네스는 거기서부터 소름이 끼쳤다. 아기 고양이는 반역을 저지르는 가문을 몰살시키지는 않는다고 말해주고 싶었지만 꾹 참았다.

"그래서 그런지 르한은 저택에 있는 동안 정말이지 절 잘 따랐어요. 마치 충성심 높은 강아지처럼."

"강아지……."

늑대에 더 가깝겠지. 굳이 개라고 한다면 강아지가 아니라 투견일 것이다.

"폐하, 이야기는 다 들은 것 같습니다."

"앗, 아직 시작도 안 했는데!"

본격적으로 시작되는 이야기를 버틸 자신이 없었다. 이미 요하네스는 제 피부에 솟아오른 닭살도 감당하기 힘들었다.

시기적절하게 뒤쪽에서 발소리가 들렸다.

"무슨 이야기를 그렇게 즐겁게 하십니까?"

심기가 불편해 보이는 표정의 아기 고양이였다.

"……아기 고양이."

"뭐야?"

"아무것도 아니야, 르한!"

르한이 미심쩍은 표정을 지었으나, 에델리스는 그가 알기를 원하지 않았다. 안 그래도 그가 에델리스보다 자신이 나이가

416

어린 것을 은근하게 신경 쓰고 있다는 것을 알고 있었기 때문이다.

"버, 벌써 시간이 이렇게 됐네요. 프라체 경! 얼른 돌아가야죠!"

어느새 시간이 훌쩍 지나가 프라체의 퇴근 시간이 지나 있었다.

"알고 있습니다. 아까 전부터 페린이 저쪽에서 기다리고 있었거든요."

"언제요?!"

"이야기에 너무 집중하고 계셔서 모르셨나 봅니다."

에델리스는 자신이 그렇게까지 집중했나 싶었다. 하지만 자신과 떨어져 있던 동안의 르한이라니, 관심이 동할 수밖에 없었다.

"무슨 이야기를 그렇게 즐겁게 한 겁니까? 조금 전에 얼핏 아기 고양이라고 들은 것 같은데."

"그, 그게! 예전에 봤던 아기 고양이에 대해서 이야기하고 있었어. 그렇죠?"

문제는 그 아기 고양이가 진짜로 고양이가 아니라 사람이라는 것이지만. 에델리스의 눈앞에 있는, 르한이라는 사람.

"맞습니다."

다행히도 요하네스가 에델리스의 말에 맞장구쳐주었다. 그러나 르한은 아직도 의심의 눈초리를 지우지 않았다.

"그럼 요하네스. 들어가도록 해."

"조금 더 이따가 가도 되는데?"

요하네스는 자신을 쫓아 보내려는 르한의 수작이 뻔히 보여 오히려 가지 않겠다고 했다. 그러자 르한의 표정이 더욱 굳었다.

아무래도 두 번 장난쳤다가는 아기 고양이가 할퀼 것 같아 그만두기로 했다. 에델리스에게나 아기 고양이지, 저를 할퀸다면 목이 떨어질 것 같았다.

"역시 생각해보니 나의 애마가 나를 기다리고 있겠네. 그럼 이만."

"잘 가요, 프라체 경!"

빠르게 사라지는 요하네스에게 에델리스가 급하게 인사를 했다. 에델리스는 요하네스가 사라지자 우선 한숨을 돌렸다. 진실을 아는 사람이 사라졌으니.

"요한과 나눈 이야기는 재밌었습니까?"

"응! 말을 되게 재밌게 잘하더라."

"무슨 이야기가 제일 재밌었습니까?"

곧바로 답을 하려던 에델리스는 순간적으로 멈칫했다.

'침착하자, 에델리스. 르한의 덫에 걸리면 안 돼!'

르한이 웃는 얼굴로 부드럽게 말을 이어 나갔지만, 실상은 아까 전부터 이어진 '프라체 경과 무슨 대화를 나눴는가.'가 중점이었다.

"르한, 네 이야기를 했어."

"저 말입니까? 분명 아기 고양이 이야기를 했다고."

"그으으으으으건…… 제일 마지막에 조금 한 거고, 대부분

418

은 네 이야기였어."

"흐음, 나에 대해서 요한이 좋게 말했을 것 같지 않은데."

"아니야! 둘이 처음 만났을 때의 이야기를 자세하게 들었는데, 엄청 멋있……었어."

에델리스가 얼굴을 붉히며 시선을 피했다.

"요하네스와 너무 친하게 지내지 마십시오."

"……왜?"

프라체 경은 재미있고 친우를 아끼는 착한 사람 같았다. 하지만 프라체 경을 짧은 시간 동안 본 에델리스보다는 그를 긴 시간 동안 보아 온 르한이 더 잘 알고 있을 것이다.

르한은 아주 진지하게, 낮은 목소리로 경고했다.

"내가 질투하지 않습니까."

에델리스는 르한이 무언가 더 말할 줄 알았다. 하지만 한참을 기다려도 르한의 닫힌 입은 열릴 줄 몰랐다.

"그게 다야?"

"아주 충분한 이유 아닙니까."

"……그래. 그렇다고 하자."

"조심하십시오. 내가 조급해져서 여유가 없어지면 기다리기 힘들어지지 않겠습니까."

"뭐……."

'뭐를?'이라고 물으려던 에델리스가 중간에 말을 삼켰다.

르한의 정염이 담긴 눈동자를 보면 알아채지 못할 수가 없었다.

르한은 주변에서 대기하고 있던 하녀들에게 눈짓해 고개를 돌리게 했다. 그는 사람들의 시선이 떨어지자 에델리스의 여린 목덜미에 얼굴을 묻고 입을 맞췄다. 그의 입술이 에델리스의 부드러운 살결을 빨아들였고, 그것을 잘근잘근 씹으며 그녀가 제 것이라는 흔적을 남겼다.

"읏! 르, 르한."

이성이 날아가 하마터면 더 은밀한 곳까지 흔적을 남길 뻔했던 르한이 그녀의 목소리에 정신을 차렸다. 그는 고개를 들어 자신이 남긴 붉은 흔적을 만족스럽게 바라보고는 그것을 손끝으로 훑었다. 에델리스는 어쩐지 온몸에 열기가 도는 듯한 기분이 들었다.

"르, 르한!"

"다음에는 이 정도로 끝나지 않을 겁니다. 알겠습니까?"

"아, 알겠어."

대체 자신이 없는 동안 르한에게 무슨 일이 있었길래 이렇게 저돌적인 청년이 된 것일까. 싫은 건 아니었다, 솔직히 말해서 좋았다.

그녀는 아무래도 얼른 마음의 준비를 해야겠다고 생각했다.

"이를 전달해야 할지 말아야 할지 고민을 많이 했지만⋯⋯. 폐하께서 알고 계시는 것이 좋을 것이라 생각했습니다."

"말해줘서 고마워요, 파시스 경."

레이든 경을 마지막으로 조용했기에, 사건이 일단락된 줄 알았다. 하지만 얼마 지나지 않아 또다시 사건이 발생하고 말았다. 검을 쓰는 것에 숙련된 집단으로부터 빈민촌의 약방이 습격을 당한 것이다.

다른 이들은 에델리스에게 이에 관해서 일절 언급하지 않았다. 그들의 마음은 이해했지만, 못내 서운했다.

"상황은 많이 심각한가요?"

"약방의 경비 중 두 명이 크게 다쳤다고 합니다."

"가지고 있는 약으로는 중상자를 치료할 수 없을 텐데, 어떡하지."

"……그것까지는 제가 알지 못합니다."

의사에게 보일 수 있다면 좋겠지만 빈민촌까지 가려는 의사를 찾기는 힘들 것이다. 그렇다고 중상인 환자들을 황궁으로 데려와 황궁의에게 보이기도 힘들고.

'르한에게 의사를 보내달라고 말해볼까?'

아니다, 굳이 제게 이야기하지 않은 이유가 있을 것 같았다. 괜히 이야기를 꺼냈다가 제게 이야기를 전달해준 파시스 경이 난처해질 수 있었다.

"어쩌지."

"어떻게 하고 싶으십니까?"

파시스 경이 에델리스를 곧은 눈길로 보고 있었다.

"나는 그 사람들이 걱정돼요."

"직접 보기를 원하시는 겁니까?"

"……네. 하지만 힘들겠죠?"

"가능합니다."

"정말!?"

상황이 상황인 만큼 그들이 아무리 걱정된다고 할지라도 볼 수 없을 줄 알았다. 그래도 호위인 파시스 경이 가능하다고 하니 괜찮지 않을까. 이전에 갔을 때와 마찬가지로 호위들과 함께 가면 괜찮을 것이라 추측했다.

"그래요, 그럼 바로 준비하도록 할게요."

"폐하께는 제가 보고하겠습니다."

"고마워요!"

에델리스는 곧바로 준비를 했고 이동 중 혹시 모를 습격에 대비해 파시스 경과 함께 말을 타고 가기로 했다. 하지만 출발하려고 할 때 다른 이들이 보이지 않았다.

"다른 사람들은요?"

"뒤따라올 예정입니다."

"그러면 기다렸다가 다 같이 가요. 혹시 모르니까요."

"……."

파시스 경이 조금 망설였다.

"그들은 의사와 함께 이동하기로 했습니다. 기다렸다가 다 같이 가려면 그쪽으로 사람을 보내 궁으로 돌아오라고 해야 합니다."

"아. 의사와 함께 그곳에서 곧바로 출발하나 보군요."

"예. 아마 서둘러 출발한다면 따라잡을 수 있을 것 같습니다."

무언가 꼬이는 기분이 들었지만 따라잡을 수 있다니 다행이었다. 기사단을 더 데리고 갈까 일순간 고민했지만, 그렇다면 정비하는 시간이 추가될 테니 차라리 지금 당장 출발하는 것이 나을 것 같았다.

"그래요, 그러면 지금 당장 가도록 해요."

"예."

파시스 경은 곧바로 말을 몰아 빈민촌을 향해 갔다. 페린 경 일행은 의사와 함께 움직이니 곧 따라잡을 수 있을 줄 알았지만, 시간이 지나도 아무도 보이지 않았다.

"왜 경들이 보이지 않지?"

에델리스의 말에 파시스 경이 주변을 두리번거렸다. 최고 속도를 유지하면서 주변을 살펴볼 수 없으니 말의 속도가 늦어지는 것은 당연한 것이었다.

에델리스는 불안한 마음이 들었지만 빈민촌에 가까워지고 있으니 그곳의 자경단과 합류하면 괜찮을 거라 생각하며 불안감을 억눌렀다. 점점 말의 속도를 늦춘 파시스 경이 이윽고 말을 완전히 멈췄다.

"폐하."

"네?"

그가 낮은 목소리로 에델리스를 불렀다. 에델리스는 그가 왜 말을 멈추고 허리춤에 찬 칼을 뽑는지 이해가 가지 않았다. 하지만 곧 조금 떨어진 곳에서 칼이 부딪히는 소리가 들렸다.

"저기인가 봐요!"

에델리스의 손짓에 따라 파시스 경이 혀를 쯧 차고는 그쪽으로 말을 몰았다. 그곳에서는 프라체 경과 페린 경 외에 세 명의 기사가 마차를 보호하고 있었고, 그 주변을 수십 명의 사람들이 에워싸고 있었다.

상황은 생각보다 심각해 보였다. 습격한 자들이 여간내기가 아닌지 황실기사단을 상대로 맹공을 펼치고 있었다. 기사단이 피를 뚝뚝 흘리며 맞서고 있었다. 에델리스와 파시스 일행을 발견하자 곧바로 예닐곱의 인원이 그들을 향해 달려왔다. 프라체 경의 일행이 에델리스와 합류하기 위해 분산된 적들을 빠르게 해치웠지만 쉽지 않았다.

에델리스는 파시스 경이 쓰러뜨린 적의 품에서 검을 주웠다. 그 검을 쥐자 손이 마구 떨려왔다. 예전에 호신을 목적으로 검을 배운 적이 있었지만 정말로 사람을 향해서 검을 휘두른 적은 없었기 때문이었다.

"폐하, 제 뒤로!"

그저 합류하는 것이 최선의 방법이라 여겼는데, 실제 전투 현장에 들어와 보니 벌써부터 후회가 되었다. 결국 파시스 경의 말에 따라 그의 뒤에 숨었고, 그는 혼자서 수많은 검을 막아냈다. 프라체 경과 페린 경을 상대하던 인원들이 점점 에델리스를 향해 검을 겨누었다.

"제길!"

상대하는 적이 너무 많아 파시스 경은 눈에 띄게 지쳐갔다. 황실기사단도 착실하게 적의 수를 줄여갔지만 장기전으로 가게 될 경우 좋지 않은 결과가 나타날 것 같았다.

아무리 황실기사단의 최정예 멤버가 모였다고는 해도 실력자들 수십을 동시에 상대하며 의사들과 에델리스를 호위하는 일은 여간 힘든 것이 아니었다. 차라리 기사단을 대동하고 왔어야 했나 후회하고 있을 무렵이었다.

"폐하!"

"에드?!"

자경단의 등장이었다. 빈민촌과 그리 멀지 않은 거리였기에 제발 와주었으면 했지만 큰 기대는 하지 않았다. 하지만 진짜로 와줄 줄이야!

마치 가뭄에 단비를 만난 것처럼 반가웠다. 소란을 눈치챈 자경단이 최소한의 인원만 남겨두고 온 것이다.

예전에 봤던 모습과는 다르게 황제에게 고용된 후 좋은 장비를 갖추고 인원을 확충해서 그런지 아주 든든해 보였다. 그들의 등장을 본 습격자들은 방법을 바꾸어 황실기사단원들을 모두 등지고 에델리스와 그녀를 지키고 있는 파시스 경에게 달려들었다.

"꺄악!"

곧바로 에델리스 쪽으로 달려온 자경단원들이 습격자들을 칼로 베었지만 이미 파시스 경은 많은 상처를 입은 뒤였다. 설상가상으로 그는 깊은 자상을 입어 피를 뚝뚝 흘리며 결국 무릎을 꿇고 말았다.

자경단이 에델리스와 파시스 경을 지키기 위해 그들을 중심으로 에워싸며 합세했다. 습격자들은 완전히 포위되기 전에 황급히 자리를 떴다.

"파시스 경, 괜찮아요!?"

"으으……."

얼핏 보아도 파시스 경의 상태는 매우 위중했다. 지금 의사들이 갖고 온 약으로는 이번 전투의 부상자들과 빈민촌에 있는 이들 모두를 치료할 수는 없었기에 파시스를 비롯한 대부분의 인원은 황성으로 돌아가 재정비 후에 다시 빈민촌을 향하기로 했다.

"에델리스. 이게 어떻게 된 겁니까."

에델리스가 돌아오자마자 화난 얼굴의 르한이 그녀를 찾아왔다. 저를 노리던 이들로부터 습격을 당한 것이었기 때문에 에델리스는 위축되어 작은 목소리로 말했다.

"빈민촌의 약방이 습격을 당했다는 이야기를 듣고 나갔는데……."

"하아, 에델리스. 전령에게 말을 듣고 내가 얼마나 놀랐는지 압니까."

르한은 에델리스를 제 품으로 당겨 제 무릎에 앉히고 그녀가 다친 곳은 없는지 샅샅이 살폈다.

"파시스 경이 지켜줬어."

"……다행입니다."

르한이 소파에 털썩 앉아 한숨을 내쉬었다. 그 깊은 한숨에 에델리스는 더욱 죄책감을 가졌다.

"제발 당신의 안전을 최우선으로 해두십시오."

"알겠어. 다음부터는 그렇게 행동하지 않을게, 아니 그냥 나가지 않을게. 안정될 때까지."

이전에는 '당연히 르한에게 칼에 찔려 죽을 테니, 여기서는 죽지 않는다.'고 생각했었다. 하지만 미래가 바뀌었으니 다른 이에게, 다른 방법으로 죽을 수도 있다는 것을 깨달았다.

"아예 나가지 말라는 것은 아닙니다."

"그래도 범인이 잡힐 때까지는 최대한 자중하도록 할게."

에델리스의 단호한 말에 르한이 미안해하면서도 내심 안심하는 듯했다.

"얼른 범인을 잡도록 하겠습니다. 당신이 마음 편히 다닐 수 있도록."

"응, 고마워."

에델리스가 의자에 기대듯이 앉아 있는 르한에게 가서 그의 머리를 쓰다듬었다.

"놀랐을 것 같아서 진정하라고. 많이 피곤해 보여."

"놀랐습니다, 정말 많이. 그래도 당신이 다친 곳이 없어서 정말 다행입니다."

르한은 에델리스를 끌어안고 그녀의 심장 소리를 들으며 놀란 마음을 애써 진정시켰다.

에델리스는 그 후로도 의기소침한 채로 며칠이나 끈기 있게 르한의 옆에 딱 붙어 있었다. 다행히 빈민촌의 환자들에게는 르한이 의사를 보내주었지만 마음속의 부채 의식이 사라진 것은 아니었다.

"폐하, 재상이 급히 알현을 청합니다."

"……들라 하라."

르한은 에델리스를 안정시키는 것에 조금 더 많은 시간을 할애하고 싶었다. 사건 이후로 제 곁을 떠나지 않는 에델리스의 모습이 안타까웠지만 어쩐지 귀엽기도 하고 사랑스럽기도 했다.

재상은 문을 열고 들어오자마자 곧바로 에델리스에게 고했다.

"황후 폐하, 이전에 빈민촌에 설치했던 약방 말입니다."

"……네."

이번에 습격을 당했던 그 약방에 관한 이야기가 나오자 에델리스는 저도 모르게 위축되었다.

"감염병에 대한 위험을 낮추기 위함이라고 들었는데, 어떻게 아신 겁니까, 감염병에 대해서."

"네?"

"베히탄 항구 쪽에서 감염병이 발발했다는 보고가 올라왔습니다."

에델리스는 재상의 말을 듣고 놀라지 않을 수 없었다.

'벌써 발병이 시작됐다고? 아직 시간이 많이 남지 않았어?'

재상은 자신이 보고 받은 서류를 그대로 르한의 책상에 올려놨다. 르한과 에델리스가 그것을 읽으려고 하자 재상이 핵심만 간추려서 보고했다.

"감염성이 매우 높은 것이 특징이라고 합니다. 이 나라에서 없었던 질병으로 추측되며, 발병 후 일주일 이내에 죽을 정도로 치명률 또한 높습니다."

에델리스는 그의 이야기를 듣자마자 자신이 이전에 책에서 봤던 질병이라고 확신했다. 제국민 3명 중 한 명 꼴로 사망한 그 질병.

"게다가 보고되는 것을 살펴보면 감염자 비율은 귀족이 아닌 평민과 빈민의 비율이 높고, 빈민이 평민 감염자 수의 두 배 정도 됩니다."

"역시 의료의 혜택을 누리지 못하는 계층에서 피해가 크군요."

"예. 우선 항구를 봉쇄하고 지켜보겠습니다."

모두의 노력에도 전염병은 에델리스가 책에서 보았던 대로 폭발적으로 퍼져나갔다.

르한의 집무실에 도착한 전서구들이 대략적인 상황을 전달했다. 그나마 귀족들은 주치의가 있어 피해가 덜했지만 역시나 빈민과 평민의 피해가 극심했다.

"에델리스, 할 말이 있습니다."

"응. 심각한 일이야?"

나라의 상황이 좋지 않은 데다가 르한이 조심스럽게 말을 꺼내니 에델리스의 표정이 어두워졌다.

"조금 전, 국정 회의에서 신성 제국에 도움을 요청하자는 이야기가 나왔습니다."

"……상황이 심각하니까. 신관들의 도움을 받는 것이 좋겠지."

"대륙 전체에서 신성 제국에게 도움을 요청하고 있습니다."

신관들은 유사시 의료 인력이었으니 그들의 손길을 원하는 곳은 많을 것이다. 그러니 더 늦기 전에 신성 제국에 요청을 하는 것이 맞다는 것은 그녀도 알고 있었다.

"크로나드 제국은 다른 나라들과 비교해봤을 때 훨씬 크고 강한 나라이니 신성 제국에서 신경을 쓰겠지만, 그런다 할지라도 성녀가 올지는 모르겠습니다."

에델리스는 성녀가 올 것이라고 확신했다. 책의 내용이 바뀌었다고 할지라도, 그녀가 르한에게 관심을 갖고 있는 것은 변함이 없었다. 그러니 이번에도 책에 나왔던 것과 같이 성녀가 직접 오겠지.

"성녀가 이곳으로 올 거야. 다른 곳으로 가는 게 아니라."

"하지만 당신이 성녀를 불편해하지 않습니까."

"……그렇긴 하지."

그렇게까지 티가 났나. 최대한 티를 안 내려고 노력했는데.

에델리스가 르한을 힐끔 바라보았다.

430

"성녀가 제국에 많은 도움을 줄 거야."

그러니 에델리스는 자신이 참는 것이 맞다고 생각했다.

책에서는 성녀가 많은 도움을 줘서 황제가 그녀에게 호감을 느꼈었다. 이번에도 그게 되풀이되는 것은 아닐까 걱정이 되었지만 이미 바뀌고 있는 미래와 수많은 사람들의 목숨을 저울질할 수는 없었다.

"저도 그러길 바라고 있습니다. 오지 않는다면 모를까 온다면요."

에델리스는 답답했다. 뭐라고 말해야 할까. 있는 그대로 말해도 되나? 혹시 르한이 오해하는 것은 아닐까?

"만약에 성녀가 큰 도움을 주면 어떨 것 같아?"

"솔직히 고맙겠죠. 하지만 신성 제국에 무언가를 바라는 것은 아닐까 걱정됩니다."

성녀가 바라는 것은 너의 마음이야! 라고 말할 수도 없어서 에델리스는 에둘러 말했다. 최대한.

"……성녀가 네게 호감을 갖고 있는 것 같던데."

"호감이 아니라 호의겠죠."

"호감이야."

단정 지어 말하는 에델리스에게 르한이 큭큭 웃었다.

"질투하는 겁니까?"

"질투라고?!"

에델리스가 기가 찬다는 듯이 말했다.

'질투라니? 무슨 말도 안 되는 소리야! 나는 그저 성녀가 르

한을 좋아하고, 르한도 성녀를 좋아하면……'

책에서처럼 자신이 죽을까 봐, 그게 걱정이 되지는 않았다. 적어도 지금은. 그러면 왜 성녀가 제국에 도움을 주는 게 싫을까. 성녀가 활약을 하는 게 왜 싫을까.

에델리스는 곧 답을 찾았다.

'르한을 뺏길까 봐.'

에델리스는 르한을 바라보던 시선을 슬쩍 피했다. 르한을 성녀에게 뺏길까 봐 걱정하는 것, 그게 질투가 아니면 뭐란 말인가.

"아닙니까? 나는 에델리스가 질투해주기를 바랐는데."

"……왜?"

"나만 질투하지 않습니까. 그런데 당신이 질투해준다면 기분이 좋을 것 같습니다. 지금도 에델리스가 질투할지도 모른다는 생각을 하는 것만으로도 기분이 좋습니다."

"질투를 할 게 뭐가 있어."

"베르만 파시스라던가, 요하네스 프라체라던가, 호위들, 자경단원들, 당신이 마주치는 모든 사람들."

하나하나 열거하는 것을 듣다가 에델리스의 입이 절로 벌어졌다.

"아, 아니, 파시스 경은 그렇다 쳐. 뒤에 다른 사람들은 뭐야? 게다가 나와 마주치는 사람들이라니?"

파시스 경은 대놓고 마음을 말하는 바람에 르한과 척을 졌다. 르한을 생각하면 그와 거리를 두는 것이 맞지만 자신을 목숨 바쳐 지켜준 사람에게 그럴 수는 없었다.

"당신 주변에 있는 남자들은 다 싫습니다."

"……."

"여자도 싫은 것 같습니다. 당신의 주변에는 나만 있었으면 좋겠어."

"그게 가능할 리가."

"불가능하지는 않습니다."

르한이 씨익 미소 지었다. 그 미소는 정말 '내가 못할 것 같아?'라고 묻는 것 같았다.

"당신을 황궁 깊숙한 곳에 숨겨두고, 몇 겹이나 되는 경비를 세운다면. 사람들의 방문도 모두 거절하고, 오로지 당신이 나만 볼 수 있게 말이야."

에델리스의 뺨을 매만지던 손이 타고 내려가 그녀의 등을 지나 허리로 내려갔다. 그리고 가볍게 당겨 안자 에델리스가 힘없이 그의 품에 떨어졌다.

"하지만 그러면 당신이 싫어할 테니까."

"그렇지."

"그러니 조용히 질투하고 있는 것 아니겠습니까."

르한이 미소를 짓는데, 어쩐지 차가운 미소였다. 그런데도 그게 그렇게 사랑스럽게 느껴지는 이유는 뭘까.

"나도 해. 질투."

"정말입니까? 내가 한다고 해서 말하는 게 아니라?"

"당연하지."

에델리스도 르한을 마주 끌어안았다.

"성녀가 제국의 어려운 사람을 치료해주는 것은 좋지만, 그래도 르한이 성녀를 좋아하지는 않았으면 좋겠어."

"그럴 일은 없을 겁니다."

나도 그러길 바라.

"다른 대가를 원한다면 좋겠어. 르한 말고."

"예, 나 말고. 그런데 성녀가 나를 원하지도 않는데 우리끼리 괜히 이러는 거 아닙니까?"

"그러면 더 좋지."

에델리스는 르한의 가슴팍에 얼굴을 묻고 킥킥 웃었다. 그러고 보면 성녀도 책과 다르게 르한을 원하지 않을 수도 있는데. 지레 겁먹어버린 것이 우스웠다.

'하지만 성녀는 정말로 르한에게 호감을 갖고 있었어.'

에델리스는 지금 르한과 함께 있는 시간을 즐기면서도 성녀를 경계하는 것을 잊지 않았다.

성녀의 재림

전염병은 제국뿐만 아니라 대륙 전역으로 퍼져갔다. 집집마다 사망자가 발생했다고 해도 과언이 아닐 정도로 심각했다.

"귀족의 감염률은 타국과 크게 다르지 않은데 평민과 빈민의 감염률이 타국에 비해 낮습니다. 특히 수도와 가까운 곳일수록 그러한 양상이 눈에 띄게 나타납니다."

과거 아카데미의 교수였던 레이놀드 후작이 국정 회의에 모습을 드러내 한 말이었다.

"왜 그런 겁니까?"

"제 의견으로는 황후 폐하와 황제 폐하께서 추진하신 의료 지원 사업이 빛을 본 게 아닐까 싶습니다."

"아직 설치한 지 얼마 되지도 않았으니, 그것 덕분이라는 것은 지나친 비약 아닙니까."

"하지만 약방이 설치된 곳과 그렇지 않은 곳의 감염률은 큰 차이를 보이고 있습니다."

레이놀드 후작의 지지 덕분에 에델리스의 위상이 높아졌다.

책에서 감염병이 발병되었을 당시 에델리스에 대한 지지도가 바닥을 기었던 것과 비교하면 아주 다른 상황이었다.

에델리스는 그것에 만족하지 않았다. 곧바로 메모했던 내용을 토대로 감염병의 치료 약 조제에 들어갔지만, 금세 문제에 직면했다.

"폐하, 약방에 보낼 약초가 없습니다."

"그게 무슨 말이에요? 흔하게 쓰이지 않는 약초이기는 하지만 그렇기 때문에 약초원에 널려 있었는데."

책에서는 발에 치일 정도로 많았던 약초가 없다니 말이 안 됐다.

"얼마 전부터 누군가가 대량으로 사가기 시작해 시장에서 약초가 사라졌다고 합니다."

"그럴 리가!"

"폐하의 명에 따라 약방에서 키우기 시작한 몇 포기를 제외하고는……."

이럴 줄 알았더라면 책의 내용을 확인하자마자 약초를 모을 걸 그랬다고 에델리스는 뒤늦게 후회했다.

"비용이 얼마가 들어도 상관없으니 최대한 빨리 모아주세요."

"알겠습니다."

자신이 아니라 누군가 약초를 대량으로 사갔다는 소식이 의심스러웠지만 이에 대해 더 파고들 여유가 없었다.

에델리스의 지시에 따라 약초가 모이는 즉시 황궁 약사들을 동원해 약을 만들어냈다. 하지만 감염률이 워낙에 높아 약초

436

의 양이 수요를 따라가지 못하고 있었다. 대비한다고 대비했지만 역부족이었다.

"결국 책에서 나왔던 대로 되는 건가?"

에델리스가 머리를 싸매며 고민하고 있을 때 신성 제국에서 지원 인력이 도착했다. 성녀와 그녀를 따르는 신관 열두 명이었다. 성녀의 등장에 제국민들이 모두 환호했고, 열렬한 환영 속에 성녀가 황궁에 입성했다.

"오랜만이에요, 폐하."

성녀가 해맑게 웃으며 미소 지었다. 화려한 귀환이었다.

에델리스는 벌써부터 속이 쓰려오는 기분이었다. 그렇게 노력을 했는데도 결국 성녀가 황궁으로 와버렸으니.

"여기까지 와줘서 고마워요."

"별말씀을요. 인연이 있는 분이 도움을 요청하는데 거절할 수 있나요."

인연이 있는 분이라고 말하며 그녀의 눈은 르한을 향했다. 하지만 르한은 자잘한 것에는 신경 쓰지 않는 듯 현재의 상황부터 전달했다.

"아시다시피 제국 내의 상황이 매우 좋지 않습니다."

"네, 그래서 도움을 드리러 온 것이에요."

성녀는 아주 당당하게 말했다. 신관들도 고개를 끄덕였다. 기록상 이런 일이 생기면 신전에서 치료소를 운영하며 아픈 사람들을 돌본다. 하지만 신관의 수는 적고 환자는 많았기 때문에 큰 기대를 하기는 힘들 것 같았다.

"황실에서 드릴 수 있는 최대한의 도움을 드리겠습니다. 필요한 것이 있다면 무엇이든 말씀해주십시오."

"그렇게 말씀해주시니 정말 감사해요. 부디 제가 도움이 된다면 좋겠네요."

성녀가 싱긋 미소 지었다. 성녀의 도움이 나라에는 좋은 일이었지만 에델리스는 자꾸만 불안해져갔다.

"오는 동안 힘이 들었으니 쉬었다가 하고 싶지만 상황이 상황인 만큼 곧바로 움직이도록 하죠."

"예."

성녀의 말에 신관들이 고개를 숙이며 답했다. 성녀는 일사불란하게 그들에게 지시했다.

"우선 전염병에 대해서 잘 모를 수도 있으니 위생에 대해서 특히 신경 쓰라고 해주세요."

"네."

"못 믿는 사람은 없을 겁니다. 신관의 말은 그만큼 무게가 있는 거니까."

에델리스는 그녀의 말을 듣고 감탄했다. 성녀는 이미 책에서 성녀와 황제가 전염병이 종식된 뒤에 나누었던 대화의 내용을 실천하고 있었다. 지금은 아직 전염병이 진행되고 있는데도 성녀가 알고 있다니 놀랄 수밖에 없었다.

'이것도 책과 다르네. 그래도 쓸데없이 시간 낭비하지 않아서 다행이야.'

레이놀드 후작과 나누었던 대화를 토대로 성녀를 설득해야 하나 싶었는데 정말 다행이었다.

"그리고 환자가 너무 많다보니 인력이 부족해서 원활하게 진행되지 않을 겁니다. 얼른 현장으로 가서 협력해주세요."

"현장에서도 최대한 도움을 드릴 수 있도록 하겠습니다."

"감사해요!"

신관들이 지체하지 않고 차례차례 맡은 지역으로 떠났다. 한 차례 폭풍이 몰아친 뒤에 성녀가 에델리스를 찾아왔다.

"폐하, 제국에 약이 있다고 들었어요."

"아직 시험 중인 거예요."

"황후 폐하께서 직접 약의 제조 방법을 약사들에게 알렸다고."

"원래 약초학에 대해서 공부를 해서, 혹시 효과가 있지 않을까 했던 거예요."

"아. 혹시 어떤 약초를 쓰시는 건지 여쭤봐도 될까요?"

에델리스가 혹시 성녀에게 약재를 유통 받을 수 있을까 기대하면서 약초의 이름을 하나씩 대었다.

"라일로니아, 유프타칸이 가장 주요 약초인데 구하기가 쉽지가 않네요. 특히 라일로니아는 원래 구하기 쉬웠는데, 요즘은 구하기가 참 힘드네요."

그 외에도 몇 가지 약초가 들어갔지만 에델리스는 신중을 기했다. 그렇기에 정말 구하기 힘든 것만 이야기했다. 이야기를 듣던 성녀는 조금 표정이 굳었다가 이내 풀어졌다.

"라일로니아요?"

"네, 혹시 구할 수 있는 방법이 있을까요?"

"글쎄요, 저는 생각지도 못한 조합이라서."

제국의 황후인 자신도 얻기 힘든 것인데 성녀라고 구하기 쉬울 것 같지는 않았다. 그래서 성녀의 표정이 굳었던 건가 싶었다. 에델리스는 아쉬움을 뒤로하고 약초를 수급하기 위해 더욱 노력해야겠다고 생각했다.

"그런데 정말 독특하네요. 그 약초들은 서로 배합을 하지 않는다고 들었는데."

"저도 아직 자신은 없어요. 실험을 많이 해봐야겠지요."

"아, 그렇다면 다행이네요. 저는 다른 이야기를 들어서 걱정했지 뭐예요, 그럴 리가 없는데."

성녀가 웃으며 손을 내저었다. 에델리스는 그녀가 대체 무슨 이야기를 하려고 그러는 건지 불안했다. 하지만 그렇다고 묻지 않을 수가 없었다. 이곳에서 그들을 맞이하고 있던 다른 관리들도 이야기를 듣고 있었으니까.

"무슨 이야기일까요?"

"병이 퍼진 지 얼마 안 돼서부터 약을 제조하고 있다는 이야기를 들어서, 혹시나 황후 폐하가 병을 퍼뜨린 것은 아닐까……."

"말도 안 됩니다. 들을 가치도 없습니다."

성녀가 말꼬리를 길게 늘이며 말하자, 잠자코 그들의 대화를 듣고 있던 르한이 단칼에 말을 잘라버렸다. 그러나 이미 대신들의 눈빛이 달라진 뒤였다. 설마 하면서도 성녀가 괜한 말을 꺼내지는 않을 거라고 생각하는 눈치였다.

"병이라는 것은 약과 함께하죠. 하지만 약이 곧바로 준비된다는 건…… 혹시나 황권을 위해 그런 것은 아닐까 하는 말이 있었죠."

"누가 그런 이야기를 퍼뜨린단 말입니까. 황실을 기만해도 유분수지."

"글쎄요, 항간에 떠도는 이야기라서."

성녀가 입을 가리고 후후 웃었지만 에델리스와 르한은 차마 웃을 수가 없었다. 그게 무슨 말도 안 되는 이야기란 말인가. 다른 사람을 직접 죽이면서까지 강화해야 하는 황권이라니.

"절대로 그렇지 않아요. 저는 누구보다도 빠르게 병이 종식되기를 바라고 있어요."

"그러시겠죠."

"그러니까 빈민촌에 약방을 세우면서 그들이 감염병에 걸리는 것을 예방할 수 있게……!"

"어머, 이 정도 규모의 감염병이라는 게 흔치 않은데 어떻게 알고."

에델리스가 항변을 하면 할수록 성녀가 이상하게 엮었다. 아무래도 그녀는 에델리스가 주범이라고 확신하는 눈치였다.

"성녀님은 잘 모르겠지만 빈민들은 단순히 감기에 걸리더라도 귀족과는 다르게 사망률이 높습니다."

"제가 잘 모른다고요?"

"성녀님은 신전의 소속이니까 잘 모르실 수도 있죠."

"내가 누군 줄 알고."

성녀가 작게 중얼거렸다. 너무 작은 목소리라 잘 듣지 못해 에델리스가 되물었지만 성녀는 아니라며 웃어넘겼다.

"그래요, 빈민들은 그럴 수도 있죠."

"……."

"아무리 성녀님이라지만 더 이상의 무례는 가만히 볼 수 없습니다."

"가만히 보지 않으면 처벌이라도 하겠다는 뜻입니까?"

르한의 말을 고위 신관이 그냥 넘기지 않았고, 분위기는 일촉즉발로 흘러갔다.

"디어런 신관님, 저는 괜찮아요."

"하지만, 성녀님."

"저는 항간에 이런 이야기도 떠돈다는 것을 알려드리고 싶었을 뿐이지, 황후 폐하의 결백을 믿고 있었답니다."

성녀가 '그렇죠?'라고 말하면서 에델리스를 보고 미소 지었다. 에델리스가 최대한 침착하게 마주 웃었지만 식은땀이 났다. 전염병이 퍼지지 않기 위해 한 행동들이 오히려 자신을 힘들게 만들고 있었다.

"사실과 다른 이야기입니다. 전혀 관련이 없습니다."

"그럼요. 그러면 이제 힘을 합쳐 병을 종식시켜야겠네요."

"네."

상황은 끝이 났지만, 관리들의 눈에 한 번 싹튼 의심은 여전히 남아 있었다. 그들의 따가운 시선에 에델리스가 도망치듯 응접실을 나왔다. 당장이라도 눈에서 눈물이 쏟아질 것 같았

다. 에델리스가 제 궁으로 발걸음을 옮기는데, 누군가 그녀의
손목을 잡았다. 르한이었다.

"르한……."

"에델리스, 우선 내 방으로 갑시다."

누군가 자신이 우는 것을 보는 것보다는 나을 거라고 생각
해서 고개를 끄덕였다. 그녀의 허락이 떨어지자마자 곧바로 르
한은 가장 가까운 방으로 그녀를 데리고 갔다. 문이 닫히자마
자 그는 그녀를 끌어안고 등을 토닥였다.

그것이 기폭제라도 된 것처럼 에델리스가 소리 내어 울었다.

"내가, 내가 얼마나 노력했는데!"

"알고 있습니다."

"르한, 나 믿지?"

"그럼요. 당연하지 않습니까."

"내가 그런 나쁜 짓을 할 리가 없잖아!"

"알고 있습니다."

르한이 일정한 박자로 토닥이면서 그녀를 위로해주는 것이
에델리스에게는 큰 힘이 되었다. 그래도 르한이 자신을 믿어주
니 다행이었다. 르한이 저를 믿어주니, 이제 다른 이들에게서
믿음을 얻을 차례였다.

"사, 살려줘……. 살려줘, 제발."

성녀의 재림   443

"으, 으으……."

역병에 걸린 환자들이 앓는 소리가 진료소 안을 가득 채웠다. 레그란드는 가만히 있을 수가 없었다. 지금 막 숨이 끊긴 사람은 자신이 진료소에 오기 직전에 와 있던 사람이었다. 그러니 다음 수순은 자신의 차례일 것이 분명했다.

"무엇이든 할게! 무엇이든 할 테니 제발 살려줘……!"

레그란드가 이미 흑색으로 변해버린 발을 질질 끌며 손으로 어떻게든 의사에게 기어갔다. 몇 번이나 손이 미끄러져 바닥에 턱을 부딪혔다. 그렇지만 이것이 마지막 기회라는 생각에 엎드려 빌었다.

"……레그란드 씨, 정말 무엇이든 다 할 수 있습니까?"

레그란드는 의사의 목소리에 퍼뜩 고개를 들었다가 빠르게 고개를 끄덕였다.

"약, 이라고 불리는 것이 있습니다. 효과가 있는지 없는지도 모르고, 부작용이 뭐가 있는지도 모릅니다."

"약?!"

"어쩌면 이것을 먹자마자 죽게 될 수도 있습니다. 약을 안 먹으면 사흘이라도 살 수 있습니다."

"……."

대부분의 환자들은 황후가 고안해낸 약의 사용을 거부했다. 의사도, 신관도 아닌 황후가 놀이 삼아 만든 약이라고 생각했기 때문이었다.

하지만 레그란드는 거부할 수가 없었다. 남겨질 가족들을 생각하면 거부하는 것도 사치였다.

"주, 주십시오."

레그란드는 바들바들 떨리는 손으로 약병의 뚜껑을 열었다.
평범한 약초 냄새. 어쩌면 아무런 효과가 없을지도 모르는 그
것. 그가 단번에 약병을 비워 마셨다.

"으, 으으……."

레그란드가 갑자기 심장을 부여잡고 숨을 몰아쉬었다. 시간
이 지나도 레그란드는 여전히 정신을 차리지 못했다. 하지만
그를 살펴보던 의사는 깜짝 놀랄 수밖에 없었다. 그가 살아남
는다 해도 잘라야 할 것이라고 생각했던 손발이 점차 원래의
색으로 돌아왔기 때문이었다.

"믿을 수가 없군."

"효, 효과가 있대?!"

"예. 아직 약을 사용한 지 얼마 되지 않았지만 차도를 보이
고 있다고 합니다."

"아아, 다행이다!"

에델리스는 안도의 한숨을 내쉬었다. 책에서 본 제조법이긴
하지만 미래도 바뀌는 마당에 약이 효과가 없으면 어쩌나 걱정
했기 때문이었다. 다른 방법이 없는데다가, 병의 증세는 책과
같으니 괜찮을 거라 믿고 한 것이지만 그래도 불안했다.

"소문이 퍼졌는지 이전에는 약을 먹지 않으려고 했던 환자들이 앞다투어 달라고 난리라고 합니다."

"그래, 약도 만든 지 오래되면 효과가 떨어지니까 그게 나아."

에델리스가 기지개를 켰다. 이제 전염병도 한풀 꺾이지 않을까 기대가 되었다.

"약초가 더 있으면 좋은데."

"……라일로니아 말입니까?"

"응, 원래 흔한 약초인데 시장에서 사 모으려고 하니까 없어서 재배 중이야."

어쩔 수 없이 황궁 내, 황궁이 건설한 약방 근처, 모든 약초원에서 재배하면서 자랄 때마다 수확해 약을 제조하고 있었다. 하지만 모든 환자들에게 주기에는 턱없이 부족했다.

"그 약초, 신성 제국이 갖고 있습니다."

"응? 신성 제국이?"

"예. 에델리스가 필요로 한다는 이야기를 듣고, 시장에서 대량을 사들인 사람에게 되사려고 알아봤는데……. 결국엔 신성 제국으로 흘러들어갔습니다."

"성녀는 모르는 것 같았는데?"

얼마 전 라일로니아에 대해 물었을 때 잘 모르겠다고 했었다. 그런데 신성 제국으로 들어가다니.

"성녀에게 물어봐야겠네."

"시종장을 통해 성녀에게 연락을 넣어두도록 하겠습니다."

"응, 고마워."

만약에 성녀에게서 약초를 얻을 수 있다면 약을 대량으로 만들어 바로 유통할 수 있을 것이었다.

'성녀와 대화를 빨리 나눌 수 있으면 좋겠는데.'

시종장이 성녀에게 이야기를 전하러 갈 때 프라체 경이 찾아왔다.

"폐하, 잠시 괜찮습니까?"

"무슨 일인데요?"

"약이 유통되고 있다고 합니다."

"아, 네. 오늘 의사들이 약을 받아가더라구요. 소문이 참 빠르네요."

에델리스는 뭔가 쑥스러웠다. 이게 벌써 거기까지 소문이 났나.

"아뇨. 신성 제국이 약을 대량으로 유통하고 있다고 합니다."

"네……?"

"수도뿐만 아니라 제국 전체예요."

"그럴 리가……."

제국 전체에 약을 유통하다니, 대체 어디서 그렇게 대량의 약을 만들 수가 있는 거지?

순간적으로 머리가 멍해지는 느낌이 들었지만, 사실 답은 이미 나와 있었다. 신성 제국으로 흘러들어간 대량의 약초, 그리고 제국 전체에 풀어버릴 수 있을 만큼 많은 양의 약. 제조법을 어떻게 알아냈는지는 몰라도 성녀가 한 것이 분명했다.

"지금 바로 성녀를, 아, 아니. 내가 성녀에게 직접 가도록 할 게요."

"같이 갑시다."

르한이 에델리스의 손을 잡고 방을 나섰다. 성녀에게 묻고 싶은 것은 많았지만 가장 시급한 것부터 해결해야 했다.

약에 대해 모두가 촉각을 곤두세우고 있는 지금, 제국 내에 약이 대량으로 유통되는 것을 타국에서 알게 된다면 어떻게 될까?

'당연히 침략하겠지. 약을 얻기 위해서.'

환자를 가족으로 두고 있는 사람들이. 어쩌면 환자 본인이.

"황제 폐하와 황후 폐하께서 오셨습니다."

성녀는 황제 부부보다 빠르게 달려간 하인에게 언질을 받고 대기 중이었다. 마치 왜 그들이 왔는지 전혀 짐작이 가지 않는 듯한 표정이었다.

"내가 왜 이곳에 왔는지 알고 있으리라고 생각해요."

"아뇨, 무슨 일이세요? 저는 환자를 치료하기 위해 얼른 나가 봐야 해서……."

"환자를 어떻게 치료하죠?"

"……평범하게 약을 쓰고 있습니다만."

"혹시 어떤 약을 조합해서 쓰는지 알 수 있을까요?"

"죄송합니다, 그건 말씀드릴 수 없어요."

"왜죠?"

"신탁으로 내려온 것이라……."

하필이면 신탁이었다. 신탁의 내용을 추궁할 수 없으니 에델리스는 더 이상 물어볼 수가 없었다.

성녀가 생글생글 웃으며 말했지만 에델리스는 속이 타들어가는 것 같았다. 어쩌면 주변의 국가들이 이미 정보를 입수했을지도 모른다.

"제국 내에 많은 약을 유통하고 있다고 들었어요."

"감사의 인사라면 괜찮습니다."

"……물론 감사하고 있지만, 어떻게 많은 약을 유통할 수 있었는지 궁금해서요."

"우연히도 신성 제국에 약의 원료가 되는 것들이 있어서 가능했어요."

겸손의 표현으로 하는 말로 들렸지만 에델리스는 약초를 사재기한 것이 신전이라는 것을 알아버렸기에 곱게 들리지는 않았다.

'대체 어떻게 알게 된 거지? 성녀가 신탁을 받아 알았더라면 그전에 내가 약초의 이름을 말했을 때 알고 있었어야 해.'

모르는 척한 건가? 왜?

게다가 약을 나눠주는 시기가 너무 공교로웠다. 약초를 사들인 시점을 보면 신탁을 받은 지 한참이나 됐다. 그러니 약을 나눠주려고 마음을 먹었다면 이미 나눠주고도 남았을 것이다. 한 번에 대량으로 풀린 약을 보면, 전부터 만들어왔었다는 것을 알 수 있으니까. 하지만 약을 나눠주는 것이 하필이면 황후인 에델리스가 약을 나눠주고, 효과를 본 날부터였다.

'⋯⋯황실이 힘을 갖는 것이 싫어서? 아니면 내가?'

성녀가 왜 그랬는지 짐작할 수가 없었다. 게다가 그것이 끝이 아니었다.

'책에서는 한참 뒤에 약의 제조법이 나왔어. 그런데 어떻게 벌써부터 약을 제조했을 뿐만 아니라 유통까지 할 수 있는 거지? 설마. 설마.'

에델리스의 머릿속에 얼마 전 자신이 들었던 말이 떠올랐다.

─병이 퍼진 지 얼마 안 돼서부터 약을 제조하고 있다는 이야기를 들어서, 혹시나 황후 폐하가 병을 퍼뜨린 것은 아닐까⋯⋯.

약의 제조법을 알고 있었던 것은 성녀도 마찬가지. 그렇다면, 성녀⋯⋯ 어쩌면 신성 제국이 병을 퍼뜨렸을 수도 있었다.

'아니야, 증거가 없어.'

그저 심증만 존재할 뿐, 물증이 없었다. 심증으로 섣불리 움직일 수 없는 이야기이기도 했고.

"그것참 다행이네요, 성녀님이 약을 제공해주셔서 얼마나 다행인지 몰라요."

"뭘요, 황제 폐하께 도움이 되었다니 정말 다행이네요."

갑자기 르한이 여기서 왜 나와?

성녀는 에델리스와 대화하다가 갑자기 옆에 있던 르한을 거론하며 미소 지었다.

"예, 도움에 감사드립니다. 제국이 당신에게 빚을 졌습니다, 성녀님."

"아니에요, 어려운 자를 돕는 것은 의무인걸요."

"겸손하십니다. 신성 제국의 도움이 없었더라면 이 정도로 끝나지는 않았을 겁니다."

뭐지?

지금 둘의 대화에 기시감이 느껴졌다. 에텔리스의 머릿속에 책에서 보았던 장면이 펼쳐졌다. 둘이서 대화를 하고 있는 장면. 장소가 황제의 응접실이 아니라, 성녀가 머무는 방의 응접실이기는 했지만 대화 내용은 토씨 하나 틀리지 않고 정확하게 일치했다.

'미래가 바뀐 게 아니었어?'

아니다, 분명 미래가 바뀌었다. 전염병의 확산 양상 자체가 전혀 달랐다. 엄청나게 신경 쓰였지만 우선 이것보다 더 빠르게 해결해야 할 일이 있었다.

"……르한, 우선 다른 나라에 제조법을 먼저 알려주세요."

"알겠습니다."

원래는 이렇게까지 빠르게 알릴 생각은 없었다. 효과가 있는지 확실하게 확인하고, 어느 정도 약의 물량을 확보한 뒤에 알릴 생각이었다. 하지만 타국의 침략 위험이 있고, 최소한의 효과를 확인했으니 제조법을 알려준다면 각국의 내부에서 해결할 것이다.

"그러면 성녀님, 이곳에 온 뒤로 많이 지쳤을 텐데 푹 쉬십시오."

"……네?"

성녀가 놀란 듯 눈을 동그랗게 떴다. 하지만 르한은 에델리스의 손을 잡고 나오려고 했다.

"감사의 인사는 조만간 정식으로 하도록 하겠습니다."

"하, 하지만! 사건은 일단락되었지만 앞으로가 더 중요할 거예요!"

"염려해주어 고맙습니다."

책과는 같은 듯 달랐다. 분명 르한이 성녀에게 도움을 요청했었는데, 지금은 그렇게 보이지 않는다.

"제가 도와드릴게요."

"이번에 받은 도움만으로도 충분합니다. 다행히도 황후와 다른 이들이 전염병에 대해 연구하고 있던 것이 있어서요."

"그래도 이쪽에 대해서는 신성 제국만큼 많은 정보를 가지고 있는 곳이 없죠!"

르한은 고민했다. 분명 신성 제국은 의료 봉사를 많이 하기 때문에 도움이 많이 될 것이다. 그러나 그가 고민하는 이유는 다름 아닌 에델리스 때문이었다. 그녀가 불편해할 테니. 계속해서 에델리스와 성녀가 날을 세우는 것을 그가 모를 리가 없었다.

"고마워요, 성녀님. 잘 부탁할게요."

에델리스가 고민하는 르한을 대신해서 긍정의 답을 했다. 성녀는 조금 놀란 듯했지만 이내 밝게 미소 지었다.

"네. 그러면 폐하, 앞으로 어떻게 할지 바로 논의를 하는 것이 좋을 것 같아요."

"힘드실 텐데 나중에 하시죠. 저도 이웃 국가들에 연락을 해야 해서."

"저는 괜찮아요. 연락을 하는 것쯤은 기다려드릴 수 있어요."

성녀는 이상하게 말을 할 때마다 점점 르한에게 가까워지고 있었다. 이러다가 몸이 닿겠다 싶을 정도로 가까워지니 에델리스의 심기가 매우 불편해지는 것은 당연했다. 점점 굳어져가는 에델리스의 얼굴을 보게 된 르한이 성녀로부터 한 발짝 물러나면서 에델리스의 옆으로 갔다.

"기다려주신다 하니 감사합니다. 그러면 제 집무실로 오시죠."

"네!"

성녀가 밝게 웃으며 고개를 끄덕이니 어쩐지 속이 쓰려오는 느낌이었다. 게다가 자신이 성녀를 신경 쓴다는 것을 알아챈 르한의 입꼬리가 올라가서 내려올 생각이 없으니 더더욱.

'둘이 이야기하는데 옆에 있어도 되나, 평소에는 일할 때 옆에 있어도 괜찮다고 했는데.'

에델리스가 르한의 팔을 콕콕 찔렀다.

"무슨 일입니까?"

"잠시 귀 좀."

르한이 즐겁다는 듯 몸을 기울였다.

"성녀랑 너무 가까이하면 안 돼."

"질투, 하는 겁니까?"

"질투라니! 무슨!"

성녀가 들을까 봐 크게 말할 수도 없었다.

"아닙니까, 나는 그런 줄로만 알고 좋아하고 있었는데."

르한이 저를 버리는 게 조금 걱정되긴 했지만, 책에서처럼 성녀에게 넘어갈까 봐 걱정되기는 했지만! ……그게 질투구나.

"질투하는 거 맞으니까, 성녀와 가까이하지 마."

"네."

"너는 내 거잖아. 기억하지?"

한 마디 한 마디 할 때마다 르한의 입꼬리가 계속해서 올라가고 있었다.

"그럼요. 당연하지 않습니까."

마침내 황제의 집무실 앞에 도착했을 때, 에델리스는 르한에게 쐐기를 박아버렸다.

"좋아해. 그러니까 르한도, 나만 좋아했으면 좋겠어."

르한이 들뜬 한숨을 내쉬고는 집무실 문을 열고 에델리스를 밀어 넣었다.

"잠시."

그리고 그가 들어온 뒤 곧바로 문을 닫아버렸다. 성녀는 벙찐 표정으로 제 앞에서 닫힌 문을 바라보았다. 노크를 하려고 했으나 유능한 시종장이 막아섰다.

"기다려달라고 하셨습니다."

그 사이 문 안쪽에서는 르한이 에델리스의 숨결을 집어삼키며 입을 맞추고 있었다.

"르, 르한!"

454

르한은 어떠한 답도 없이 그의 갈증을 채우기에 바빴다. 숨이 벅차오른 에델리스가 그의 가슴팍을 팡팡 치며 막았다.

"왜 그러십니까."

"인근 국가에 연락부터 하고!"

"잠시만 있다가."

"약을 얻기 위해 전쟁이라도 일으키면 어떡해!"

칫, 하고 혀를 찬 르한이 어쩔 수 없이 에델리스로부터 약의 제조법을 받아 적었다. 전쟁이 나서 자신이 출전을 한다면 에델리스가 불안해할 테니.

매일같이 파시스에게 병문안을 가고 있는 에델리스를 보니 마뜩잖았다. 위험한 전선에 파시스를 보내 조용히 처리해도 좋을 것 같았다.

"이제 됐습니까?"

"응. 그러면 성녀에게 들어오라고 할게."

"그게 무슨 말입니까."

르한이 책상에 펜을 내려놓고 일어섰다. 그의 뜨거운 시선이 에델리스가 움직이지 못하게 옭아맸다. 결국 그가 제 눈앞에 서서 커다란 손으로 뺨을 감싸고, 제 눈을 바라보게 할 때까지 그녀는 꼼짝도 할 수가 없었다.

"기다릴 수 있다고 말한 것은 그쪽이 아닙니까."

"그건 그렇지만, 타국에 연락하는 걸 기다리겠다고 한 거잖아."

"독점하고 싶다고 할 때는 언제고, 이제는 다른 여자와 대화하라고 밀어내는 겁니까."

"도, 독점이라니! 그러고 싶다는 생각을 안 한 것은 아니지
만!"

그래도 얼굴이 붉게 달아오르는 것은 어찌할 수가 없었다.
르한은 입가에 에델리스의 립스틱이 묻어 번진 것을 닦을 생각
도 하지 않았다.

"우리가 이러고 있는 것을 성녀가 알면 무슨 생각을 하겠
어!"

"나는 우리가 '무슨 짓'을 하는지 성녀가 알아도 좋습니다."

"무, 무슨 짓이라니…… 그런 건 강조해서 말하지 말아줘."

그렇지 않아도 에델리스의 입술에 발라져 있던 분홍색 입술
화장이 그의 얼굴에 덕지덕지 묻어 있었다. 에델리스가 손수
건을 꺼내 르한의 입술을 닦아주려고 하다가 멈추었다.

"에델리스?"

"……정말 성녀가 알아도 상관없어?"

"예. 나는 성녀의 앞에서 해도."

"아니, 그럴 필요까지는 없고!"

다른 사람들 앞에서 하는 것은 결혼식 때 한 것으로 충분했
다. 사실 성녀의 앞에서 티 내고 싶은 마음도 별로 없었지만,
성녀가 자꾸 르한에게 관심을 갖고 있으니 그녀가 조금은 알아
도 괜찮지 않을까 생각했다.

"서, 성녀를 부를게."

"고작 이 정도로 되겠습니까."

"으, 응?"

"성녀와 가까이하지 말라면서, 고작 이 정도로 괜찮겠습니까?"

설마 정말로 입을 맞추는 현장을 보여주려고 그러는 건가! 아무리 그래도 다른 사람 앞에서 하는 건!

에델리스는 이전보다도 훨씬 두근거렸다. 르한은 드레스가 채 가리지 못한 그녀의 목덜미에 입을 맞췄다. 에델리스의 새하얀 목덜미에 르한의 입술에 묻어 있던 립스틱이 묻었다.

"더 진하게 새겨야겠습니다. 연해서 잘 보이지 않을 것 같은데."

르한은 이번 기회에 자신의 사리사욕을 채우려고 했다. 하지만 에델리스가 그의 입술이 닿았던 목을 손으로 퍼뜩 가려버렸다.

"아, 아니야! 이 정도면 괜찮아."

르한이 아쉬움에 침을 삼키면서 책상 위에 올라와 있던 종을 흔들었다.

"생각보다 조금 시간이……."

걸렸다고 말하려던 성녀의 말은 끝을 맺지 못했다. 황제와 황후의 입가에 사정없이 번져진 입술 자국 하며, 황후가 어색하게 목을 가리고 있는 손까지. 성녀는 입술을 짓씹었다가 곧바로 웃으며 말했다.

"앞으로 어떻게 할지 논의해보도록 하죠."

"좋습니다."

"그러면 황후 폐하는……."

"초기에 잘 막을 수 있었던 것에는 황후의 공이 큽니다. 같이 논의하는 것이 좋을 것 같습니다."

"……그래요."

성녀의 표정이 밝지 않았지만 에델리스에게는 다행이었다. 에델리스가 같은 자리에 있었기 때문에 정말 일 얘기만 했기 때문이다.

"성녀님!"

늦은 저녁까지 얘기가 이어지던 도중, 급하게 성녀를 찾아온 신관 때문에 이야기가 중지되었다.

"무슨 일이에요?"

"와주셔야 할 것 같습니다."

"조금 기다려줄래요? 조금만 더 이야기를……."

"방으로 와주셔야 합니다."

"……."

성녀의 표정이 굳어졌지만 빠르게 표정을 갈무리하며 미소 지었다.

"죄송하지만 오늘은 먼저 일어나봐야 할 것 같네요."

"예, 도움을 주어 고맙습니다."

"편히 쉬기를 바랄게요."

"네, 고마워요."

성녀가 인사를 나누고 허겁지겁 앞서가는 신관을 따라갔다.

"……무슨 일일까?"

"글쎄요."

르한이 창문을 열고 벽을 세 번 두드리자 창밖에서 온몸에 딱 붙는 시커먼 옷을 입은 사람이 들어왔다. 갑작스러운 방문에 에델리스가 놀란 가슴을 잡았다. 르한이 에델리스를 진정시켰다.

"처음 볼 겁니다. 대공가의 그림자입니다."

"……안녕하세요."

"안녕하십니까."

대공가의 정보부에서 정보 습득을 위해 활동하는 이들을 '그림자'라고 불렀다. 그들은 르한이 황제가 된 이후에도 그를 위해서 일을 하고 있었다.

"성녀 쪽에 무슨 일이 있나."

"예. 다른 나라에서 항의가 빗발치고 있다고 합니다."

"약 때문이겠군."

"그렇습니다."

다른 나라에는 전혀 제공하지 않는 약을 제국에만 제공하는 것이 다른 나라의 입장에서는 충분히 서운할 수 있었다. 신도들은 모든 나라에 있는데, 그들 중 유일하게 크로나드 제국만 챙긴 것이었다.

"약의 제조법은?"

"황후 폐하의 제조법과 동일합니다."

그림자의 말에 르한이 에델리스를 바라보았다. 신탁에서 받은 내용을 황후가 이미 그전부터 알고 있었다는 것이니 이상

하게 여기기 충분했다. 에델리스는 급하게 말을 돌리기 위해
의문을 가지고 있던 것을 꺼냈다.

"……잠시만, 그러면 신성 제국에서 라일로니아를 사서 그쪽
에서 사용했다는 거잖아."

"그렇습니다."

"내가 라일로니아를 타국에서 사려고 했던 것까지 다 신성
제국에서 사가지 않았어?"

"맞습니다."

"증거, 갖고 있어?"

"제게 있습니다. 그들이 보고하는 것은 증언과 증거를 모아
서면으로 다시 받습니다."

처음 에델리스는 자신이 만든 약의 효과를 검증한 뒤에 충
분한 양을 모아 제공할 예정이었다. 하지만 신성 제국이 약초
를 독점한 탓에 충분한 양을 모을 수 없었고, 결국엔 성녀가
한발 앞서 대량의 약을 제공했다.

"그러면 그거, 비밀리에 몇몇 국가에 알릴 수 있어?"

이렇게까지 해야 할 이유는 간단했다.

우선 크로나드 제국에 쏠린 관심을 신성 제국으로 옮겨가게
할 것. 그것으로 전쟁의 위험으로부터 벗어날 수 있었다.

게다가 그들도 전염병을 막기 위해 신관을 파견 받고 있으니
신성 제국을 크게 탓하지는 못할 것이다.

"좋습니다. 안 그래도 어떻게 할까 고민했는데."

르한이 악당처럼 미소 지었다. 아마도 저와 같은 생각을

460

한 것 같았다. 제게 안 좋은 소문을 만들어 퍼뜨린 것에 대한 복수.

다른 국가들은 제국에서 알려준 약의 제조법을 토대로 곧바로 약을 지으려고 할 것이다. 그러나 재료를 구할 수가 없을 것이다. 신성 제국이 독점적으로 약초를 가져갔기 때문에. 각 국가에서는 신성 제국에서 일부러 그런 것이 아니냐는 의심을 하게 될 것이다.

'성녀가 그랬는지 아닌지는 알 수 없지만, 신성 제국에서 그랬다는 것은 확실하니까.'

이 정도의 복수는 해도 괜찮겠지. 아마 당분간은 각국의 외교 사절로부터 많은 문제가 도착할 것이다.

"그래도 나는 없는 이야기를 만들어내지는 않아."

"그렇지요."

르한이 키득키득 웃으며 에델리스의 뺨을 손으로 쓸었다. 그러다가 표정을 곧바로 굳히고 그림자에게 말을 건넸다.

"들었겠지."

"예."

"바로 실행하도록."

"알겠습니다."

그림자는 곧바로 창문으로 나가 자신의 주인이 시킨 일을 하러 갔다.

"이제야 단둘이 있게 되었습니다."

"그러게."

에델리스는 성녀에 대해서 신경을 쓰고 싶지 않았다. 하지만 신경을 쓰고 싶지 않아도 쓰게 되니 문제였다. 얼른 일이 마무리되어 성녀가 돌아갔으면.

에델리스는 피곤한 몸을 르한에게 기대었다.

"……좋다. 조용하니까."

"그렇습니까?"

"응, 르한의 심장 소리가 엄청 크게 들리는 거 빼면 조용해."

"……."

에델리스가 키득키득 웃으며 말하자 르한이 큼큼 목을 가다듬었다.

"저기 있잖아, 르한."

"예."

"성녀에 대해서 어떻게 생각해?"

"성녀 말입니까? 솔직히 말하면 고마운 존재입니다."

"……그렇겠지. 약을 많이 만들어준 덕분에 상황이 많이 안정되었으니까."

"그것도 그렇습니다만."

르한이 에델리스의 머리 위로 자신의 얼굴을 올리며 기대었다. 조금 더 가까워진 거리에 마음이 따뜻해졌다.

"덕분에 당신의 새로운 모습을 보게 되지 않았습니까."

"……새로워?"

"예. 질투도 하고."

"그랬지."

"더 보고 싶습니다만, 당신이 피곤한 것 같아서 빨리 보내야겠습니다."

"고마워. 질투에 미쳐서 르한을 독점하고자 하는 에델리스 크로나드라면 언제든 보여줄게."

"정말입니까?"

이전처럼 집착하면서 일을 방해하는 것 정도라면 뭐. 조금의 민망함을 견뎌내면 르한이 행복해하니 못 할 것도 아니었다. 고작 이 정도로 행복해하다니.

제게 바라는 것이 없으니 오히려 더 채워주고 싶었다.

"응, 좋아해, 르한. 르한이 앞으로도 나만 좋아했으면 좋겠어."

"그건 너무 쉽습니다."

"나만 바라보고, 나만 좋아하고."

"숨 쉬듯이 당연한 일입니다."

에델리스가 밝게 웃었다. 사실 그의 눈만 보아도 그가 저를 어떻게 생각하는지는 알 수 있었다. 눈에서 꿀이 떨어진다는 게 이런 거겠지.

'정말 좋아해, 네가 생각하는 것보다 더 많이.'

그러니까 성녀에게 가지 말아줘.

큐피드 대작전

대량의 약을 유통한 효과가 나타났는지 며칠이 지나자 전염병은 완전 종식에 가까워졌다.

성녀는 신성 제국에 많은 일이 있는지 점점 안색이 나빠졌다. 그럼에도 르한과 에델리스와 함께하는 회의에는 빠지지 않고 꼭 참석했다. 그 외에는 르한과 함께 있을 수 있는 시간이 전혀 없었기 때문인 것 같았다.

회의를 하는 도중, 에델리스가 서재로 가 참고할 책을 챙겨 나왔다. 그런데 복도에 르한이 서 있었다.

"성녀는?"

"기다리고 있습니다."

르한이 슬쩍 집무실로 눈짓했다. 그러면서 에델리스가 들고 있는 두꺼운 책을 가져가 대신 들어주었다.

"고마워."

"말로만 고맙다고 할 겁니까?"

"……그럴 리가."

에델리스가 자신의 뒤편과 르한의 뒤편 복도에 누군가 있지는 않은지 살펴보았다. 아무도 없는 것을 확인한 뒤에 발끝을 살짝 들어 그의 입술에 입을 맞추려고 했다.

"……높아."

"작군요."

"아니야, 네가 큰 거잖아."

"예."

마치 '그래, 그렇다고 치자.'라고 말하는 것 같은 느낌에 에델리스의 미간이 좁혀졌다.

"에잇!"

그리고 곧바로 그의 목에 팔을 감아 제 쪽으로 잡아당겨 입을 맞추었다.

"나 정도면 보통보다 약간 큰 편이야."

입을 비죽이며 말을 하자 르한이 그녀를 빤히 바라보았다.

"……왜?"

"좋아서 그렇습니다."

르한이 곧바로 에델리스를 벽으로 밀어붙였다. 그리고 집어삼킬 듯이 에델리스에게 가까워지며 고개를 숙였다.

"자, 잠깐만!"

"왜."

"여기는 복도고, 사람들도 다니는 곳이고!"

"내가 황제인데 뭐가 문제입니까."

눈을 데굴데굴 굴리던 에델리스가 르한을 세게 밀쳤다. 민다고 밀리는 것은 아니었지만 그래도 어쩔 수가 없었다. 프라체 경과 눈이 마주쳐버렸기 때문이었다.

"프, 프라체 경……."

"곧바로 사라질 테니 못 본 걸로 해주십시오."

"요하네스 프라체."

"……성녀님이 오셨다고 해서 온 건데 제게 왜 이런 시련을."

에델리스의 얼굴이 붉게 달아올랐다. 그녀는 몸을 낮춰서 르한의 팔 아래에서 빠져나왔다. 황후로서 볼품없는 모습이기는 해도 더 많은 사람들의 눈에 띄기 전에 빠져나오는 것을 택했다.

"성녀라면 아직 집무실에 있다."

"예, 저는 아무것도 보지 못했습니다."

"……."

"그러면 조용히 사라지지 그랬나."

"집무실에 용건이 있어서."

프라체 경이 쑥스러워하면서 인사했다. 확실히 성녀는 신성 제국의 사람이라 얼굴을 보기 힘드니, 그의 마음이 이해가 되었다.

'……프라체 경도 행복했으면 좋겠는데.'

자신이 좋아하는 사람에게 사랑받는 기분이 어떤 것인지는 르한을 통해서 잘 알고 있었다. 그리고 에델리스가 보았을 때 프라체 경은 좋은 사람이었다. 게다가 르한의 친구이기까지 했다. 그러니 성녀도 프라체 경과 이어지면 모두가 행복해지지 않을까.

'아직 성녀가 르한에게 마음이 깊어지거나 그러진 않았을
거 아냐.'

책에서 봤을 때도 아직 초반부였다. 충분히 가능성이 있는
이야기였다. 성녀도 그러지 않았는가, 해피엔딩이 올 거라고.
이것이 자신이 생각하는 최선의 해피엔딩이었다.

"프라체 경!"

"예? 저는 그냥 모른 척해주시면……."

"나중에 제 방으로 와주세요!"

"……."

"……."

어색한 침묵의 시간이 흘렀다. 대체 왜 조용한지 이해하지
못하던 에델리스가 르한의 어두운 얼굴을 보고서야 급히 정정
했다.

"아, 아니 그게 아니라! 프라체 경과 할 말이 있어서!"

그러나 전혀 수습되지 않았다. 주변의 온도가 급격하게 떨어
져서 올라갈 생각이 없었다.

"……제가 목격해서 그러는 겁니까."

"아니, 그게 아니라!"

"목격한 저를 죽이려고 일부러 폐하가 있는 곳에서 그런 말
씀을 하신 게 아닌지……."

"아니에요!"

에델리스가 극구 부정했지만 프라체 경은 슬픈 미소를 띠

었다.

'그저 성녀와 프라체 경을 이어주고 싶었을 뿐인데!'

"제 질투를 더 이상 불러일으키지 않아도 됩니다. 요하네스를 방으로 부른 것만으로도 충분합니다."

"무슨 오해를 하고 있는 거야!"

"대체 어떤 이야기를 나누고 싶으시기에 굳이 방으로 부르는 건지."

책의 내용을 다 설명할 수 없으니 프라체 경과 조용하게 이야기를 나누려고 했던 건데, 상황은 악화되기만 했다. 에델리스는 르한에게 제 생각을 이야기한 후 함께하자고 설득하기로 했다.

잡고 있던 르한의 손을 잡아당기자 르한이 스르륵 그녀 쪽으로 몸을 숙여주었다. 에델리스는 가까워진 그의 귓가에 조그마한 목소리로 말했다.

"프라체 경이 성녀님을 좋아하잖아."

"예."

"둘이 이어주면 좋을 것 같아서."

"……."

"별로인가?"

에델리스는 좋은 생각인 것 같았는데, 르한이 저를 빤히 바라보자 계획이 별로인가 싶었다. 하지만 르한은 조금 생각하더니 언제 기분이 나빴냐는 듯 아주 밝게 미소 지었다.

"좋습니다."

468

"그렇지?!"

에델리스도 생글생글 미소 지었다. 르한의 도움을 받으면 더더욱 성공할 가능성이 높아질 것이다.

약초 사재기나 약 제조 과정이 조금 신경이 쓰이긴 했지만, 결과적으로는 제국민들에게 아주 좋은 결과를 가지고 왔다. 저와 결혼한 르한에게 치근덕대는 것처럼 행동하는 것도, 프라체 경과 이어진다면 그럴 일이 없어질 터였다.

물론 가장 큰 이유는 프라체 경이 그녀를 좋아한다는 것이지만!

"그러면 여기서 이럴 게 아니라, 장소를 옮기지."

르한의 집무실에는 성녀가 있었다. 그들의 대화를 성녀가 들어서 좋을 것은 없었기에 우선 장소를 옮겨 대화를 계속하기로 했다.

응접실로 오자마자 영문도 모르고 르한에게 끌려온 프라체 경에게 에델리스가 말을 꺼냈다.

"프라체 경은 성녀님을 좋아하고 있는 거죠?"

"예."

프라체 경이 생각하지도 않고 단번에 답했다. 흔들리지 않는 눈동자가 이미 그녀에게 빠졌다는 것을 여실히 보여줬다.

"길거리에서는 성녀님이 제국에 남아주면 좋겠다는 말이 흐른다더군요."

"저도 그런 생각을 합니다."

"저는 프라체 경과 성녀님이 잘되었으면 좋겠어요."

생각지도 못하게 황후의 응원을 받은 프라체 경이 조금 놀라는 듯했다. 둘이 나누던 비밀 이야기가 제 연애 사업에 관련된 것이었을 줄은 상상도 못 했을 것이다.

"……그러면 좋겠습니다만."

"만일 두 분이 잘된다면 성녀님이 이곳에 남겠죠?"

책에서도 성녀가 황제와 결혼해서 이곳에 남았었다. 그러니 프라체 경과 잘되어도 여기에 남지 않을까?

"제가 신성 제국으로 가도 상관없습니다."

"프라체 가문을 이을 방계의 혈족을 알아봐야겠군. 데릴사위나."

"성녀님이 남을 수도 있으니 조금 천천히 생각해도 될 거야."

"흐음, 그러려면 요하네스가 많이 노력해야 할 겁니다."

"노력할 겁니다."

프라체 경이 주먹을 꽉 쥐었다.

"그러면 작전을 짜보도록 하죠!"

"그런데, 폐하."

"네?"

"이렇게까지 도와주시는 이유가 뭡니까?"

갑작스러운 황후의 응원에 프라체 경이 의문을 갖고 물었다. 에델리스는 고민하다가, 르한을 힐끗 바라보았다. 그가 미소 짓는 걸 보고 에델리스가 조금은 솔직하게 말하기로 했다.

"성녀님이 프라체 경과 오래 있었으면 좋겠어요."

"왜…… 그러십니까?"

이 정도만 말해도 알아듣기를 바랐는데.

"제가 르한과 단둘이 있고 싶어서요."

"……열렬하시네요."

"아직 신혼이라서 그렇다."

르한이 얼굴을 붉히며 고개를 살짝 돌렸다. 손으로 입을 가리고 있었지만 입꼬리가 올라가는 것을 다 감출 수는 없었다. 그것을 본 프라체 경은 못 볼 것을 봤다는 표정이 되었다. 에델리스도 똑같이 얼굴을 붉히고 있었지만, 사안이 사안인 만큼 확실하게 이야기해두어야겠다고 생각했다.

"그, 그럼 이제는 정말로 작전을 짜보도록 할까요?"

〈작전 1. 같이 있는 시간을 늘려라.〉

아무래도 자주 보면 정이 들기 마련이었고, 프라체 경은 충분히 매력적인 사람이었다. 그러니 지금 당장은 성녀가 르한에게 보이는 호의가 더욱 깊을지 몰라도, 프라체 경을 자꾸 보다 보면 달라질 것이다.

그래서 에델리스는 큰 마음을 먹고 성녀에게 티 파티를 제안했다. 그리고 마침내 티 파티 날, 성녀가 프라체 경의 에스코트를 받으며 왔다.

'그래 한 걸음씩 걸어가는 거지.'

성녀도 프라체 경이 싫었다면 그의 에스코트를 거절했을 테니까!

"황제 폐하를 뵙습니다."

"앉으십시오."

"네."

봄바람이 부는 것 같은 부드러운 목소리였다. 하지만 의자를 빼주는 것도 프라체 경이고, 에스코트를 해주는 것도 프라체 경인데 그녀의 관심은 르한에게 있는 것 같았다.

가끔 성녀가 프라체 경에게 감사를 표하고 그를 신경 쓰는 것이 보였고 프라체 경은 그것으로 만족하는 듯했다. 하지만 에델리스는 그 정도로 만족할 수 없었다.

'둘이 연인이 되는 것이 가장 최고의 결말이니까! 이 정도로 는 변하는 게 없단 말이야!'

하녀들이 차와 다과를 내왔고, 이야기의 물꼬가 트이기 시작했다.

"황궁 생활은 괜찮으십니까."

"네, 하지만 폐하를 좀 더 자주 뵐 수 있으면 좋을 것 같아요."

"업무에 관한 것이라면 재상과 이야기를 나누는 것이 더 좋을 겁니다."

"업무에 관한 것이 아니라면요?"

성녀가 그를 바라보며 곱게 눈을 접으며 미소 지었다. 에델리스는 속이 부글부글 끓는 기분이었지만 해맑게 웃었다.

"그런 것이라면 프라체 경과 이야기를 나누는 것이 좋을 것 같아요."

프라체 경에게 넘겨버리기!

"……프라체 경이요?"

성녀의 표정이 미묘하게 변했다. 싫지도 좋지도 않은 그런 표정? 프라체 경은 조금 모자란 듯 착한 친구처럼 웃었다.

"예, 제게 말씀해주시면 물심양면으로 돕겠습니다."

"프라체 경도 바쁘실 텐데."

"제가 바빠봐야 폐하만 하겠습니까."

물론 제국의 소공작도 엄청나게 바빴다. 심지어 황실 기사단 장이었으니까. 하지만 제국의 황제에 비할 바는 못 되었다.

"……그, 그렇겠지요."

"그러면 프라체 경이 성녀님께 더욱 신경 써주시겠어요?"

"알겠습니다."

좋았어! 좋았어! 완벽해!

성녀의 표정이 조금 굳은 듯했지만, 그래도 이미 결혼한 르한이 그녀를 챙기는 것보다는 훨씬 나으니까 전혀 신경 쓰이지 않았다.

"잘 부탁해요, 프라체 경."

에델리스는 아주 밝게 미소 지었고, 르한도 고개를 끄덕였다.

"그러면 프라체 경, 이제 전염병이 종식되기도 하니까 수도의 번화가를 소개해주시는 건 어떨까요? 아직 불안하시면 황궁 내부를 안내해주셔도 좋을 것 같아요."

"구, 굳이 그러지 않으셔도!"

"괜찮습니다. 성녀님께서 시간이 되실 때 안내해드리겠습니다."

"……에델리스의 호위는."

지금 그 얘기를 꺼내면 안 되지!

"그러면 역시 번화가에 나가는 건 다음에……."

"아니에요! 제가 르한에게 가 있으면 되니까요."

성녀가 은근슬쩍 뒤로 빠지려는 것을 에델리스가 막아냈다. 르한도 아주 만족스러워했다.

"그러면 제가 르한과 갔던 곳 중에 괜찮았던 곳을 먼저 알려 드릴게요!"

에델리스가 환하게 웃는 만큼 성녀의 얼굴에는 그늘이 졌다.

프라체 경이 성녀와 함께 수도 내의 번화가를 몇 번 가는 동안에는 아주 평화로웠다. 그리고 얼마 지나지 않아 사교계에 소문이 파다했다.

'성녀님이 프라체 경과 깊은 사이래!'

'곧 결혼할 거라던데?'

'결혼 후에는 성녀님께서 공작저로 들어오신다더군!'

둘이 있는 모습을 몇 번 비쳤을 뿐이었지만 소문은 빠르게 양산되어 퍼져나갔다. 에델리스는 프라체 경이 잘하고 있구나 싶어 흐뭇했다. 하지만 생각지도 못한 것이 있었으니.

"……폐하, 거절당했습니다."

"무엇을요?"

"더 이상 스캔들에 휘말리고 싶지 않다고 하면서 거리를 두고 싶다고 말하더군요."

"……."

놀란 에델리스의 입이 다물어지지 않았다. 미혼의 남성과의 염문설을 스캔들이라고 휘말리고 싶지 않다고 하면서, 기혼의 황제에게는 그렇게 적극적으로 나섰던 것인가.

'분명 성녀도 프라체 경에게 관심이 있어 보였는데?'

"그런데……"

"그런데요?!"

"조건을 하나 걸었습니다."

"조건이요?"

"다른 사람들과 함께라면 만나도 좋다고 합니다."

"그런 거라면 괜찮지 않나요?"

"하지만 모르는 사람과 만나는 것은 불편해서 싫다고 하여 어떻게 해야 할지 모르겠습니다."

그 이야기를 듣고 에델리스는 단박에 눈치챘다. 다른 이들과 사적인 연락을 주고 받지 않는 성녀가 말하는 '모르지 않는 사람'이 의미하는 것이 르한이라는 것을. 르한과 함께 만나자니 괜히 르한에게 치근덕댈까 봐 걱정되고, 르한 없이 만나자니 어차피 성녀는 르한을 만나기 위해 핑계를 댈 것이다.

'결국 르한과 넷이 만나게 되려나, 싫은데.'

그러다가 에델리스의 머릿속에 좋은 생각이 떠올랐다.

"성녀님이 나를 불편해하지는 않으니, 나와 함께 만나자고 전해주세요."

"그래도 괜찮겠습니까?"

"그럼요! 도와준다고 했으니 책임을 져야죠!"

"알겠습니다!"

프라체 경이 힘차게 답했다.

'그래, 좋았어. 새로운 작전 개시다!'

〈작전 2. 르한을 포기하게 해라.〉

성녀가 르한을 마음에 두고 있으면 프라체 경이 비집고 들어가기 힘들 것이다.

'하지만 성녀가 르한을 포기하면? 그때 프라체 경이 위로해 주면서 가까워질 수 있지 않을까?!'

에델리스는 곧바로 르한에게 상의했다.

"저, 그…… 성녀의 앞에서 해도 좋다고 했던 거, 아직도 유효해?"

"예?"

순간적으로 멍해진 르한이 곧바로 에델리스가 말하는 것이 무엇인지 떠올리고는 고개를 끄덕였다.

"모든 제국민의 앞에서 해도 좋습니다."

"아니, 아니, 그럴 필요까지는 없고!"

르한이라면 충분히 그럴 수 있을 거라는 불안감에 곧바로 부정했다.

"다음에 성녀와 프라체 경과 함께 하는 티타임 때, 내가 이상한 모습을 보여도 이해해줘."

"무슨 행동을 해도 이상하지 않을 겁니다."

"음, 그러면 평소와 다른 행동?"

"알겠습니다."

르한이 고개를 끄덕이며 에델리스에게 약속했다. 하지만 그때 르한은 알지 못했다. 에델리스가 말했던 이상한 행동이 이런 것일 줄은.

결전의 날이 되었다. 에델리스는 결연한 표정으로 르한과 함께 성녀를 만나러 가고 있었다. 성녀에게 보여주기 위해 르한에게 착 달라붙어 손에 깍지를 껴서 잡고 있는 상태였다.

"혹시 이전에 말한 평소와 다른 행동이 이런 겁니까?"

"……싫어?"

"앞으로도 이렇게 하십시오. 매일."

"그럴까?"

조금 부끄럽기는 했지만 르한이 이렇게 좋아한다면 계속해도 괜찮을 것 같았다.

'이래서 다들 질투 작전을 하는 건가.'

에델리스와 르한이 서로를 바라보며 웃다가 시선이 느껴져 눈을 돌리니 그곳에는 그들을 바라보고 있는 성녀와 프라체 경이 있었다. 성녀는 프라체 경과 화기애애하게 대화를 나누는 것 같았는데 왜 자신들이 오니까 그런 적 없었다는 듯이 구는 건지 이해가 되지 않았다.

"오셨습니까, 폐하."

"많이 기다렸나요?"

"아닙니다. 성녀님과 즐겁게 이야기를 나누느라 시간 가는 줄 몰랐습니다."

"그러면 조금 천천히 올 걸 그랬나요, 눈치 없이 방해한 건 아닌가 걱정이네요."

"아니에요!"

"그러면 다행이에요."

에델리스가 웃으며 르한과 함께 자리에 앉았다.

"사이가 정말 좋으신 것 같습니다."

"헤헤."

프라체 경의 생각지도 못한 도움에 에델리스가 힘을 받아 르한의 어깨에 머리를 기댔다. 르한은 에델리스 쪽으로 몸을 살짝 기울여 그녀가 편히 기댈 수 있게 해주었다.

에델리스가 계속 생글생글 웃으니 르한도 따라 미소 지으며 그녀에게 물었다.

"기분 좋은 일이라도 있는 겁니까?"

"이러고 있는 게 좋아서요."

르한이 애정을 가득 담은 눈으로 저를 바라보니 기회는 이때다 싶어 잡고 있지 않은 다른 쪽 손으로 그의 손등을 덮었다.

"르한은 어때요?"

"당장이라도 들어가고 싶습니다."

"……싫어요?"

이건 계획에 없던 건데. 르한도 당연히 좋아할 줄 알았는데 이러면 곤란하지!

에델리스가 저도 모르게 눈꼬리를 내리며 상심했다는 티를 팍팍 내었다.

"당신과 둘만 있고 싶어서 그러는 거 아니겠습니까."

르한의 답은 아주 훌륭했다. 이렇게 사이가 좋은 부부 사이에 끼어들려는 것을 성녀가 부디 포기하기를 바랐다.

"두 분이 사이가 아주 좋으셔서 부럽습니다. 이제 후사만 있으면 대신들이 잠잠해질 텐데요."

"후사요?!"

"아무래도 후사가 있는 것이 나라가 더욱 안정되지 않겠습니까."

"……그렇다고는 하지만."

"걱정하지 마라, 요하네스. 노력할 테니. 그렇지요?"

"……그렇죠. 노력……해야죠."

에델리스의 얼굴이 새빨갛게 타올랐고 그 모습을 보던 르한이 입을 가리고 큭큭 웃었다. '후사'라는 단어에 몸이 굳어 있던 성녀가 부드럽게 끼어들었다.

"아직 폐하도 나이가 많지 않으신데 후사를 걱정하실 필요가 있나요?"

르한이 후사를 걱정할 나이가 아니라는 것은 맞았다. 하지만 그 말을 한 사람이 성녀였기에 달갑지 않았다.

"그렇지만 황실의 후손은 보통 사람들이 생각하는 것과는 시기가 조금 다릅니다."

"들었습니까, 에델리스?"

"……내가 듣는 것이 중요한가요?"

"그럼요. 당연하지 않습니까."

르한이 에델리스의 손을 잡은 채로 엄지손가락만 움직여 그 녀의 손을 쓸었다. 그녀는 묘한 느낌에 어찌할 바를 몰랐다.

"그러면 혹시 후사가 생기지 않는다면 어떻게 되는 거죠?"

"……조금 곤란합니다."

"조금이요? 황실에서는 후사를 반드시 이어야 하는 게 아닌 가요?"

"그렇기에 보통 후궁을 들이는 게 일반적입니다."

"후궁……."

"아, 물론 형제에게 양위하거나 방계의 양자를 들이는 방법 도 있습니다."

그 말을 들은 에델리스의 표정이 더욱 어두워졌다. 왜냐하면 라크시드 대공가는 전 황제의 끊임없는 암살 위협으로 황위를 물려줄 형제가 없었다. 그리고 '방계'라 할 수 있는 황족은 르 한이 즉위하면서 모두 사형당하고 없었다. 그렇다면 남는 것은 후궁을 들이는 방법뿐이었다.

"생길 때까지 노력을 하다 보면, 생기지 않겠습니까."

"그, 그렇겠지요?"

'노력'이라는 단어를 강조하는 것이 조금 부담스럽긴 했지만 틀린 말은 아니었다. 황족이 아닌 귀족과 결혼하게 되더라도 후사를 잇는 것이 가장 큰 과제였으니까. 르한이 잡고 있던 에 델리스의 뺨에 입을 맞췄다.

"르한!"

사람들이 보고 있는데 뭐 하는 것이냐고 외칠 뻔했지만, 원래 자신이 하려던 계획이 이것이었다. 성녀가 르한을 포기할 수 있도록 그녀의 앞에서 애정 행각을 보이는 것. 에델리스가 잡고 있던 손을 당기자 르한은 그녀가 손을 빼는 줄 알고 더 단단하게 잡았다.

'아니, 전혀 그럴 생각이 없는데!'

에델리스는 어쩔 수 없이 몸을 조금 일으켰다. 워낙 가까이에 앉아 있었기 때문에, 많이 움직일 필요는 없었다. 그리고 몸을 틀어 르한이 했던 것처럼 그의 뺨에 입을 맞췄다.

르한은 평소와는 다른 에델리스의 행동에 놀란 듯하더니 이내 입꼬리를 올려 웃었다. 에델리스의 얼굴이 점점 붉어지는 것을 본 르한이 성녀에게 말했다.

"급한 볼일이 생겨서 그런데, 먼저 들어가보겠습니다."

"아, 네. 그런 거라면 어쩔 수 없지요."

그런데 르한은 에델리스의 손을 당겨 그녀에게도 일어나라는 신호를 주었다.

"저도? 저도 같이 가요?"

"그럼요. 아주 급한 볼일이 아닙니까."

"무슨……."

이렇게 급한 볼일이 있다면 미리 언질을 들었을 것이다. 하지만 들은 바가 전혀 없었다.

"대신들의 걱정을 덜어주어야 하지 않겠습니까."

"이렇게 해가 쨍쨍한데?"

"저는 낮이고 밤이고 상관없다고 이전부터 말하지 않았습니까. 어서요."

엉겁결에 일어난 에델리스는 그를 따라가야 하나 말아야 하나 고민했다. 르한은 이미 일어난다고 이야기를 하고 인사를 나눈 뒤였기 때문에 그녀도 그를 따라가기로 했다. 그래야 성녀가 더욱 확실하게 르한을 포기할 수 있을 것 같았다. 그리고 이곳에 함께 남을 프라체 경과 잘되기를 바랐다.

"많은 사람들이 오가며 우리와 함께 있는 모습을 봤을 거예요. 그러니 편하게 대화 나누세요."

이로써 성녀가 걱정하는 구설수에 휘말린다는 핑계를 댈 수도 없었다. 에델리스는 그들에게 인사하고 가벼운 발걸음으로 르한과 함께 궁으로 돌아갔다.

"······잘되겠지?"

"잘되지 않아도 별수 없지 않겠습니까."

"하지만, 그렇게 되면······. 성녀가 또다시 네게 추근댈까 봐······."

"나는 괜찮습니다. 실제로 신성 제국의 도움을 받기도 했고."

"내가 싫다고 하면? 성녀가 네게 호의를 갖고 있는 것이 뻔히 보이는데."

그 정도가 아니라 책에서는 실제로 성녀가 황후가 되었다. 그러니 그녀를 경계하지 않을 수가 없었다.

"당신이 불편해하니 성녀가 빨리 갔으면 좋겠다고 생각했는데."

"······도움을 받았으니 빨리 보내지 못하는 건 나도 알고 있어."

"그보다 당신의 이런 모습을 볼 수 있어서 성녀가 가지 않았
으면 좋겠습니다."

"르한!"

"당신 말대로 요하네스와 이어진다면 이곳에 계속 살지 않겠
습니까."

"그렇긴 하지……."

"나도 응원을 할 수밖에 없겠습니다."

르한이 호탕하게 웃으며 이야기했다. 르한의 협조는 고마웠
지만, 어쩐지 프라체 경과 성녀가 결혼하더라도 불안을 떨치지
못할 것 같은 불길한 예감이 들었다.

얼마 뒤, 프라체 경이 호위하러 왔을 때 에델리스는 그에게
성녀와의 관계에 변화가 있었는지 물었다.

"프라체 경, 성녀님과의 사이에 진전이 있었나요?"

"아닌 것 같습니다."

"으음, 왜 그러지? 작전이 효과가 없었나……."

"이전보다 더 가까워진 느낌이 들기는 합니다. 그런데……."

"그런데요?"

"뭐라고 해야 할까, 벽에 부딪힌 느낌입니다. 계속 가까워지
다가 어느 순간부터 가까워질 수가 없는 느낌입니다."

에델리스는 프라체 경의 마음이 한결같고, 자신의 조언으로 조금이나마 이전보다 가까워진 느낌이 들었다고 하니 그에게 물어보기로 했다. 더욱 완벽한 작전을 짜기 위해서!

"프라체 경, 작전을 변경할 때가 된 것 같아요."

"아직 가능성이 있는 겁니까?"

"어느 순간부터 가까워질 수 없다면, 마지막 그 한 발자국만 넘어서면 되는 게 아닐까요?"

"그……렇습니다."

점점 프라체 경의 눈빛에 에델리스를 향한 믿음이 깃들고 있었다.

"프라체 경. 내가 조금 더 자세히 알면 전보다 도움을 줄 수 있을 것 같은데……."

"무엇을 말씀드리면 되겠습니까?"

"음, 혹시 어떻게 만났는지나, 아니면 어쩌다가 성녀님을 좋아하게 됐는지 같은 것? 아니면 성녀님이 뭘 좋아하는지 같은 것도 좋을 것 같아요."

"그런 거라면 사흘 밤낮 동안 말씀드릴 수 있습니다."

"……요약해주세요."

처음 만난 건 신성 제국의 사절단이 제국 내에 들어온 지 얼마 되지 않았을 때였다. 사절단이 하나둘씩 도착하면서 그는 그들을 잔뜩 경계하고 있었다. 와중에 성내에서 몇 번이나 마주친 여성이 있었다. 그녀는 항상 편안한 미소를 지으며 인사를 해주어 마음의 안식을 느끼게 해주었다.

'신관복이라니, 소년처럼 보이지는 않는데. 소문의 여성 신관인가.'

아무래도 많은 이들이 그녀에 대해서 언급하고 있었기에 그도 관심이 없지는 않았다. 소문이 더 빠르게 퍼지는 데는 그녀의 아름다운 외모가 한몫을 했다. 그러다가 황실 기사단장으로서 신성 제국 사절단의 신관들이 예배당에 가는 것의 호위를 자원하게 되었다.

'오늘도 볼 수 있을까?'

그곳에서 본 것은 예배가 끝난 뒤, 교회 부속 보육원의 아이들을 성심성의껏 돌보는 그녀의 모습이었다. 다른 어떤 신관보다도 더 열심히 봉사하는 모습을 보고 그녀에게 호의를 갖게 되었다. 그녀에 대한 마음이 발전하게 된 것은, 그렇게 봉사를 하던 그녀가 성녀라는 사실을 안 후였다.

'신성 제국에서 가장 높은 사람이 가장 낮은 곳을 직접, 그 누구보다 열심히 살펴보다니.'

프라체 공작가의 가르침과도 같은 내용이었다. 그런데 그것을 실천에 옮기는 성녀라니, 관심이 가는 것은 당연한 일이었다.

처음에는 그녀가 폐하의 결혼식이 끝나면 돌아갈 사람이었기에 가까워질 생각까지는 없었지만 그녀와 더 깊은 대화를 나눌 기회가 생기면서 감정적인 교류를 많이 나누게 되었다.

─성녀님이 그런 것도 아십니까?

─그럼요! 프라체 경은 저와 맞는 부분이 정말 많네요.

─그러게 말입니다.

그러면서 알게 된 것은 그녀와 자신이 갖고 있는 공통점이 의외로 많다는 것이었다. 처음에는 누구보다도 봉사심이 깊은 그녀가 성녀라는 것이 너무나도 잘 어울린다고 생각했다. 하지만 이제는 그녀가 성녀라는 것이 너무 아까웠다. 신성 제국의 성녀가 아니라면, 누구도 제 눈에 차지 않았던 공작 부인의 자리에 잘 어울릴 텐데. 이런 생각을 한 번 하게 되자 그 마음은 걷잡을 수 없이 커져만 갔다.

"괜찮으시다면 저를 이름으로 불러주지 않으시겠습니까?"

"……요하네스."

"요한이라고 불러도 좋습니다."

"그래요, 요한."

그리고 분명 그녀도 제게 관심이 있는 것 같았다. 제 이름을 부르며 배시시 웃는 그녀의 얼굴은 자신을 향한 호감으로 가득해 보였다. 하지만 그녀는 손에 닿을 듯, 닿지 않았다.

"저도 당신의 이름을 불러도 되겠습니까?"

"미안해요, 성녀라는 입장 때문에……."

조금만, 아주 조금만 더 하면 잡을 수 있을 것 같은데. 그렇게 생각하다 보니 이미 돌이킬 수 없게 된 것만 같았다. 그런데 저와 단둘이 있을 때와 케이르한과 함께 있을 때 그녀의 태도는 너무 달랐다. 그 이유를 알 수가 없었다. 잘은 모르지만 케이르한과 함께 있을 때 평소보다 건조한 눈으로 자신을 바라보는 것 같았다.

'다른 사람 앞이라서 부끄러운가?'

그렇게 생각하면 이해가 안 가는 것은 아니었다. 모든 사람들이 자신과 같지는 않을 테니. 심지어 그녀는 성녀였고, 자신은 사교계에서 반드시 언급되는 소공작이었기에 저와 엮이면 사람들의 입에 오르내릴 것이었다. 그래도 이해가 가지 않는 부분이 있었다.

"베르만?"

"아, 단장님……."

성녀를 보기 위해 신전으로 그녀를 찾아가자 신전에는 의외의 인물인 베르만 파시스가 있었다. 그는 신전에 기도하러 오는 것이 뭐가 그리 잘못된 일이라고 마치 잘못을 들킨 어린아이처럼 놀랐다.

"기도를 드리러 오는 것을 꾸짖는 상관으로 보였나, 내가."

"아닙니다."

베르만이 슬며시 웃음을 흘렸다. 예전에는 꽤나 잘 웃었다고 들었는데, 자신이 기사단장으로 취임한 이후로는 자주 보진 못했기에 제게는 진귀한 광경이었다.

"요한!"

"잘 지냈습니까."

"그저께도 봐놓고!"

성녀가 해맑게 웃으며 자신을 톡 치자 가슴이 설렜다.

"그런데 베르만과는 무슨 얘기를 나누고 계셨던 겁니까?"

"아, 단순히 기도를 드리러 오신 거예요. 다들 그러잖아요."

"아아, 그렇죠. 저도 그렇습니다."

혹시나 베르만이 저와 마찬가지로 성녀에게 반해 있는 것은 아닌가 싶었다. 하지만 성녀는 베르만의 앞에서도 저와의 친분을 숨기지 않고 드러내었다.

둘이서 화기애애한 분위기를 연출하자 베르만이 눈치껏 인사하고 빠져나갔다. 그를 붙잡지 않고 보내는 것으로 보아 베르만과 성녀는 아무런 사이도 아닌 것 같았다.

'그래야지.'

괜히 그렇게 생각하며 성녀와 시간을 보냈다. 그녀는 전혀 바쁘지 않다며 제게 시간을 할애하는 것을 아까워하지 않았다. 그러다 보니 더욱 애매해졌다. 내게 관심이 있는 것 같은데, 거리를 두니 말이다.

"이렇습니다."

"……."

이야기를 모두 전해 들은 에델리스는 어떤 표정을 해야 할지 난감했다. 프라체 경은 성녀가 제게 관심이 있는데 왜 벽을 치는지 모르겠다고 생각하고 있었다. 그런데 에델리스가 지금껏 봐왔던 성녀는……

'프라체 경에게 관심이 있다고? 그럴 리가!'

그랬더라면 일부러 르한과 함께 있는 자리를 만들려고 하지도 않았을 것이다.

"경, 그러니까 경의 말을 종합해보면 보육원에서 봉사하는 성녀의 모습을 보고 반했다. 그런데 성녀도 경에게 관심이 있는 것이 분명하다. 그런데 경의 마음을 안 받아준다. 맞나요?"

"그렇습니다."

"……경에게 관심이 없을 가능성은."

"단언컨대 없습니다."

잘은 모르겠지만 저렇게까지 확신하는 데는 이유가 있을 것이다. 우선 프라체 경과 성녀를 이어주는 것에 집중하기로 했다.

"우선 공통점이 있는 것이 중요해요."

"저와 성녀님 사이에 공통점이……"

"보육원에 같이 가서 아이들을 돌보는 건 어떨까요? 아무래도 성녀님이 할 수 있는 것과 프라체 경이 할 수 있는 것은 다를 테니까요."

"으음…… 잘할 수 있을지 모르겠지만, 한번 시도해보도록 하겠습니다."

프라체 경은 걱정스럽다는 듯 답했다. 아무래도 부모에게 엄격한 교육을 받은 귀족 아이 외에는 다뤄본 적이 없기 때문인 것 같았다.

그래도 성녀와 공통점을 만들겠다는 일념 하나로 그는 고개를 끄덕였다. 그 모습만 보더라도 프라체 경은 정말로 성녀를 좋아하는 것 같았다.

"그리고 또 하나, 신전에 자주 가시는 것도 좋을 것 같아요."

"시간이 될 때마다 가고 있습니다."

"네, 가능한 한 모든 예배에 참석하는 것이 좋겠죠. 성녀는 신도들의 믿음을 바탕으로 있는 거니까."

"예, 알겠습니다!"

프라체 경은 꽉 쥔 주먹으로 자신의 가슴을 치면서 기사의 경례를 했다.

"프라체 경, 꼭 좋은 성과가 있기를 바랄게요!"

"예!"

프라체 경이 성과를 가지고 올 때까지 둘 사이에 진전이 있기를 빌고 또 빌어야겠다고 생각했다.

똑똑.

누군가 문을 두드리는 소리가 났다.

'르한은 정기 회의가 끝날 시각이 되지 않았는데 누구지?'

누군지 전혀 예상이 가지 않았다. 프라체 경에게 시선을 돌려봤지만 그 역시 짚이는 게 없는 듯했다.

"네."

"폐하, 접니다. 들어가도 되겠습니까?"

"파시스 경! 어서 들어와요!"

문을 열고 들어온 것은 다름 아닌 파시스 경이었다.

프라체 경도 그를 보고 놀라기는 마찬가지인 것 같았다.

"베르만, 벌써 움직여도 괜찮나?"

"예, 괜찮습니다."

"레이든은 아직 재활 중이라고 하던데. 자네라도 먼저 복귀해서 참 다행이야."

"감사합니다. 복귀하기 전에 폐하께 먼저 인사드리려고 왔습니다."

"걱정 많이 했어요."

이전에 빈민가에 갔을 때 저를 호위하다가 다쳤던 파시스 경이었다.

병문안도 자주 가고 감사의 선물도 많이 보냈지만 그런다고 마음이 편해지지는 않았다.

"……걱정해주셔서 감사합니다."

"아니에요, 무슨 말이에요. 나를 구하려다가 그런 건데 당연히 걱정이 되죠."

절체절명의 순간, 그가 구해준 거였으니 걱정하지 않을 수가 없었다.

"아, 혹시 성녀님이 말했던, '절체절명의 순간에 중요한 역할을 한다.'는 것이 이거였을까요?"

"아닙니다."

"……맞는 것 같은데."

"이전에 전염병이 돌 때, 성녀님이 기사단의 의사를 찾아오셨다가 제게 말씀해주셨습니다."

"뭐라고 하던가요?"

"예, 그때 성녀님께서 아직 끝난 것이 아니니 얼른 복귀해야 한다고 하셨습니다."

"아, 그……래요?"

황후의 자리가 원래 이런 것인가, 아니면 책에서 보았듯이 죽어야 할 인물이기에 이런 것인가. 왜 이렇게 자신의 앞에 죽음의 그림자가 드리워져 있는지 모르겠다.

"그런데 파시스 경이 워낙 크게 다쳐서……."

재활하는 데에도 한참 걸린 만큼 그에게 다시 자신의 호위를 맡아달라는 말을 하기가 미안했다. 아직 진범이 붙잡히지 않은 만큼 또다시 위험에 처할 일이 분명히 생길 것이었다.

"저는 괜찮습니다. 전쟁에 나가면 이것보다 더 크게 다치는 경우도 많습니다."

"……그렇게 말해줘서 정말, 정말 고마워요."

몇 번이나 인사를 해도 부족했다. 그가 책 속에서 보여준 모습 그대로라서 정말 안심이 되었다.

"아직 몸 상태가 어떤지 모르니 호위로 복귀하는 것은 시간을 두고 생각하도록 하지."

"어차피 내가 밖으로 잘 다니는 게 아니니까 괜찮을 것 같아요."

"그러면 시간을 늘려가는 형태로 하도록 하겠습니다. 잠깐은 어떨지 몰라도 장시간 호위하는 것에 몸이 적응할 필요가 있으니까요."

"알겠습니다."

조금씩이라도 파시스 경이 복귀한다고 하니까 마음이 놓이는 것은 어쩔 수 없었다. 환자한테 이래도 되나 싶은 죄책감은 들었지만, 그만큼 그에게 고마운 마음이 컸다.

결국 매주 파시스 경이 일하는 시간을 조금씩 늘리기로 하고, 그만큼 프라체는 시간이 많아져 성녀와 함께 보내는 시간이 늘었다. 그리고 프라체 경과 파시스 경이 교체하는 대망의 마지막 주간이 되었다.

"프라체 경, 드디어 성과가 있었나요?"

"······아니요."

힘없이 에델리스의 맞은편에 앉아 차를 홀짝이는 프라체 경의 얼굴은 마음고생이 꽤나 심해 보였다. 프라체 경은 성녀가 업무로 바빠 단 한 번, 같이 보육원에 갔었는데 그가 아이들과 공놀이를 하며 열심히 놀아줬지만 별 효과가 없었다고 했다.

"프라체 경, 내 말 오해하지 말고 들어요."

"예."

"혹시 성녀님이······ 경에게 관심이 없는 건······?"

아주 조심스럽게, 정말이지 매우 조심스럽게 이야기했다.

"그럴 리가 없습니다."

그러면서 프라체 경은 성녀가 제게 어떻게 행동을 했는지 세세하게 이야기해주었다.

─요한과 친하게 지내서 정말 좋아요.

─요한과 있으면 마음이 편해져서 좋아요.

─어려운 일이 있을 때면 요한에게 기대고 싶어질 것 같아요.

─다른 분들보다 제가 요한과 더 친분이 있다고 생각해도 되겠죠?

─요한은 제가 봤을 때 정말 좋은 사람인데, 왜 연인이 없는 걸까요?

이런 말을 하면서 성녀는 프라체 경에게 몸을 가까이 붙인다든지, 은근하게 스킨십을 한다든지 하는 행동을 했다. 이전과는 달리 가까운 시일 내에 있었던 일이라 프라체 경의 자세한 설명이 덧붙자, 에델리스도 성녀가 프라체 경에게 관심이 있다는 생각이 들었다.

"……고백을 기다리는 건가?"

"저도 그렇게 생각했습니다."

하지만 그가 그런 분위기를 만들기라도 하면, 성녀가 곧바로 눈치채고 에둘러 거절했다고 한다.

"요한은 정말 좋은 사람이지만, 제가 아직 준비가 안 된 것 같아요."

성녀는 프라체 경에게 미묘하게 여지를 주고 있었다. 제국 내 최고 신랑감으로 손꼽히는 프라체 경에게 이런 식으로 말할 수 있는 것도 그녀밖에 없을 것 같았다. 그러다가 갑자기 머릿속에 한 가지 의심이 들었다.

'……혹시, 어장인가?'

494

에이, 아무리 그래도 성녀인데? 성녀가?

머릿속에서 인지 부조화가 일어나는 것 같았다. 책 속에서 여자 주인공에게 빠져 허덕이는 남자 조연의 마음을 알 것 같달까.

"어떻게 해야겠습니까?"

"……정말 어렵네요. 정말."

그래도 성녀인데 그럴 리가 없지. 어쩌다 보니 그런 분위기가 연출된 거겠지. 물론 성녀가 르한에게 하는 행동을 보면 '언제든지 준비 완료!'와 같은 분위기이긴 했지만.

"폐하께서는 케이르한의 마음을 어떻게 사로잡으신 겁니까?"

"아, 그게…… 정말 정말 저는 의도한 게 아닌데요……."

이렇게 우선 자기변호를 해야 했다. 정말 그런 의도로 한 게 아니라고! 의도를 갖고 한 것은 집착하기, 귀찮게 굴기, 사치와 향락(?)을 일삼는 척하기 등이었다.

하지만 성녀에게 집착을 하면 더 도망갈 것 같았고, 귀찮게 구는 것은 프라체 경과 성녀가 함께 있는 시간이 이미 길었으므로 효과가 없을 것 같았다. 게다가 성녀에게 사치와 향락이라니, 이 얼마나 어울리지 않는 단어의 조합이란 말인가.

"다른 남성 분과 있으면, 르한이 질투하면서 조금 더 효과가 있었던 것 같아요."

"제가 하기에는 적합하지 않은 것 같습니다. 잘못했다가는 곧바로 혼담이 진행될 텐데……."

사교계에서 신랑감으로 제일 손꼽히는 사람이 프라체 경이었다. 혼담이 매일 쏟아지는 탓에 거르고 걸러 공작에게 전달되는 것만으로도 하루에도 다섯 건이 넘는다고 했다. 혼담을 거절해도, 답이 없어도 소공작이 만나는 여자가 있다는 이야기가 들려오지 않으니 계속해서 혼담을 밀어넣었다.

그런 상황에서 질투를 불러일으키기 위해 누군가와 가까이 있는다면? 즉시 그 여성과의 혼담이 진행될 것이다.

"소꿉친구라거나, 협력해줄 사람은 없나요?"

"제가 4살 때 제일 먼저 혼담을 넣었습니다."

"아."

소공작으로 사는 것도 힘이 들 것 같았다. 프라체 경이 에델리스에게 거는 기대가 워낙에 컸기 때문에 그녀는 그의 기대를 저버릴 수 없어 계속 고민했다.

"아, 그리고 나는 르한이 기사단에서……."

그러다가 에델리스는 르한이 검을 쓰는 모습을 보니 아주 멋있더라, 그런 모습을 보여주는 것은 어떻겠냐는 이야기를 하려고 했다. 하지만 말을 꺼내기도 전에 그녀가 앉아 있던 테라스에서 보이는 멋들어진 황궁 정원에 있던 성녀와 눈이 마주쳤다.

'언제부터 저기 있었던 거지?'

너무 멀리 있어 표정은 제대로 보이지 않았지만 눈이 마주칠 때까지 계속 보고 있으니 기분이 썩 달갑지만은 않았다.

"저기 성녀님이 있네요."

프라체 경은 에델리스의 눈짓에 따라 앉은 채로 뒤를 돌아 제 뒤편에 있던 성녀를 발견했다. 프라체 경이 반가운 마음에 손을 흔들자, 그녀가 고개를 숙여 인사하고는 빠르게 사라졌다.

"……뭐지?"

"왜 그래요?"

"아뇨, 성녀님의 표정이 조금 어두웠던 것 같아서 그렇습니다."

"성녀님이요?"

"제대로 보지 못했을 리가 없는데…… 잠시 보고 와도 괜찮겠습니까?"

"네, 그러세요."

프라체 경은 성녀의 표정이 어두워 보인다며 곧바로 달려갔다. 에델리스가 테라스에 혼자 남아 차를 한 잔 다 비울 무렵, 프라체 경이 돌아왔다.

"이야기는 잘했어요?"

"……폐하."

"네, 무슨 일 있었던 거예요?"

무언가 넋이 나간 것 같은 표정을 하던 프라체 경이 갑자기 자신의 뺨을 후려쳤다.

"왜, 왜 그래요!"

"질투 작전, 해야 할 것 같습니다."

"효과가 있을 것 같아요? 그런데 갑자기 왜……."

"폐하께서 도와주신다면 가능성이 있을 것 같습니다!"

"내가요? 일단 어떻게 된 건지 들어보고요."

갑자기 뛰쳐나간 프라체 경이 돌아와서는 질투 작전을 해야 겠다고 말하다니. 그는 고개를 몇 번이나 끄덕이더니 결의에 찬 표정으로 조금 전에 있었던 일을 이야기했다.

"성녀님!"

"……요한."

"어디 가시는 겁니까."

"신전에 갔다가 오는 길이었어요."

가볍게 안부를 묻는 것은 평소와 같았는데 성녀의 반응이 평소와는 달랐다. 무슨 일 있냐고 물으려고 하던 찰나에 성녀 가 먼저 말을 꺼냈다.

"혹시 황후 폐하와…… 친하세요?"

"예?"

"아니, 즐거워 보이시길래."

성녀의 분위기가 평소와는 조금 다른 것 같았다.

"아. 폐하께서 재미있는 이야기를 해주셔서."

"무슨 얘기요?"

"아니, 그냥……."

무슨 얘기를 했다고 해야 하나, 있는 그대로 솔직하게 얘기 할 수는 없었다. '성녀님의 마음을 사로잡는 방법에 대해서 토의하고 있었습니다!'라고 솔직하게 말했다가는 미친 사람 취급을 당할 것 같았다. 그런데 이야기를 얼버무린 게 오히려 정답이었는지 성녀가 제게 관심을 보였다.

"요한."

"예."

"저는, 요한이 폐하보다 저와 더 친하게 지냈으면 좋겠어요."

"그러십니까."

"네."

지금 성녀의 말로 미루어봤을 때, 한 가지 추리가 가능했다.

'혹시 그건가!'

지금 성녀님은 황후 폐하를 상대로 질투를 하고 있는 것 같았다. 평소에는 '요하네스'라고 부르더니 지금은 '요한'이라고 부르는 것만 보아도 그랬다. 당장이라도 확인해보고 싶었지만, 성녀에게 '폐하를 상대로 질투하십니까.'와 같은 이야기를 꺼낼 만큼 그는 멍청하지 않았다.

"그러면 다음에 저에게 시간을 내주실 수 있으십니까."

"물론이죠!"

프라체는 마음속으로 성공했다고 외쳤다. 역시 황후 폐하는 다르다는 믿음이 싹텄다.

"그러면 추후 약속을 잡기 위해 다시 방문하도록 하겠습니다."

"아, 저는 지금도 시간이 괜찮은데."

"죄송합니다, 황후 폐하의 곁을 오래 비워둘 수가 없어서 다시 돌아가봐야 할 것 같습니다. 어차피 곧 있으면 황제 폐하가 오실테니 잠시 후에 찾아뵙겠습니다."

"……황제 폐하도요?"

"예. 그럼 이만 실례하도록 하겠습니다."

"이런 일이 있었습니다!"

"확실히 효과가 있는 것 같긴 하네요."

대답은 그렇게 했지만 에델리스의 생각은 점점 미궁 속으로 들어가갔다. 르한과 프라체 경 모두를 대상으로 질투를 하다니?

르한에서 프라체 경으로 관심이 옮겨갔나 생각하기에는 마지막에 르한을 신경 쓴 것 같은 성녀의 반응 때문에 긴가민가 했다.

일단은 성녀가 반응을 보인 것, 이것 하나만큼은 명확했다.

"폐하, 성녀님이 질투할 수 있도록 도와주실 수 있으십니까?"

"……르한이 싫어할 것 같은데."

성녀의 질투를 본격적으로 불러일으키려면 대화 정도로는 안 될 것이다. 이전에도 성녀의 앞에서 괜히 르한에게 기대거나, 손을 잡거나 하지 않았나. 그런데 프라체 경과 그럴 수는 없었다.

"부탁드립니다, 예?"

"······일단 르한에게 먼저 말한 뒤에, 상황을 봐가면서 진행하는 것이 좋을 것 같아요."

"감사합니다!"

프라체 경은 이미 천군만마를 얻은 것처럼 기뻐했다. 그는 르한이 업무를 마치고 돌아올 때까지 기다리지 못하고 교대 시간이 끝나 파시스 경이 오자마자 르한에게로 갔다. 곧 돌아온 프라체 경의 얼굴에는 얻어맞은 것이 분명한 멍 자국이 있었지만, 그는 승리의 미소를 지었다.

"······단장님, 무슨 일인 겁니까?"

"아, 그게."

"비밀이에요, 파시스 경. 그렇죠, 프라체 경?"

많은 사람들이 알면 좋지 않을 것 같았다. 특히나 파시스 경은 성녀의 신도였으니 혹시나 말실수를 할 수도 있으니까 조심해서 나쁠 것은 없었다. 프라체 경도 같은 생각을 했는지 고개를 주억거렸다.

"아, 그래. 비밀이야, 폐하와 나의."

그 말을 들은 파시스 경의 표정이 감출 수 없을 만큼 굳어버렸다.

"오늘까지는 내가 있을 테니 파시스 경은 돌아가서 쉬어도 돼."

"예? 하지만 저로 교대할 시간이 지났는데······."

"괜찮아, 얼른 가."

프라체는 파시스를 얼른 내보내고 르한에게 얻어맞아가며

결국에는 허가받은 내용을 말했다. 가능한 것은 산책하는 것과 티타임 때 맞은편에 앉는 정도였으니 전과 크게 다르지 않았다. 그조차도 에델리스가 거부하면 곧바로 그만둬야 하고, 허가받는 기간 자체도 굉장히 짧았다. 하지만 에델리스의 전폭적인 지지로 성녀가 다닐 만한 길목에 두 사람이 자주 함께하니 효과가 빠르게 나타났다.

"성녀님이 이전보다 제게 관심을 많이 가지시는 것 같습니다."

"와아, 정말요? 잘됐네요!"

"이제 정말 고지가 눈앞인 것 같습니다."

그렇게 말하는 프라체 경은 연신 웃음을 참지 못했다. 그러다가 그가 시선을 느끼고 고개를 돌리자 오늘도 저 멀리에서 성녀가 보였다.

"아, 저기 성녀님이 옵니다."

"너무 좋아하는 티 내는 거 아니에요?"

"조심하겠습니다."

꽤나 먼 거리였는데도 성녀는 에델리스와 프라체 경을 단번에 알아보고 그들에게 똑바로 걸어왔다. 프라체 경은 애써 아무렇지 않은 척하느라 얼굴이 조금 굳기까지 했다.

"안녕하세요, 폐하."

"반가워요, 성녀님."

"폐하께서는 요하네스 경과 꽤 친분이 두터우신 것 같네요."

"그렇게 보이나요? 후후."

에델리스는 작전에 따라 일부러 더 명확하게 답변을 하지 않

502

았다.

"최근 들어 많은 친분을 쌓았죠. 그렇죠, 경?"

"예, 많은 도움을 받고 있습니다."

"도움이라면 저도 드릴 수 있는데……."

"성녀님께 받을 수 없는 도움이라서요."

"……."

성녀는 무언가 할 말을 삼키는 듯한 얼굴이었다. 그녀의 기분이 썩 좋지 않은 것은 누가 봐도 알 수 있었다. 정말로 질투 작전이 성공할 것만 같았다.

"혹시 프라체 경이나 내게 할 말이 있는 건가요?"

"네? 아니요. 인사하려고 왔을 뿐이에요."

"아, 곧 돌아가신다고 들었어요. 그 전에 자리를 한번 만들어 보도록 할게요."

"……네."

에델리스가 프라체 경과 함께 궁으로 돌아갔다. 그리고 그들의 뒤에서 성녀가 초조해하며 지그시 입술을 깨물었다.

"요한까지……."

〈2권에서 계속〉

집착 말고, 이혼해주세요! 1

초판 1쇄 인쇄 2022년 2월 15일
초판 1쇄 발행 2022년 2월 25일

지은이 은서빈 ┃ 펴낸이 강성욱 ┃ 책임 기획 전주예 ┃ 일러스트 김경식 ┃ 로고 김미현
디자인 정민주 ┃ 기획 편집 송진아 최예림 문지현 고현나 임세희 ┃ 교정 서진영
펴낸곳 테라스북 ┃ 등록 제 2021-000006호
주소 (05020) 서울특별시 광진구 동일로 116 제일빌딩 4층 403호 (화양동)
전화 070-4794-5826 ┃ 팩스 0505-911-5826
블로그 https://blog.naver.com/terracebook ┃ 전자우편 terracebook@naver.com
ISBN 979-11-6728-118-0 (04810)
ISBN 979-11-6728-117-3 (SET)

ⓒ은서빈 2022 Printed in Korea

테라스북은 주식회사 스토리펀치의 임프린트 브랜드입니다.

잘못된 책은 구입하신 곳에서 바꾸어 드립니다.
이 책의 전부 또는 일부 내용을 재사용하려면 사전에 저작권자와 주식회사 스토리펀치의 동의를 받아야
합니다.

집착 말고,
이혼해주세요!